SCHMIDT RECUA

FSC
www.fsc.org
MISTO
Papel produzido
a partir de
fontes responsáveis
FSC® C012418

A marca FSC® é a garantia de que a madeira utilizada na fabricação do papel deste livro provém de florestas que foram gerenciadas de maneira ambientalmente correta, socialmente justa e economicamente viável, além de outras fontes de origem controlada.

LOUIS BEGLEY

Schmidt recua

Tradução
Rubens Figueiredo

COMPANHIA DAS LETRAS

Grafia atualizada segundo o Acordo Ortográfico da Língua Portuguesa de 1990, que entrou em vigor no Brasil em 2009.

Título original
Schmidt Steps Back

Capa
Celso Koyama

Foto de capa
Quartet, Massachusetts, 1983. Copyright Joel Meyerowitz.
Courtesy Howard Greenberg Gallery.

Preparação
Lígia Azevedo

Revisão
Jane Pessoa
Huendel Viana

Dados Internacionais de Catalogação na Publicação (CIP)
(Câmara Brasileira do Livro, SP, Brasil)

Begley, Louis
Schmidt recua / Louis Begley ; tradução Rubens Figueiredo.
— 1ª ed. — São Paulo : Companhia das Letras, 2014.

Título original: Schmidt Steps Back
ISBN 978-85-359-2380-3

1. Romance norte-americano I. Título.

13-13432 CDD 813

Índice para catálogo sistemático:
1. Romances : Literatura norte-americana 813

[2014]
Todos os direitos desta edição reservados à
EDITORA SCHWARCZ S.A.
Rua Bandeira Paulista, 702, cj. 32
04532-002 — São Paulo — SP
Telefone (11) 3707-3500
Fax (11) 3707-3501
www.companhiadasletras.com.br
www.blogdacompanhia.com.br

Para Anka, sempre

[...] *nothing can be sole or whole*
*That has not been rent.**
W. B. Yeats, "Crazy Jane Talks with the Bishop"

* Tradução livre: "[...] nada pode ser único ou íntegro/ A menos que tenha sido rasgado". Trecho do poema "Jane Louca fala com o bispo". (N. T.)

1.

Véspera de Ano-Novo, oito horas da manhã. Faltam dezesseis horas para o fim de mais um ano de merda, de uma década de merda. O que o próximo ano traria? Para a nação que — de forma inacreditável, milagrosa — superou a história e mandava Barack Obama para a Casa Branca, Schmidt esperava que o ano trouxesse redenção e purificação. Foi apanhado desprevenido pelas lágrimas que encheram seus olhos e enxugou-as com a manga da parca. Lágrimas doces de orgulho. Haveria alguém, pensou, fora da família de Obama, é claro, cuja afeição pelo homem fosse tão grande e tão pura quanto a de Schmidt? Ele se atrevia a pensar que não: seus sentimentos por aquele jovem extraordinário transcendiam a política partidária. Tinham pouco ou nada a ver, pensava ele, com o fato de ter apoiado os candidatos democratas nas eleições nacionais desde a segunda vez que Adlai Stevenson concorreu à presidência. Na primeira, ele era jovem demais para votar, mas em 1956, se dando conta de que Ike ia vencer, Schmidt votou contra por uma questão de princípio e também pela diversão que era irritar seu pai, que havia adotado as convicções reacionárias dos clientes de seu armador grego, juntamente com seu gosto por sapatos e ternos feitos sob medida. Não, esse amor — por que não usar a palavra? — por Obama existia num plano completamente distinto, mesclando-se com o amor de Schmidt por seu país. Schmidt tinha outra razão, mais pessoal, para regozijar-se: a esperança de que a maldição que ele havia lançado contra si, treze anos antes — uma maldição composta por tudo o que havia de pior nele: ciúme e seu cognato, a inveja, o orgulho cego e a raiva ligeira e sem perdão —, fosse quebrada. Talvez tempos melhores estivessem por vir também para ele.

Pegou o *New York Times* no acesso para a garagem, na frente do jardim, voltou para casa e, antes de entrar, conferiu o termômetro na varanda. Gélidos três graus negativos. Com sorte, no final da manhã, estaria sensivelmente mais quente, uma coisa boa, pois queria que a adaptação de Alice aos caprichos do clima da Costa Leste fosse gradual. Quatro dias antes, a temperatura tinha subido a espantosos catorze graus, um recorde, pelo que Schmidt lera no *Times*. O dia de Natal tinha sido mais frio, mas ainda assim com doze graus ridiculamente balsâmicos. Segundo a previsão do tempo do *Times*, o pêndulo ia oscilar para baixo no primeiro dia de 2009: mínima de doze graus negativos, máxima de três graus negativos. Schmidt deixou o jornal na mesa da cozinha e saiu de novo para sua inspeção ritual da propriedade pela manhã. Sonia ia chegar dali a alguns minutos para servir seu café da manhã na mesa. Era uma tarefa desnecessária — era perfeitamente capaz de preparar o próprio café da manhã —, mas havia tão pouco trabalho para fazer em casa na ocasião que, firmemente convicto de que nada desmoraliza os empregados tão depressa quanto o ócio, sentia-se pressionado a encontrar coisas para ela fazer. A neve pesada — mais de doze centímetros — amontoada em Bridgehampton num intervalo de poucas horas na semana anterior ao Natal tinha derretido no tempo quente, dando vida nova para a grama. Ela cintilava verdejante como no início de junho. Tudo o mais também tinha bom aspecto, sobretudo as azaleias e os rododendros no fundo do gramado do quintal. Por alguma razão, o cervo destruidor havia poupado as flores, mesmo sem a costumeira rede protetora de náilon preto que ele dissera para Gus Parrish não usar. Quando o jardineiro, surpreso, perguntou por que razão, Schmidt se viu admitindo a verdade embaraçosa: a rede dava às moitas o aspecto de feras pré-históricas prontas para atacar a casa. A imagem o deixava inquieto. Foi a vez de Schmidt ficar surpreso, quando Gus acatou seu desejo sem o menor sinal de achar que seu cliente estava maluco. Tal discrição foi motivo, mais uma vez, para Schmidt se parabenizar por haver contratado os serviços de Gus quando o sobrinho de Jim Bogard finalmente seguiu o exemplo do tio e se aposentou. No total, os Bogard tinham tomado conta da propriedade desde antes de Schmidt se tornar seu dono, quando ela ainda pertencia a Martha, tia de Mary, e ele e Mary, sua falecida esposa, e a filha deles, Charlotte, iam lá para passar fins de semana e férias, como hóspedes e parentes mais próximos de Martha. A confiança é recompensada com mais frequência do que a desconfiança. Ele disse para Gus que tinha um motivo especial para querer que o lugar ficasse um brinco na véspera do Ano-Novo e Gus tinha dado conta do recado. Na verdade, a experiência de Schmidt com Gus o levara a crer que, em matéria de confiabilidade e esmero, aquilo que no antigo escritório de advocacia de Schmidt era curiosamente chamado de "trabalho completo", o pessoal do Gus era para os outros jardineiros nos Hamptons o mesmo que Wood & King tinham sido para categorias inferiores de advogados de Nova York que tratavam de causas de lesão corporal em escritórios situados perto da prefeitura ou das estações de metrô de Borough Hall e, a partir do momento em que as restrições quanto à publicidade foram suspensas, alardeavam seus serviços em anúncios em língua espanhola nos vagões do metrô. As contas absurdas de Gus eram parte integrante do trato, e elas também faziam lembrar a firma W & K Associados. O nome de todas as colombianas simpáticas que prodigalizavam cuidados no gramado de Schmidt, podavam os canteiros de flores e sopravam as folhas caídas com o rugido infernal de um compressor de ar que deixava em pânico Sy, o velho gato siamês de Schmidt, e seu novo filhote abissínio Pi, era seguido por sua nota de cobrança, uma descrição dos serviços executados e do tempo gasto no trabalho. As horas, Schmidt tinha certeza, eram discretamente infladas, uma prática tradicional e veneranda também pela W & K. Telefonema para o sr. Schmidt, tantos décimos de hora, revisar uma minuta segundo as observações do cliente, duas horas e sete décimos de hora, pesquisar os pontos X, Y e Z da petição do sr. Schmidt a fim de respaldar a minuta, onze horas e um décimo. Francamente, se perguntaria o sr. Schmidt, onze horas e um décimo num só dia? Fosse a fatura da W & K ou de Gus, as anotações das horas passíveis de cobrança seriam seguidas de uma lista de gastos sujeitos a reembolso. Ligações telefônicas, correio, portadores, cópias, refeições noturnas e corridas de táxi do escritório para casa se transformaram, na justificação das contas de Gus, em tantos sacos de oito tipos de fertilizante e de exterminadores de insetos e de ervas daninhas e, quando as falantes senhoras colombianas, que plantavam e capinavam, se juntaram à equipe, também em bulbos, mudas e terra para vasos.

Ele ouviu o carro de Sonia no acesso para a garagem, um Mercedes branco, e nada menos do que um modelo bastante recente, cuja proveniência o deixava intrigado desde o verão, quando pela primeira vez ela apareceu com o carro. Será que pertencia a um namorado? Será que ela o havia ganhado numa rifa da igreja ou comprado com suas economias? Neste último caso, ele estava pagando demais para ela. Mas como Schmidt poderia obter a resposta se insistia em não fazer a pergunta? Hora do café da manhã. Cumprimentou Sonia e sentou-se. O café estava quentíssimo e forte, o iogurte não estava de todo mau, as uvas, excelentes. Faltavam os croissants e os bolinhos de aveia que ele comprava toda manhã no Sesame, o maravilhoso mercado onde também comprava galinha, queijo e ravióli *in brodo*. As lembranças daqueles doces de massa, banidos de sua mesa de café da manhã pela dra. Tang, a senhora sino-americana que tomou o lugar de seu velho amigo e médico da família, David Kendall, após a aposentadoria, encheu sua boca de água. E fez também Schmidt se perguntar se ainda conhecia alguém que não tivesse se aposentado. Sim, é claro: Gil Blackman, seu colega de dormitório na faculdade e seu melhor amigo, que ainda fazia filmes; Mike Mansour, tão ocupado quanto sempre estivera com seus bilhões; e a esplêndida Caroline Canning e seu horrendo marido, Joe, escrevinhando o tempo todo.

Trabalho inútil, pensou Schmidt, a atenção da dra. Tang com sua dieta. À sua maneira, também era trabalho inútil as providências de Gus e de seus predecessores, que continuaram a trabalhar em conformidade com as ordens de Schmidt, ano após ano, desde que tia Martha tinha morrido e deixado a casa para Mary. Há quantos anos? Deu de ombros: quase quarenta. Por quanto tempo eles ainda iam prosseguir? O palpite de Schmidt era não mais de dez anos. Havia perguntado à dra. Tang se ela era capaz de prever o modo como a morte chegaria para ele. A senhora não vai me assustar, disse, todos têm um encontro marcado em Samarra e eu sou dono de um jazigo perpétuo num cemitério com vista para a baía Peconic, de que gosto muito. Em resposta, ela riu com alegria e lhe disse que, com um paciente num estado de saúde tão bom, era impossível prever. A tradução simultânea de Schmidt foi Não faça perguntas cretinas, deixe isso por conta da morte, ela vai dar um jeito. Ainda que educadamente, limitou-se a rir em resposta. Na verdade, ele tinha seus próprios palpites: ataque do coração ou câncer, doenças diabólicas que nem sempre optam por matar rapidamente. Porém, qualquer que fosse o método, ninguém, absolutamente ninguém, seria capaz de obrigá-lo a internar-se numa clínica de repouso. Se tivesse a mente sã e ainda não estivesse paralisado, encontraria seu próprio jeito de sair de cena. De outro modo, as instruções deixadas com Gil, nomeando-o único árbitro da vida e da morte de Schmidt, dariam conta do recado, com um pequeno empurrão de Gil, se fosse necessário. Não era nem mais nem menos do que aquilo que ele mesmo faria por Gil, que tinha tomado suas próprias providências, conferindo a Schmidt o poder de decisão. A demência, a doença com maior probabilidade de cortar todas as rotas de fuga, inspirava mais terror do que qualquer outra. Porém Schmidt jamais ouvira falar de nenhum antepassado, em três gerações, que tivesse sofrido daquele mal. O outro lado da moeda, o lado agradável, era sua boa saúde geral. Depois que pegava um embalo de manhã, ainda se mostrava bastante ágil. Na verdade, duvidava que houvesse tanta diferença entre seu estado atual e o de treze anos antes, quando visitou Alice pela primeira vez, em Paris, para tomar um exemplo que o preocupava no momento. A menos que alguém quisesse se deter nas rugas marcadas que corriam nos cantos da boca e tinham apenas se tornado mais fundas, ou nas faces mais cavadas, ou nas pregas de pele que pendiam de seu pescoço. No conjunto, aquilo lhe dava uma expressão tão lúgubre que o esforço para sorrir lhe emprestava o aspecto de uma gárgula. A situação era menos formidável no que dizia respeito à sua libido e ao desempenho sexual. A nota que ele mesmo se dera quando posto à prova pela última vez fora a nota mínima para passar de ano, mas, como dissera para Alice, ainda não havia experimentado nenhuma das pílulas milagrosas que o patrono dos idosos, Bob Dole, alardeia na televisão. Além do mais, a prova em questão tinha sido injusta: a senhora a quem ele pode ter decepcionado não chegava nem aos pés da incomparável Alice. Será que sua idade e as pilhagens do tempo tornavam repreensível a decisão de continuar pagando caro demais para a máfia de jardineiros, carpinteiros, encanadores e quebra-galhos de Hampton, pelo prazer de ter tudo em sua casa como manda o figurino? Ou pagar as ultrajantes taxas imobiliárias municipais que financiavam os serviços públicos do município, rigorosamente descritos no carnê de cobrança como que para ridicularizá-lo, provando que ele em nada se beneficiava pessoalmente de tais serviços? Diabos, havia uma porção de homens incapazes de ter uma ereção e uma porção de mulheres que fingiam orgasmos, até o bendito momento em que pudessem finalmente declarar que, em sua idade, já haviam aberto mão daquilo tudo, morando confortavelmente em casas muito mais luxuosas do que a dele. Gastando mais dinheiro do que ele! Por que ele não podia fazer o mesmo? Precisava morar em algum lugar e aquele era o lugar de que mais gostava. Quem é que havia ali para reclamar? Era seu dinheiro, podia gastar ou jogar fora. Não tinha mais nenhum herdeiro legal e sua herança seria coberta com folga por sua propriedade rural, que valia muitas vezes mais, deixando uma bela quantia para Harvard. A menos que ele decidisse deixar o grosso daquele dinheiro para Alice, caso em que Harvard, ainda assim, receberia uma doação elegante, embora não mais extravagante. Alice! Alice estaria em Bridgehampton dali a quatro horas! Em sua casa. Ela ia dormir sob seu teto. Será que ele preferiria recebê-la em outro local? Por exemplo, em algum sítio aconchegante em Sag Harbor, com assoalhos empenados e um aroma permanente de bolor? A resposta era um alto e claro não: que se danem os custos!

Ele disse para Sonia que ia sair para dar uma volta, e não,

ela não precisava ficar para ajudar com o almoço, nem para lavar a louça depois, e se sua convidada, a sra. Alice Verplanck, ligasse enquanto ele estivesse fora, Sonia devia dizer que Schmidt voltaria para casa em uma hora e telefonaria para ela. Na verdade, ele não acreditava que o celular de Alice fosse funcionar nos Estados Unidos, mas era possível que usasse o celular do motorista. Exultante e ansioso, tirou a caminhonete Audi da garagem, a sucessora do Volvo que ele vendera, com remorsos, com duzentos e vinte e cinco mil quilômetros rodados, e dirigiu primeiro até Wainscott, para comprar uma sopa de peixe com legumes, depois voltou no sentido oeste pela estrada 27, para Sesame, para comprar pão, queijo e ravióli *in brodo*, que seriam o almoço deles no dia do Ano-Novo, bem como os croissants que seriam o café da manhã de Alice, e por fim voltou para Bridgehampton, onde o florista havia preparado os pequenos buquês que ele havia encomendado para enfeitar a mesa da cozinha e o quarto dela. Isso cobriria suas necessidades daquele dia de Ano-Novo, quando apenas as lojas de conveniências estariam abertas nos Hamptons. Restaurantes também estariam fechados, mas Schmidt não precisava se preocupar com jantares. Eles iriam à festa da véspera de Ano-Novo de Mike Mansour, e Gil e Elaine Blackman o haviam convidado para jantar no dia seguinte, um gesto calculado que deixara Schmidt infantilmente agradecido.

Alice tinha telefonado na sexta-feira, um dia depois do Natal, e dito que ia pegar o avião em Paris no Ano-Novo, com destino ao aeroporto Kennedy, onde devia pousar às dez e meia da manhã. Ela teria de acordar antes de o sol raiar, mas preferia isso ao trânsito a caminho do aeroporto e à multidão que teria de enfrentar, caso tomasse um voo mais tarde. Ela não quis nem ouvir a ideia de Schmidt ir pegá-la no aeroporto JFK; na verdade, proibiu isso de forma categórica. Mas aceitou sua sugestão de mandar um carro trazê-la para Bridgehampton. Depois que desligaram o telefone, Schmidt saiu para a varanda dos fundos e ficou imóvel, deixando assentar no pensamento aquilo que Alice dissera. Ela de fato estava vindo! Schmidt dissera para si mesmo, muitas e muitas vezes, que ela era séria demais para mudar de ideia e afirmar que, afinal, tinha decidido que não queria vê-lo. Todavia, ouvir Alice dizer de fato Eu vou pegar tal avião em tal horário e vou chegar ao aeroporto de Nova York em tal hora, e você pode mandar alguém me buscar e me levar para a sua casa, isso teve nele o efeito de um milagre. Schmidt chegou a pensar, por um momento, em mandar Bryan, seu misto de quebra-galhos e cuidador da casa e da gata, que conhecia todas as estradas vicinais e caminhos alternativos, mas no final concluiu que a conversa daquele loquaz excêntrico e traficante de drogas aposentado era mais do que se podia esperar que Alice suportasse depois de oito horas num avião. Um irlandês mirrado transportava Schmidt de casa para o aeroporto e do aeroporto para casa quando Bryan estava ocupado ou quando Schmidt dava um jeito de dispensá-lo sem ofendê-lo. E portanto foi o irlandês que foi instruído a estar bem cedo no setor de desembarque, logo depois da alfândega, muito antes do horário previsto para a aterrissagem, e a erguer bem alto e bem visível o cartaz com o nome de Alice.

Olhou para o relógio de pulso. Onze e meia. Ela devia estar na Via Expressa de Long Island. Como tinha verificado no site da Air France, sabia que o avião pousara quinze minutos antes do horário. Naquela hora da manhã, as filas na imigração não deviam estar muito longas, mesmo na véspera de um feriado. Portanto, a menos que houvesse algum empecilho na retirada da bagagem, ela devia ter pegado o carro às onze e quinze e chegado à sua casa entre uma e meia e duas horas. Era uma estimativa conservadora. Levava em conta tanto a possibilidade de o trânsito estar ruim quanto a tendência de Murphy de obedecer aos limites de velocidade, pelo que ninguém podia de fato censurá-lo.

Numa regressão momentânea a seus tempos de bebedor contumaz, Schmidt serviu-se de uma dose dupla de bourbon, acrescida de um cubo de gelo, e sentou-se na cadeira de balanço. A mesa da cozinha estava posta com a porcelana boa e a prataria. O buquê vermelho era um toque bonito. Na verdade, não havia nada do que se envergonhar em seus preparativos domésticos. Podia balançar-se em sua cadeira e bebericar seu uísque em paz. À uma hora, o telefone tocou. Era Murphy comunicando que estavam se aproximando de Water Mill. O homem era mais esperto do que parecia! O trânsito estava bom. Portanto iam chegar em quinze minutos. Seu sexto sentido o avisou quando o carro se aproximou da entrada da garagem. Sorveu o resto da bebida e correu para a varanda. Alguém ensinara Murphy a ser respeitoso com as pedrinhas britadas na entrada da garagem de seus clientes. O carro avançou rastejante na direção da casa. Afinal, parou. Schmidt abriu a porta. A mão que apertou a sua estava envolta numa luva comprida de camurça vermelho-escura, que ele reconheceu. Alice tinha usado o mesmo par de luvas quando os dois jantaram no restaurante na Rue de Bourgogne, no dia 14 de outubro, dois meses e meio antes.

A primeira visão que Schmidt teve de Alice foi no casamento dela com Tim Verplanck, um jovem sócio na W & K que se tornara seu protegido. O casamento foi numa igreja em Washington, pois o pai de Alice era o embaixador francês nos Estados Unidos. Naquela tarde, Schmidt dançou com a noiva na recepção da embaixada. Alice usava frésias brancas nos cachos dos cabelos, que tinham cor de ouro velho, e usava um véu de renda marfim ondulado, que Mary disse que devia ter pertencido à avó dela. No correr dos meses e dos anos, houve jantares — Mary teria lembrado quantos foram, era o tipo de coisa que ela controlava bem — no apartamento dos Schmidt nos quais, segundo um costume da firma W & K, entretinham os parceiros que trabalhavam para ele, com suas esposas ou noivas; tinha havido também o jantar e o baile anual da firma para todos os advogados e esposas e, depois que Tim foi incorporado à firma, jantares muito menores para os sócios e suas esposas. Todas as vezes, Schmidt ficara assombrado, realmente perplexo, com a beleza de Alice, sua elegância, seu porte tão perfeitamente ereto, sua cabeça sempre erguida e alta, a densa massa de seu cabelo torcida num coque ou presa por um grampo sobre a nuca. Alice tinha as imperturbáveis boas maneiras de uma filha de diplomata. Suas pernas vertiginosamente compridas e perfeitas ocupavam um lugar de destaque na memória de Schmidt. Uma chance de inspecioná-las fora oferecida a toda a firma num dia em que ela foi ao escritório usando uma minissaia vermelha, cor de caminhão do corpo de bombeiros, e meias de malha pretas, enquanto nenhuma esposa do escritório trajava nada remotamente tão chamativo. Mas Schmidt podia jurar que não a havia cobiçado naquele momento nem em nenhum outro enquanto Tim estava vivo, pois relações no âmbito do escritório, e ainda mais relações adúlteras, eram um tabu para ele e, acreditava Schmidt, para todos os outros homens decentes de sua classe e de sua geração. Havia outra razão, inevitável: enquanto Mary estava viva, todas as mulheres que o haviam excitado tinham algo de vulgar. Eram mulheres que ele havia conhecido em bares de hotel, uma estudante de direito com quem havia fumado maconha, de forma imperdoável, durante uma viagem de recrutamento à Costa Oeste. A única exceção seria a jovem babá meio asiática que havia cuidado de Charlotte. Aquela garota tímida e educada tinha se oferecido a ele de modo tão inocente, e no entanto com uma premência tão explícita, que a prudência e os princípios foram jogados pela janela. Mas mesmo que ele se permitisse ficar excitado com Alice, não se atreveria a pensar nela como alguém capaz de admitir copular à tarde no sofá de sua sala de estar ou num hotel turístico no centro da cidade. Era o tipo de proposta que ele teria rechaçado com desdém. Alice estava apaixonada por Tim, aquilo era óbvio, e mesmo que algo tivesse desandado um pouco entre os dois, do que não havia nenhuma razão para desconfiar, ela era esplêndida demais, orgulhosa demais — se Alice fosse um homem, ele poderia dizer *un chevalier sans peur et sans reproche* — para ter um caso ordinário com Schmidt ou com qualquer outro sócio casado de seu marido. Então ela desapareceu do horizonte de Schmidt. De fato, a família inteira sumiu de vista quando Tim assumiu a direção do escritório da firma em Paris e Alice e os filhos, naturalmente, foram com ele. Raramente Tim aparecia no escritório de Nova York, com uma frequência muito menor do que seus antecessores, que eram todos rigorosos quanto a manter contato e compareciam regularmente às reuniões da firma em Nova York, onde caminhavam devagar pelo corredor, atentos a portas abertas, que eram um modo de os sócios indicarem que uma visita não seria inoportuna. Era uma forma útil de continuar em contato com a firma e ter certeza de que nada capaz de afetar o escritório de Paris estava sendo tramado.

Então aconteceu que, quando visitou Alice em Paris, em 1995, para prestar condolências pessoalmente, depois da morte chocante e de tudo inesperada de Tim, já fazia treze anos, ou mais, provavelmente, que Schmidt não a via. Pareceu-lhe que ela estava ainda mais linda: seu aspecto era mais feminino, mais nobre e menos arrogante. A menina havia crescido. De forma assombrosa — em subsequentes momentos de amargura, pensaria ele, de forma absurda —, apaixonou-se no ato, sem que seus lábios sequer tocassem os dela, sem um único abraço. Chamem isso de um ataque tardio de amor adolescente; ele acreditava que teria acontecido a mesma coisa ainda que estivesse de olhos vendados, se apenas a ouvisse rir de novo. E agora, após o hiato de mais treze anos desde o encontro de abril, pareceu-lhe que seu amor estava intacto. Se houvesse alguma reserva de felicidade guardada para ele, teria de ser num futuro compartilhado com Alice.

Ela trouxe pouca bagagem, como uma jovem, apenas uma pequena mala decorada com adesivos vermelhos, a fim de torná-la facilmente identificável nas esteiras de bagagem do aeroporto, e uma bolsa em forma de salsicha cujo zíper ela nem se dera ao trabalho de fechar, de modo que se podia ver pela abertura uma boa quantidade de revistas e jornais franceses e o que pareciam ser manuscritos. Schmidt levou as coisas dela para cima e mostrou-lhe o quarto onde ia ficar. Tinha sido o quarto de Charlotte: ensolarado, com as janelas em arco voltadas para o gramado dos fundos e para o jardim e, para além dos limites da propriedade, o grande lago salgado cuja população de gansos selvagens não migrava mais. Alice exclamou admirada com a paisagem e disse que precisava fazer um tour completo pela casa e pelo jardim. Mas primeiro gostaria de almoçar, tomar banho e tirar um cochilo demorado. Depois do almoço, porém, ela mudou de ideia e disse que era melhor darem uma volta, antes que escurecesse. Quando terminaram e estavam parados na porta do quarto dela, Schmidt falou: Você gosta deste lugar. Talvez gostasse de morar aqui.

Ela não respondeu, mas continuou imóvel. Achando que ele havia adivinhado o que ela queria, pôs os braços em volta de Alice. A boca dela tinha o sabor do almoço; seu cabelo e suas roupas tinham um suave cheiro de suor e de outros odores que contavam a história das horas passadas em aeroportos e no avião.

A intimidade imediata deixou-o excitado, como um doce roubado. Schmidt prolongou o beijo, mas na hora em que ele sentiu uma ereção, ela se afastou.

Está na hora do banho, disse ela, muito serena. Onde você vai estar?

Bem aqui, disse ele, apontando para seu quarto, do outro lado do corredor. Vou fingir que estou lendo e ouvindo música.

Posso ir vê-lo?

Schmidt aumentou um pouco o termostato da calefação do primeiro andar e acomodou-se na poltrona vermelha em seu quarto. Em geral, mantinha a casa em temperatura baixa — alguns diriam fria, francamente —, mas Alice ainda não estava habituada ao frio de uma casa de praia feita de madeira, sacudida pelas rajadas de vento do Atlântico Norte. Ou a dividi-la com um sujeito velho, a vida inteira acostumado a economizar o combustível para a calefação. Na mesinha de cabeceira, estava um romance desesperadoramente triste, escrito por um judeu russo, passado na época da Batalha de Stalingrado, além de uma pilha de exemplares não lidos da *New Yorker* e da *New York Review of Books* que vinham se acumulando desde o dia seguinte à eleição, quando ele saíra para uma ronda de inspeção em Centros de Vida na Europa Central e Oriental e em alguns Estados da antiga União Soviética operados pela fundação de Mike Mansour, da qual Schmidt ainda era o chefe. Ele estava achando o romance tão forte que teve de conter o ritmo a fim de assimilar seus horrores; parecia que ainda não estava pronto para mais uma cena de degradação humana naquele momento. Será que os distintos e afáveis ucranianos que o receberam no Centro de Vida de Kiev estavam a par daquele relato de horrores — horrores que deviam ter abarcado seus avós, ou mesmo seus pais?

Antes de ir dormir na noite anterior, ele havia baixado o livro na hora em que um velho bolchevique, um comissário de escalão superior, estava sendo preso por razões que não compreendia. Um comissário muito mais jovem o esbofeteava repetidas vezes, para quebrar a resistência do prisioneiro. Por hora, o máximo que Schmidt conseguia suportar era ouvir, enquanto a mente divagava, a estação de música clássica de Connecticut na qual o rádio estava sempre sintonizado. Alice o atraía de modo poderoso, é verdade, porém o que Schmidt sentia por ela ia muito além de atração sexual. Era amor, embora amor de um homem velho. Queria mantê-la a seu lado. Oferecera o casamento, o que ele desejava fervorosamente, com base na crença, que ele sabia ser contestada pela experiência, de que o casamento comportava uma promessa de estabilidade. Mas Schmidt lhe dissera que estava preparado para uma vida a dois em qualquer parte, em quaisquer condições que ela quisesse. E a oferta de si mesmo era feita com uma cláusula de satisfação garantida e com base num período de experiência e garantias de que ia tirar seu time de campo discretamente caso Alice achasse que ele era insatisfatório. Seria justo, seria razoável propor casamento ou qualquer outra forma de coabitação com um homem que tinha acabado de completar setenta e oito anos, para uma mulher que tinha sessenta e três? A única resposta honesta era que não, mas ele não queria aceitar um não como resposta e pensava sinceramente que os argumentos contra sua petição eram superestimados. Schmidt havia posto os riscos inteiramente às claras, riscos que, de resto, eram óbvios, chegando ao ponto de dizer que, caso fosse seu pai ou irmão, recomendaria a ela que não corresse tais riscos. Mas a decisão cabia a ela. Quanto à consciência de sua própria posição, embora o casamento fosse aquilo que desejava com ardor, Schmidt conhecia perfeitamente as punições por entrar num casamento que dava errado. No pior dos casos, vivemos com um companheiro de cela que lentamente se transforma em nosso inimigo e, no geral, com uma pessoa mais ou menos irritante. Isso sem falar da intimidade física que a coabitação tornava difícil evitar. Muito ruim para a mulher, que se sente obrigada a submeter-se às apalpações de um sujeito velho e nada atraente — Schmidt não excluía a si mesmo daquela tese de que todos os homens velhos são intrinsecamente pouco atraentes —, e pior ainda para o homem, convocado a tomar a iniciativa e levar a cabo, repetidas vezes, o milagre da penetração. Uma voz recordava Schmidt de que as leis do divórcio haviam tratado daqueles problemas. Era possível admitir de antemão que o marido infeliz ou a esposa infeliz poderiam dar no pé. Talvez suas perguntas só pudessem ser respondidas de forma definitiva depois do fato consumado; era um caso de agir por sua própria conta e risco.

Schmidt terminou abruptamente essas ruminações. Ela estava linda, cheirosa e mais desejável do que qualquer mulher que ele havia conhecido, com a única exceção de Carrie, a própria Hécate, que lhe viera na forma de uma garçonete porto-riquenha de vinte anos de idade. Durante dois anos indelevelmente marcados em todos os nervos de seu corpo, ela fora sua amante. O idílio terminara exatamente da forma como era de esperar. Ela encontrou um gigante louro e delicado como um cordeiro e foi para ele com as bênçãos de Schmidt, levando um filho cuja paternidade era incerta. Quanto a Alice: podia não ser uma criatura mágica da noite, mas era bem o seu tipo! Quem se atreveria a dizer que o resultado não compensava? A covardia, ele sabia muito bem, comportava suas próprias punições: solidão amarga e desespero. Preocupações quanto a ser desleal com Alice eram mero palavrório. Ela era uma garota crescida. Pouco antes, ela havia perguntado se podia ir vê-lo em seu quarto depois do banho. Dificilmente se poderia chamar aquilo de um gesto ambíguo.

No café da manhã, Schmidt tinha apenas passado os olhos pelas páginas do *Times*. Agora ele foi buscar o jornal na cozinha e descobriu a única notícia mais ou menos decente: Al Franken continuava na frente do deplorável Norm Coleman na recontagem de Minnesota, mas apenas por cinquenta votos. Recontagem! Schmidt gostaria de nunca mais ouvir a palavra, depois daquele interlúdio de safanões que se estendeu até a Suprema Corte e que pôs W na Casa Branca. A não ser por isso, só contos de horror e perplexidade. Um dia antes, o Hamas tinha disparado um foguete de Gaza que foi atingir um alvo no território israelense, a trinta quilômetros da fronteira, matando a mãe de quatro filhos. Segundo a ONU, os ataques israelenses naquela desafortunada faixa de terra já haviam matado trezentos e setenta palestinos, dos quais sessenta e dois eram mulheres e crianças. O que aqueles números provavam, senão a futilidade de matar grandes quantidades de palestinos? Aquilo não havia nem de longe enfraquecido sua disposição de lutar. Por outro lado, o Hamas tentava poupar mulheres e crianças israelenses? Essa questão não era tratada pelo *Times*. Será que o Hamas e o Hezbollah aceitariam qualquer outra coisa que não empurrar Israel para o mar? Provavelmente não, mas se eles empurrassem com força o bastante, os israelenses lançariam a bomba atômica. Onde exatamente iam jogá-la era uma boa pergunta, e ele estava disposto a apostar que nem Mike Mansour tinha uma resposta. E se os iranianos também conseguissem a bomba, seguramente iam jogá-la em Tel Aviv, em retaliação, uma catástrofe para os judeus, na mesma escala de Auschwitz, ao passo que os israelenses iam jogar uma bomba nuclear em Teerã e na ilha Kharg, fato que provocaria uma reação em cadeia de caos para todos os países que dependem de petróleo iraniano. Será que alguém — russos, paquistaneses ou chineses, ou até coreanos do norte — viria em socorro de seus amigos iranianos e árabes? E fariam o quê? Nesse ponto, Schmidt desistia. Ele não sabia e também não era um colunista do *Times* de quem exigiam que fingisse saber. Com um pouco de sorte, ele estaria morto antes que a resposta fosse revelada. Outra matéria tocava num ponto mais afim à sua antiga especialidade. A Comissão de Títulos e Câmbio fincava pé na defesa da contabilidade da marcação a mercado, ou precificação de títulos, a qual requeria que as instituições financeiras registrassem diariamente em seus balancetes os ativos e a quantia, qualquer que fosse, que um comprador estava disposto a pagar naquele dia. Schmidt acreditava tenazmente que, se a regra fosse suspensa ou abolida, os bancos roubariam o público à vontade. Qualquer pessoa que já tivesse lidado com aquela gente não poderia chegar a outra conclusão. Havia, no entanto, um contra-argumento razoável, que o jornalista não havia mencionado. Sustentava que um ativo não era necessariamente sem valor só porque não havia nenhum tomador para ele em determinado momento. Deveria tal ativo, então, ser registrado como de valor zero no balancete do banco? Era o mesmo que dizer que sua casa numa rua sombreada em Scarsdale, pela qual você pagou dois milhões de dólares três anos antes, de repente passou a valer zero, só porque o Dow Jones caiu e, por ora, nenhum comprador podia ser encontrado. Mais uma charada de dar dor de cabeça. Talvez Mike Mansour tivesse a resposta correta. Quando Alice e ele encontrassem Mike no jantar naquela noite, Schmidt poderia lhe perguntar. O grande homem de finanças nunca se mostrava carente de convicções, ou tímido quanto a declará-las. Podiam até zombar do estilo dono-da-verdade de Mike, mas, quando ele opinava sobre questões financeiras, era melhor prestar atenção. Schmidt aprendera essa lição em outubro de 2007, quando Mike lhe disse para vender ações e comprar ouro e títulos do tesouro.

Será que tinha cochilado? Havia quanto tempo que estava em seu quarto? Tornou-se consciente da presença dela só quando falou: Toque, toque! É a senhora que veio de Paris. Tão silenciosa quando se movia, tão semelhante a seus gatos, e à sua saudosa Carrie, Alice estava parada na sua frente, rindo, descalça, as unhas dos pés pintadas de vermelho, o que ele achou de uma delicadeza de cortar o coração, vestida num agasalho esportivo bege que, Schmidt se deu conta quando a abraçou, era feito de uma casimira tão macia que lhe dava a sensação de estar tocando o corpo nu de Alice. Tentou beijá-la, mas ela virou a cabeça e disse: Schmidtie, vim aqui para conversar sobre um assunto sério. (Era o nome que ela havia descoberto que seus amigos usavam para chamá-lo; Schmidt não gostava de seu nome de batismo, Albert, e de seus diminutivos detestáveis.)

Claro, Alice, disse ele, podemos ter uma conversa séria, mas você permite que eu faça uma declaração inicial?

Ela fez que sim com a cabeça.

É muito simples: amo você. Recordei tudo o que disse a você quando a vi em outubro, falei a sério na ocasião, e estou falando sério agora também. Por favor, me dê uma segunda chance e more comigo, casados ou em pecado, aqui nesta casa ou em Nova York ou em Paris — ou em qualquer lugar, contanto que estejamos juntos e eu lhe dê plena satisfação.

Ele não tinha certeza da reação que esperava, mas ficou aliviado ao ver que Alice sorria. Schmidtie, isso foi a declaração inicial ou a conclusão? Como os advogados chamam isso? Petição de indulto?

Um pouco das duas coisas, respondeu ele, mas, por favor, lembre que não engavetei minha causa.

Então vá em frente, engavete de uma vez, Schmidtie. Ela deu uma risadinha. Não me faça esperar.

Ele deu um passo comprido na direção da poltrona onde

ela estava. Caindo de joelhos, abraçou as pernas de Alice e apertou o rosto contra elas.

Espere, espere, sussurrou Alice, eu também tenho algo a dizer. Eu não teria vindo aqui se não gostasse de você, se eu não quisesse ficar com você. Mas se passaram treze anos. Na nossa idade, isso é uma vida inteira. Lembra que você me disse que eu não devia me prender a um homem velho? Agora você está ainda mais velho. Mas não tenho medo disso, Schmidtie. Estou mais preocupada com o que você vai pensar de mim. Agora também estou velha, com o corpo de uma mulher velha.

A noção que Schmidt tinha daquilo que a ocasião exigia dele obrigou-o a protestar. Disse que ela não havia mudado, que continuava a ser a majestosa beldade loura pela qual havia se apaixonado, que ela nunca estivera mais desejável. O mais incrível, se deu conta, era que estava falando a verdade.

Silêncio, Schmidtie, disse ela. Sei que você é um cavalheiro. Mas será preciso ser também um tolo? Por acaso já imaginou o que vai encontrar quando eu tirar minha roupa?

Pegou a mão dele e levou-a por baixo da blusa, apertou-a contra o peito. Sente como mudou? Está flácido. Meu corpo inteiro está diferente. Mole e caído.

Ele renovou seu protesto, mas ela disse: Silêncio! Esta tarde, não vai ter problema, porque vai ter uma sensação de novidade, como fazer isso pela primeira vez. Mas e de noite, e amanhã? Você é tão educado que provavelmente vai tentar fazer amor comigo todos os dias enquanto eu estiver aqui. Mas vai dar a sensação de estar cumprindo uma tarefa, não porque você não me ame ou não queira me dar prazer, mas porque somos velhos. O que você vai fazer? Tomar aquelas pílulas? Às escondidas, é claro. Você é um sujeito muito digno.

Ah, Alice, Schmidt sussurrou. Chega de falar.

Mas eu lhe disse que temos de conversar. Como podemos

simplesmente esquecer aquela festa horrível em Water Mill? E depois você me fez ir a Londres. Para quê? Para brigar comigo e me humilhar. Para ter certeza de que eu sabia que você estava furioso? E aquele sexo horroroso e sem amor que se seguiu? Mais pareceu um estupro. E depois todos aqueles anos de silêncio, até que você reapareceu do nada. Por quê? Porque imaginou que eu estava disponível. Não é isso?

Alice, nós dois sabemos o que aconteceu treze anos atrás. Fui um tolo. Um idiota. Admiti isso, implorei seu perdão.

E eu lhe respondi que não estou aborrecida, não estou mais. Aceito minha parcela de culpa. Mas vamos ter certeza de que desta vez não daremos um passo em falso. Eu não conseguiria suportar.

Ela não fizera nada para retirar a mão de Schmidt do seu seio e ele a mantivera ali, com uma carícia, ampliando-a para o outro seio. Tratamento igual. Ela começou a gemer.

Espere, espere, disse ela. Escute. Por favor, chega de falar sobre o futuro. Não agora. Não me faça pensar que você é um tolo. Deixe que eu peça você em casamento. Quando eu achar que estamos prontos.

Prometo, respondeu ele. Prometo.

2.

Alice estava dormindo, perdida em tamanhas profundezas que ele pôde acender a luz da cômoda e apanhar suas roupas sem incomodá-la. O pouco barulho que ela fez em resposta foi, pensou ele, um gemido de satisfação. Em seguida ela enterrou a cabeça embaixo dos travesseiros. Nada havia de surpreendente em dormir um sono tão profundo depois de uma noite num avião seguida de sexo, que terminara num clímax exuberante, mas ele não podia deixar de tomar aquilo como prova de que era um bom anfitrião. O pensamento lhe deu uma sensação de orgulho, embora soubesse que era uma coisa infantil. Também ele adormecera profundamente, mas só por um breve tempo. Acordou para topar com um braço jogado à sua volta. O corpo dela estava colado ao seu. Todo aquele ardor, a concentração impassível de Alice, como se estivesse fazendo força para ouvir, de longe, uma nota incrivelmente aguda que ia desencadear a explosão de alegria! Era também assim que ele lembrava da primeira vez dos dois. Olhos fechados, corpo arqueado, ela havia se entregado ao prazer, em seus próprios termos e de forma tão completa e franca quanto Carrie. Certos gestos que Carrie havia ensinado para Schmidt foram então varridos, sem comentário nem rancor. Como importavam pouco, fossem bem-vindos ou banidos! O protocolo de fazer amor com Alice não era, na realidade, diferente daquele que ele e Mary haviam adotado durante mais de trinta anos de um casamento decoroso e carinhoso ao extremo. Mas o resultado tinha uma profunda diferença. Mary quase nunca alcançava um orgasmo. Enterrado em algum lugar dentro dela, Schmidt estava convencido, havia o medo de que, fazendo aquilo, daria a ele uma forte vantagem. Antes, ela se contentava com os prazeres adolescentes da masturbação no sofá da sala, preliminares prolongadas para muito além do razoável, e, depois do ato, uma viscosa frustração. Provavelmente ela achava que o corolário — os sentimentos de culpa e de humilhação de Schmidt — era bem merecido. Era vergonhoso fazer comparações, ele sabia disso, mas como poderia evitar? Alice e ele jamais chegariam à fúria aterradora que conhecera com Carrie, mas Carrie o levara ao limite extremo de sua resistência física. Ele achava que não conseguiria acompanhá-la muito mais tempo naquela direção.

Desceu para a cozinha, deu comida para os gatos, preparou uma xícara de chá e bebeu-a, enquanto terminava a leitura da seção de artes do *Times*, que havia deixado no térreo. Em seguida tomou uma ducha no banheiro de hóspedes para não incomodar Alice e vestiu-se para o jantar. Olhou as horas no relógio de pulso. Não havia pressa. Alice podia dormir mais meia hora que ainda teriam tempo de sobra para se preparar. De volta à cozinha, serviu-se uma dose de bourbon, cortou um pedação do queijo manchego que havia comprado para o almoço. Munido disso, foi para a varanda dos fundos. A linda e alongada lua crescente pairava acima do lago. Não havia vento e o único som era o distante rumor das ondas. A temperatura tinha caído bastante, o termômetro do lado de fora marcava apenas seis graus negativos e dali a pouco o frio ia começar a incomodá-lo. Retirou-se para dentro da cozinha.

A estação de rádio de Connecticut estava tocando a Nona Sinfonia de Beethoven. A música envolveu-o, insistente, questionadora e premonitória. Durante uma pausa intolerável, o destino de todos os seres vivos permaneceu em suspenso, incerto. Em seguida, num salto, veio a exultação do chamado ao júbilo. Ele reagiu com aprovação: sim, alegria e gratidão. Como se ela também fosse chamada pelo *crescendo* triunfal, Alice apareceu na porta, esplêndida e esguia, numa roupa justa de veludo preto que ia até o chão e deixava seus ombros à mostra. Uma pequena parte da admiração de Schmidt rendeu-se à perplexidade. Seria um erro ela usar um vestido que devia ter comprado muitos anos antes, quando ainda tinha a pele de uma mulher jovem? Ele se atreveria a sugerir tal coisa? Será que ela teria consigo outro vestido para usar no lugar daquele? Schmidt caminhou na direção de Alice e abriu os braços. Grande alívio: os ombros de Alice eram lisos e tenros. Beijou-os, inalando profundamente, querendo que o cheiro do seu corpo enchesse seus pulmões. Que sorte inesperada e imerecida que ela fosse tão linda, que os lábios dele fossem tão bem recebidos, que ela sorrisse para ele!

Schmidtie, olhe para mim, disse ela, não fique aí parado me roçando com o nariz. Acha que estou bem? Quero a verdade: posso sair de casa com isto, se jogar algo por cima dos ombros?

"Algo" era um xale feito de duas tiras de seda de cores diferentes, verde-esmeralda e vinho, costuradas uma na outra, que ela segurava na mão com o braço estendido para a frente.

Tem certeza de que assim estou bem?, perguntou ela. Não quero envergonhar você.

Ele sorriu e fez que sim com a cabeça.

Com ou sem o xale, você está perfeita.

Ele havia deixado o motor do Audi ligado durante dez minutos, com a calefação funcionando. O interior do carro, agora, devia estar bem quente. Se ao menos ainda fabricassem bancos dianteiros como aqueles do Nash que ele pegava emprestado para os encontros mais demorados, no tempo da faculdade, Alice ficaria bem juntinho dele, quem sabe mordiscando sua orelha. Em vez disso, a mão dela ficou sobre o joelho de Schmidt, comunicando por meio de vários graus de pressão o pânico momentâneo com os faróis que ele tinha certeza que o estavam ofuscando, com o volume ameaçador dos utilitários e das caminhonetes que andavam colados em sua traseira e, nos cruzamentos, com os carros que surgiam de repente no meio da noite, sem ser notados, e se incorporavam ao fluxo do trânsito.

Estamos quase chegando, disse ele para acalmá-la.

Tudo bem, falando sério. Me desculpe. Como vai ser a festa?

Como sempre são esses eventos: não são ruins. Você vai ter um jantar excelente. E um vinho muito bom. Mike não é pão-duro em matéria de qualidade e quantidade.

Schmidt havia percebido a força da memória de Alice. Não esquecia nada — nem um simples número de telefone ou uma data. Era capaz de lembrar o que ele lhe dissera em Paris sobre os bilhões de Mike e como eles continuavam a se multiplicar nos anos em que outras pessoas perdiam dinheiro; seus primórdios como um judeu egípcio cuja família havia fugido de Nasser; bem como o trabalho da fundação em cuja chefia, por acaso, ele havia posto Schmidt. Como que para provar que tinha razão, Alice lembrou-lhe que em Paris, quando ele lhe regalava com as histórias das extravagâncias de Mike, o tom de voz de Schmidt era ácido. Aquilo havia mudado? Sim, respondeu Schmidt. Eu mudei e ele mudou. Mike tem sido um amigo extraordinariamente leal e próximo. Ainda por cima, tenho com ele uma enorme dívida de gratidão. Sem o trabalho na fundação, eu não poderia ter feito aquela viagem em 95 para inspecionar os escritórios da fundação e não teria encontrado você!

Mike se casara e se divorciara duas vezes, prosseguiu Schmidt, mas ao longo de todos os anos desde que eu o conheço, nunca teve uma namorada oficial. Agora existe uma senhora em sua vida, mas se trata de um segredo guardado a sete chaves. É Caroline Canning, uma biógrafa casada com um romancista. Ela e o marido estão sempre lá, vão a todas as festas dele e até a jantares para poucos convidados. Certamente você irá vê-la esta noite.

O marido romancista é por acaso Joe Canning?, perguntou Alice, em tom hesitante. Ele é um dos nossos autores.

Ele mesmo, respondeu Schmidt. Não me dei conta de que seus livros eram publicados na França. Vejamos... quem mais vai estar lá? Gil e Elaine.

E amanhã vamos jantar na casa deles.

Lançando um olhar de lado para Alice, viu que ela estava mordendo o lábio.

Após um silêncio que a Schmidt pareceu longo demais, Alice voltou a falar. Schmidtie, disse ela, estou tão preocupada com tudo isso. Vamos abrir uma ferida que ainda mal se fechou.

Não, não vamos, retrucou ele. Por favor, não fique preocupada. Os Blackman querem o meu bem. Querem a minha felicidade. Vão fazer você sentir-se bem-vinda. Você vai ver.

Pegou a mão dela, beijou-a, colocou-a de novo sobre o joelho.

Não havia dito para Alice, e não tinha certeza de que lhe diria algum dia, que Gil, com quem ele quase não tinha segredos, havia implorado para ele não se deixar abalar por causa do repulsivo Popov, do incidente bizarro em Water Mill e do fiasco em Londres — para continuar firme com Alice a qualquer preço. Ela era, dissera Gil, sua única chance de felicidade. Caso Schmidt tivesse lhe dado ouvidos, a ferida estaria curada havia muito, muito tempo. Mas, da forma como estavam as coisas, ela poderia se sentir ofendida, talvez de modo inconsciente, com a intromissão de Gil em seus assuntos particulares. Schmidt tinha de tomar cuidado para evitar que aquilo acontecesse.

Reduzindo a velocidade, fez a curva em Cobb Road. O resto dos convidados, acrescentou ele, é difícil prever. Mike classificou o encontro como um pequeno jantar. Duas mesas de doze pessoas. Mas Mike está sempre pronto para fazer novos amigos. Foi assim que me fisgou. Podemos encontrar qualquer pessoa lá. Ele tem um senso de humor estranho e não liga muito para o que os outros pensam, e as pessoas não conseguem resistir aos seus bilhões. É como um cheiro que atrai. Você verá por si mesma. E agora já estamos chegando.

Dobrou à esquerda em Flying Point Road, depois à direita, no acesso, e baixou o vidro da janela. Um vigia surgiu da escuridão e falou: Boa noite, sr. Schmidt, e feliz Ano-Novo para o senhor e a senhora. Por favor, siga até a porta da frente.

O mesmo para você, Carter, respondeu Schmidt em voz alta. Carter era um homem bom. Ele tinha estacionado o carro com a frente voltada para o lado da saída, o que livrava Schmidt do trabalho de fazer a manobra no comprido acesso da garagem, uma arte que Schmidt julgava dominar, no passado. Agora, fazia o possível para evitá-la, temendo não tanto a dor que sentia ao virar a cabeça na quantidade de graus necessários quanto o desarranjo que aquilo provocava na coordenação mão-olho.

Uma sensação de grande tranquilidade havia se instaurado em Schmidt. Alice estava sentada à direita de Mike e Gil estava do outro lado. O fato de Mike ter feito dela uma convidada de honra era um gesto elegante. Ele sabia menos que Gil sobre a história dele e de Alice, mas desde o início fora favorável à bela dama em Paris. No entanto, ainda mais importante para Schmidt era que Alice e Gil estivessem falando e rindo com grande animação. Schmidt achou que ele também tinha sido bem tratado na disposição dos convidados. Ficara entre Elaine e Caroline, a quem passara a considerar, como Mike, sua verdadeira amiga, e a uma distância segura das três mulheres muito bronzeadas, de dentes grandes e brancos e de penteados louros com laquê. Ele não as conhecia, bem como os dois homens corpulentos e um terceiro, pálido como papel e macilento. Ao contrário, aqueles três casais — eram obviamente casais, mesmo que Schmidt não soubesse qual das mulheres correspondia a cada um dos três homens — pareciam muito familiarizados entre si. Algo neles, no entanto — Os vestidos compridos de cor pastel? As gravatas-borboletas coloridas e alegres e as faixas de cetim amarradas na cintura? O bronzeado da Flórida? —, era misteriosamente familiar, como o refrão de uma música que a gente lembra depois que o resto da letra já foi esquecido. Eureca! O denominador comum era o Meadow Club. Será que aquele bastião do que os Hamptons foram outrora havia afinal aberto seus portões para os eventuais judeus super-ricos? Tsc, tsc! Se era mesmo aquilo, Mike estava fazendo uma experiência nova ao convidar um punhado dos membros do clube. Quem diria? Enquanto as bebidas eram servidas, Schmidt tinha observado mais arianos do que representantes dos Escolhidos. Ele só podia ter certeza quanto ao senhor da casa, Gil e Elaine, Joe Canning, caso Joe estivesse de fato presente, Bruce Holbein e sua esposa tagarela, e quanto a cinquenta por cento de Alice, como contrapeso para os góis do clube! Schmidt estava convencido de que Caroline era *shikse*. Isso, e apenas isso, explicava o fato de ela suportar Joe. Ela expiava os pecados da mãe, do pai, dos irmãos e irmãs, que maltrataram os judeus. Mas onde estava Joe? Schmidt não conseguiu vê-lo na sala de visitas, enquanto bebia seus dois martínis e verificava se Alice não estava isolada, mas naquela ocasião ele não ficara propriamente à procura de Joe. Até onde sabia, Joe, fiel ao seu jeito furtivo, podia estar espiando por trás de um vaso de plantas. Agora, porém, ele já devia ter saído de seu esconderijo. Mais alguém teria faltado? A cadeira do outro lado de Caroline estava vazia, Schmidt voltou-se para ela com um olhar indagador.

É o lugar do Joe, disse ela, como que para evitar a pergunta. Ele anda cada vez mais desconfortável quando tem de lidar com grupos de pessoas que não conhece, por isso pedi ao Mike que o deixasse tomar sua vodca na solidão, num cômodo vazio. O Mike é tão compreensivo! Instalou o Joe no escritório contíguo à sala da entrada e levou para ele uma jarra de vodca e um prato de caviar, com as próprias mãos!

Mike tinha todos os motivos do mundo para levar caviar para Joe, disse a voz interior de Schmidt.

Eu sabia que Joe ia ficar satisfeito, continuou Caroline. Daqui a pouco ele virá para cá. Sim, sentá-lo a meu lado no jantar é mais uma das gentilezas do Mike. Na família do Joe, e entre os amigos dos pais dele, maridos e esposas sempre sentam juntos. Ele acha que fazer o mesmo o deixa mais confortável.

Entendo, disse Schmidt.

Diga, Schmidtie, não acha isso um encanto? Em sociedade, as coisas são feitas de um jeito bem determinado. Antes que a gente perceba, se forma uma regra que ninguém se atreve a questionar; a gente simplesmente obedece. Joe acha que não precisa se conformar. De todo modo, vamos acumulando peculiaridades à medida que envelhecemos. Talvez até você, Schmidtie!

Sem dúvida, respondi.

Mas aposto que você nem sempre sabe quais são elas. A questão com o Joe é que ele sabe. E sabe mesmo! Na certa, é isso o que faz dele um romancista tão bom. A propósito, o livro que ele está escrevendo agora é fantástico.

Que bela notícia! Já faz pelo menos dois anos que não temos um novo livro de Canning.

Três, corrigiu Caroline. Ele diz que agora gosta de escrever mais devagar. E tomar sorvete mais devagar. Antigamente, ele tentava tomar o sorvete enquanto estava gelado, antes de derreter. Agora ele gosta do sorvete mais líquido. Na verdade, anda muito ocupado. Gil e Joe estão trabalhando no projeto de um filme baseado em seu primeiro romance, o que retrata a vida da avó dele. É contundente demais, por isso Joe é muito sensível sobre o assunto. Estou torcendo para dar certo.

Schmidt tinha ouvido sobre o projeto de Gil e gostaria de ter perguntado a Caroline se havia algum assunto sobre o qual Joe não era sensível. Mas, antes que pudesse falar, ela deu uma palmadinha em sua mão e disse: Ah, aí está ele, afinal.

Canning vinha andando na direção da mesa. Podia-se pensar que ele caminhava de forma relaxada, se não arrastasse ligeiramente o pé esquerdo, na certa devido a um pequeno derrame ou a algum problema nas costas, ou ainda, o que parecia mais provável para Schmidt, a expressão de sua relutância em se aproximar. Por fim, depositou um beijo no alto da cabeça de Caroline e sentou-se, olhando direto para além de Schmidt e negligenciando a mão que ele lhe havia estendido. Isso já era de esperar. Que homem mais absurdo: um advogado que fazia uma coisa aqui, outra ali, na gerência de uma empresa de seguros e que se recria como escritor, se divorcia de uma esposa tão desagradável quanto ele mesmo e prontamente se casa com aquela dama esplêndida, que é além do mais uma biógrafa respeitada e famosa! Ele conseguiu aquele feito antes mesmo de publicar seu primeiro romance, que fez dele um homem famoso, e continuou tão pavoroso como sempre. Por que Schmidt tinha de repisar alguma variante daquela rotina de insultos toda vez que os dois se encontravam? Retirou a mão.

Joe, disse Caroline, Schmidtie está aqui, está tentando cumprimentá-lo. E ao lado dele está Elaine.

Sim, sim, respondeu Canning, mal-humorado, mesmo em minha condição inferiorizada — *non sum qualis eram*, he! he! — ainda sou capaz de reconhecer meu velho colega do colégio e da faculdade de direito, e a esposa de meu eventual colaborador, também ele um colega de faculdade. Eu os encontro aqui com bastante frequência. Ou deveria dizer toda vez que ponho os pés aqui? Quantas vezes dá isso? Duas por dia? Ou agora o Gil conta como um amigo? Não sei dizer.

Aquilo podia ser entendido como uma insinuação para Elaine garantir a Canning a devoção que ela e Gil tinham por ele, bem como para Schmidt jogar sua taça de vinho tinto em cima do romancista, se fosse possível fazer aquilo sem espirrar em Caroline. Mas Elaine não disse nada e Schmidt não mordeu a isca, só disse para si mesmo: Maldito Canning, ele conseguiu irritar Elaine, uma proeza até agora tida como impossível. Por compaixão da educada e inteligente Caroline, Schmidt disse para Canning: É bom ver você aqui, Joe. Acabei de voltar da Europa. Já faz um bom tempo que não nos vemos.

Isso não tem nenhuma importância. Não devemos prestar atenção a tais banalidades.

Sua voz morreu aos poucos, mas ele continuou a olhar fixamente para Schmidt. Poderia mesmo Canning estar à espera de uma resposta a alguma pergunta que pensava ter feito? Schmidt já estava mais do que farto dele e como, inexplicavelmente, nem Elaine nem Caroline pareciam prontas para dar à conversa uma nova direção, ele mesmo resolveu fazê-lo, muito embora Caroline fosse deixada de lado, obrigada a conversar sozinha com o marido. Mas isso era problema dela. Mike e ela tinham bons motivos para serem tolerantes com as esquisitices de Canning, inclusive quanto à sua posição na mesa, e para sofrer as consequências secundárias, mas Schmidt realmente não tinha nenhum motivo para tanto. Canning era, decerto, capaz de fazer qualquer um desrespeitar os deveres da amizade.

Tirando partido, portanto, de uma pausa na conversa de Elaine com o bravo macilento do Meadow Club sentado à sua esquerda, ele disse: Querida Elaine, estou tão contente e tão agradecido por você ter convidado a mim e a Alice para jantar amanhã em sua casa. Ela estava um pouco nervosa, mas acho que a tranquilizei, e poder conversar com Gil esta noite permitirá que ela veja que será muito bom. Não quero nada mais de você e Gil, além de conhecê-la melhor — e gostar dela.

Claro, vai ser ótimo, meu querido Schmidtie. Elaine segurou a mão dele e apertou-a.

Era necessário falar com ela a respeito de Alice, e agora estava feito.

Obrigado, disse Schmidt, e por mais que eu agradeça a você esta noite, ainda assim não será o bastante. Deixe-me perguntar sobre as meninas. Talvez não tenhamos muitas chances para conversar sobre elas amanhã. Como elas estão?

As meninas eram três: Lily, filha de Elaine de um primeiro e breve casamento, e as duas que tivera com Gil. Meninas! Era a palavra que usavam para chamá-las vinte anos antes, e já na época eram mulheres jovens. Schmidt tinha afeição por elas, seu interesse não era fingido, e levar Elaine a falar daquele assunto tinha uma vantagem inestimável: contanto que ele interpusesse um eventual "é mesmo?", ou "que maravilha", ou "eu não tinha a menor ideia", ela se encarregaria de fazer todo o resto sozinha. Falaria até que algo ou alguém a obrigasse a parar. O macete era evitar dizer qualquer coisa que desse a ela a sensação de que tinha de retribuir na mesma moeda, falando sobre a filha dele, Charlotte. Schmidt conduziu bem a situação: Elaine falou à vontade, enquanto ele ouvia os repiques do riso de Alice. Faltavam alguns minutos para a meia-noite quando Gil se ergueu para brindar ao anfitrião, bem como ao presidente eleito e ao Ano-Novo, que tinha de ser mais feliz do que o ano que terminava. Cornetinhas de festa foram sopradas pelos empregados, pois os convidados não trouxeram nenhuma. Em seguida o sr. Mansour tomou a frente. Começou um discurso, sua voz se ergueu enquanto expôs sua teoria, a qual havia revelado para Schmidt em outras versões, mais de uma vez, e que em suma dizia que a presidência de Obama estava condenada ao fracasso, por mais que ele, pessoalmente, desejasse seu sucesso.

A questão é, insistiu Mansour, a questão é: pode ele fazer os políticos americanos cumprirem sua vontade? O último democrata capaz disso foi Lyndon Baines Johnson. Ele os agarrava pelos colhões — perdoe-me a expressão, Alice — e eles diziam Sim, senhor presidente, antes mesmo que ele começasse a espremer. *Pas de problème!* Mas Obama é negro! Negro no país mais racista do mundo.

Espere um pouco, interrompeu Gil, este país racista acabou de elegê-lo presidente! Por ampla maioria!

A questão é, prosseguiu o grande homem de finanças, será que o país sabia o que estava fazendo? Garanto a vocês que muitos daqueles que votaram nele não tinham uma ideia clara. Agora ficam dizendo que a Casa Branca vai virar a Casa Negra, e não era isso o que queriam. Não queriam que o panorama todo mudasse! Tudo bem, Barack, Michelle — eu sei, é de tirar o chapéu, que mulherão — e as filhas bonitinhas, talvez a gente possa até aceitar, também. Mas a sogra, e quem mais, a meia-irmã sem-teto, os meios-irmãos, a *smaila* toda! Como vocês dizem mesmo por aqui: a *mischpucha* toda? Desculpe-me, o Plumber Joe não concordaria com isso. Obama terá de ser um sujeito tão bonzinho que suas mãos e seus pés ficarão atados. Viram o debate entre ele e McCain? Garanto a vocês que Mc-

Cain é um palerma, um miolo mole, totalmente, ficou tempo demais no Hanoi Hilton, passou tempo demais no sol, sei lá. Viram como ele dava um sorrisinho toda vez que Obama falava? Não foi uma vez nem duas, mas todas as vezes. Lyndon Johnson teria dito: Tire esse risinho da cara senão vou arrancar sua cabeça. Barack não pode fazer isso. Não se pode admitir que um negro dê uma bronca em seu senhor. Por favor, aqui não há lugar para negros indignados! Obama tem de ser educado e bonzinho, e você sabe o que o pessoal fala sobre quem é bonzinho — são os que morrem primeiro.

No bate-boca geral que se seguiu, Gil gritou para Mike, Mike e a turma do Meadow Club gritaram para Gil, enquanto Alice ria sem parar e Schmidt se perguntava como seria o som da risada de Michelle.

O que acha das previsões de Mike?, perguntou Schmidt para Caroline.

Bem, eu e você já ouvimos isso antes. Receio que ele talvez esteja certo sobre o racismo americano. Mas fico mais preocupada ainda com outra coisa: será que Obama sabe administrar? Ele e seu pessoal fizeram uma campanha formidável. Será que vão demonstrar o mesmo talento para governar? Francamente, estou esperançosa, mas também apavorada.

É claro que está apavorada, disse Schmidt. Estamos à beira de um abismo.

Uma fila de convidados se formara para agradecer ao sr. Mansour. Caroline fora na frente e Schmidt se viu parado ao lado de Elaine. Ela tinha algo para lhe dizer, capaz de explicar por que Joe se mostrava mais insuportável do que o habitual.

É terrível, disse ela. Gil está muito empolgado com a adaptação do primeiro livro de Joe para o cinema, mas também está morto de preocupação. Este mês mesmo, quando você estava fora, em viagem, Caroline levou Joe para consultar um neurologista na cidade — o melhor, era o médico da sra. Astor. De todo modo, esse homem acha que Joe está num estágio inicial do mal de Alzheimer.

Ele sempre foi meio esquisito, além de desagradável, respondeu Schmidt. Havia alguma novidade, algo fora do padrão, que tenha dado essa ideia?

Ele começou a ter problemas no preenchimento dos cheques. Parece que sempre foi muito meticuloso com seu talão de cheques. Nunca deixava a secretária, nem Caroline, chegar perto do talão, muito menos preencher os cheques. Ele só admitia fazer aquilo sozinho, conferir os extratos, verificar os depósitos e os pagamentos. Então, de uma hora para outra, não conseguia mais. Ficou travado. Incapaz de fazer as contas. Ele próprio percebeu. Pouco tempo depois, pegou o carro e saiu para ir à oficina que usavam em Springs — fora lá mil vezes — e se perdeu. Ficou totalmente perdido. Rodando em círculos, para lá e para cá. Por fim, parou num cruzamento e ligou para Caroline. Ele sempre foi meio distraído para coisas do dia a dia, mas Caroline diz que nunca aconteceu nada semelhante, e eu estou tremendamente preocupada com o projeto de Gil e Joe. Será que ele vai conseguir guardar na cabeça os fios do enredo do roteiro? Isso está deixando o Gil maluco.

É uma coisa complicada mesmo.

A perspectiva de Mike e Caroline como casal de repente ganhou um aspecto muito mais radiante, fato que não escaparia à atenção do grande homem de finanças. Mas ele tinha de tomar cuidado para não demonstrar nenhum sinal de satisfação. Caroline era uma boa mulher; seria leal a Joe até o fim. Ia cuidar dele até quando pudesse e ver com muito maus olhos qualquer indício de que Mike estava ficando impaciente.

Dê boa-noite ao Mike por mim e por Gil, disse Elaine, e nossos melhores votos para o Ano-Novo. Gil acabou de sair do banheiro, vou levá-lo para casa. Está morto de cansaço e não vai querer demorar. Amanhã à noite nos veremos, meus queridos. Às oito horas.

Schmidt apertou bem forte a mão de Alice. Somos os próximos, disse ele em voz baixa, obrigado, obrigado, estamos indo!

Por fim o grande homem voltou-se para eles. Beijou a mão de Alice em seu melhor estilo de egípcio exilado e depois, com uma palmadinha no ombro de Schmidt e apertando seu braço, ofereceu suas *félicitations*. Ele é um dos melhores, garantiu para Alice. Meu melhor amigo, *pas de problème*. Contanto que ele siga meus conselhos, vai se dar bem. Neste momento, meu conselho é ficar com você.

Tinham quase chegado à porta quando Caroline, seguida por Joe, dois passos atrás, os alcançou.

Feliz Ano-Novo e boa noite, Schmidtie, exclamou ela. Vamos nos ver de novo em breve. Almoço aqui? Acho que Mike vai organizar alguma coisa. Até lá, mas você não vai nos apresentar sua amiga parisiense? Virou-se para Alice. Sou Caroline Canning.

Alice estendeu a mão e Schmidt disse: Desculpe, por alguma razão, estou mais atrapalhado do que o habitual. Esta é Alice Verplanck. É editora nas Éditions du Midi, e ela acabou de me dizer que essa é a editora francesa dos livros de Joe.

Sim, eles publicaram todos os meus livros, exclamou Joe. Alice Verplanck, Alice Verplanck, isso mesmo, a namorada do meu editor Serge Popov. E, virando-se para Caroline, perguntou: O que ela está fazendo aqui com o advogado aposentado Schmidt?

Ela veio me visitar, Joe, respondeu Schmidt. Para sua informação, Serge morreu, morreu no início deste ano.

Seguiram em silêncio para o carro, mas assim que saíram do acesso, ele ouviu um soluço abafado de Alice. Que homem horrível! Como foi capaz daquilo?

Tudo bem, disse Schmidt, está tudo certo. Canning é um homem horroroso. Mas seu desempenho esta noite pode ter algo a ver com o fato de estar doente. Elaine acabou de me contar que ele está com Alzheimer. Doente ou são, não consigo suportá-lo.

Estava à beira de dizer: Assim como não consigo mais suportar o seu Popov, quando ela falou: Sabe, Serge também não gostava dele. Só gostava dos seus livros.

Bom para Popov, pensou Schmidt, e bom para Alice. A ferida está cicatrizando, talvez já tenhamos avançado.

Era quase uma hora quando chegaram em casa. Vamos, doce Alice, disse para ela, está tudo bem. Até conseguimos sobreviver ao Canning. Vamos tomar uma bebida.

Então lembrou. Não é melhor telefonar para seu filho?, perguntou.

A esta hora? Ela pareceu surpresa.

Em Melbourne ainda é de tarde.

Obrigada! É verdade. Não há meios de ele telefonar para mim, disse com uma risadinha. Não sabe que estou hospedada na casa de um homem solteiro. Obrigado por isso! Na certa, ele está na praia, mas vou deixar um recado.

O fato é que Tommy atendeu. Schmidt foi para a cozinha, pegou uma garrafa de champanhe na geladeira, colocou-a numa bandeja com duas taças e esperou na cozinha, até que ela tivesse terminado. Dizer para ela telefonar foi um primeiro passo. De agora em diante, se ela deixasse, Schmidt cuidaria dela em todas as horas de todos os dias. Brindaram ao Ano-Novo e depois trocaram um afago, não havia outra palavra para isso, na penumbra do sofá da biblioteca, enquanto o fogo crepitava na lareira e a estação de rádio de Connecticut lhes oferecia Glenn Gould tocando as *Variações de Goldberg*. A certa altura — ele não prestara atenção à luz do relógio digital do aparelho de rádio Bose — ela recordou-o de que já era muito tarde e que os dois estavam cansados. Era hora de ir para a cama.

A minha cama, ele sussurrou.

Sim, mas só para ficar abraçados.

E ela então acrescentou: Você está se mostrando muito satisfatório. Acho que vou ficar com você. Não vou levá-lo de volta para a loja para pedir reembolso ou troca. Mas vamos pensar mais um pouco sobre onde estivemos, bem como para onde vamos. Combinado?

Uma felicidade inesperada seguida por algumas horas de sono sem sonhos. Bem acordado e refeito, Schmidt, em silêncio, vestiu seu pijama e seu roupão e desceu para a cozinha. Tomou o resto do champanhe, pôs alguns pedaços de lenha nas cinzas da lareira e estirou-se no sofá da biblioteca. Alice lhe pedira para pensar de novo na história deles. Sim, Schmidt ia fazer isso, embora já tivesse refletido sobre o assunto inúmeras vezes, e com mais força que nunca nos últimos meses, desde que lhe chegara a notícia do acidente grotesco, a queda de uma daquelas bicicletas que qualquer tolo pode alugar em toda parte de Paris, que havia tirado a vida dele. Foi Gil quem lhe contou que Serge Popov tinha morrido, depois de ler o anúncio fúnebre na *Harvard Magazine*. Assim a morte mais uma vez se intrometera para unir a vida de Alice à sua. Primeiro ela ceifou Tim Verplanck, depois, com um floreio bizarro, Popov. E, enquanto meditava sobre a história de Alice e a sua própria, evocaria, do deserto de anos, outras histórias que os haviam entrelaçado.

3.

O aviso da W & K, em fevereiro de 1995, para todos os parceiros, em atividade ou aposentados, dando conta da morte de Tim Verplanck abalou Schmidt. Tim não podia ter mais do que cinquenta e quatro anos, pensou ele, tão jovem e tão afortunado em tudo aquilo que podia tornar um homem feliz! Inclusive — é o que sempre parecera — a saúde excelente. Ali estava o empecilho, no verbo "parecera". Schmidt sabia que existem doenças diante das quais a medicina moderna continua impotente. Chegam sorrateiras e matam. O aviso não especificava a causa da morte nem dava a informação habitual sobre o local para onde as doações, em vez de flores, deviam ser enviadas. E nada dizia sobre o enterro ou alguma cerimônia de homenagem póstuma. Naquela ocasião, a morte de um sócio da W & K ainda merecia um obituário no *Times*, muitas vezes com uma foto. Ainda não era necessário ser um jogador de futebol americano que sofria de demência ou um músico de jazz de cento e dois anos de idade. De fato, bastava um telefonema de um membro da família ou do sócio-presidente da firma e talvez a oferta de fornecer uma narrativa para suplementar aquilo que já estava disponível no *Quem é Quem*. Mas nada apareceu no jornal, nem mesmo uma daquelas notícias que a W & K normalmente redigia e pagava para publicar, houvesse ou não uma nota no obituário. Seria possível que a responsabilidade pela tarefa não tenha ficado definida porque Tim morava em Paris havia muitos anos, e a viúva também estava lá, e o grosseirão do Jack DeForrest, o sócio-presidente, tinha ficado aborrecido com a estranha aposentadoria precoce de Tim?

Schmidt tinha a impressão de que vira Tim pela última vez no Union Club durante a recepção após o velório de Dexter Wood na St. James, a igreja onde aquele titã do direito fora membro do conselho paroquial. Schmidt avistara sem demora a silhueta alta e esguia de Tim, o cabelo ruivo e grosso, o rosto bronzeado e a expressão de perpétua ironia, destacada no meio da falange de homens presunçosos, em ternos azul-marinho, camisas brancas e gravatas pretas, o uniforme dos sócios homens da W & K em tais ocasiões. Os dois trocaram algumas breves palavras. Não, Alice não tinha ido a Nova York, sua mãe estava doente. Mas ele e Alice se davam bem. Extremamente bem, foi o que ele disse, na realidade. Por que Schmidtie e Mary não vêm a Paris? Vamos ter um bonito jantar *à quatre*. Depois de formular a pergunta, Tim riu, Hahaha!, a coda chocantemente efusiva para a maioria de suas declarações. Estou mesmo muito feliz de vê-lo, hahaha! Levaram a noite inteira para preparar aquele sumário do caso, mas aqui está ele, hahaha! Joe Jones ligou para dizer que está enviando outra transação para a gente, hahaha! Não, Alice e eu não podemos ir ao nosso jantar, estamos jantando com o presidente de Yale, hahaha! Antes que tivessem avançado até "vir para Paris… Hahaha!", Lew Brenner, o sócio mais antigo em Nova York, com quem Tim vinha trabalhando mais estreitamente nos últimos anos, aproximou-se de modo furtivo e começou a trocar com Tim fofocas sobre clientes e negócios que nada significavam para Schmidt. Quanto tempo depois disso Tim se aposentou? Um ano? Talvez um ano e meio? Deve ter sido pouco antes da primeira cirurgia de Mary. Schmidt havia passado dos sessenta anos antes da primeira operação dela e apressou-se para dar andamento em seu pedido de aposentaria na firma. Queria ficar com Mary durante o tempo que lhe restava, tempo que eles logo se deram conta de que era breve.

Mas nada, absolutamente nada, havia prenunciado a decisão de Tim. Ele estava bem longe dos sessenta anos, a idade mais baixa que o plano da firma admitia para a aposentadoria de um sócio. Tim era popular e trabalhador. Ninguém queria que ele se aposentasse. A única explicação que DeForrest deu no almoço da firma, quando apresentou os termos da indenização de Tim, foi que o jovem Verplanck queria escrever um livro, com o que um dos sócios mais recentes ergueu a mão e perguntou por que era necessário pagar alguma indenização para um sócio que gozava de boa saúde e que optava por se aposentar aos cinquenta anos. DeForrest calou-o com um olhar intimidador. Como já havia feito o trato, não admitia ter de justificá-lo agora para um pé-rapado. Enquanto isso, mais de metade da mesa dava risadinhas sobre o fato de Verplanck sempre ter tido mais dinheiro do que lhe convinha. Para que, afinal, ele ia querer trabalhar? Amnésia seletiva momentânea: quando a sobremesa foi servida, a memória do recorde de horas de trabalho faturáveis que Tim havia, regularmente, acumulado na condição de assistente e o volume de negócios que ele havia conduzido como sócio tinham sido completamente esquecidos. O bando de lobos só conseguia lembrar-se de seu dinheiro e de sua elegância refinada. Schmidt voltou ao seu escritório num estado de ânimo horroroso e esteve prestes a discar o número de DeForrest e pedir ao potentado que lhe contasse a história verdadeira quando se deu conta de que não podia fazer aquilo. O rancor que sentia do seu ex-melhor amigo na firma era profundo demais; ele não daria a DeForrest a satisfação de saber que o querido protegido de Schmidt preferira deixá-lo na ignorância. Baixou o fone. Pela mesma razão, porque o afligia ter ficado sem notícias, sem nenhuma dica de que havia algum problema de saúde, quatro anos depois ele não perguntou para DeForrest de que Tim havia morrido, e por nenhum motivo em particular, exceto porque, como havia acabado de se tornar o diretor dos Centros de Vida de Mike Mansour, ele se via envolvido pelo trabalho, não lhe ocorreu a ideia de fazer a pergunta a Lew Brenner. Em vez disso, escreveu para Alice Verplanck, extravasando todos os seus sentimentos de tristeza e amizade. Não tinha dúvidas de que ela sabia, escreveu Schmidt, que Tim tinha sido seu colega de trabalho predileto, o jovem advogado a quem havia admirado mais do que qualquer outro com quem trabalhara durante sua longa carreira. Como calhou de estar prestes a partir numa viagem de trabalho para a Europa Central e Oriental e ia passar por Paris a caminho de casa, perguntou se ela permitia que fizesse uma visita. A resposta de Alice, enviada por algum tipo de correio expresso europeu, apanhou-o pouco antes da partida. Continha o número do telefone dela, diferente do que tinham na agenda do escritório, e garantias de que ficaria feliz de vê-lo.

Na verdade, quem recrutou Tim foi o próprio Dexter Wood, o velho, o autocrata da firma desde a morte do outro fundador. Tal como ele recordou aos sócios reunidos em mais de um almoço da firma, o jovem era o modelo da perfeição e trazê-lo tinha sido um golpe de mestre, no qual recebera a ajuda discreta de seu velho amigo, o juiz John Harlan, com quem havia jogado tênis e exercido a advocacia em tempos idos e para quem Tim estava trabalhando como assessor. Um tremendo voto de confiança na firma, ele ia declarar em voz resoluta, da parte da justiça e também de Verplanck. Não se exprimiu nenhum desacordo. Manifestamente, Tim tinha tudo, todas as qualidades necessárias para fazer dele, como diziam os sócios mais jovens, o pacote completo. Bonito, imperialmente esguio, paramentado em ternos discretos e feitos sob medida e camisas que não berravam sua procedência de Savile Row ou Jermyn Street, ele trazia em torno de si uma aura do dinheiro velho de Nova York. Uma estrela durante a graduação, em Yale, ele passou a brilhar da mesma forma na pós-graduação na Escola de Direito de Harvard e, de modo muito natural, seguiram-se os melhores empregos de assistente, primeiro no Segundo Circuito em Nova York e depois na Suprema Corte de Justiça, tido como o melhor que o mundo legal da Costa Leste tinha a oferecer.

Na época, Schmidt era um sócio novinho em folha. As boas relações que o levaram a ingressar na firma lhe foram proporcionadas por Dexter Wood, na véspera do dia de Ação de Graças de 1967, um pouco menos de um ano antes da chegada de Tim. O velho entrou na sua sala, fechou a porta e, enquanto Schmidt se remexia meio atrapalhado a fim de se levantar, fez um sinal para que continuasse sentado e prosseguisse o que estava fazendo, que era encher sua maleta com os documentos em que planejava trabalhar em Bridgehampton durante o fim de semana prolongado. Um sumário que havia rascunhado e pretendia submeter à aprovação do sr. Wood na segunda-feira era um dos textos que já havia guardado. Schmidt estava preocupado com aquilo. Nunca antes havia trabalhado sob a supervisão direta do velho nem dera conselhos em complexas questões antitruste, pouco familiares para ele; no caso, tratava-se da legalidade dos acordos sobre a tarifa de uma estrada de ferro que o cliente predileto do sr. Wood, o CEO e maior acionista que por acaso vinha a ser cunhado do próprio sr. Wood, havia calculado para o embarque de seus produtos para compradores e armazéns espalhados pelo país. Schmidt já havia apresentado algumas minutas preliminares sobre vários aspectos do problema e tinha sido questionado pelo velho em seu gabinete, e as perguntas demonstravam um cuidadoso escrutínio do trabalho de Schmidt. Nenhuma crítica sobre o trabalho tinha sido apresentada, tampouco um elogio. Será que aquilo significava que o velho estava satisfeito? Era o que parecia indicar o fato de não haver pedido que Schmidt reescrevesse algumas das minutas e não ter trazido outro advogado com experiência em processos antitruste para trabalhar com ele. Mas também era possível que o sr. Wood abrisse o jogo só depois de ler a longa minuta final que repousava no fundo da maleta de Schmidt. (Uma hipótese alternativa era que suas pesquisas e conclusões tinham sido julgadas aceitáveis em si mesmas, porém, ao mesmo tempo, medíocres e sem imaginação. Ele não havia levado seu pensamento muito longe. Não era capaz de fazer nada melhor do que o trabalho de um funcionário eficiente e mediano.)

Preocupações e inseguranças assediaram Schmidt desde quando começou a trabalhar para a firma W & K. A capacidade dos sócios — excluindo três ou quatro operações de espólios ou custódias que poderiam ter corrido bem quando começaram, mas que, em virtude de um consentimento geral, foram abandonadas à sua própria sorte — e da maior parte dos parceiros também era, a exemplo dos padrões cobrados no trabalho, tão alta que só um palerma iludido se veria livre das aflições que acometiam Schmidt. Estava no sétimo ano na firma quando, conforme o costume, ele e os demais advogados que tinham sido contratados na mesma ocasião seriam alçados ao nível de sócios ou então demitidos. Claro, não imediatamente nem no mês seguinte, era concedido um decoroso período de carência, mas a política de subir ou sair era implementada com rigor, de modo que a cada semana a situação de um advogado colaborador que não havia subido passava do desconforto ao martírio. Até que afinal ele ia embora. Ia embora, mas para fazer o quê? O que seria dele? Supostamente havia encontrado trabalho em outra firma de advocacia, a menos que, caso tivesse permanecido nas boas graças, W & K o encaminhasse para algum emprego com um de seus clientes. O pressuposto tácito era que, qualquer que fosse a direção, sair da W & K significava descer um degrau. A perspectiva de ter de passar por tal purgatório e pela humilhação subsequente aterrorizava Schmidt. Como ia explicar para Mary ou, mais difícil ainda, para tia Martha, que parecia aferrar-se a uma opinião irracionalmente elevada sobre o marido de sua sobrinha predileta? Felizmente, Schmidt não encontrava o pai com frequência. Porém, mais cedo ou mais tarde, também teria de lhe contar e seria sensato fazer isso antes que W & K anunciasse os nomes de seus novos sócios e ele visse que o filho não figurava entre os escolhidos. Era fácil imaginar o olhar de pena: Então esse é o meu filho cheio de ideias que achava que era bom demais para trabalhar na minha empresa naval, a empresa que ele teria herdado! Seu pai não se permitiria tripudiar, mas também não precisaria disso para fazer Schmidt sofrer. Quem sabe? Talvez se visse obrigado a voltar para o pai com o rabo entre as pernas e perguntar se havia uma vaga para ele na firma de que tanto havia desdenhado. Schmidt era bom em finanças e metade do trabalho de uma empresa naval como a do pai consistia em hipotecas de navios e fretamentos. Os outros negócios — por exemplo, como reter em Cingapura ou na cidade do Panamá o *SS Boolah Boolah* ou outro navio desafortunado cujos donos deviam dinheiro a um cliente e vender o navio em leilão público — ele era capaz de aprender. A conversa com Mary também não seria fácil, não por causa de algo que ela fosse capaz de falar ou fazer, mas porque, a despeito da reação dela, Schmidt se transformaria no marido malsucedido de uma esposa malsucedida. Não era um papel que ele tinha imaginado. Quando casaram, quatro anos antes, Mary era assistente editorial numa grande editora, de fato, mas ainda assim apenas uma secretária um pouco melhorada. Mas nem a gravidez nem a chegada de Charlotte diminuíram o ritmo do seu progresso. Levou apenas dois anos para se tornar uma editora plena e, para Schmidt, parecia que todos no mundo dos negócios do livro faziam questão de lhe dizer que Mary era uma potência. Ele não tinha dúvidas quanto àquilo; além do mais, ela era impulsionada pela maré crescente do movimento pela libertação da mulher.

E a opinião de Schmidt sobre os méritos dele mesmo? Quando se permitia pensar de forma objetiva sobre a maneira como os sócios encaravam seu trabalho, era obrigado a admitir que deveriam ter uma opinião favorável. Mas daí a concluir que estava acima dos outros cinco advogados, três vindos de Harvard e dois de Yale, que haviam ingressado na firma W & K no mesmo ano que ele, já era *hybris*, pura e simplesmente, ou seja, um orgulho desmedido. No máximo ele podia admitir que um deles, seu colega de turma na faculdade, não estava entre os instrumentos mais afinados da orquestra da firma e que um dos dois oriundos de Yale era um puxa-saco furtivo. Mas como era possível ter certeza de que os sócios estavam a par das falhas de caráter que o transformaram no alvo do desprezo de seus colegas de turma? Supondo que estivessem a par, porém, isso ainda deixava Schmidt e os outros três no páreo, e ninguém podia saber por quantas vagas eles estavam competindo. Nos jantares da firma, o sr. Wood invariavelmente tagarelava que a firma sempre incorporava os advogados que haviam demonstrado que mereciam ser sócios, aqueles que "chutavam a porta". Mas ninguém levava aquilo a sério. Era preciso ser necessário. Schmidt era necessário? Nada havia de mais incerto. Ele podia até ser melhor em assuntos financeiros do que qualquer outro dos advogados com o mesmo tempo de serviço que ele, mas havia excelentes perspectivas de ascensão na firma e talvez a empresa esperasse até que um deles estivesse pronto. E por último, agora que ele se via às voltas com os problemas da catastrófica ação antitruste do velho Wood, todas as apostas estavam encerradas e não havia mais o que fazer.

Não admira que a imagem do velho sentado na cadeira de visita de seu escritório minúsculo, calado e com um sorriso apagado nos lábios finos, tenha feito Schmidt se perguntar se não ia desmaiar pela primeira vez na vida. Então os lábios do grande homem se abriram. Na verdade, ele estava falando, sussurrando sobre como os sócios haviam votado — sim, votado de forma unânime e, na verdade, sem nenhuma discussão — para convidar Schmidt a incorporar-se à sociedade e, se aceitasse, contavam com ele para alçar grandes voos. Estava disposto a aceitar? Que onda de afeição irrompeu dentro de Schmidt! Haveria alguma tarefa que Dexter, como o sr. Wood declarou que queria ser chamado dali em diante, pudesse apresentar que Schmidt não estivesse disposto a cumprir? Por ora, o que ele mais desejava era que o velho calasse a boca e saísse de sua sala! Pois o que ele mais queria na vida agora era o seguinte: telefonar para Mary. Tudo estaria bem, as melhores escolas particulares para Charlotte, uma garagem perto do apartamento, de modo que não haveria mais as apavorantes caminhadas para casa, em horas tardias da noite aos domingos, depois de ter descarregado as bagagens do fim de semana e deixado o carro no estacionamento no Harlem Leste. E podia entrar nos planos uma nova e espaçosa perua para substituir o velho Buick do seu pai, caindo aos pedaços. Poderiam contratar ajuda profissional para os afazeres domésticos, uma governanta de verdade. E talvez Mary pudesse até relaxar e admitir a ideia de ter mais um filho.

Entre os seis advogados, só ele e DeForrest conseguiram. Para comemorar, Jack e Dorothy encontraram Schmidt e Mary no Clube 21. Martínis, coquetel de camarão e filé-mignon. Depois de muita discussão entre Schmidt e DeForrest, pediram um Pommard para acompanhar a comida. Depois, foram todos ao Le Club, onde era difícil entrar, mas Jack conhecia alguém cujo nome abriu as portas e se esforçou ao máximo para se destacar na pista de dança. Quando Schmidt e Mary foram para casa e estavam na cama, ela sussurrou: Deite de costas e fique parado. Ela o tomou na boca e, quando ele gozou, ela engoliu, engoliu e engoliu. Schmidt sabia que ela acreditava que não havia maneira melhor de demonstrar como o amava.

Depois, 1968 deu uma guinada desastrosa. No final de janeiro, o Exército vietcongue desencadeou a Terceira Ofensiva. Walter Cronkite, pelo visto já incapaz de aprovar a carnificina, disse na televisão que a guerra estava num impasse e tinha de ser resolvida por meio de negociações, conselho que caiu em ouvidos surdos. Em casa, os horrores se acumulavam sem parar. No dia 4 de abril, Martin Luther King foi assassinado e motins raciais, saques e incêndios criminosos se sucederam no Harlem e em outras cidades do país. Quase exatamente dois meses depois, Bobby Kennedy levou um tiro na cozinha do Ambassador Hotel em Los Angeles; morreu no dia seguinte. Depois dos protestos contra a guerra do Vietnã e a perda do apoio público forçarem Lyndon Johnson a desistir de tentar a reeleição, os democratas indicaram Hubert Humphrey numa convenção que foi uma briga generalizada, transmitida pela televisão, tanto no lado de dentro como no lado de fora do centro de convenções, onde manifestantes entraram em choque com a polícia de Chicago. Seiscentos e cinquenta manifestantes foram presos, um número inacreditável, e os hospitais da cidade foram tomados por centenas de outros manifestantes espancados selvagemente pela polícia. Em Nova York, um protesto pacífico de estudantes na Universidade Columbia desencadeou uma série de revoltas sangrentas quando o reitor Grayson Kirk chamou a polícia para retirar os estudantes dos prédios administrativos. No tumulto que se seguiu, a turma de 68 teve autorização para se formar nas faculdades e nos cursos superiores profissionais, inclusive na escola de direito, sem levar em conta os dias letivos perdidos. Entre os sócios da firma W & K, só havia formados em Yale e Harvard e, na realidade, havia apenas dois formados em Columbia naquele grupo, e os sócios mais antigos sentiam bastante orgulho do tom vermelho e azul da firma, em referência às cores daquelas duas universidades nas competições esportivas. Porém aconteceu que, no outono de 68, cinco formados em Columbia iam ser promovidos a sócios e estudantes de Columbia haviam trabalhado na firma no verão. A leniência de Columbia ao permitir que estudantes que não haviam de fato concluído o último ano letivo tirassem o diploma tinha agora, aos olhos de muitos, desvalorizado seus títulos universitários. De fato, todo sistema de graduação de Columbia estava sob suspeita. Quando o assunto foi discutido na firma W & K, no almoço, o chefe da comissão de recrutamento repetiu o que havia lido no *Wall Street Journal*: a faculdade da escola de direito só queria uma coisa, tirar a turma de 68 de suas costas e pôr todos para fora de uma vez. "Vale tudo" era o lema para os alunos do primeiro e do segundo ano também. Se o aluno aparecesse para fazer a prova, conseguiria nota mínima para passar. Se escrevesse alguma coisa na prova, davam nota A. Vamos ter de observar isso com cuidado, declarou Dexter Wood, o que foi seguido de gritos de Isso mesmo! Isso mesmo! e de alguns socos na mesa. A era de ouro da universidade estava encerrada e, com ela, a santidade das notas médias das turmas da escola de direito e a seleção de artigos para as revistas jurídicas universitárias; um contágio global se espalhou, como aqueles que acompanharam os acontecimentos de maio na França, através do periscópio do escritório da firma W & K em Paris, estavam em condições de prever.

Um sócio do gabarito de Verplanck sempre foi considerado uma figura de destaque na firma. Sua chegada numa ocasião como aquela, no entanto, era especialmente bem-vinda, e os sócios mais antigos o saudaram com uma efusão de simpatia fora do comum. Ele era um exemplo do melhor que o familiar e adorado sistema de educação e de seleção podia produzir. Assim, de modo muito natural, sem que se dissesse nenhuma palavra, nem da parte do sr. Wood nem de outro membro antigo da firma, consolidou-se um entendimento geral: até o dia feliz em que — contanto que ele não tropeçasse — Tim fosse incorporado à firma na condição de sócio, ele seria designado apenas para os projetos mais desafiadores e poupado de tarefas que entorpeciam a mente, como atualizar levantamentos de leis estaduais estratosféricas ou vasculhar os arquivos de um cliente com uma tremenda encrenca numa questão antitruste ou então qualquer trabalho que fosse para os membros da Patrulha do Clube da Raquete. Assim eram conhecidos, entre os gaiatos da firma W & K, os sócios que trabalhavam com custódias e espólios, uma alusão às horas do meio do dia que eles consumiam naquela instituição, ingerindo seus martínis antes da refeição, e, a menos que o teto caísse e alguém se lembrasse de avisá-los a respeito, ao seu hábito de voltar para o escritório nunca antes de faltarem duas horas e meia para o trem das 5h52 partir da estação Grand Central rumo a Greenwich ou New Canaan.

Um sócio em seu primeiro ano, como Schmidt, devia ter pouca esperança de que aquela estrela da firma fosse indicada para ajudá-lo. Mas a própria reputação de Schmidt e sua posição na firma já eram elevadas. O grupo das grandes companhias de seguro que ele servia, na época, eram as joias da coroa da firma e suas emissões privadas de títulos mobiliários privados — empréstimos de longo prazo arduamente negociados, com complicadas restrições de dividendos, investimentos e empréstimos — eram sonetos financeiros em cuja composição Schmidt se destacava. Mesmo antes de se tornar sócio, os espíritos antiquados que administravam os assuntos jurídicos daqueles clientes, em escritórios em Boston, Hartford, Newark ou em arranha-céus de Nova York, muitas vezes faziam questão de pedir que Schmidt trabalhasse em seus novos negócios, quando falavam ao telefone com algum dos advogados mais antigos da firma, o sr. Jowett ou o sr. Rhinelander, para avisar que iam mandar um trabalho. Com seu novo status de sócio, a posição de Schmidt como advogado predileto daqueles clientes tornou-se oficial e, quando, naquele outono e inverno, chegou uma série de propostas para novos empréstimos muito grandes, ele obteve a primeira chance de trabalhar com Tim.

Desde o início, os dois se deram conta de que combinavam. Não era só que Tim fosse muito inteligente e tivesse uma extraordinária experiência legal, que o capacitava a enxergar com clareza e rapidez o âmago dos problemas. Também era dotado de um poderoso bom senso, sem o qual um advogado tão brilhante como Tim podia acabar se desviando do assunto central, atraído por problemas com pouco impacto prático nos objetivos do cliente, só porque achava fascinante explorá-los. E escrevia bem, qualidade essencial no que dizia respeito a Schmidt, pois garantia a precisão sem a qual aqueles mesmos objetivos não podiam ser atingidos com um grau suficiente de certeza. Era também uma questão de se divertir, desfrutar a confecção dos rascunhos como uma arte. Ah, Schmidt jamais tinha posto em dúvida que sua própria preocupação com a estética era algo de que alguns na firma riam pelas suas costas, mas Tim e ele tinham a mesma noção de que seu compromisso com aquilo era não apenas justificável como também essencial. Faziam com que um trabalho minucioso, mas aparentemente prosaico — cuidar para que as garras das restrições de dividendos, empréstimos e investimentos mordessem fundo e impedissem que o tomador desviasse o dinheiro do sacrossanto objetivo de pagar os juros e o principal da companhia de seguros, quando devido — se tornasse algo similar ao entalhe de um artesão medieval que representava em marfim as cenas da Paixão de Cristo. Assim, Schmidt assistia a tudo com benevolência, mesmo quando achava que Tim estava, bem, exagerando um pouquinho, com sua mania de lápis Eagle número dois, os quais apontava pessoalmente, em vez de deixá-los em sua bandeja de documentos para serem despachados, como faziam todos, para que fossem apontados na sala de correspondência e devolvidos poucas horas depois, ou o papel fino especial que ele fazia questão de usar quando queria fazer correções de estilo em rascunhos de documentos. Ou seus pequenos aforismos peculiares. Por exemplo, quando revia a versão final de um documento no qual percebia a presença de alguma coisa que fora riscada durante as revisões feitas no estágio dos rascunhos: Nunca permita que haja pentimentos em seu trabalho final. Ou a propósito de um rascunho muito rabiscado: Será que já não temos empastamentos demais aqui? Ou depois de uma reunião com um negociador inexperiente: Esse samurai não está pronto para manejar a espada de lâmina longa. Tudo isso era divertido e exprimia com charme a vasta cultura de Tim, mas às vezes Schmidt temia que seu *protégé* pudesse dar a impressão de ser um esnobe.

Nada disso diminuía sua afeição pelo jovem colega ou a gratidão que sentia por seu trabalho, e quando Tim tornou-se sócio da firma em 1974, um ano à frente de seus colegas de turma, não havia mais dúvida na mente de ninguém, inclusive nas de Tim e de Schmidt, de que ele merecia a promoção e a devia a seu próprio mérito, mas também devia a Schmidt o momento oportuno em que ela ocorrera. Essa compreensão em nada diminuiu o desalento de Schmidt quando Tim começou, como ele mesmo disse, a cultuar deuses estranhos. De fato, a fim de ter certeza de que Schmidt havia entendido, ele disse: Hahaha! Não adore deuses estranhos. O nome do Senhor é Ciúmes. Ele é um deus ciumento. Certo, Schmidtie? Hahaha! A questão era que Tim havia resolvido ir embora. Quando no último ano da presidência de Carter a taxa de juros bateu a assombrosa cifra de vinte e um e meio por cento, só tolos fariam empréstimos de longo prazo em companhias de seguro a tal taxa e só tolos ofereceriam dinheiro de longo prazo a uma taxa menor para mutuários industriais. Os clientes de seguros de Schmidt eram tacanhos, mas não burros: passaram a fazer empréstimos de curto ou médio prazo para bancos e abocanharam lucros em taxas que nunca imaginaram que poderiam obter. Empresas industriais estavam famintas de dinheiro, mas não demoraria muito para que Mike Milken e sua turma animada em Drexel Burnham corressem para salvá-los e inventassem os títulos podres. A prática de Schmidt de emissão privada de títulos mobiliários nunca mais se recuperou do golpe sofrido e, no final, se extinguiu. Por ora, no entanto, havia apenas uma desaceleração suficiente para permitir que Tim (ou seria um lance de perspicácia; teria ele se desgarrado mesmo que houvesse trabalho suficiente para mantê-lo ocupado como no passado?) descobrisse um deus estranho na pessoa de Lew Brenner. Mais jovem que Schmidt poucos anos, Brenner achava que sua área de atividade — negócios com petróleo e gás na África do Norte e no Oriente Médio — estava com tudo. Bem depressa ficou evidente, para o contido desgosto de Schmidt, que Tim era tão capaz nas transações internacionais quanto mostrara ser nas emissões privadas de títulos mobiliários no seu auge, que Tim se entendia muito bem com Lew e que Lew sabia reconhecer uma coisa boa quando ela surgia em seu caminho. De fato, Schmidt passara a acreditar que trazer Tim para sua órbita tinha sido parte de um dos planos de Lew, sempre elaborados com grande esmero. Aquele homem não fazia nada sem pensar — Schmidt que agia assim. Tudo aquilo magoava, e magoava bastante, muito embora Schmidt tivesse de admitir para si mesmo que Tim sempre se mostrara animadamente disposto a ajudar em casos de emergência e em problemas especialmente maçantes, de modo que quando, alguns anos depois, Dexter anunciou que Tim ia assumir o escritório de Paris — uma mudança respaldada por Brenner —, Schmidt deu de ombros e deixou que passassem alguns dias antes de lhe dar os parabéns ou de avisar Mary. Tratava-se de uma decisão bastante natural. Era sabido que Tim falava um francês quase perfeito; exceto por eventuais envolvimentos nos negócios financeiros de Schmidt, os quais o velho definia, no almoço da firma, como um sinal de que Tim tinha espírito esportivo, todo o seu trabalho era internacional e ele tinha algumas oportunidades de negócios potencialmente lucrativas em Paris; Alice era francesa, e ir a Radcliffe seria algo perfeitamente natural, na condição de esposa do diretor do escritório de Paris da firma W & K; e, o mais importante, em vista do grande esforço de captação de clientes e de trabalho de relações públicas que seria necessário, Tim queria de fato assumir a tarefa.

O convite para visitar Alice quando passasse por Paris nunca esteve longe da consciência de Schmidt durante sua viagem de inspeção pelos Centros de Vida na Europa Central e Oriental e em algumas repúblicas novas que se haviam desligado da União Soviética. Sua última parada foi Praga. A caminho do jantar com seus colegas tchecos, tropeçou numa das ruas calçadas de pedras em Malá Strana e torceu o tornozelo com tal gravidade que tanto ele quanto o médico do setor de emergência pensaram que estava fraturado. As radiografias mostraram que não havia fratura, só uma torção grave e, depois de enfaixar o tornozelo, ele pôde ir a Paris. Mas não antes do diretor do escritório tcheco presenteá-lo com uma bengala entalhada para se apoiar, enquanto andava capengando. Foi então que, numa ensolarada manhã de domingo em abril, ele se descobriu sentado numa das cadeiras verdes de metal perto do *bassin* nas Tuileries, observando crianças e também algumas pessoas mais velhas que brincavam com seus barquinhos a vela em miniatura. Estava à espera de sua filha única, Charlotte. Pais e avós! Suas relações com Charlotte e o marido eram detestáveis: já estava preparado para um encontro desagradável. Ela estava em Paris com o marido advogado, Jon Riker, que havia trabalhado para Schmidt como assistente. Mais um caso de um parceiro predileto culpado de traição: era o que Schmidt pensava, mas não se atrevia a dizer em voz alta. Tim havia seguido um deus estranho. Jon se atrevera a morar com Charlotte e depois se tornar seu marido.

Não eram esses seus únicos pecados: entre outros, ser judeu (mas Schmidt se sentira arrependido por ter considerado um defeito Jon ser um dos Escolhidos), ter sido infiel a Charlotte e inescrupuloso com o dinheiro dela pesavam mais ainda contra ele, sem falar na conduta inadequada que o levou a ser excluído como advogado da firma W & K. Schmidt não previa uma reconciliação com ele. Pelo menos Charlotte apareceu, linda e chique. Ela o deixou espantado ao propor uma trégua, que Schmidt aceitou. O que mais podia fazer? Vou aceitar você como é, disse ela, e você me aceita como eu sou. Vamos ver aonde isso nos leva. Apertaram as mãos e ela foi embora para encontrar o marido. Nenhum abraço, só um aperto de mão. Ele observou a filha caminhar rumo à pirâmide do Louvre e continuou em sua cadeira durante um bom tempo. Depois, tentando apoiar todo o peso na perna boa, seguiu para a Rue St. Florentin. Não havia táxis no ponto e teve a impressão de que não viria nenhum. Se ia ver Alice, era melhor caminhar rumo ao endereço na Rue St. Honoré, que havia anotado no caderninho que trazia consigo no bolso do paletó. Foi o que fez, mancando com cuidado até chegar à porta do edifício dela. Apertou o botão da campainha ao lado da placa de cobre que trazia as iniciais dos prenomes dos Verplanck: T. ET A. Alguém respondeu, com voz tremida *Oui?* Ele disse seu nome e a mesma voz convidou-o em inglês a tomar o elevador para o terceiro andar.

O apartamento — grande, luxuoso e silencioso — dava para os jardins que havia nos fundos do prédio. Alice levou-o para a biblioteca e, uma vez instalado numa poltrona com estofamento suntuoso, sentiu-se surpreendentemente confortável, e ela lhe ofereceu um café. Ou preferia uma bebida? Já passou do meio-dia, disse Schmidt, então ele se atreveria a pedir um uísque. Ela riu, desapareceu um instante e voltou acompanhada por uma mulher mais velha, a quem apresentou como madame Laure, que trazia uma grande bandeja com uma jarra, água Perrier, gelo e o que parecia ser um copo de suco de tomate para Alice. Depois que disse a ela como ficara triste com o que ocorrera com Tim e ela lhe perguntou por que estava mancando, Schmidt se viu sem saber o que mais ia falar e teve a impressão de que ela talvez estivesse na mesma situação, e nesse caso o melhor seria ir embora. Ao mesmo tempo, achava que não estava dentro dos limites das boas maneiras terminar sua bebida e dar adeus, menos de trinta minutos depois de ter chegado. Além do mais, não queria ir embora: sentia-se muito contente por se ver naquela sala tranquila na companhia de uma mulher adorável e muito elegante. Uma mulher, é preciso dizer, que o intimidava, embora ele tivesse certeza de que não era essa sua intenção. Se quisesse ficar, estava claro que devia ir além da troca de banalidades, a espécie de fórmula que Emily Post provavelmente recomendava como adequada para uma conversa entre um advogado experiente e a viúva de um colega mais jovem, a quem ele viera oferecer suas condolências.

Alice, exclamou ele afinal, abrindo o jogo, há uma coisa que tem me incomodado muito sobre a maneira como Tim saiu de cena: ele não me contou que estava planejando se aposentar nem revelou seus motivos; não me contou nada. E depois chegou a notícia terrível de que havia morrido, mas não recebi nenhuma palavra dele entre a aposentadoria e aquele dia trágico. Alguma coisa errada deve ter ocorrido. Trabalhamos juntos e éramos muito unidos desde a hora em que ele chegou à firma até alguns anos antes de você e ele partirem para Paris.

Tim sabia, é claro, respondeu Alice, que você ficou descontente quando ele começou a fazer tantos trabalhos com Lew.

Querida Alice, eu o encarava como o filho que nunca tive. Seu trabalho com Lew não mudou isso. Espero que ele não tenha imaginado que era assim. Isso representaria um desgosto a mais para mim.

Sem nenhum aviso, Alice começou a chorar, lágrimas corriam pelas faces enquanto ela permanecia em completo silêncio.

Num gesto que pareceu desajeitado em razão do tornozelo torcido, Schmidt levantou-se e foi até o sofá, sentou-se a seu lado e, espontaneamente, sem nenhuma intenção consciente, pôs o braço em volta dos ombros de Alice. E falou: Alice, lamento muito, muito mesmo, por favor, pare. Desculpe por ter feito essas perguntas. Vou embora agora mesmo, se você quiser, se ajudar você a recuperar a calma.

Ainda soluçando, ela balançou a cabeça e saiu da sala correndo. Schmidt voltou para sua poltrona e esperou, constrangido.

Havia um tremor na voz de Alice quando ela reapareceu, mas já não estava mais chorando. É uma história tão comprida e tão triste, disse. Tem certeza de que quer ouvir?

Ele fez que sim com a cabeça.

Alice olhou para o relógio de pulso e disse: Nesse caso, você deve ficar para o almoço. Por favor, peço licença mais uma vez, enquanto vou ter uma palavrinha com madame Laure.

Ela voltou, ofereceu-lhe outro uísque e, depois de um momento de hesitação, serviu uma dose muito menor para si. O almoço ia ficar pronto dali a quinze minutos: muito simples, galinha fria e salada. Espero que esteja bom assim. Depois, acrescentou: O que vou contar pode ficar apenas *entre nous*? Você não vai ficar com a sensação de que precisa discutir o assunto na firma?

Ele garantiu que suas perguntas eram de um amigo aflito. Não passaria pela sua cabeça falar na firma sobre a conversa entre ele e Alice — de resto, tinha se aposentado e não trabalhava mais lá —, a menos que ela especificamente o autorizasse a fazê-lo. Com isso ela se desculpou, disse que não conseguia compreender por que tinha feito tal pedido. Talvez fosse porque, pela primeira vez, ia discutir aqueles assuntos com uma pessoa que não estava a par deles. Sua visita era mais bem-vinda do que ele podia imaginar. Permitira que ela se desse conta de como precisava contar aquela história, do início até o fim, para alguém que ia escutar com solidariedade, alguém que conhecera Tim muito tempo antes de sua partida para Paris. E assim, enquanto tomavam seus uísques, e depois durante o almoço, e ainda depois, quando tomavam café na biblioteca, ela falou sem parar. De início, Schmidt achou que estava ouvindo o relato de uma prolongada desavença conjugal, um comportamento bastante egoísta e autoritário da parte de Tim, um grande peso que ela precisava tirar do peito. Porém, quando ouviu mais um tempo, o coração de Schmidt ficou apertado. A história era muito diferente de tudo que ele podia imaginar.

Ela ficou espantada, contou Alice, quando Tim resolveu, em

1981, falar com Dexter Wood e se apresentar como voluntário para ocupar o posto de Billy Higgs, o sócio então encarregado do escritório de Paris, que estava escalado para voltar para Nova York só doze meses mais tarde. Adiantar-se dessa forma não era o estilo de Tim. O que tornava aquilo mais estranho era o fato de ele ter recusado a proposta de Dexter para assumir o lugar do predecessor de Higgs, Sam Warren. Ele fez aquilo contra a vontade de Alice. Por muitas razões, ela desejava de fato mudar-se para Paris naquela ocasião. Tim sabia disso e sabia perfeitamente por quê. Ela achava que, se a herança francesa dos filhos devia ter algum significado para eles, era importante que a certa altura passassem alguns anos na França, e o momento era ideal. Sophie tinha cinco anos e Tommy, três; ainda estavam na pré-escola, podiam se mudar para Paris e ser matriculados no sistema educacional francês sem interromper a vida escolar. A língua não seria problema. Ela sempre havia falado francês com os filhos. Compreendiam perfeitamente e na verdade estavam prestes a poder falar a língua muito bem. Ela também dissera para Tim que, se ele estava preocupado com a capacidade dos filhos de ler e escrever em inglês, havia modos de assegurar isso: professores particulares, talvez uma escola particular bilíngue, com ensino em ambos os idiomas. Alice tinha outro motivo pessoal e urgente para ir à França, do qual Tim também estava inteiramente a par. Fazia muito pouco tempo que sua mãe recebera um diagnóstico de esclerose lateral amiotrófica — você sabe, o mal de Lou Gherig —, doença para a qual não existe remédio nem cura. Os médicos achavam que se tratava de um caso muito agressivo da doença. Meses antes, o pai de Alice havia, afinal, se aposentado do serviço diplomático, e ele e a mãe de Alice resolveram vender o apartamento na Rue du Bac e mudar-se para a casa em Antibes que haviam herdado da família da mãe dela, um lugar que a mãe de Alice adorava, onde havia passado as férias de verão até a guerra. Ambos estavam convencidos de que o clima de Antibes faria bem a ela. Passou até pela cabeça de Alice que Tim e ela poderiam comprar o apartamento da Rue du Bac. A localização era ideal para eles, havia espaço de sobra para os filhos e ninguém podia desejar uma localização melhor para o entretenimento. Na verdade, era grande demais para os pais de Alice.

Você sabe alguma coisa sobre a história da minha família?, perguntou ela, de repente.

Schmidt respondeu que sabia, é claro, que seu pai tinha sido embaixador da França em Washington. Ele encontrara o pai e a mãe de Alice na festa do seu casamento. Mas foi só isso.

Sou filha da vitória na Europa, disse ela. Meu pai esteve com a França Livre durante todo o tempo da guerra. Conseguiu ir de Bordeaux para Londres ao mesmo tempo que Pétain estava capitulando, e depois foi uma das pessoas que pulavam de paraquedas na França para cumprir missões especiais e então eram levadas de volta para Londres. Minha mãe e ele se conheceram na Normandia, durante uma dessas missões. Ela fazia parte da resistência gaullista. Estranhamente, foi assim que ela conseguiu sobreviver. Parou de usar a estrela amarela e passou para a clandestinidade. Quando meu pai entrou em Paris em agosto de 44, com a Divisão Leclerc, ela já estava lá, e eu nasci doze meses mais tarde, três meses depois de se casarem. Podia ter sido um casamento à força, só que não havia sobrado ninguém na família de minha mãe para perseguir meu pai. Toda a minha família acabou em Auschwitz e Bergen-Belsen, e ninguém sobreviveu. Eram daquele tipo de judeus que achavam que os alemães jamais fariam com eles o que faziam com outros.

Ao ver uma expressão de surpresa no rosto de Schmidt, ela acrescentou: Sim, minha mãe era judia. Isso não assustou meu pai, cem por cento ariano, um daqueles franceses protestantes brilhantes que tiravam primeiro lugar em todos os *concours* — aquelas provas competitivas que era preciso fazer a fim de ingressar nas melhores escolas e subir, como ele fez, até o topo do Quai d'Orsay. De todo modo, quando nasci, eles eram mais velhos do que a maior parte dos pais e não tentaram ter outros filhos. Minha mãe morreu em 86, pouco antes de completar setenta e cinco anos.

E seu pai?

Pela primeira vez naquela manhã, ela riu, levando Schmidt a concluir que adorava a sonoridade do riso dela. Meu pai está completamente vivo, ainda em perfeita saúde, aos noventa anos, rijo como uma tábua, e mora em Antibes com a melhor amiga da minha mãe. Não se casaram, é claro — são muito modernos.

Schmidt maldisse a si mesmo por ter permitido que Alice percebesse que ele ficou espantado ao saber que a mãe dela era judia. Era um tique; ele reagiu como um maldito brinquedo de corda disparado por algo ligado a um tempo em que esse tipo de coisa importava para uma porção de gente, inclusive para ele mesmo, pessoas que agora sabiam para que lado soprava o vento e já não contavam mais anedotas sobre judeus, negros e homossexuais. Certamente ela não achava que Schmidt dava importância para aquilo, hoje. Aplicar a sensibilidade e as regras de hoje para a maneira como as coisas eram trinta anos antes era injusto. Um anacronismo político! Portanto ele a interrompeu, de forma tola: Sabe, Alice, sua procedência, de resto tão distinta, não era algo que me importava nem algo que a firma levava em conta. Não creio que ninguém soubesse disso nem se desse ao trabalho de investigar. Veja o caso de Lew Brenner, acrescentou. Ele se tornou sócio no ano em que você e Tim se casaram, ou talvez um ano antes.

Alice ergueu as sobrancelhas e suspirou. Os maravilhosos Estados Unidos antissemitas que nunca mudam, disse ela em voz suave. Lembro bem. Mas não importa. Voltando a Tim, ele sabia como eu me sentia e sabia a respeito de meus pais quando recusou a proposta de Dexter. Tim apenas me contou, como se isso resolvesse toda a questão. Você pode ir à França a qualquer momento que quiser e quantas vezes desejar. Mas ele não ia se exilar naquele fim de mundo legal. Isso não tinha importância para Sam Warren ou para sei lá quem que tivesse sido o chefe do escritório de Paris antes dele, porque ambos eram advogados sem clientes e sem nenhuma esperança de ter clientes, além de serem essencialmente preguiçosos. Levar os clientes de outros advogados para jantares chiques quando estivessem de passagem por Paris e mostrarem-se solícitos nos afazeres da Catedral Americana já os deixava felizes e, do ponto de vista da firma, isso era provavelmente a maior utilidade que poderiam ter.

Schmidt fez que sim com a cabeça. Tim tinha razão sobre os dois.

Tenho certeza disso e também tenho certeza de que ele não tinha intenção de me magoar. Apenas esperava que eu fosse capaz de entender que não era razoável pedir que ele fizesse aquilo que eu desejava. A mensagem implícita era que minha mãe ia morrer em breve, não importava o que eu fizesse, e ele tinha de pensar no futuro em longo prazo, ou seja, na sua carreira ilustre. Era muito simples. Tim não tinha nada contra a França. Seu francês era muito bom e ele tinha aquelas boas maneiras que os franceses adoram. Mas seus clientes, seu trabalho e a firma vinham em primeiro lugar. Havia outra obsessão que não era mencionada, o motivo por que fomos para a França juntos só uma vez, em nossa lua de mel: a propriedade da família dele em Mount Desert. Ele tinha um barco grande no iate clube em Bar Harbor e sua ideia de paraíso era velejar naquelas águas. Portanto, todo mês de agosto, ou a maior parte do mês de agosto que ele conseguia manter a salvo de seus clientes e dos outros sócios da firma, precisava ser passado no Maine. Eu ia a Paris visitar meus pais durante alguns dias, sozinha ou com meus filhos, se meus pais estivessem dispostos. Naturalmente eu queria que meus pais conhecessem meus filhos. A não ser por isso, ir a Paris não me importava tanto assim: havia muito tempo que eu perdera contato com quase todos os meus amigos franceses. Radcliffe tinha feito isso e, antes ainda, o fato de haver morado em Bonn quando meu pai fora embaixador lá. Portanto a pergunta era o que havia mudado no pensamento de Tim, por que de uma hora para outra ele resolveu, em 1981, que queria mudar-se para Paris o quanto antes? Você tem que admitir que é estranho. Do ponto de vista dos meus filhos, a hora era péssima. Sophie estava em Beardley e Tommy, em St. Bernard's. Ambos estavam felizes e não queriam deixar suas escolas nem seus amigos. A grande mudança que ocorreu em 1981 foi que Miterrand tornou-se presidente da França, com uma maioria socialista na Assembleia Nacional e o programa de nacionalizações e de reformas tributárias. De um dia para o outro, muitos burgueses ricos franceses resolveram que iam bancar os *émigrés*, deixar Paris e ir para Londres ou Nova York — como aristocratas em fuga da Revolução Francesa. De repente, encontrávamos muitos franceses interessantes em Nova York. Alguns eram velhos amigos de meus pais, que naturalmente nos procuraram, alguns eram pessoas que meu pai encaminhou especificamente para Tim, quando lhe perguntaram se podia recomendar um advogado em Nova York, e alguns eram amigos de amigos. Foi assim que Bruno Chardon, sócio de um banco francês privado muito chique, apareceu em nossa vida. Tinha mais ou menos a idade de Tim, mas com cabelo preto e olhos castanhos, e o tipo de pele mediterrânea que é ligeiramente amarelada. Tim e ele se entenderam bem logo de saída. Ficou claro que Bruno era também um velejador fervoroso e assim, naquele outono, Tim mandou trazer seu barco para Nova York. Deixou-o ancorado em City Island, e os dois saíam de barco quase todos os fins de semana, com as crianças se não estivesse frio demais e se elas não tivessem festas de aniversário ou outras atividades a que quisessem comparecer na cidade. De vez em quando, eu ia também. Quando o tempo estava favorável e Tim podia tirar uma folga, eles ficavam fora o fim de semana todo. Eu não me queixava, porque me dei conta de que era a primeira vez que via Tim com um amigo de verdade. Certamente, era a primeira vez que eu o vira em tamanha intimidade com alguém, além de mim e as crianças. Bruno tinha derrubado uma barreira. Na certa você não sabe que Tim e sua única irmã não se falavam; ela nem veio ao nosso casamento. Quanto àqueles pais trogloditas, eram frios como criaturas da Era do Gelo. O trato com a propriedade no Maine era que nos mantivéssemos fora do caminho uns dos outros: a irmã ia em julho, portanto íamos em agosto. Os pais não faziam a menor diferença. Mesmo quando apareciam por lá, eram como objetos inanimados. Você pode julgar melhor do que eu a maneira como Tim agia com os outros advogados na firma. Para mim, parecia que ele sempre se mostrava simpático e entusiasmado com as pessoas com quem trabalhava bem — como você e Lew Brenner —, mas o relacionamento parava aí.

Schmidt percebeu que se sentiu magoado ao responder a ela que sim, era verdade. E acrescentou: Eu sempre desejei que houvesse mais que isso.

Você foi atraído por aquela simpatia — e por aquelas boas maneiras invencíveis. Era a mesma coisa com os advogados com quem ele havia trabalhado em Nova York, em Washington e com os colegas de turma em Yale e em St. Paul. Muita alegria. Muitas risadas. E o que além disso? Nada. Frio boreal, como seu pai e sua mãe. Com o Bruno, ele se tornou uma pessoa de verdade e eu fiquei contente por isso. Bruno também era maravilhoso com as crianças e comigo. Totalmente atencioso e interessado de verdade no que pensávamos, no que estávamos fazendo, pronto a participar de tudo o que era proposto. Bruno tinha ido a Nova York para fazer uma patrulha — era como ele definia a situação — e dizia a nós dois que existiam oportunidades tremendas de fazer consultoria para capitais franceses investidos no exterior. Pessoas que haviam conseguido retirar da França parte de sua fortuna, ou possuíam grandes somas de dinheiro escondidas fora do país, todo aquele dinheiro que estava "nas sombras" precisava ser investido, e o lugar mais atraente para isso eram os Estados Unidos. Isso criava uma grande demanda não só de banqueiros como ele, mas também, defendia Bruno, de um advogado americano como Tim, contanto que estivesse trabalhando em Paris. Era preciso estar em Paris a fim de tratar com as pessoas que estavam lá e que não faziam negócios por telefone, e assim poder entender as condições e as restrições locais. A rigor, ele estava dizendo para Tim: Mude-se para o escritório de Paris que vou abrir para você todas as portas importantes na França e também na Suíça, onde a maior parte do dinheiro está guardada. Acredito em Bruno, Tim me disse. Essa é uma oportunidade que nem a firma nem eu podemos perder. Aliás, ele tinha muita razão sobre o que Bruno era capaz de realizar. Apresentou Tim a clientes de fato impressionantes.

Schmidt fez que sim com a cabeça. Não conhecia a fonte dos negócios europeus de Tim, mas tanto a quantidade como a qualidade daquelas transações eram impressionantes e eram alvo de comentários constantes nos almoços da firma.

Você sabe como era Tim, prosseguiu Alice. Depois que resolvia fazer uma coisa, não havia nada capaz de contê-lo. Levou a firma a chamar Billy Higgs de volta mais cedo. Assim que obteve a palavra de Dexter de que o escritório de Paris era dele, partiu para Paris a fim de organizar nossa mudança. Bruno mostrou-lhe este apartamento, que havia pertencido a uma tia sua que morrera alguns meses antes. As duas sobrinhas queriam vender e Tim comprou-o delas sem me pedir que viesse ver. É bastante confortável e serviu aos nossos propósitos, mas não gostei da localização. O apartamento de meus pais já tinha sido vendido, mas não tenho certeza de que Tim fosse pensar a sério na possibilidade de comprá-lo mesmo quando ainda estava disponível. Não tinha sido recomendado por Bruno! Mas bati o pé quando a questão da escola veio à baila. Bruno tinha a ideia de que as crianças deviam ir para escolas particulares, Sophie para uma em Trocadéro, administrada por freiras, e Tommy para uma escola de jesuítas, na margem esquerda do Sena. Nesse ponto, Tim concordou comigo: escolas católicas não eram para nós e, além disso, ficavam muito longe. Portanto pusemos nossos filhos numa escola pública perto daqui e isso funcionou muito bem.

Schmidt tinha aberto a boca para fazer um comentário sobre as vantagens da educação numa escola de jesuítas, pois tinha estudado numa delas no Upper East Side de Manhattan, para onde fora encaminhado pelo pai, que havia engolido seu rancor anticatólico em troca das vantagens de uma educação de ponta, oferecida por um preço de ocasião, mas conseguiu conter sua língua.

Nossa vida entrou numa rotina. Tim trabalhava durante muitas horas, ficava no escritório até mais tarde do que em Nova York. Os negócios que entravam eram muitas vezes em maior volume do que o que escritório podia dar conta. Eu cuidava para que as crianças se adaptassem ao sistema francês e fizessem suas lições de casa, e tentava organizar a vida doméstica à maneira francesa. Meus pais tinham uma casa pequena, mas muito bonita — um *pavillon de chasse* — perto de Chantilly, ao norte de Paris, que emprestavam para nós. Quando fazia um tempo bonito, íamos até lá no sábado à tarde e ficávamos até domingo à tardinha. Havia passeios maravilhosos para fazer na floresta, que o governo francês conserva muito limpa, removendo árvores mortas e galhos caídos e limpando as trilhas. Todo mundo gostava, inclusive Bruno, que vinha conosco regularmente. Aconteceu que ele gostava de atirar, assim como Tim, e então na estação de caça ele e Tim saíam para caçar pássaros juntos. Quando as crianças ficavam resfriadas ou havia festas de aniversário, eu ficava com elas em Paris e Tim e Bruno iam sozinhos para Chantilly. Tudo continuou assim, de modo muito tranquilo, até o desastroso verão de 1985.

Alice começou a chorar outra vez. Os dois tinham deixado a mesa fazia muito tempo, voltaram para a biblioteca e, mais uma vez, Schmidt capengou até o sofá, pôs o braço nos ombros de Alice e tentou consolá-la.

Obrigada, disse ela, talvez você não saiba o que aconteceu.

Ele balançou a cabeça.

Sophie foi para uma colônia de férias naquele verão. O Camp Horned Owl, no Maine, um desses acampamentos de meninas que fazem sucesso há cem anos. Era a terceira vez e ela queria muito ir para lá. Suas duas melhores amigas de Brearley também iam. Minha mãe estava com a saúde muito debilitada, portanto era claro que eu não podia ir a Bar Harbor. Mas Tim disse que ele ia levar Sophie para Horned Owl em julho, para que ela já estivesse lá quando começasse a colônia de férias, em seguida ia voltar para Paris e trabalhar até agosto, e depois fazer outra viagem para Bar Harbor com Bruno e velejar. Sophie ia ficar com eles depois da colônia de férias e eles mesmos a trariam de volta para Paris. Eu iria para Antibes assim que começassem as férias escolares, no início de julho, com Tommy e nossa babá. Eu queria ficar com meu pai, revezar com ele os cuidados com minha mãe, ler para ela, tocar CDs — ela ouvia muita música na época — e ver um ou outro programa de televisão com ela. Era mais do que um emprego em horário integral, porque ela pouco dormia de noite e queria companhia. O lado físico era tratado por enfermeiras. Na época, ela estava totalmente paralisada, mas era capaz de respirar, mastigar e engolir, e ainda falava, mas de maneira cada vez mais débil. Era muito difícil compreender o que dizia. Estávamos à espera do fim, quando ela ia precisar de uma traqueotomia ou de um aparelho respiratório para conseguir oxigênio suficiente. Minha mãe havia decidido — nós três tínhamos decidido — que não iríamos expô-la àquele tormento; ela disse que ia parar de comer e beber e virar a cabeça para a parede, a menos, é claro, que não conseguisse virar a cabeça, que fosse incapaz de qualquer movimento. Schmidtie, você não pode imaginar como é difícil morrer, como é difícil matar uma velha senhora mesmo muito doente, muito fraca. Ou pode? Teve de passar por isso com seus pais?

Não, respondeu Schmidt. Meu pai morreu de repente, de apoplexia, e minha mãe no hospital, depois de uma demorada cirurgia. Não sobrou quase nada dentro de sua barriga, quando terminaram.

Lamento, disse Alice. Não, eu não lamento, pelo menos não pelo seu pai. É tão mais fácil quando eles se vão depressa. Eu estava lendo *Emma* para minha mãe, um de seus romances prediletos, quando o telefone tocou. Eram três horas da madrugada. Tim disse: Estou no acampamento da colônia de férias, Sophie está doente, com febre alta e convulsões, vou levá-la ao hospital de Portland. Acho melhor você vir para cá. A babá era uma boa menina, mas eu não podia deixar Tommy e ela com meu pai. Nós três pegamos o avião em Nice e cheguei ao hospital naquela noite. Sophie não me reconheceu. Morreu depois de dois dias terríveis. Foi meningite, causada por uma infecção de estafilococos. Outras três meninas adoeceram e uma delas também não se recuperou. A diretora da colônia de férias demorou a tomar providências; chamou os pais em vez de uma ambulância. Pode imaginar a raiva e as recriminações, mas acho que você não pode imaginar o horror de ver o rostinho de uma menina de doze anos contorcendo-se de dor e vazio. Completamente vazio, como que voltado para dentro.

Ela desatou a chorar e disse: Hoje não consigo continuar. Você tem tempo para me encontrar de novo?

No dia seguinte era domingo. Para onde ele podia convidá-la a ir? As brasseries estariam lotadas e barulhentas. Exceto nos hotéis, todos os restaurantes bons ou mais ou menos decentes que ele conhecia estariam fechados. O do seu hotel era famoso pela boa cozinha. Alice aceitou encontrar Schmidt lá à uma hora e, quando ele estava saindo, lhe ofereceu um beijo no rosto.

4.

Você está chocado, disse ela, posso ver isso em seu rosto. Estou de calça comprida e não me maquiei.

Ela estava, de fato, com péssimo aspecto, o rosto pálido e fatigado, a palidez realçada pelo batom escuro.

Você está linda, respondeu ele, e por que não usaria calça comprida num almoço de domingo, a menos que fosse à igreja?

Ela sorriu. Já não vamos mais à igreja na França, a não ser nos batizados, casamentos e missas de sétimo dia. Mordeu o lábio e acrescentou: Houve uma cerimônia fúnebre episcopal em memória de Sophie antes de ela ser enterrada no jazigo da família em Verplanck Point. Tim também foi enterrado lá. O mesmo padre rezou a missa. Eu vou ser cremada. Minha mãe não queria, por causa de Auschwitz, mas não acho que seja um bom motivo. Cremar os judeus que eles matavam foi a coisa menos ruim que lhes fizeram.

Schmidt ia dizer algo para exprimir sua concordância, mas, ao notar a hesitação dele, Alice interveio. Desculpe, disse ela, não era sobre isso que eu queria falar com você. Não consigo tirar da cabeça nossa conversa de ontem, mas quero. E não tenho certeza de que sou capaz ou se devo mesmo continuar a história. Que sala maravilhosa esta aqui!, acrescentou de maneira inesperada, olhando em redor.

Mármore demais para o meu gosto, mas a comida é boa, disse Schmidt. Vamos pedir nosso almoço. Tenho de admitir, porém, que eu ficaria decepcionado se você não terminasse o que começou a me contar. Alice fez que sim com a cabeça e disse: Vou tentar. Vamos ver.

Ela comeu e bebeu com sincero prazer e, sem querer pressioná-la, Schmidt se viu falando mais do que sua convidada. Explicou que a fundação para a qual trabalhava tinha sido criada por seu vizinho no campo e, hoje, seu amigo Mike Mansour, o bilionário judeu egípcio que foi para os Estados Unidos com os pais, quando pequeno. Os pais prosperaram fabricando e vendendo cortinas. Mike aumentou aquela pequena prosperidade até transformá-la numa fortuna imensa e, depois de deixar Ronald Perelman para trás, fez uma ascensão suave rumo à esfera mais elevada da lista dos bilionários da revista *Forbes*. Criou a fundação a fim de apoiar a democracia, as humanidades e o capitalismo na Europa Central e Oriental e em países que tinham sido membros da antiga União Soviética.

Por enquanto tenho gostado muito de pregar o evangelho da democracia e das humanidades, prosseguiu ele. Já o evangelho de Ayn Rand e do jubiloso capitalismo de mercado é outra história. No conjunto, porém, me sinto sinceramente agradecido a Mike. Ele me fez sair de casa, estou de novo trabalhando e viajo a trabalho para lugares aonde nunca iria por minha própria vontade. Provavelmente você sabe que me aposentei cedo, quando Mary adoeceu, com câncer, doença que se espalhou rapidamente por toda parte. Quis ficar com ela e foi a decisão correta. No final, perder minha esposa e perder minha vida profissional deixaram-me num deserto — sem direção.

Ah, eu não sabia que Mary tinha morrido, disse Alice. Para você ver a que ponto estou afastada da firma. Porém percebi de fato que não havia nenhuma referência a ela em sua carta e me perguntei qual seria a razão. Ela era muito simpática. Entre todas as esposas dos sócios da firma, ela era a mais simpática comigo e a mais divertida também. Recordo como ela arregalava e revirava os olhos quando nos sentávamos de frente uma para a outra, enquanto ouvíamos os pequenos discursos da sra. Wood naquelas atividades engraçadas da firma, reservadas às esposas. Eu tinha dificuldade de ficar com o rosto sério.

Schmidt fez que sim com a cabeça. Arregalar os olhos era um dos recursos especiais de Mary. Era famosa em Radcliffe e também na editora por causa disso.

Após mais ou menos um minuto de silêncio, ele acrescentou: Alice, por favor, continue sua história. Estou ansioso para ouvir, mesmo que seja muito triste.

Tudo bem, respondeu ela, mas é triste. Mais do que triste — é devastadora. Vejamos, na manhã em que Sophie morreu, Tim tomou providências para o seu enterro em Verplanck Point. Não havia nenhum problema em fazer aquilo no dia seguinte, portanto fomos todos de carro para lá, atrás do carro funerário. Éramos cinco numa limusine, Tim, Bruno, a babá, Tommy e eu. A viagem foi um pesadelo e, quando chegamos, ficou ainda pior. Era impossível ficar na casa grande com os pais de Tim, sua irmã e o marido dela sem que houvesse uma briga pública, e assim, como se já não bastasse toda a dor e todo o desgosto, ainda tivemos de enfrentar a muralha Verplanck de mesquinharia, rancor e insinuações medonhas. A sra. Verplanck chegou mesmo a dizer que Tim e eu tínhamos culpa. Levando em conta o risco de infecções nos acampamentos em colônias de férias de verão, não deveríamos ter mandado Sophie para Horned Owl. Não retruquei, mas Tim se encheu de raiva e berrou. Você alguma vez chegou a ouvir Tim berrar? Não era um som bonito. Não ficamos para o almoço depois do enterro — nenhum de nós tinha forças para encarar aquilo —, e após fazermos uma paradinha para beliscar alguma coisa num shopping, voltamos para a limusine. Passamos a noite num motel e, de manhã, fomos direto para Bar Harbor, só paramos para deixar Tommy e Bruno — sim, Bruno também — fazerem xixi na beira da estrada. Estávamos esgotados quando chegamos em casa e, no dia seguinte, eu me permiti dormir até tarde e deitar em nosso quarto depois do almoço. Tommy e a babá estavam cochilando. Durante mais ou menos meia hora, tentei adormecer, mas não consegui, acabei me levantando e fui até a janela. Era uma tarde maravilhosa, cruelmente maravilhosa. O mar estava tão brilhante que, depois de um momento, tive de desviar os olhos. Em vez disso, baixei o rosto e olhei para o jardim e lá, junto ao gazebo, bem em frente da minha linha de visão, estavam Tim e Bruno, absortos numa conversa que eu não conseguia ouvir por causa do rumor das ondas. Estava à beira de chamá-los quando, de repente, me dei conta da relevância do que eu estava vendo. Estavam de mãos dadas, o que em si já me surpreendeu, porque não era do estilo de Tim. Nunca o tinha visto de mãos dadas com um homem. Mas então Tim pôs os braços em volta de Bruno e beijou-o na boca. Sabe, beijou-o de verdade. Estavam perto demais para ser possível duvidar que a língua de Tim estava dentro da boca de Bruno. Depois de um minuto, houve um gesto: Bruno enfiou a mão dentro da parte da frente da calça de Tim e ficou acariciando até Tim recuar e, ainda de mãos dadas, correram para dentro da casa. Pensei que eu ia uivar, mas não emiti som nenhum. Imaginei se algum dia eu conseguiria recuperar a faculdade de falar. Engasgada e sufocada, fiquei rodando em pequenos círculos dentro do quarto, resistindo à necessidade de cair no chão e me contorcer. De repente, compreendi o que eu tinha de fazer.

Saí para o corredor. Era forrado por um tapete grosso, vermelho-escuro, que abafava o som dos passos. Mas eu não queria correr riscos e andei na ponta dos pés até o grande quarto de hóspedes onde tínhamos alojado Bruno. A porta estava fechada. Até agora ardo de vergonha quando recordo o que fiz depois: encostei o ouvido no buraco da fechadura e fiquei escutando. Gemiam e trepavam. Schmidtie, eu sabia que um dos dois estava comendo o outro. O que mais poderia ser? Eu queria desesperadamente saber quem estava sendo comido — como se isso tivesse alguma importância —, mas não pus o olho no buraco da fechadura. Não me atrevi, simplesmente não consegui.

Começou a chorar, mansa e triste. Sua bolsinha estava em cima do pequeno tamborete ao lado de sua cadeira. Ela achou seu lenço e enxugou os olhos. Estou fazendo uma cena, sussurrou, desculpe.

Sua outra mão estava com a palma voltada para baixo, apoiada sobre a mesa. Schmidt deu umas palmadinhas delicadas sobre ela. O que ele poderia dizer? Tudo o que encontrou para dizer foi: Lamento muito. E acrescentou: Vamos tomar um café e talvez um conhaque também. Vai fazer bem a você.

Não quero conhaque, respondeu Alice. Tomo um golinho do seu, se você pedir um.

A sala de jantar esvaziou enquanto bebiam café, até que, por fim, os dois eram os únicos clientes.

Está fazendo uma tarde linda e quente. Se meu tornozelo não estivesse tão ruim, eu ia sugerir que déssemos uma volta até as Tuileries e sentássemos num banco sob o sol. Mas acho que não vou conseguir; meu tornozelo hoje está pior do que ontem. Tenho duas ideias. Uma é irmos para o saguão ou para o bar nos fundos. A outra, mais revolucionária, é irmos para a minha suíte. É uma suíte que o Mike Mansour tem sempre reservada, o ano inteiro. Tem uma varanda — você pode imaginar a vista — e uma sala de estar bem espaçosa, se você achar o ar da varanda frio demais. Mas não acho que você vá sentir frio. O sol da tarde está tão agradável.

Na verdade, ela riu, não creio que vá me comprometer o fato de ir à sua suíte. Vamos experimentar a varanda.

Ele telefonou para o serviço de quarto e pediu café, e dessa vez também um conhaque. Enquanto o garçom estava ocupado com a bandeja na varanda, ocorreu a Schmidt a ideia de que Alice podia ter mencionado o apartamento dela como uma alternativa menos atrevida do que a sua suíte no hotel. Schmidt rejeitou suas implicações. Alice estava abalada, ele não era nenhum Mike Tyson e, se era para poupar seu tornozelo, teriam de pegar um táxi e encarar as complicações de levá-lo de volta para o hotel. Não, ela havia feito a escolha certa: seria uma completa tolice sair e ficar ensopada de suor debaixo do sol, com a magnífica paisagem da grande praça, do rio e da margem esquerda do Sena se estendendo à frente deles. Ele ergueu o cálice e provou. É bom, disse ele, oferecendo o cálice para ela, duvido que eu já tenha bebido outro melhor.

Ela tomou um gole e depois outro.

Continuo dizendo para mim mesma que o que aconteceu não pode ser desfeito, disse Alice para ele, portanto posso muito bem ser complacente comigo mesma. Você tem razão quanto ao conhaque, e tinha razão quando me convidou para vir aqui. Você deve estar imaginando por que contei tanta coisa para você e por que vou lhe contar ainda mais, não é?

Ele disse a verdade: não, ele não estava achando aquilo estranho; achava que aquelas eram perguntas que alguém que tivesse conhecido Tim e que gostasse muito dele naturalmente iria mesmo fazer. E queria muito que Alice continuasse. O que ele havia sabido até ali era terrível, mas também não explicava a aposentadoria de Tim numa idade tão precoce, nem sua morte logo depois.

Ah, Schmidtie, você é um sujeito tão adoravelmente quadrado e antiquado. Deixe-me tomar mais um gole de seu cálice e depois lhe conto tudo. Vou também contar, muito embora você não esteja curioso, por que já lhe contei tantas coisas. Acho você gentil e simpático. Deve ter sido um daqueles jovens simpáticos e muito quadrados de Harvard de que eu gostava quando estava em Radcliffe.

Se eu fosse quinze anos mais jovem, eu estaria lá, disse Schmidt. Certamente eu era quadrado e é até possível que fosse simpático. Vendo que ela não dava nenhum sinal de largar o cálice, ligou para o serviço de quarto e pediu mais dois. Só por precaução, explicou para Alice.

Boa ideia, respondeu Alice. Minha cabeça está rodando, mas vou tentar ser coerente. Como pode imaginar — não, você não pode; eu mesma não podia imaginar —, resisti ao impulso de entrar à força naquele quarto, xingá-los, acordar Tommy de seu cochilo, entrar no carro com ele e a babá e ir embora. Ir para algum lugar onde estivéssemos a salvo. À casa de meu pai para ficar com ele e com minha mãe moribunda. Em vez disso tomei um demorado banho de chuveiro, me vesti normalmente e pus um bloco de recados junto à porta daquele quarto com uma mensagem: Quero conversar com vocês dois na biblioteca. Em seguida disse para a babá deixar Tommy entretido quando acordasse e, na hora do jantar, levá-lo de carro até a lanchonete e, depois de comer, ao cinema. Tinha visto que *Guerra nas estrelas* estava em cartaz, quando passamos de carro pela cidade. Depois disso, fui para a biblioteca, tentei ler o jornal e manter as imagens de Tim e Bruno longe do pensamento. O tempo demorou a passar. Por volta das seis horas, ouvi o barulho de um carro na entrada da garagem. Eram a babá e Tommy. Talvez meia hora depois, a cozinheira entrou e disse que tinha preparado uma refeição fria, de modo que podíamos nos servir na hora que quiséssemos. Respondi que podia deixar a refeição na cozinha e tirar a noite de folga; eu mesma poria a comida na mesa e limparia tudo. Era isso mesmo, eu estava afastando da casa todas as testemunhas. Não para meu crime, eu podia ver que os papéis estavam trocados, mas para minha vergonha. Por fim — já deviam ser mais de sete horas — ouvi os dois na escada, depois no corredor e entrando na biblioteca. Também tinham tomado banho. Pelo menos, o cabelo de ambos estava molhado. Sentaram-se e Tim falou. Estavam dormindo; não era o caso de não quererem ficar cara a cara comigo. Estavam ambos prostrados na minha frente. Tinham sido tão cuidadosos, tentaram com tanto empenho ser discretos e preservar nossa vida juntos. Sabiam que era a pior hora que se podia imaginar para descobrir aquilo, mas esperavam que eu compreendesse que foi a dor e o desespero que os levou a perder a cabeça e cair nos braços um do outro. Nessa altura, Bruno interveio e disse as mesmas coisas repetidas vezes. Foi grotesco: que nem aqueles personagens de *Alice no país das maravilhas*, Tweedledum e Tweedledee. Quer saber uma coisa estranha? Acreditei de fato que eles tinham se descontrolado por causa do sofrimento e que, não fosse por isso, talvez eu jamais descobrisse nada. Eu era tão ingênua, conhecia tão pouco aquele lado da vida, mas eles conseguiram enganar até meu pai, que não tem mesmo nada de ingênuo! Então Tim disse que, embora o momento fosse horroroso, ainda assim era melhor que eu soubesse de tudo. Os dois eram amantes quase desde o início e se amavam de verdade. Perguntei a Tim se ele sempre soube que era assim, se sempre soube que era homossexual — usei a palavra porque não tive coragem de dizer "gay" —, desde quando começamos a namorar e depois quando passou a dormir comigo e me pediu em casamento, e ele disse que não, naquela época não sabia, era algo que fizera parte dele desde o último ano da faculdade e depois, mas ele saía com garotas também, e quando entrou na firma W & K tinha certeza de que havia mudado o bastante para ter uma intenção séria comigo. Eu o interrompi e perguntei se, depois de ficarmos juntos, ele continuava a sair com homens. Ele hesitou e respondeu muito lentamente e com muito cuidado, como se estivesse pisando em ovos, que aconteceu uma vez ou outra, houve um rapaz no escritório com quem ele foi a bares e a saunas, e que isso passou a acontecer com mais frequência depois que Tommy nasceu, ele não sabia dizer por quê. Ele queria se conter e não conseguia. Era verdade. Eu me tornara mais distante, uma mãe mais completa. Talvez isso tenha sido um fator.

Senti que a vida estava se esvaindo de mim, mas não podia chorar. Talvez fosse por causa de Bruno. Sua presença me parecia atroz, obscena, e falei isso para Tim. Ele tem de ficar aqui? Diga para ele ir embora.

Os dois começaram a falar ao mesmo tempo, como se tivessem ensaiado, e disseram que nós três estávamos naquilo juntos, que Bruno amava Sophie e amava Tommy e me amava também, e que Tim e ele não tinham segredos. Eu me senti arrasada demais para poder protestar. Então perguntei, ciente de que estava me repetindo e que era, afinal, uma pergunta idiota, porque não havia a menor dúvida sobre a resposta: Então quer dizer que durante todo o tempo em que você fez sexo comigo também fazia sexo com homens? Como pôde fazer isso? Tim respondeu que gostava de sexo e que gostava de mim, mas que ele de fato precisava de outra coisa. Falou da maneira como precisava de Bruno e que não podia viver sem ele. Você nunca ouviu falar de maridos que têm casos fora do casamento e de esposas também? Você acha que esses maridos e essas esposas não fazem sexo uns com os outros? Fiz que sim com a cabeça, o que era mentira. É claro que eu sabia que faziam isso. Sim, você sabe, retrucou Tim, é só pensar em alguns de nossos amigos. É a mesma coisa. E quanto a Bruno, perguntei, agora que você está com ele, vocês fazem sexo com outros homens também? Mais uma vez os dois começaram a falar muito. A história se resumia no fato de que os dois imediatamente se deram conta de que estavam apaixonados — foi a expressão de Bruno — e de que aquilo era muito importante para eles, e então agora eram monógamos, fiéis um ao outro. Muito depois, quando eu já era menos ingênua, perguntei para eles se estavam mentindo para mim. Pelo que me haviam contado, a promiscuidade era a regra. Eu ia ouvir muito falatório dos dois sobre o assunto, uma porção de explicações sobre a maneira como o amor gay não precisa ser exclusivo, porque se trata de uma celebração do corpo etc. etc. Mas aquilo não se aplicava a uma relação como a deles. Como eu disse, tudo isso foi mais tarde. Por enquanto, eu me sentia enojada, ou talvez morta; de todo modo, cada vez mais, era como se eu não estivesse ali, como se aquela conversa tivesse ocorrido em outro lugar bem distante, o que não me impedia de ver e ouvir, mas um lugar onde eu mesma não estava. Depois de muito tempo, interrompi e perguntei a Tim o que íamos fazer agora, já que tudo aquilo tinha acontecido. Ele e Bruno iriam embora primeiro e me deixariam com Tommy e a babá para arrumarmos as coisas e partirmos para Paris ou para a casa do meu pai, pois eu ainda não tinha resolvido qual das duas coisas ia fazer. Ou nos deixariam ir embora na frente? Mais uma vez Tim e Bruno tinham uma resposta pronta — eles já eram como essas pessoas casadas que respondem todas as perguntas ao mesmo tempo, como se a pergunta fosse para os dois, e sempre dizem "nós" em vez de "eu". O ponto principal era que não devíamos sujeitar Tommy a uma segunda perda e, pelo bem dele, devíamos ficar juntos, os quatro. Podemos fazer isso, garantiu Tim. Eles não queriam que os outros soubessem que eram gays; por uma série de razões, eles não iam se assumir, continuariam a agir de modo discreto e, por favor, vamos evitar um divórcio e até uma separação. E quanto a ele, perguntei, apontando para Bruno. Ele tem alguma coisa a dizer sobre o assunto? Ele concorda, disse Tim. Você sabe que ele ama Tommy. Mas ele vai continuar vivendo por aqui?, insisti e perguntei. A resposta foi Sim, por que não podemos continuar como antes, com Bruno fazendo parte da família? Tommy vai sentir falta de Bruno. Os dois se adoram. Naquela altura, com sua linda voz de barítono, Bruno interveio e falou como Tommy era importante para ele, como ele me admirava e me amava como uma irmã e como havíamos atingido um equilíbrio raro. A maneira como ele descreveu a situação foi tão elegante que não comecei a me sentir nauseada na mesma hora. Só mais tarde. Mas, de fato, falei que queria Tim fora do meu quarto. Meu marido concordou com tamanha boa vontade que mesmo então, em meu estado arrasado e abjeto, me dei conta de que eu tinha feito um papel ridículo. Não sei como eles conseguiram não rir de mim. Então fizemos as malas, Bruno ajudou como se nada tivesse acontecido, e viajamos juntos para Paris. Em retrospecto, vejo que a perda de Sophie foi um golpe que me anestesiou. Se eu não estivesse tão entorpecida, não consigo imaginar que teria permanecido tão misteriosamente calma depois de descobrir, sem mais nem menos, numa tarde ensolarada, que Tim era um tremendo veado que trepava com Bruno e sei lá com quantos outros homens desde sempre — e que tipo de homens! —, e depois fui para minha cama. Na certa Tim trepava com eles mesmo enquanto me engravidava de Sophie e de Tommy.

Alice estava chorando e, assim pareceu a Schmidt, tremia de frio. Vamos entrar, disse ele, a temperatura caiu. Você vai ficar mais confortável. Conduziu-a pela mão até o sofá, fechou a porta de vidro da varanda e, um pouco embaraçado por chamar o serviço de quarto mais uma vez, pediu mais café, *petits fours* e dois conhaques.

Você está me embriagando, disse ela com voz mole. Não, eu mesma é que estou me embriagando e, sim, não me importo, e não, você não se atreveria. Vou apenas ficar falando. Você acha que é pior descobrir que seu marido anda por aí dormindo com namoradas, com a secretária, com a babá — a menção a dormir com a babá feriu Schmidt, que tinha feito exatamente aquilo e fora apanhado em flagrante pela esposa e pela filha —, com garotas de programa etc., ou descobrir que ele é bicha? Que trepa com rapazes em saunas gays! Que quer ser comido por eles! O que você acha?

Não sei, respondeu Schmidt. Ouvi dizer que causa menos malefícios ser deixado por um parceiro que descobre que é homossexual, porque nesse caso você não está em competição com a pessoa por quem ele deixou você. Parece mais um engano mútuo. Mas na verdade eu não sei. Talvez seja diferente conforme o caso.

Eu também não sei, mas foi horrível. Você já leu Balzac?

Schmidt balançou a cabeça e, se corrigindo, acrescentou que havia lido *Eugénie Grandet* no último ano do ensino médio, no curso de francês.

Devia ser um bom colégio. Não sei se isso aconteceria hoje em dia. Acho que *Cousin Bette* é provavelmente seu melhor romance. A história trata do barão Hulot, um *trousseur des jupons* incorrigível; um sujeito que vive se metendo com mulheres. Sua esposa é muito bonita e *très sage* — um modelo de virtude e bondade. Quando Hulot se torna completamente apalermado por causa de uma mulherzinha horrorosa, esposa de um admirado funcionário no ministério de Hulot, e as despesas para manter a mulher estão levando a família à ruína, madame Hulot, que continua apaixonada pelo marido, louca para salvar a família, de fato já sem saber mais o que fazer, grita: O que é que elas fazem para os homens, essas *filles*? Acho que você diria: "essas putas". Por que não consigo aprender o que é, seja lá o que for? Farei isso por ele, se desse modo puder fazê-lo feliz, se assim puder mantê-lo comigo! Ela não consegue, assim como eu não consegui. O que eu deveria fazer por Tim? Sexo anal? Eu fiz, embora deteste. Mas agora estou convencida de que ele estava procurando algo diferente, não era só meter o pau num ânus, e aquilo de que ele precisava nem eu nem nenhuma mulher poderia lhe dar. Ele queria um homem. É uma coisa diferente, muito embora a mecânica possa ser a mesma. Meu pai, que é muito sensato e vivido, e nunca deixou de me apoiar durante toda essa fase terrível, disse uma coisa que abriu meus olhos. Disse para eu parar de me culpar. Disse que homens que acham que suas esposas são frígidas ou que não gostam do sexo que fazem com elas, por qualquer razão que seja, não procuram homens para fazer um sexo melhor. A menos que sejam homossexuais. Heterossexuais, quando estão insatisfeitos, saem com outras mulheres, garotas de programa, se necessário.

Tim, um veado!, pensou Schmidt. Que coisa mais improvável. Tim não tinha nada de gay, nada que o ligasse ao estereótipo. Será que havia outros veados na firma naquela época? O tal "rapaz" que Alice havia mencionado e que Tim levava para saunas gay, será que era apenas um mensageiro ou seria outro advogado? Um assistente, porque na época Tim certamente não estaria falando de um sócio! Ficar perplexo e chocado que tais coisas fossem reais vinte e cinco anos antes, pensou ele, nada tinha a ver com a W & K de hoje: ele sabia de um sócio homossexual (mas será que todos na firma sabiam?), além de dois ou três assistentes. Mas era possível que existissem muitos outros. Schmidt andava sem contato com a firma desde quando se aposentara. A única fofoca que sabia era uma que tinha ouvido numa reunião social da firma, à qual comparecia de vez em quando, movido por um deslocado sentimento de dever, e também aquilo que sabia de tempos em tempos por intermédio de Lew Brenner e, sim, também de seu genro, Jon Riker, antes daquele ornamento dos tribunais ter sido obrigado a se afastar da firma e ir oferecer seus talentos legais em outras bandas. Mas naquele tempo remoto em que Tim era advogado assistente? Na faculdade, Schmidt tivera uma vaga consciência de que um pequeno grupo, na verdade um punhado de seus colegas de turma e outros contemporâneos, era objeto de piadas sobre serem muito frescos e desmunhecarem. Havia alguns professores orientadores em redor dos quais eles orbitavam. Schmidt não chegava a desgostar deles, mas eles o deixavam meio sem graça e com uma sensação estranha. Alguns, a quem Schmidt continuara a ver aqui e ali, não faziam segredo de sua condição, assim como os escritores homossexuais cujos livros Mary publicava, os dois gays conhecidos entre seus colegas de editora, além do mutável contingente de veados, sempre em constante renovação, que às vezes compareciam aos almoços, jantares e festas de Mike Mansour, muitos deles acólitos de um músico de gênio sobre o qual Mike, na época, abria sua asa protetora. Mas Tim! O velho Dexter Wood devia estar se revirando no túmulo.

O garçom trouxe o pedido. Schmidt achou uma nota de cem francos na carteira e deu a ele, se desculpando por incomodá-lo tantas vezes.

Tomaram o café em silêncio, até que Alice o quebrou. Meu pai achava que eu devia consultar um psiquiatra para ter alguém com quem conversar, e o mesmo achava uma das poucas amigas que eu ainda tinha em Paris. Havíamos frequentado o *lycée* juntas e ela também perdera um filho. De leucemia. Recomendou-me uma mulher muito gentil que tinha seu consultório no bulevar St. Germain. Quando o tempo está bom, é um passeio a pé bem agradável, de onde moro até lá, do outro lado das Tuileries. Ela me prescreveu um tranquilizante e pílulas para dormir, e poder falar com ela provavelmente me ajudou também, mas mesmo tudo o que ela disse e todo o meu esforço para ser razoável não foram capazes de superar meu sentimento de que ele me havia corrompido ao fazer comigo as mesmas coisas que tinha acabado de fazer, ou ia fazer logo depois, com outros homens, com Bruno. Eu ficava deitada em meu quarto sem dormir, ciente de que Tim estava acordado ou dormindo onde antes fora nosso quarto de hóspedes — eu não conseguia reunir coragem para lhe dizer para mudar-se para o quarto de Sophie — e, imagine só, ele e Bruno continuavam a usar minha casa em Chantilly para passar os fins de semana, e tentavam levar Tommy com eles. Sua intenção era boa, mas era uma imagem que eu detestava. Eu precisava da presença dele. Além do mais, embora eu tivesse certeza de que Tim e Bruno fossem mostrar-se absolutamente discretos e cuidar de Tommy tão bem quanto eu, ou até melhor, eu me preocupava com os outros homens que supostamente iam juntar-se a eles, de noite. Que tipo de homens? Felizmente, Tommy tinha tanta lição de casa para fazer na maior parte dos fins de semana que não podia mesmo ir, ou talvez não quisesse mesmo ir para Chantilly. Quando ia, em geral eu ia também. Pode imaginar esses fins de semana? Tim, Bruno, Tommy e eu, cada um em seu quarto. Tim e eu não compartilhávamos um quarto na Rue St. Honoré, mas pelo menos Bruno não estava no apartamento; eles não ficavam se esgueirando sorrateiros de um quarto para o outro. Durante as férias escolares, o Natal e a Semana Santa, eu estabelecia que aquilo era uma regra e forçava Tim a aceitar que eu e Tommy íamos esquiar sozinhos, ou íamos para Antibes para ficar com meu pai. De fato, todas as precauções se revelaram inúteis. Não há muita coisa que se possa esconder de um menino de treze anos. Tommy adivinhou o que estava acontecendo antes mesmo do pai adoecer. Como formulou a questão para si mesmo, isso eu não sei, e nós nunca conversamos sobre o assunto. Ele não tomou nenhuma iniciativa. Provavelmente eu deveria ter começado a conversa, mas não sabia como e, por uma série de razões, eu havia parado de ir à psiquiatra e não tinha ninguém para me dar conselhos. Meu pai tinha sido de grande ajuda no início, mas depois da morte de minha mãe, quando ele se tornou plenamente consciente da perda, a dor o esmagou. Mais tarde, meu pai se viu absorvido demais no relacionamento que começou a construir para poder se concentrar em Tommy e em mim e me mostrar o caminho. Por falar em adivinhar o que estava acontecendo, finalmente compreendi por que minhas amigas ficavam tão caladas desde o início, quando a gente continuou a levar Bruno para as festas e a convidá-lo para a nossa casa toda vez que dávamos uma festa. Paris é uma cidade pequena e elas o conheciam ou sabiam a respeito dele. Ele era extremamente discreto, mas pessoas menos burras do que eu compreendiam o que se passava em meu *ménage*. Se meus pais estivessem morando em Paris quando nos mudamos para lá, teriam condições de me prevenir.

Alice tinha terminado de beber seu conhaque e perguntou se podia tomar o que havia sobrado no cálice de Schmidt.

Alice, disse Schmidt, por que você continuou no *ménage à trois*? Por que não se divorciou?

Ela respondeu, falando com a mesma clareza de antes, porém mais devagar. Esse foi o tema de uma grande discussão que envolveu meu pai, eu e a psiquiatra, enquanto eu ainda a consultava, e também, é claro, Tim e Bruno. Desde o início, achei que não podíamos continuar juntos, não devíamos tentar, e que Tim e eu devíamos nos divorciar. Tim era contra. Era sempre o mesmo refrão. A perda de Sophie já era demais para Tommy suportar. Os dois irmãos tinham sido muito unidos. Não devemos permitir que ele perca também o pai e sua casa ainda por cima. Era essa também a opinião de Bruno. Sei que eles eram absolutamente sinceros. Os dois o amavam. O que tornava mais fácil para eles tomar aquela posição era o fato de que, como já lhe disse, nenhum dos dois tinha intenção de abrir o jogo para os outros. Bruno dizia que ficar assim, no armário, como se diz, era aconchegante e reservado. Ele era capaz de liderar uma marcha de cem mil gays de volta para dentro do armário. Portanto manter aquele estado de coisas tal como estava em nada interferia nos planos deles. A psiquiatra me disse que tudo aquilo estava errado, que no fundo Tommy sabia que o casamento estava encerrado, embora não soubesse o motivo ou não fosse capaz de dizê-lo, e que isso explicava alguns aspectos de seu comportamento. Ela achava que Tommy se adaptaria depressa à partida do pai. É claro, eu devia ter dado ouvidos a ela. Para dizer a verdade, eu não sei o que teria decidido fazer, se meu pai não tivesse se posicionado com tanta firmeza a favor de continuarmos juntos, por enquanto. Era muito difícil, para mim, agir contra os conselhos dele. Depois, também eu passei a preferir manter a fachada do casamento.

Fez uma pausa e disse: Isso é outra história, muito diferente, que eu nem vou tentar contar. A história de Tim se torna ainda mais dolorosa, mas se eu tiver força suficiente para continuar a contar, você terá a resposta para suas perguntas. Tudo o que eu sabia sobre aids, prosseguiu ela, era o que lia nos jornais, o que não quer dizer grande coisa. Certamente notei quando Tim, que durante todos os anos em que estivemos juntos nunca tinha ficado doente, pegado uma gripe ou sequer um resfriado, começou a se queixar de dores na garganta, falta de sono, dor de cabeça e diarreia, e aquilo parecia ser uma série interminável de indisposições. Disse que notei aquelas enfermidades, o que parece um tanto frio, mas não posso dizer com franqueza que aquilo tenha me perturbado. Eu havia renunciado a meu papel de esposa. Já não tinha amor por ele. Ao contrário, me sentia indiferente e incomodada. Ligeiramente hostil. É possível que, por mais ignorante que eu fosse, teria adivinhado o que aquilo significava se eu ainda o amasse e estivesse preocupada com seu bem-estar. Não tenho certeza. Em primeiro lugar, eu me enganava por causa de Bruno, que continuava absolutamente sadio. É um tipo de raciocínio primitivo: por que um e não o outro? De certo modo, provavelmente suprimi tal conhecimento, que eu tinha ou estava começando a adquirir, porque não queria me envolver ou ser forçada a sentir pena de Tim. Assim, vamos admitir que durante um bom tempo eu não soube de nada e não desconfiei de nada. Então, no início de 1989, quando Tommy e eu voltamos para Paris, depois de esquiarmos durante as férias de Natal — tínhamos ido para St. Moritz —, a governanta, madame Laure, que você conheceu, me disse que Tim estava no Hospital Americano com um caso grave de pneumonia. Bruno o havia internado lá e estava cuidando dele. Mais ou menos uma semana depois, Tim teve alta e Bruno o trouxe para casa. Recuperou-se da pneumonia, mas não tinha energia, estava perdendo peso e sofria de uma diarreia quase permanente. Estava com um péssimo aspecto, mas naquele agosto, mesmo assim, foi para Bar Harbor com Bruno. Eu tinha me recusado a ir; era o segundo verão em que eu fazia aquilo e eu e Tommy mais uma vez passamos o verão quase todo em Antibes, dessa vez com meu pai e a amiga de minha mãe, que naquela altura já estava morando com ele. É uma mulher maravilhosa e nós quatro nos entendemos muito bem. Papai pôde levar Tommy para um clube de velejadores em Cap d'Antibes e Tommy adorou. Sentia-se como um verdadeiro nativo.

Quando voltei para Paris, vimos que Tim já estava lá, havia

abreviado sua temporada em Bar Harbor e, poucos dias depois, ele e Bruno pediram, muito formalmente, para falar comigo e me contaram, pela primeira vez, que alguns anos antes ele fizera um exame de sangue e ficou comprovado que tinha aids. Os médicos prescreveram medicamentos que disseram que iam manter a doença sob controle, mas, como podíamos ver, não tinha dado certo. Ele precisava encarar a realidade: havia chegado a hora de se afastar da firma. Não tinha condições de comandar o escritório de Paris. De fato, ele achava que não tinha condições de fazer nenhum trabalho como advogado. Agora você sabe por que ele se aposentou tão cedo. Claro, fiquei desesperadamente preocupada que ele tivesse me contaminado — não havia motivo para que não tivesse acontecido. Fiz um exame de sangue e deu negativo, e depois fiz mais dois exames só para ter certeza, e então, finalmente, o médico me convenceu de que, como a última vez que fiz sexo com Tim foi pouco antes da morte de Sophie, em julho de 1985, não havia possibilidade de o vírus estar dentro de mim, escondido. Não contei para Tommy minhas preocupações. Mas ele era extremamente perspicaz e entendeu, por sua própria conta, o estado de saúde do pai. Ele também lia os jornais. Certo dia, depois da escola, me perguntou se eu achava que também tinha aids. Pode imaginar a angústia do menino? Foi aí que eu receio que tenhamos cometido o segundo grande erro a respeito de Tommy. Ele estava matriculado para começar a frequentar St. Paul no outono daquele ano, mas o mantivemos frequentando o *lycée* em Paris. Achei — e suponho que Tim também — que seria melhor para ele ficar aqui do que mandá-lo para aquele ambiente desconhecido e muito competitivo. Eu temia que fosse mais do que ele era capaz de suportar.

Onde ele está agora?, perguntou Schmidt.

Em Yale, respondeu Alice, se especializando em matemática. Ele teve um aproveitamento excelente no *lycée*, passou na prova final do ensino médio com menção honrosa e ganhou uma medalha de ouro em matemática, no concurso nacional. Agora também tem um aproveitamento excelente em Yale. Infelizmente, ele se distanciou completamente de nós, antes mesmo de partir. Um muro se ergueu. Quem pode criticá-lo por isso? Tim, meu pai e eu, nenhum de nós avaliou como seria corrosiva a vida comigo e com Tim. Em seu segundo ano de faculdade, ele voltou de Yale nas férias de inverno para ver Tim quando ele estava morrendo e ficou até o final, mas foi a primeira vez que veio a Paris desde o dia em que partiu para New Haven. Tommy passava as férias com os avós Verplanck, na casa em Cold Spring, no apartamento em Nova York ou na casa em Bar Harbor. Meu pai tentou levá-lo para Antibes. Ele recusou com frieza. Prefere os monstros dos Verplanck! Eles ignoraram Tim durante sua doença e não foram para o enterro, embora tenha sido muito perto deles. Lew Brenner manteve contato com eles e me contou, mais tarde, que repudiavam qualquer menção ao fato de Tim ser gay e estar morrendo de aids. Para eles, Tim morreu de uma metástase de um câncer galopante e achavam que eu me recusei a cuidar dele. O mais triste é que Tommy também adotou a mesma linha de pensamento, de que eu me recusei a cuidar do seu pai. Só que não sei como eu poderia cuidar do Tim, mesmo que ainda o amasse. Não havia espaço para mim. Bruno e Tim resolveram que ele ia morar em Chantilly, com uma equipe — todos homens, todos homossexuais — selecionada por Bruno. Ele chegou a se oferecer para comprar a casa de mim! O máximo que pude fazer foi visitar Tim, o que fiz. A doença se arrastou de um modo tão horrível, Schmidtie, com coisas como feridas ou pequenos cânceres em sua pele, pneumonias, depois câncer no pulmão que se espalhou para o fígado e para o cérebro. Naquela casa cheia de armas de fogo, por que nem Tim nem Bruno tiraram uma arma do armário e puseram um ponto final naquilo é uma coisa que eu nunca vou entender. A maneira como ele afinal partiu foi um grande engano. Ele queria muito ler e escrever durante o tempo que teria livre, depois da aposentadoria, e não podia fazer nem uma coisa nem outra. Não eram muitos os dias em que ele conseguia se concentrar.

Então Lew sabia, murmurou Schmidt.

Sim. Só ele, mais ninguém na firma. Tim pediu para ele não contar a ninguém.

Alice tinha estado calma durante a última parte da história e, assim pareceu a Schmidt, com uma lucidez sobrenatural. Agora seu autocontrole a abandonou. Ela se encolheu no sofá e chorou de leve, como uma criança. Schmidt sentou-se a seu lado e afagou seu cabelo. Não sabia o que dizer para consolá-la. Por fim, ela parou de soluçar e pediu para ir ao banheiro. Quando voltou, disse: Você vai ter de me perdoar, usei sua escova de dente. Mas lavei com todo cuidado depois. Você não se importa, não é?

Schmidt olhou para ela e se perguntou se alguma vez já tinha visto uma mulher tão linda. Sua palidez e seus olhos inchados de chorar davam a seu rosto um aspecto de ternura e de nobreza trágica. Alice, disse ele, talvez você ache que estou delirando, mas sei que não estou: estou me apaixonando por você, quero que saiba disso, e não me importo com o que venha a acontecer depois, contanto que eu possa ficar com você. Sempre. Palavra de honra, acrescentou, sentindo-se cada vez mais ridículo.

Ah, Schmidtie, disse ela, abrindo os braços, você não quer de verdade ter a mim sempre junto de você. Mal me conhece! Mas pode me beijar, se escovar os dentes primeiro. Quando ele voltou, Alice abriu os braços de novo. Estou embriagada, disse para ele, bebi todo o conhaque que sobrou. Você se importa?

Ele afundou no sofá ao lado de Alice. Ela o beijou de forma

imperiosa, sua língua enroscou-se na dele, os braços dela, fortes, apertando com a força de uma planta trepadeira. Um horror sagrado tomou conta de Schmidt, como aquele que dizem que se apodera de uma noviça no limiar de um templo onde são revelados os mistérios conhecidos apenas pelas sacerdotisas supremas do local. Os gestos eram aqueles que tinha feito e executado inúmeras vezes, mas seu significado, ele sentia, seria novo e estavam impregnados de perigos desconhecidos. Alice estava arrebatadora e irresistível, como uma pera dourada. Com que direito ele iria penetrá-la? Penetrar e ejacular. Será que aquela mulher linda e atormentada sabia o que estava fazendo? As partes do próprio Schmidt pareciam em ordem. Com o braço em volta da cintura dela, Schmidt levou-a para o quarto.

5.

Ele devia estar dentro dela quando o sono baixou. Seria possível que os dois tivessem dormido a noite inteira? Schmidt olhou para o despertador. Sete e quinze. Manhã ou noite? Para ele, não tinha importância, mas e para Alice, se já fosse o dia seguinte? Será que madame Laure tinha se alarmado quando descobriu que ela não dormira em sua cama? Mas não, não havia motivo nenhum de preocupação. A nesga de céu que se via através da janela do quarto estava cinza-pombo e cor-de-rosa. Um céu de anoitecer. Ele ficou deitado de costas, todos os músculos relaxados, a cabeça de Alice em seu ombro, o braço estendido sobre seu peito. As pernas dela mantinham as suas presas. Os lábios íntimos úmidos pressionados contra sua coxa. Não havia motivo nenhum para acordá-la. De vez em quando, ela resmungava e suspirava e seu abraço se tornava mais apertado. Uma vez, ela deu uma risadinha de leve. Sorrindo, ele afagou seu cabelo e seu braço e deslizou para o sono de novo.

Foi tão bonito, querido, eu me sinto muito bem, obrigada, ela sussurrou. As palavras sussurradas o despertaram, ou foi a pena com que ela fazia cócegas no nariz dele? E onde teria arranjado aquela pena? É claro: de vez em quando a ponta de uma pena escapava de dentro da colcha; Alice tinha puxado uma delas para fora.

Alice estava sentada, tinha empurrado as cobertas para trás, acendera a lâmpada da mesinha de cabeceira e, pela primeira vez — ele achava que o frenesi com que a havia despido não contava —, ele a viu inteiramente nua. Pele branca lustrosa, cremosa e macia de tocar, peitos tão pequenos que nem a amamentação nem o tempo os haviam deformado, pernas compridas e de formato perfeito, terminando em pés terrivelmente carentes das atenções de um pedicuro. O triângulo de pelos: era a parte do corpo dela que Schmidt sentia ter explorado. Seu aroma estava grudado nas mãos e no rosto de Schmidt. Ele também sentou na cama, de frente para ela, correu as mãos pelo torso de Alice, para cima e para baixo, e voltou aos seus seios. Em silêncio, pôs os braços dela em volta de si e lhe ofereceu a boca, a mão direita de Alice estava ocupada na virilha de Schmidt, apurando sua reação. Sorte inesperada! Depois, enquanto estavam deitados lado a lado, exaustos e de mãos dadas, ela lhe disse que achava que estava com fome.

Você vai me levar para jantar no belo restaurante que há no térreo? Ou acha que não estou vestida de maneira apropriada?

Neste momento, não está, respondeu ele, mas quando puser suas roupas será a mulher mais bem vestida do restaurante. Alice, como aconteceu esse milagre?

Você me embriagou.

A felicidade de Schmidt de repente se transformou em medo.

Foi isso que aconteceu? Este velho devasso se aproveitou de você?

Você não é nenhum velho devasso, respondeu ela. Você é muito gentil, e gosto de você. Mas eu estava bastante embriagada. Não aconteceria se estivesse sóbria. É isso que torna a situação um grande erro. Eu gostaria que nada disso tivesse acontecido, gostaria que você não tivesse vindo me visitar.

Schmidt não comentou que eles tinham acabado de fazer amor de novo, depois de terminar o efeito do conhaque que ela tanto apreciara. Em vez disso, quase incapaz de falar, ligou para o restaurante, pediu uma mesa e depois esperou atrás da porta fechada, enquanto Alice cuidava de sua toalete e se vestia dentro do quarto.

Quando terminou, ela perguntou se ele ia se vestir. O tom da voz dela, Schmidt reparou, era estranhamente neutro, só um ou dois graus acima da frieza. Sim, respondeu, vou me vestir num instante. Meu banho pode esperar. Quando saiu do banheiro, depois de urinar e lavar o rosto com água fria, descobriu Alice na sala de estar, folheando uma revista *New Yorker* que ele havia comprado um dia antes na WHSmith's. Vamos?, perguntou ele, com voz rouca. Tomou um gole de água num dos copos que o garçom tinha deixado na mesinha de centro e tentou retomar um jeito de falar o mais próximo possível do que usaram quando haviam se encontrado muitas horas antes — simpático e cordial — e se deu conta de que estava muito longe de ter sucesso.

Você vai ficar zangado comigo?, foi a pergunta de Alice. Aqui é tão agradável e sossegado. Seria possível jantarmos aqui? Alguma coisa fácil de servir e que não demore muito. Na verdade, eu não tinha nenhuma intenção de que isso acontecesse.

Claro, respondeu Schmidt. Para manter a compostura, pôs um CD com as sonatas para piano de Beethoven para tocar no aparelho de som do hotel, ligou para o restaurante e cancelou a reserva, ligou para o serviço de quarto e pediu um jantar frio com uma garrafa de bom vinho da Borgonha, pelo qual o hotel cobrava um preço muito mais alto do que lhe parecia razoável. Irritação — com Alice e consigo mesmo —, foi isso que restou.

Por que ela fizera questão de lhe contar a aterradora história de Verplanck em detalhes tão sinistros? De fato, para que contar para ele a horrível verdade? Ela poderia tê-lo despistado com mentiras inofensivas, qualquer coisa semelhante a uma demorada luta contra o câncer, que primeiro deixara Tim sem forças para trabalhar e depois o havia matado. Muita gente não quer que os outros saibam que tem câncer desse tipo ou daquele. Essa espécie de história estaria de acordo com os desejos de Tim: ela não tinha dito a certa altura que ele, especificamente, não queria que ninguém na firma soubesse que estava com aids? E, além do mais, por que ela o havia seduzido? Era francesa e velha o bastante para saber quanto conhaque podia beber, não era nenhuma bobinha caipira de Dubuque! Mais tolo ainda tinha sido ele, é claro, por não haver se esquivado daquela torrente de confissões, por ter deixado que ela bebesse seu conhaque e por ter mordido a isca. Ele também já era velho o bastante para saber das coisas e não se deixar abalar pelo rancor, pelas verdadeiras acusações, de uma mulher que o havia seduzido, e não o contrário. De fato, a última vez que Schmidt fizera papel de bobo daquele jeito tinha sido na condição de sócio novato da firma, encarregado de entrevistar estudantes de direito na costa, quando deixou que uma candidata o levasse para fumar maconha e depois se atracou com ela, seminua, em cima de um futon! Mas, por Deus, aquilo tinha acontecido mais de vinte e cinco anos antes, e a mulher não era a viúva de um de seus colegas de trabalho!

Agora, tudo o que restava para eles era roer as unhas enquanto esperavam o serviço de quarto. Não havia nenhuma previsão do horário em que a comida viria. A quantidade de tempo que demorou para que um daqueles malditos árabes ou portugueses na cozinha cortasse quatro — ou seriam seis? — fatias de rosbife frio, colocasse na travessa, acrescentasse um pouco de salada e *cornichons* e retirasse a garrafa de vinho da adega refrigerada, com temperatura controlada, era uma coisa indecente. Ou será que o vinho ficava guardado no porão? Nesse caso, ele havia cometido um erro fatal quando pediu um bom vinho! Acrescente a isso o tempo que o garçom ia levar para capengar da cozinha até seu quarto. Inferno! Sua irritação estava à beira de se converter em fúria cega. O que teria feito Alice mudar de ideia sobre onde comer? Havia gim e vermute no frigobar, bem como garrafas pequenas de champanhe. Ele ofereceu aquelas opções e ouviu sua recusa, com a graça afetada de uma aluna do último ano da escola para mocinhas de Miss Porter, ao responder a uma proposta indecente. *Tant pis*, má sorte, menino! Schmidt serviu-se um martíni tão forte quanto um Crillon, lhe deu a água Perrier que ela havia pedido e, depois de pensar um instante, colocou um vidro de macadâmia em cima da mesinha de centro, entre os dois, e sentou-se na poltrona fartamente estofada. Pernas cruzadas, no rosto uma expressão que sua querida filha chamava de "Schmidt, o huno" — meu Deus, de onde ela foi tirar essa ideia maravilhosa, será que foi com a sogra adorável? —, concentrou-se no martíni e nas nozes.

Seu devaneio foi interrompido por uma batida na porta, seguida pelo som das rodas do carrinho empurrado pelo garçom. Por fim, podiam comer. Ele provou o vinho. Era caro demais, porém melhor do que podia imaginar. Com uma satisfação sinistra, notou que Alice não havia impedido que o garçom enchesse sua taça. Obrigado, ele disse ao garçom, não precisa esperar. Vamos nos servir sozinhos e chamo quando estiver na hora de retirar os pratos. Virou-se para Alice, reanimado com o martíni e com o vinho, e disse: Enfim sós!

Estou feliz por você estar se sentindo melhor, respondeu Alice.

Não estou. Estou confuso e zangado comigo mesmo, disse ele. Não gosto de pensar que me aproveitei de você. A verdade é que você me deixou assombrado. Fui completamente sincero quando lhe disse que estava me apaixonando. Na verdade, eu me apaixonei mesmo. Bobo amor senil! Pode me chamar de burro, de cabeça quente, de insensato e do que mais quiser, mas foi isso que aconteceu. Escutei toda a sua história, que é muito mais triste do que eu podia imaginar. Cometi um erro por ter escutado até o fim? De fato, deixei você beber meu conhaque — ênfase em "deixei", seguramente não incitei você a fazer isso — e lhe ofereci minha afeição e admiração num momento em que estava vulnerável. Isso foi desleal? O que vou fazer agora? Da minha parte, não posso dizer que gostaria que aquilo que aconteceu nunca tivesse ocorrido. Fazer amor com você foi um milagre. Levou-me ao cume da felicidade.

Também gostei, disse ela. Muito.

Então não me faça sentir que enganei você. Não diga de novo as coisas que falou alguns minutos atrás. Não consigo deixar de ficar sentido com isso. Suas palavras magoam! Você pode ter mil motivos contra me deixar fazer amor com você. Minha idade certamente é a primeira da lista, mas estou em excelente estado de saúde e se, por outro milagre, você quisesse isso de mim, eu faria tudo o que está ao alcance de um homem para lhe dar uma vida boa.

Schmidtie, disse ela, sua idade não me apavora e eu acho que teria ido para a cama com você mesmo se estivesse sóbria, embora provavelmente não tão depressa quanto aconteceu. Mas não fale em casamento, permanência, o futuro. Não agora, não ainda. Isso é pura tolice. Vamos aceitar as coisas da maneira que acontecem, uma de cada vez.

Deve haver algo gravemente errado comigo, disse Schmidt para si mesmo. Em essência, poderia ter sido sua linda Carrie de vinte e um anos de idade lhe dizendo para baixar a bola, depois de uma de suas repetidas propostas de casamento. Naquele caso, é claro, a diferença de idade era imensa: mais de quarenta anos e, ainda mais importante para Carrie, ele estava convencido, era a diferença de classe social. Aquela filha do sonho americano não podia passar por cima da barreira que separa uma garçonete porto-riquenha e um velho milionário branco e protestante de família tradicional. Carrie, com seu assombroso sentido de castidade, a beleza de um cisne, as maneiras requintadas de nascença e a sensibilidade de uma princesa! Mas, na altura em que ele fizera aqueles discursos, Carrie e ele estavam morando juntos. Alice e Schmidt haviam acabado de se conhecer!

Alice, me guie, disse ele. Aceite como um fato que me apaixonei por você. Diga-me como posso ser seu e tornar você minha.

Um modo, respondeu ela, é não protestar se eu for para casa depois de terminar de beber o café e, não, acrescentou ela, não precisa me levar em casa. O porteiro do hotel vai arranjar um táxi para mim. Ou talvez eu vá a pé — para esfriar a cabeça.

E amanhã?, perguntou Schmidt. Podemos almoçar ou jantar ou as duas coisas? Não sei se eu já lhe disse que preciso voltar para Nova York depois de amanhã. O sr. Mansour me chamou. Tenho de comparecer a uma reunião do conselho dos diretores da fundação.

Schmidtie, riu ela, eu também tenho um trabalho, não sabia? Tenho de estar no escritório amanhã.

Ele não sabia.

Não há nenhum motivo para que você soubesse.

O almoço de negócios, ela lhe disse, era com um escritor alemão. Ela trabalhava numa editora francesa, explicou Alice rapidamente, sua especialidade eram os romances alemães contemporâneos. Ter frequentado a escola em Bonn a deixava completamente à vontade naquele idioma e, em geral, lhe permitira fazer carreira no meio editorial francês. Havia um grande interesse por romancistas alemães e poucos editores com domínio do alemão que fossem bilíngues em inglês e francês. Talvez não existisse outro além dela, na verdade. Mas Alice podia jantar com Schmidt, na casa dela.

Então ela se levantou e, sorrindo alegremente, lhe ofereceu a boca. À *demain*, disse Alice — às oito!

6.

Era o dia de folga de madame Laure, Schmidt soube. Ela passava as tardes e noites de domingo, bem como as segundas-feiras, com sua filha casada que morava em Courbevoie, a uma pequena distância de Paris, e voltava para trabalhar na terça-feira.

Resisti à tentação de lhe dar rosbife frio ou galinha fria, acrescentou Alice, ao oferecer uma bebida. Gosta de suflê de queijo? É melhor responder que sim, porque é o que temos para comer.

Ele estava vendo uma Alice diferente, pensou Schmidt, relaxada e alegre — tão alegre quanto parecera quando o beijou na hora em que saiu de sua suíte no hotel — e orgulhosa de suas proezas na cozinha. O vinho que ela serviu parecia ainda melhor do que o que ele havia escolhido quando fizera o pedido ao serviço de quarto, só que era um Bordeaux, portanto a comparação era de validade duvidosa. Pobre adega do Tim, pensou ele, mas Alice lhe disse que aquela garrafa em particular era da adega do seu pai. Ele havia guardado uma boa quantidade de vinho e lhe dera metade de sua adega quando vendeu o apartamento na Rue du Bac. Mas Tim se recusava a beber o vinho do meu pai, disse ela, e só quando era forçado admitia que eu servisse até mesmo vinhos de safras que não podiam esperar mais. Na verdade ele me dizia que eu devia vender meu vinho. Ele comprava e guardava vinho mais do que suficiente. Na verdade isso começou assim que nos mudamos para Paris, antes de meu pai descobrir que ele era gay, mas eu ainda acho que provavelmente o motivo era seu sentimento de culpa. Havia outras ideias relacionadas ao tema comum de que ele não queria tomar nada de mim, ideias que não consigo explicar a não ser desse modo. Por exemplo, a maneira como se aborrecia quando eu lhe dava um presente que custava mais do que um livro ou uma gravata. Seus presentes para mim eram extravagantes. E muito bonitos. Por exemplo, olhe este bracelete!

O bracelete em seu pulso parecia uma renda preta.

É de ferro, disse ela, Artesanato de Ferro de Berlim, feito na primeira década do século XIX. São peças raras, mas Tim me deu várias, toda vez que encontrava uma. Não era mentira que ele me amava; estava dizendo a verdade. Se ao menos eu pudesse me transformar num homem — o que estou dizendo? —, quem dera eu tivesse nascido homem!

Prefiro você assim, disse Schmidt, horrorizado com a própria estupidez, assim que as palavras saíram de sua boca.

Depois do jantar, passaram para a biblioteca, quando Alice recusou a proposta de Schmidt de ajudá-la a lavar a louça. Vamos deixar que madame Laure cuide da limpeza, disse ela. Não fique assim tão chocado. Seria diferente se eu tivesse um gato ou um cachorro, mas não tenho, e ela não se importa de fazer isso. Ela volta da casa da filha tão cedo que acaba ficando com tempo de sobra. Mas eu ia lhe contar a respeito do meu trabalho.

Alice sentou-se no sofá e fez um gesto para ele puxar para perto a poltrona que estava no canto, em posição oblíqua.

Alice, interrompeu ele, eu gostaria que me explicasse primeiro como você e Tim moravam juntos, ou você, Tim e Bruno, depois que ficou sabendo. Tim vinha jantar em casa? Você falava com os dois? Você recebia — quero dizer, convidava pessoas para jantar? Imagine que eu aparecesse aqui. O que aconteceria?

Schmidtie, não seja tolo. Tudo corria como antes, exceto o fato de eu não dormir mais com Tim e não haver nada além de beijos no rosto, quando necessário. Se você tivesse vindo a Paris, Tim o convidaria para jantar e, a menos que você dissesse expressamente que queria nos ver a sós, teríamos convidado outras pessoas — do escritório ou talvez da embaixada. Ele teria servido o melhor vinho e pediria que eu comprasse o melhor salmão defumado na Petrossian. Na verdade, nosso arranjo doméstico era corrosivo, mas não muito incomum ou desagradável, no sentido cotidiano. Não esqueça as maneiras maravilhosas de Tim. Bruno também era assim, e ele era mais encantador do que qualquer outro homem que conheci, exceto meu pai. Mas ele é quase tão encantador quanto meu pai. Havia muitos casais que moravam juntos e viviam *comme il faut*, com o conhecimento geral de que o marido ou a esposa ou ambos faziam sexo em outro canto. O fato de Tim ser gay dava ao assunto seu único toque de originalidade. Não, eu não estou transformando uma catástrofe numa piada, acrescentou Alice, ao ver a expressão de dor no rosto de Schmidt. Estou tentando dar a você uma imagem clara da situação.

Obrigado, respondeu Schmidt, obrigado, de fato eu sei que existem casamentos assim.

Mas você não gosta deles e saber que existem lhe causa infelicidade, interveio Alice. Deixe-me alegrá-lo um pouco. Vou falar a respeito do meu trabalho, que me ajudou a superar a pior fase. Ajudou-me a manter minha sanidade. Tive muita sorte de encontrar um emprego, ainda mais logo depois daquele verão. O trabalho me dava um motivo para levantar da cama, sair de casa e ir para o escritório. Ficar com outras pessoas. É difícil descrever como era importante para mim. Durante os primeiros seis meses, trabalhei só meio expediente, mas depois fiquei trabalhando em horário integral. E não houve problema com Tommy; ele até me incentivou a trabalhar. De outro modo, eu não teria aceitado o emprego. Ele não chegava em casa muito tempo antes de mim, então era possível ficar com ele boa parte dos finais de tarde para ajudá-lo a fazer as tarefas escolares — e apenas para lhe fazer companhia. É claro, eu não podia ajudar com a matemática, nem mesmo dar uma orientação. Tim tampouco. Mas Tommy também não precisava de ajuda nenhuma!

Compreendo, Alice, disse Schmidt, compreendo de verdade. Quanto ao trabalho, não tenho certeza de que lhe falei que meu avião parte amanhã já no final da tarde e dá tempo de almoçarmos juntos. Você gostaria? Lamentei muito não poder almoçar com você hoje.

Eu adoraria, respondeu ela, mas não posso. Amanhã vou almoçar com meu colega que trabalha com literatura inglesa e americana contemporâneas. Ele é mais do que um colega: ele me contratou! Eles nunca teriam me chamado para trabalhar se ele não os tivesse convencido. Eu não tinha nenhuma experiência no ramo editorial; na verdade, eu nunca tivera um emprego propriamente dito! Mas ele tinha fé em mim. A propósito, ele estudou em Harvard e acha até que conhece você. Mencionei seu nome para ele hoje. É Serge Popov, disse ela, rindo.

Serge Popov! O nome emergiu das profundezas do tempo como o monstro do lago Ness. Sim, Schmidt se lembrava de Popov, e lembrava que não gostava dele. Ora, vejam só, disse.

Uma nuvem deve ter passado pelo rosto de Schmidt, porque Alice sorriu de novo, dessa vez para ele, e disse: Não fique assim, Schmidtie, não posso desmarcar meu almoço. Serge e eu não vamos almoçar sozinhos, vamos almoçar com nosso patrão.

É importante. Agora, pare de fazer beicinho e venha aqui — deu uma palmadinha no lugar a seu lado no sofá — e me seduza.

Ele voltou para o hotel se arrastando pelas ruas desertas, na esquina da Rue Cambon recusou os serviços de uma profissional com cabelo espetado e tingido de verde que os ofereceu pela metade do preço, em função da hora tardia. Sedução, de fato! Mas quem foi o sedutor? O desajeitado e tosco estrangeiro com sinais de uma barba branca por fazer nas bochechas, ou ela, que o havia levado para sua cama e prodigalizado tantos carinhos? De que fonte ela havia extraído aquilo? Existiam gestos e palavras que ela havia negado, que concederia apenas a um homem a quem amava, tesouros que talvez — talvez não, seguramente — apenas Tim conhecera? Em suas carícias e abraços, teria sido Tim que ela havia procurado? Tim tal como parecia ser quando apresentara Alice para Schmidt? Ele achava que nem sequer começaria a entender as respostas para suas perguntas, ainda que tais respostas existissem. Alice o acompanhara até a porta e, em seu último abraço, os braços nus de Alice em torno do pescoço de Schmidt, o corpo nu de Alice ardendo por trás das roupas, murmurou: Sim, vai ser muito bom, quando ele disse que ia voltar em breve. Vou voltar, prometo, sussurrou Schmidt. Ele ia cumprir a promessa. Tinha certeza disso, por mais extraordinário que pudesse parecer, ele a amava de fato — a expressão infantil abriu caminho à força em seus lábios — para sempre.

7.

O Oklahoma City Federal Building tinha sido alvo de um atentado a bomba naquela manhã. Segundo a CBS, havia pelo menos trinta e um mortos, doze deles crianças que estavam na creche do segundo andar; a contagem dos desaparecidos era incerta, provavelmente havia pessoas soterradas nos escombros. No pandemônio, ninguém se atrevia a especular quantos desaparecidos podiam estar vivos ou mortos. Mas o mundo dá voltas e reuniões da diretoria de empresas realizadas em prédios que ficaram de pé e ilesos tinham de continuar, e assim ninguém ficou surpreso quando, ao meio-dia em ponto, o sr. Mansour abriu a reunião com os diretores da sua fundação. Por sugestão dele mesmo, no entanto, os trabalhos foram suspensos durante trinta minutos depois do sanduíche servido na hora do almoço e, antes da apresentação do relatório do sr. Albert Schmidt, fez-se uma pausa durante a qual o grupo assistiu ao noticiário da uma hora na CNN, mudos e perplexos com o horror das imagens. Assim que o televisor foi desligado, porém, um homem de cara vermelha que Schmidt não conhecia ergueu a voz, dizendo que podia ver a mão de terroristas muçulmanos naquele atentado, e trouxe contra si a reprovação do sr. Mansour. O grande homem de negócios, como havia nascido no Egito e passara a infância e os primeiros anos da adolescência naquele país e no Marrocos, naturalmente se considerava um especialista em todos os assuntos relativos ao Oriente Médio. A questão é, disse ele para o desafortunado orador, fazendo surgir na mão direita, como que por um passe de mágica, um colar de contas de marfim que imediatamente começaram a estalar em *staccato*, a questão é o que você diria se *Al-Ahram* amanhã publicasse uma matéria dizendo que enxerga a mão de judeus nesse atentado, sabe como é, os judeus tentando incriminar os árabes. Você ia dizer que é um absurdo. Tão absurdo como isso que você acabou de dizer agora. Deveria ter vergonha de tirar conclusões desse tipo e falar assim, quando não sabe do que está falando. Como havia se levantado a fim de fazer sua exposição, Schmidt sentou-se, à espera de que o diretor repreendido saísse da sala ou talvez até renunciasse ao cargo. Nada disso aconteceu. Em troca, ele ouviu o sr. Mansour pedindo a Schmidt que continuasse sua exposição, pela qual todos estavam esperando.

Depois que terminou, Schmidt achou que havia estendido sua arenga por um tempo muito maior do que o conveniente e perdido a atenção da plateia. Obviamente, não foi assim. A melhor coisa que aconteceu com você, disse o sr. Mansour quando a reunião terminou, a melhor de todas as coisas que já aconteceram com você foi ter a oportunidade de ficar comigo. Você ficou mais esperto. Quase como um judeu.

Obrigado pelo elogio, Mike, respondeu Schmidt. O que fiz para merecer isso?

É uma pergunta estúpida, Schmidtie. Está querendo provar que estou errado? Quer saber o que foi que você fez? Deixe-me explicar. Você deu uma verdadeira lição para aqueles diretores.

Pas de problème. Eles ficaram de boca aberta. A questão é: tem alguma importância o que aqueles caras pensam? Não passam de brancos protestantes de famílias tradicionais de paletó e gravata que eu ponho na diretoria a fim de dar um bom aspecto para a fundação. Holbein é outra coisa. Ele é sabido, e deixe-me dizer uma coisa, ele também ficou impressionado.

Holbein era o secretário da fundação e, pelo que Schmidt sabia dos secretários ou vice-presidentes de tudo o que Mansour possuía, um factótum tão arraigado em seu cargo e tão maquiavélico que Schmidt de vez em quando permitia se perguntar se o próprio Mike não estaria sob o controle oculto do seu empregado.

O que fez para merecer o elogio?, prosseguiu o sr. Mansour. Você deu uma aula sobre a situação política e econômica de oito países onde nunca havia posto os pés e também sobre a condição do meu Centro de Vida em todos eles. Você não olhou para suas anotações nem uma vez sequer e não fez papel de bobo. Tampouco me fez de bobo por ter contratado você. Todos eles acreditam que você sabe do que está falando. Até Holbein!

Schmidt reprimiu o impulso de perguntar se o sr. Mansour estava entre os que acreditavam. Ele já havia aprendido que a resposta seria a verdade tal como Mike a via, sem nenhuma atenuação por questões de tato ou pelo desejo de poupar os sentimentos do interlocutor, e depois que a pessoa ouvisse tais palavras, era melhor tratar de ir embora, levando aquilo consigo. Sim, era verdade que falara sem olhar as anotações, mas tinha escrito um esquema do que queria dizer num bloco de folhas amarelas de advogado durante o voo de Paris e depois, em pensamento, havia ensaiado a explanação que ia apresentar. Era nada mais nada menos do que aquilo que já havia feito em inúmeras reuniões nas quais guiava seus clientes, executivos das companhias de seguros e seus advogados internos, através da estrutura de algum investimento e dos riscos embutidos. Mas havia uma diferença: durante sua explanação, e depois, quando respondeu as perguntas dos diretores, voara em piloto automático. Sua mente estava longe dali. Aquilo nunca havia acontecido quando Schmidt estava na ativa, por mais que os problemas pessoais urgentes o pressionassem ou por mais que sofresse por causa da falta de sono, ou ainda, nos anos 60 e início dos 70, por causa de alguma ressaca, o efeito daqueles jantares que Mary e ele e seus contemporâneos casados se revezavam para oferecer em suas casas, nos quais doses de uísque ou cálices de conhaque eram *de rigueur*, seguidos da ingestão de grandes quantidades de vinho tinto, Chinon ou Côte du Rhône, maiores do que ele beberia numa semana inteira naquela época. Ele se deleitou intimamente, permitindo que seus pensamentos se concentrassem em Alice e no plano que ele estava urdindo. Consistia em fazer, em maio, talvez em meados de maio, uma visita complementar aos Centros de Vida em Varsóvia e em Praga. A razão? A caminho de casa, ia parar em Paris e ver Alice! O segredo fez seu coração bater com força. Antes da reunião, ele já havia obtido do sr. Mansour a autorização para realizar seu projeto. Ele precisava daquilo? Certamente não, era perfeitamente capaz de pagar sua própria passagem de ida e volta para Paris, na classe que quisesse, bem como suas outras despesas, inclusive um quarto de hotel, talvez não tão suntuoso como a suíte que Mike tinha posto à sua disposição. Mas um antigo hábito de viajar à custa dos clientes pesava na balança — até mesmo Mary, recordou Schmidt, gostava de programar suas eventuais viagens à Europa de modo que coincidissem com a Feira do Livro de Frankfurt, à qual ela comparecia, é claro, na condição de representante de alguma editora, ou com algum evento semelhante que requeria uma viagem de trabalho. No entanto outro motivo tornava desejável a bênção do sr. Mansour. Um cacoete da psique de Schmidt? Ir a Paris a trabalho conferia estrutura e dignidade à aventura parisiense.

Ele chegaria não como um velho devasso a fim de cortejar, de maneira despropositada, a viúva de seu ex-colega de trabalho, mas sim como um executivo — de fato, o diretor — de uma importante fundação sem fins lucrativos, a caminho de casa, após completar uma missão relevante. O pensamento de que seria mais romântico chegar a Paris sem outro motivo do que o desejo de ficar com Alice também havia passado pela sua cabeça. No fim das contas, ele preferia mesmo a missão sancionada por seu amigo e presidente do conselho.

Você vai passar a noite na cidade?, perguntou o sr. Mansour quando saíam do escritório da fundação. Schmidt olhou para o relógio de pulso. Eram três e quinze. Na hora em que alugasse um carro e partisse, o tráfego na Ilha estaria horroroso. Ele não estava a fim daquilo. Sim, respondeu, vou ficar no apartamento que a fundação, com tanta solicitude, me ofereceu e partirei para Bridgehampton amanhã de manhã.

Ele estava sinceramente agradecido pelo *pied-à-terre* na Park Avenue, que não estava previsto em seu contrato com a fundação e, na verdade, era mais um exemplo da generosidade peculiar do sr. Mansour. Mas Schmidt tinha mais motivos para ser grato naquele dia. Um prazer indescritível havia se apoderado dele na noite anterior, quando chegara do aeroporto quase às onze horas, exausto e sentindo-se estranhamente desidratado, apesar de ter bebido garrafas e mais garrafas de água. Um imenso buquê de lilases brancos e roxos se erguia de uma jarra na mesinha de centro da sala de estar e, junto à jarra, havia um bilhete escrito à mão num papelzinho adesivo estampado com uma carinha risonha. Dizia: *Estas são do seu jardim*. Trazia a assinatura: *Adivinhe quem! Carrie*. Mesmo sem a assinatura, ele não teria dúvidas de que era mesmo ela, com sua afeição genuína e seu humor espontâneo, a responsável por aquelas boas-vindas. Schmidt apenas torcia para que tivesse sido um dos seguranças de Mike Mansour que tivesse trazido o presente do campo, e não a própria Carrie. Grávida como estava, ela não devia sair sacolejando em seu pequeno BMW para fazer aquela viagem de ida e volta de Bridgehampton.

Mais uma ideia esperta, disse o sr. Mansour. Você está se transformando num autêntico judeu. Seu carro está aqui?

Schmidt balançou a cabeça. Cheguei de Paris ontem à noite, já tarde.

Pas de problème. Se você estivesse de carro aqui, Manuel — era o nome do criado de Mike — ia dirigir e levar você de volta para a praia. Mas assim fica mais simples. Você irá comigo de helicóptero. Manuel vai pegar você. Partida ao meio-dia, um almoço cedo na minha casa e depois mando levar você para casa. Conhece os Canning? Joe e Caroline?

Sim, Schmidt os conhecia. Estivera no jantar que Elaine e Gil Blackman tinham oferecido antes do Natal, um evento que se destacou pelo assédio idiota de Canning sobre Mike Mansour, que ele estava encontrando pela primeira vez, e pela manifesta admiração de Mike pela aparência e pelo charme de Caroline.

Vamos jantar juntos hoje à noite, continuou o sr. Mansour. No Fabien's. Quer ir como meu convidado? Eu não convidaria o Canning se pudesse convidar só a esposa dele, mas por enquanto o preço do ingresso é ter o marido por perto. Por enquanto — cantarolou o sr. Mansour uma cançoneta que Schmidt não identificou —, por enquanto.

O Fabien's era um restaurante francês no Upper East Side que ganhara proeminência e que, de fato, se o insosso crítico de culinária reinante no *Times* merecia algum crédito, estava no topo do mundo da gastronomia. Schmidt não gostava do restaurante, pois era obrigado com certa frequência a ir jantar ali com Mary e seus autores estrelas. Decorado com o que ele chamava de estilo de Capela de Velório de Frank E. Campbell, o lugar conseguia combinar preços exorbitantes com atendimento inepto e insolente, e oferecia um cardápio tão complicado que Schmidt tinha dificuldade de encontrar alguma coisa que quisesse comer. Quanto à clientela, a maioria consistia em homens corpulentos, que dificilmente careciam de uma refeição rica de gordura animal, além de suas acompanhantes vulgares de vozes esganiçadas, que reduziam Schmidt a um silêncio irritado. Não, ele estava cheio de sentimentos afetuosos e sinceros por Mike, mas a perspectiva de um jantar com ele e os Canning *à quatre* naquele restaurante lhe deu vontade de fazer greve de fome. Era, de fato, assombroso que o plano de Mike fosse jantar com os dois sozinhos. Será que tinha a intenção de livrar-se de Joe com uma bebida acrescida de algum sonífero e escapulir com Caroline para sua cobertura? Ou outra pessoa, como Holbein e sua esposa — Holbein certamente tinha esposa —, estaria à mão para completar a mesa? Não, aquilo não traria nenhum benefício, não do ponto de vista de Schmidt.

Eu gostaria de estar com disposição para ir, respondeu, mas a velha questão da adaptação ao fuso horário vai acabar me matando. É melhor eu descansar um pouco esta noite. A gente se vê amanhã.

Como preferir.

Era a resposta predileta de Mike Mansour quando uma proposta sua era negada, e quase sempre era o prenúncio de uma represália cortante. E assim foi também daquela vez.

Mas é mesmo uma pena. O Enzo Errera e sua namorada vão comparecer também; achei que você ia gostar deles. Seria uma boa oportunidade para você e o Enzo se aproximarem. Mais tarde você vai conhecê-lo por sua própria conta, quando quiser, sem ter de esperar meu convite.

Como ele estava irritantemente certo! Schmidt bem que gostaria de ter aquela oportunidade, não só porque admirava o grande pianista, mas também porque estava começando a achar que, se sua incrível maré de sorte se mantivesse e Alice viesse morar com ele, ou apenas passasse longas temporadas em Bridgehampton e em Nova York, era melhor ele ter um círculo de amigos e potenciais convivas para irem à sua casa que pudessem distraí-la e compensassem qualquer coisa de Paris de que ela, por acaso, sentisse falta. Gil Blackman e Elaine eram ótimos, mas quem mais havia? Ninguém. Por que o destino o condenava a olhar os dentes de todos os cavalos que Mike oferecia, a subestimá-lo e rejeitar seus dons? O vestígio de algo que ele teria chamado de suas boas maneiras o impediu de dizer: Ah, nesse caso, Mike, vou tirar um cochilo rápido assim que chegar em casa e encontro vocês no restaurante. Em vez disso, falou: Espero que você me convide em outra oportunidade, viu o sr. Mansour entrar em seu vasto Rolls-Royce preto, acenou em despedida e caminhou para casa. Oito quarteirões se traduziram em dez minutos: cedo o bastante para telefonar para Alice antes que ela fosse para a cama. Mas ninguém atendeu. Schmidt deixou o telefone tocar até cair na secretária eletrônica e deixou um recado. Por favor, telefone para meu número de Nova York. Ele havia anotado o número do telefone para ela, junto com seu telefone do campo, seu celular e seu endereço de e-mail. Por via das dúvidas, ditou para Alice novamente o número do telefone, bem devagar, e repetiu-o número por número. Em seguida trocou de roupa e entrou embaixo das cobertas.

Passavam das seis horas — meia-noite, no horário dela — quando Schmidt acordou. Ela não tinha ligado. Schmidt fez uma xícara de chá, barbeou-se, tomou banho e esperou. Sete horas — nada. Uma rápida olhadinha na televisão lhe informou que a contagem dos mortos em Oklahoma estava aumentando. Sete e meia, e ainda nada. Alice tinha dito — Schmidt não conseguia lembrar a propósito de quê — que os jantares sociais em

Paris começavam tarde e terminavam muito tarde. Muitas vezes as pessoas não se sentavam à mesa antes das dez horas. Tanto faz, o fato de ela não atender o telefone à uma e meia da manhã parecia estranho. Eram quase oito horas quando Schmidt estava pronto para sair. Será que Alice tinha chegado em casa e ido dormir sem verificar se havia recados na secretária eletrônica? Num horário tão tardio, não parecia uma coisa impossível; ela estaria com sono. Ele sabia que o telefone não podia ser ouvido no quarto de madame Laure, de modo que, se ele telefonasse mais uma vez, não a incomodaria. Se Alice estivesse dormindo, ela o perdoaria. Schmidt discou o número e deixou o telefone tocar cinco vezes, seis vezes, e desligou. Será que Alice tinha ido para Antibes? Não tinha havido nenhum comentário sobre isso, mas talvez alguma coisa tivesse acontecido. Talvez o pai dela não estivesse passando bem. Schmidt foi até a cozinha, serviu-se uma dose de bourbon com gelo e bebeu sofregamente. Havia bolachas e castanhas na bancada da pia e mais nada. Se queria jantar — começava a sentir fome — e queria fazer a refeição em seu clube, era melhor se apressar. O céu estava encoberto. Pegou a capa e um guarda-chuva e saiu do apartamento às pressas.

De modo contrário a seus hábitos — a menos que a distância fosse proibitiva ou estivesse chovendo forte, ele gostava de caminhar pela cidade, e a distância de trinta e cinco quarteirões até seu clube cobria exatamente o tempo que ele tinha para chegar lá — Schmidt pegou um táxi. Na verdade, nem precisava se afobar. Seu amigo, o porteiro, lhe garantia que, como era uma noite movimentada, a cozinha não ia encerrar os trabalhos tão cedo; havia até tempo para tomar uma bebida no bar. Mas Schmidt sentia suas forças debilitadas. Estava com dificuldade para se adaptar ao novo fuso horário, aquilo mesmo que usara como desculpa, sem acreditar. Resolvendo pular seu martíni pré-jantar, subiu os dois andares de escada e foi para a sala de refeições. O *maître d'hôtel* também era seu amigo e cumprimentou-o como a um filho pródigo que regressa ao lar. Sim, a noite estava bem movimentada, tanto que tinham posto alguns sócios e seus convidados na sala de refeições exclusiva para sócios, mas não havia ninguém na mesa comprida reservada a eles. Sugeriu que o sr. Schmidt jantasse numa mesa para duas pessoas no salão principal. Era mais animado. Apesar de o costume do clube, que ele gostava de seguir, requerer que os sócios que jantavam sozinhos sentassem à mesa comprida, mesmo quando não havia mais ninguém ali, porque a qualquer momento outro sócio solitário podia aparecer, Schmidt aceitou a proposta. Rafael era um homem bom, tentava ser gentil. Para que magoá-lo? Além do mais, ocorreu a Schmidt que seria interessante ver quem — sócios ou convidados — estaria no salão principal, onde ele mesmo raras vezes punha os pés. De fato, ele não o usava desde o almoço desastroso — Dois? Três anos antes? — com a sogra de Charlotte, a dra. Renata Riker, a aterradora psiquiatra. A recordação da duplicidade e do rancor daquela senhora distraiu Schmidt momentaneamente de suas preocupações com Alice. Imagine convidar-se a si mesma para almoçar com ele e, durante a refeição, entregar-lhe uma cópia da fita com a gravação que seu filho sorrateiro, Jonathan, fez de uma conversa pelo telefone entre ele, Schmidt, e sua própria filha! A filha que na época era amante daquele homem, mas ainda não era sua esposa. Ele havia empurrado a fita para longe de si, com toda indignação e desprezo que merecia, e não esquecera a ofensa nem perdoara Renata ou Jon. Quanto a Myron Riker, o marido psiquiatra de Renata e pai de Jon, era o único membro daquela família medonha que tinha algum mérito: sabia preparar um martíni de primeira e ficava com a boca fechada a maior parte do tempo.

Não, ele não ia quebrar o armistício entre ele e Charlotte, mas o passado não podia ser apagado, certamente não a acusação que Charlotte lançara contra ele durante a conversa gravada na fita, a pérfida mentira com o propósito de ferir. Como ela foi capaz de fazer aquilo? "Agressiva quando se sente culpada" era a insípida racionalização proposta por Renata, a psiquiatra. Porém, ainda que acurada, tal descrição do mecanismo do comportamento de Charlotte deixava inexplicável e incompreensível a própria mentira, a alegação de que, em sua firma de advocacia, ele era conhecido por todo mundo como antissemita e perseguidor de judeus. Que abismo de ignomínia ela havia escavado a fim de inventar aquilo?

O garçom, de pé junto ao seu cotovelo esquerdo, trouxe Schmidt de volta para o presente. Correu os olhos pelo cardápio e anotou seu pedido no pedacinho de papel. Ao examinar a lista de vinhos, viu que nenhuma das meias-garrafas de vinho tinto era de seu agrado; deu de ombros e anotou o número correspondente a uma garrafa grande. Talvez aquilo lhe trouxesse a noite de sono ininterrupto de que precisava. O que sobrasse poderia ser usado para fazer um molho ou ser saboreado pela equipe que trabalhava na cozinha. Feito isso, ele olhou em volta da sala e cumprimentou de longe os sócios que conhecia e que podiam vê-lo. Entre eles, a duas mesas de distância, estava Lew Brenner jantando com a esposa. Lew não só acenou em resposta como se levantou da mesa e convidou-o a juntar-se a eles. Tinham acabado de pedir o jantar e havia um lugar para Schmidtie junto deles. Tina ficaria muito feliz! Mudanças, sociais e tecnológicas, nunca deixaram de fascinar Schmidt. Ele era sócio daquele clube havia mais de vinte anos, sem que jamais lhe tivesse ocorrido que Lew Brenner pudesse desejar tornar-se sócio ou ser convidado a se associar. Sua admissão devia ter acontecido pouco tempo antes. Bom para Lew, que parecia inteiramente à vontade, e, Schmidt supôs, bom para o clube.

Adoraria ficar com vocês, respondeu para Lew. É muita gentileza sua me convidar.

Nem haveria como evitar. Quando dois parceiros da firma W & K se encontram, mesmo quando a esposa de um deles está presente, o jargão profissional tomava o lugar da conversa cotidiana, seu fluxo facilitado primeiro pela garrafa de Bordeaux que Schmidt havia pedido e depois pelo Borgonha de Lew. Em consequência, depois de prestarem seus respeitos brevemente às vitimas de Oklahoma e exprimirem seu horror diante daquele ato criminoso terrível, passaram em revista os recentes passos em falso de Jack DeForrest, ainda sócio-presidente da firma, importantes acréscimos ao rol de clientes e a quais sócios eles podiam ser atribuídos, os resultados financeiros do primeiro trimestre e os prováveis candidatos para a sociedade durante a eleição, que fora transferida do tradicional final do ano para o mês de junho, e as chances de sucesso dos candidatos. Em seguida respiraram fundo e tomaram fôlego.

Acabei de chegar de Paris, disse Schmidt. Estive com Alice Verplanck.

Foi gratuito, mas ele não pôde evitar. Queria pronunciar o nome dela, senti-lo nos lábios. Que situação difícil ela enfrentou, disse ele, pensando que aquela era a firmação mais anódina que podia fazer e assim evitar que aquilo parecesse brusco. Teria sido fácil se Alice não tivesse contado que Lew sabia tudo a respeito da homossexualidade de Tim e sua morte em decorrência da aids.

Ah, sim, respondeu Lew, uma tragédia. Acompanhamos tudo passo a passo. Tina vivia dizendo que eu precisava tirar o assunto da cabeça, mas como fazer isso? Tenho de reconhecer o mérito de Alice. Ela se portou da maneira mais digna durante todo o tempo, mas sem Bruno...

Sua voz se apagou e, de forma atípica, ele pareceu não encontrar as palavras.

Brenner era um bom homem, na opinião de Schmidt, e tinha sido um bom colega de trabalho. Não ia ficar de enrolação com ele. Portanto, Schmidt falou: Lew, Alice me contou muita coisa sobre o que aconteceu com Tim. Ela mesma me contou. Suponho que Tina também saiba a respeito, não é?

A possibilidade de poder tornar-se culpado de alguma indiscrição caso falasse mais alguma coisa passou subitamente pela cabeça de Schmidt.

Ah, sei sim! Ele contou para mim antes de contar para o Lew, exclamou Tina, num fim de semana em que Alice e ele vieram ficar conosco, no campo. Tim se sentia mais à vontade comigo. Por ter ficado comigo no camarote do balé, ele sabia que eu tinha muitos amigos gays, pessoas com quem eu me dou muito bem. É um fato que homens gays gostam de mulheres maternais, que não representam ameaça. Portanto, enquanto dávamos uma longa caminhada, ele me contou como amava Alice e os filhos e tudo o mais, porém explicou que também havia nele outro lado, que era Bruno. Mas eu disse que ele podia contar para Lew, que Lew ia compreender. Mais tarde, encontramos Bruno. Que encanto! É uma pena que ele jogue no time errado.

É verdade, interrompeu Lew, ele estava preocupado com o que eu podia dizer, como eu ia reagir. Isso aconteceu, é claro, depois que o caso com Bruno esquentou e alguns meses antes de todos eles partirem para Paris.

Espere, disse Schmidt. Quer dizer que ele lhe contou antes de partir para Paris, anos antes de Alice descobrir, o que só aconteceu depois que a filha deles, Sophie, morreu, no verão de 85? E vocês sabiam — Alice me disse que só você sabia, Lew, não mencionou Tina — e durante todo aquele tempo Alice ficou na ignorância?

É uma forma de encarar a situação, respondeu Lew. Se você se prender aos fatos reconhecidos, está correto. Ele contou para

Tina e para mim. Ficamos de boca fechada, assim como fizeram Tim e Bruno. Nunca se viu nada igual à vontade que aqueles dois tinham de se manter dentro do armário, com a porta muito bem fechada. Então aconteceu a tragédia com Sophie e Alice apanhou os dois em flagrante. Essa é toda a história? Para ser franco com você, Schmidt, sei tanto quanto você se as coisas são mesmo assim ou não, mas acho difícil não duvidar. Lembre que continuei a trabalhar com Tim mesmo depois que ele foi morar em Paris, tanto quanto antes, e eu tinha a sensação de que, sabendo o que eu sabia, tinha de vigiá-lo como uma águia para ter certeza de que não ia acontecer nada capaz de espantar algum cliente. Então, depois que ele me contou que tinha feito o teste de HIV e tinha dado positivo e começou a manifestar alguns sintomas, eu tive de vigiá-lo como duas águias. Você pode imaginar minha preocupação com o estado emocional dele, sua capacidade cognitiva e a qualidade do seu trabalho. Isso pode parecer estranho, levando em conta o grande advogado que ele era, e que perfeccionista! Eu não me mantive atualizado quanto aos avanços da ciência, mas naquela época existia uma preocupação acerca da possibilidade de algum impacto sobre o funcionamento do cérebro. Deixe-me lhe dizer uma coisa, a não ser pela capacidade de se concentrar, que foi prejudicada assim que aquela doença horrorosa piorou, a acuidade dele era do mais alto nível — absolutamente de primeira linha.

Mas, Lew, interrompeu Schmidt, isso não explica nada a respeito da outra forma de encarar a questão e entender se Alice sabia ou não sabia.

Eu ia chegar a esse ponto agora. A outra forma de encarar a questão é que, desde o momento em que Bruno entrou em cena até Tim ficar tão doente que eles tiveram de se mudar para a cabana de caça em Chantilly, não houve nenhuma ocasião social em que Bruno não estivesse presente. Aliás, aquela cabana de caça é uma joia. Se algum dia tiver a oportunidade de visitá-la quando for a Paris, não perca a chance. Bruno era e é um grande sujeito, era adorável com os filhos deles, gentil com Alice, gostava de navegar e caçar com Tim etc. etc., mas Alice não é boba. E teria de ser muito boba mesmo para não perceber. E não estou nem falando do fato de Bruno ser bastante conhecido em Paris por não ser exatamente um galanteador de mulheres. Isso chegou aos meus ouvidos em claro e bom som — se podemos dizer isso de indiretas, hahaha! — em meus contatos com os colegas dele no banco e com algumas pessoas relacionadas com ele no âmbito dos negócios. Portanto eu diria para você que não é impossível, e até é provável, que Alice, sendo uma mulher linda e esperta, tenha entendido tudo e julgado que era menos inconveniente deixar tudo como estava. Hahaha!

O Hahaha! de Brenner já estava dando nos nervos de Schmidt. Será que sempre tinha rido daquele jeito?

Pode ser até provável, como eu disse, prosseguiu Lew, que ela tenha encontrado consolos. Ou um grande consolo. Mas, apanhá-los em flagrante, se beijando no jardim, um dia depois do enterro de Sophie, foi demais para ela, portanto Alice partiu para o ataque.

Entendo, disse Schmidt. Você sabe de algo concreto sobre os consolos?

Não. Ela nunca me confidenciou nada. A história sobre o beijo no jardim e o horrível enterro em Verplanck Point quem me contou foi Tim. Vou lhe dizer uma coisa, fui a Verplanck Point e conheci os pais monstruosos e a irmã mais monstruosa ainda quando tomei providências para que Tim fosse enterrado lá. Como ele conseguiu crescer e se manter uma pessoa tão normal é um completo mistério para mim. Outro mistério é por que diabos ele fez tanta questão de ser enterrado lá. Talvez fosse para ficar perto de Sophie. Ele adorava loucamente os filhos. E mais uma palavrinha sobre os consolos de Alice: como lhe contei, andei vendo muito a ambos no período em que ela, abre aspas, não sabia, fecha aspas, e no período em que, abra aspas, tinha descoberto, fecha aspas. Só houve uma diferença. Ela ficou muito abalada com a morte de Sophie. A não ser por isso, na maneira como tratava Tim e Bruno, não havia a menor diferença.

A chuva violenta que tinha caído enquanto Schmidt estava na mesa havia cessado, deixando o ar fresco. Ele foi a pé para casa. No final, a questão de Alice ter desconfiado ou não era um frívolo jogo de cara ou coroa, a não ser o fato de que, caso tenha na verdade desconfiado desde o início, ela havia mentido para ele. Por que Schmidt não devia admitir como verdadeira a hipótese de Lew, pois a rigor não passava de uma hipótese, se Tina, que parecia ter estado muito por dentro do assunto, nada dissera a respeito? Não era a palavra de Lew contra a palavra de Alice; era muito menos do que isso, apenas uma opinião dele. Lew não seria o primeiro advogado na experiência de Schmidt a ter a convicção de ser capaz de formidáveis sacadas psicológicas. A conversa sobre os consolos de Alice era do mesmo tipo. Talvez fosse verdade. Magoava Schmidt pensar que era por causa do que sentia por Alice, mas ela não dissera nem insinuara ter sido fiel a Tim durante todos aqueles anos. Se Lew estava certo acerca dos consolos, isso tampouco fazia de Alice uma mentirosa.

Não havia nenhum recado na secretária eletrônica à sua espera. Meia-noite, portanto seis horas da manhã em Paris. Ele não quis telefonar tão cedo e estava, de fato, cansado demais para esperar mais duas ou três horas. Mesmo que não estivesse, ela podia fazer as contas. Alice ia ver como Schmidt ficara acordado até tarde para falar com ela e entenderia como tinha ficado sentido por sua ligação não a ter encontrado em casa e por não ter recebido um telefonema dela em resposta. Não era assim que ele queria ser visto. Tinha tempo de sobra para telefonar no dia seguinte, provavelmente de sua casa em Bridgehampton.

8.

Depois de lhe dar os fones de ouvido que cortavam o barulho enlouquecedor do helicóptero, o sr. Mansour disse para Schmidt que ia desligar a função de intercomunicação, que permitia que ambos falassem entre si ou com o piloto, e imediatamente mergulhou no estudo daquilo que Schmidt reconheceu pela capa como uma publicação de negócios preparada pelo grupo institucional de investimentos de uma firma de Wall Street bem conhecida de Schmidt por ter trazido muitas propostas de empréstimo para clientes seus de companhias de seguros. Um colega de faculdade de Schmidt era o diretor do grupo, um dos meninos de ouro de Harvard que tinha se divorciado duas vezes, na última de modo bastante rumoroso, chegando, no processo, a contestar a regra segundo a qual aquele metal precioso não perde o brilho. Schmidt abriu o *Times*. Ainda não havia suspeitos no caso do atentado a bomba de Oklahoma City, mas alguns "especialistas que não quiseram ser identificados" chamaram a atenção para a semelhança com o atentado ao World Trade Center em 1993 e a possível ligação com militantes islâmicos. Isso dava algum respaldo aos comentários do diretor que Mike havia tratado com brutalidade na reunião do conselho de diretores. Foi muito ruim para o pobre sujeito não ter tido o sangue-frio de defender seu ponto de vista. Que riscos teria corrido? Uma segunda esculhambação verbal, uma insinuação de que devia renunciar ao conselho e portanto abrir mão dos honorários fixados em relativamente modestos quarenta mil dólares por ano? A menos que tivesse negócios pendentes com alguma das empresas de Mike — nesse caso, ele podia contar com Holbein, ou mesmo com o próprio grande homem de negócios, para pôr panos quentes naquela história toda. Ele dobrou o jornal e resistiu à forte vontade de dormir. Estavam voando rumo ao sul, ao longo do Sound. O piloto mudou de curso. Sob um céu sem nuvens, o helicóptero começou a seguir o litoral do Atlântico. Schmidt observava com atenção e lhe parecia que, apesar de todas as casas presunçosas e de suas piscinas, dos estacionamentos contíguos a cidades de praia e do labirinto de estradas, aquilo continuava a ser o seio verde e fresco do novo mundo que se havia revelado pela primeira vez, tanto tempo antes, aos navegadores holandeses, e os havia deslumbrado com suas maravilhas. O helicóptero sobrevoou a casa de praia do sr. Mansour e depois a de Schmidt, mais afastada do litoral, separada da praia pelo lago. Alguns minutos depois, um ajuste da rota, e a pequena aeronave aterrissou na pista. O copiloto abriu a portinha e ajudou o sr. Mansour e Schmidt a desembarcar. O outro Rolls-Royce do grande homem de negócios, um conversível amarelo, estava a poucos passos de distância. Ele acenou para o motorista passar para o banco de trás, assumiu o volante ele mesmo e, assim que verificou que o cinto de segurança de Schmidt estava afivelado, deu partida e dirigiu tranquilamente para Water Mill.

Você perdeu uma festa boa no Fabien's, disse para Schmidt. Enzo estava em grande forma — sempre fica assim quando estamos juntos, sabe que tenho no coração os mesmos interesses que ele e faço o que posso, o que não é pouco caso, para impulsionar a carreira dele — e a namorada dele é uma graça. Com o devido respeito, peitos grandes e um decote enorme, eu bem que gostaria de enfiar minha mão lá dentro. *Pas de problème*, não fiz isso. Ele podia tentar me dar um murro e ia acabar machucando a mão! A menos que eu torcesse seu braço antes, o que provavelmente eu teria conseguido fazer, com as aulas de tae kwon do que ando tendo. Seja como for, isso também não seria nada bom para seu desempenho ao piano. E aquele Canning, eu não gosto dele. Desculpe o linguajar, ele é mesmo um babaca. Mas a Caroline! Que peitinhos lindos, e aposto que ela é estreitinha. Estreitinha, estreitinha, estreitinha! A questão é: como eu faço para entrar ali?

De fato, como?

Estou trabalhando para isso. Que tal se eu desse um jeito de mandá-lo para longe? Por exemplo, ando pensando em arranjar um contato para ele nos estúdios de Hollywood para que possa vender sua ideia de fazer um filme baseado em um de seus romances. A questão é: será que ela terá necessariamente de ir com ele? Talvez não. Ela está escrevendo um livro. Mas se ele for e ela ficar, posso convidá-la para jantar aqui ou talvez em Nova York. Nova York é melhor. Nem se discute: eu faria Caroline se divertir bastante, o tipo de diversão que ela não poderia ter com aquele palerma.

A ideia de Mike de divertir Caroline fez renascer em Schmidt a recordação desagradável de uma ocasião parecida que Mike havia organizado para Carrie e a descarada e grossa cantada que ele tentara dar na garota, quase cortando pela raiz sua amizade com Schmidt. Não era um assunto que ele quisesse levar a diante. Na verdade, não havia nenhum assunto que atraísse seu interesse naquele momento, a não ser que horas eram em Paris.

Quando afinal chegaram à casa de Mike, eram seis e quinze da tarde para Alice. Ela ainda estaria no escritório ou então a caminho de casa. Schmidt podia pedir para usar o telefone antes de o almoço ser servido, mas lhe ocorrera que seria bom primeiro saber se ela havia deixado um recado na sua secretária eletrônica em Bridgehampton. Isso significava adiar seu telefonema uma hora ou mais, no entanto talvez não tivesse importância. Ele se mostraria menos impaciente. Portanto Schmidt concentrou-se no almoço, que notou estar excelente, e bebeu o champanhe do sr. Mansour, aplaudindo-o quando seus comentários o exigiam e demonstrando surpresa quando isso parecia adequado, ao mesmo tempo que sua mente seguia o provável itinerário de Alice. Ele havia consultado a previsão do tempo de Paris antes de sair do apartamento em Nova York e sabia que lá estava fazendo um dia claro e ensolarado. Muito provavelmente Alice tinha ido a pé do escritório para casa.

Animou-se quando o sr. Mansour lhe fez a pergunta que invariavelmente surgia em seus almoços tête-à-tête: A questão é, enfatizou ele, a questão é saber se você está, afinal, curtindo a própria vida. Você fez um trabalho de primeira na Europa, sabemos disso. Mas aconteceu alguma coisa que foi boa para o Schmidtie?

Ele respondeu com mais franqueza do que pretendia: Na verdade, aconteceu uma coisa muito boa. Encontrei uma mulher de que gosto muito.

Mais uma de vinte anos como a Carrie? Tcheca ou ucraniana? Ouvi dizer que elas trepam que nem coelhos, mas se você for esperto vai usar preservativo.

Riu alegremente e estendeu a mão para apertar a de Schmidt.

Schmidt apertou a mão oferecida e explicou ao sr. Mansour que ele bem que gostaria que fosse algo tão simples assim. A mulher era francesa, uma dama de verdade, e não tinha vinte e poucos anos nem nada. Era mais jovem do que ele, mas não tanto que pudesse ser sua filha.

Tem uma fotografia? Se não comprou uma dessas câmeras novas, vou lhe dar uma. Não pode deixar de ter. Manuel tira boas fotos com a minha. A gente pode pedir a alguém em meu escritório de Paris para tirar uma foto dela. Quer que o Manuel tire uma foto sua? Depois pode mandar para ela.

Mike, nem tenho como agradecer a você, respondeu Schmidt, mas não devemos dar passos maiores do que as pernas. Ou melhor, eu não devo. Mas vou manter você informado.

Pas de problème, respondeu o sr. Mansour. Você diz que gosta dela, mas não pode me enganar, está apaixonado. A questão é: até que ponto ela gosta de você?

Bem que eu gostaria de saber!

O motorista do Rolls-Royce amarelo deixou Schmidt em sua casa e lhe disse que enquanto o sr. Mansour e seu convidado viajavam no helicóptero verde e brilhante, como de costume deixando enraivecidos inúmeros habitantes em terra lá embaixo, em suas casas, em suas quadras de tênis ou à beira de suas piscinas, e depois enquanto almoçavam e tomavam sopa de ervilha doce, comiam lagosta, salada e ruibarbo picado, Manuel trouxe o velho Rolls-Royce da cidade, parou na casa de Schmidt e levou suas malas para cima. Era preciso dar o braço a torcer para Mike. Quando ele assumia o comando, nada ficava entregue ao acaso. A porta da frente da casa de Schmidt estava aberta, que é a maneira como ele deixa a porta normalmente durante o dia. Fez uma pausa e olhou ao redor antes de entrar. As flores *forsythia* dos dois lados da entrada para carros tinham chegado ao auge, assim como as tulipas. Ele gostava de sua casa e de seu jardim. Não importava o que acontecesse, via sua casa como um refúgio. Quem encontraria lá? Carrie e Jason, o homem com quem ela ia se casar, certamente continuavam morando na propriedade, na casa à beira do lago, porém àquela hora, num dia de semana, estavam trabalhando na marina que Jason tinha comprado. Schmidt não sabia ao certo se já haviam encontrado uma casa ou um apartamento para morarem. Se fosse uma casa, certamente precisaria de uma reforma: um projeto perfeito para Bryan, que tinha acabado de reformar os aposentos que ficavam em cima da garagem de Schmidt e criara um pequeno apartamento para si. Como o trato era que ele ia ocupar o espaço quando estivesse cuidando do gato, talvez estivesse dormindo lá, mas muito provavelmente ele também estava na marina. Pelo menos Sy devia estar em casa! Quando Schmidt abriu a porta de tela e entrou, um sorriso se abriu em seu rosto. O pequeno siamês estava, de fato, à sua espera — não havia outra explicação para sua enérgica lamúria, *miau miau*, enquanto se esfregava em Schmidt, até que, por fim, exasperado com a lentidão de Schmidt para reagir, ergueu-se apoiado nas patas traseiras para dar palmadinhas nas calças de Schmidt com a pata graciosamente levantada, deixando claro que queria ser tomado no colo.

Com Sy aninhado nos braços, Schmidt foi para a cozinha. Havia um bilhete sobre a mesa, mas a lealdade e o bom comportamento sempre que possível merecem uma recompensa imediata. Colocou um pires com leite sobre a mesa e mostrou-o para Sy antes de ler o bilhete escrito com a bonita letra de criança de Carrie: *Vamos receber você em casa esta noite, depois do trabalho, nós três e mais os sete meses de nós, e vamos trazer o jantar! Até lá, trate de dar uma boa descansada*. Estava assinado com uma letra C maiúscula rodeada por arabescos em que ele discerniu vestígios de um J e de um B. Então, que seja! A sua adorável amante Hécate, ela mesma uma criança magnífica, que ia ter um bebê em breve. O bebê que podia ser dele, uma possibilidade da qual Jason estava ciente, pelo que Carrie lhe dissera. Um bebê é um bebê, dissera Carrie. Jason sabe sobre você. Ele me ama. Então tanto faz. Se o filho não for dele, é meu, e ele é o padrasto. Encarada sob aquele ângulo, a situação de início parecera intolerável para Schmidt. Mas as pessoas progridem, disse ele para si, uma espécie menor de progresso moral. Ele se viu disposto a aceitar a ambiguidade. Quer o menino tivesse cabelo vermelho e nariz grande como ele, quer surgisse como um deus nórdico como Jason, ele estaria do lado do menino. Discretamente e, assim esperava, amorosamente.

Não havia nenhum recado na secretária eletrônica de Bridgehampton, pela pura e simples razão de que o botão de gravar recados estava desligado. Ele não se lembrava de ter feito aquilo, mas, quem quer que o fizera — um dos três zeladores de sua casa ou uma das polonesas que faziam a faxina —, não tinha nenhum problema. Pouca gente telefonava para ele, porém, mesmo assim, não fazia sentido ficar acumulando recados durante uma ausência de muitas semanas. Mas e quanto a Nova York? Fixado ao quadro de avisos ao lado do telefone da cozinha, havia um amontoado de informações úteis. Espremido entre o cartão do veterinário de Wainscott que dera as primeiras vacinas em Sy e o cartão do serralheiro, Schmidt encontrou a ficha de arquivo em que ele havia escrito os números que tinha de discar para ter acesso à sua caixa de mensagens de voz, 212. Só havia uma mensagem — de Alice! —, recebida naquele mesmo dia, às 12h42, bem na hora em que o helicóptero sobrevoava Southampton.

Bonjour, *mon petit* Schmidtie, ele a ouviu falar. Vamos conversar mais tarde? Beijo beijo beijo... Ela não mencionou a mensagem que ele havia deixado. Esquecimento? Será que não tinha ouvido? Será que a secretária eletrônica dela estava com defeito?

Com as mãos à beira de tremer, ele discou o número de Alice, se dando conta de que não precisava mais conferir o número na agenda de bolso. Agora figurava entre os raros números que lembrava. A linha ficou muda e, por um momento, pensou em desligar o telefone e ligar novamente, mas, antes de fazer isso, o telefone tocou. Schmidt deixou-o tocar e tocar, à espera do convite para falar depois de *le bip sonore*. Por fim — ele havia parado de contar os toques — a linha ficou muda outra vez. Agora havia duas explicações prováveis, igualmente enervantes: um, ela havia desligado a secretária eletrônica e, dois, o aparelho estava quebrado. Para ele tinha alguma importância qual das duas era a explicação verdadeira? O fato saliente, como ele costumava redigir em suas minutas para os clientes, era que ela continuava fora de casa. Quinze para as dez, horário de Paris. Se ela havia saído para jantar, tentar falar com Alice antes das seis horas — meia-noite, no horário dela — seria um exercício frustrantemente despropositado. Em geral, depois de uma ausência, Schmidt fazia uma inspeção na parte exterior da casa e no jardim, seguida por uma vistoria geral da parte interna. Mas seu coração estava longe. Em vez disso, subiu ao primeiro andar e desfez as malas. Uma grande vantagem das acomodações luxuosas que Mike o pressionara a usar na viagem era que Schmidt não tinha nenhuma roupa suja para ser lavada, além daquela que usara no dia anterior e da que tinha sobre o corpo. A lavanderia do hotel tinha cuidado de tudo, e muito melhor, ele lamentava ter de admitir, do que Pani Basia, da brigada polonesa que se encarregava de suas roupas de cama e mesa e de tudo o mais em casa que precisasse ser lavado e passado. Seus ternos foram pendurados, suas camisas, cuecas, meias e lenços foram devidamente guardados, Schmidt vestiu o pijama e deitou-se. Não percebera ainda como estava cansado e, com receio de que, caso dormisse, não fosse acordar senão já de manhã, pôs o despertador para tocar às seis horas. Era nessa hora que ia tentar telefonar de novo para ela. Sy apareceu de repente, do nada. Com mais um salto, ele foi para cima da cama e apertou seu corpo ronronante ao de Schmidt. Talvez ele soubesse que Schmidt precisava de companhia e afeição.

Eu estava dormindo fora, respondeu ela, quando ele lhe disse que havia telefonado várias vezes na noite anterior.

Dormiu fora?, perguntou Schmidt.

Sim, respondeu Alice, uma de minhas colegas deu um jantar em sua casa em St. Cloud. Ia terminar tarde demais para eu voltar para Paris de trem, eu não queria dirigir e não queria pegar uma carona para casa com outra pessoa, porque todos beberam demais. Então passei a noite na casa de Claude e, de manhã, ela me deu carona para o trabalho. Ela sempre vai de carro.

Era duro: nomes que ele não conhecia, casas que não tinha visto e provavelmente nunca ia ver, hábitos a que não estava acostumado.

Que ótimo!, disse ele.

Pois é, disse ela. Claude é minha melhor amiga no trabalho. Talvez seja minha melhor amiga, *tout court*. Você vai gostar dela! Trabalha com livros científicos sobre a sociedade moderna. Você também vai gostar do marido dela. É um advogado muito conhecido, François Larbaud. Um *pénaliste*. Sabe como se diz isso em inglês? Ele representa os réus acusados de crimes importantes. Dizem que ele vai ser o próximo *bâtonnier*. Esse é o principal magistrado da justiça de Paris.

Mais um relance do mundo misterioso de Alice. Como ele encontraria seu caminho para penetrar ali?

Acho que diríamos advogado criminal, disse ele. Talvez especialista em crimes de colarinho branco, se forem casos em que não haja emprego de violência. Suponho que os rapazes da W & K o conheçam.

Imediatamente, veio o desejo de não ter mencionado a firma, mas Alice não pareceu ficar incomodada.

Tim certamente o conheceu — em parte, por meu intermédio. Os dois almoçavam juntos constantemente.

Meu amor, disse Schmidt, percebendo que a conversa estava perdendo o rumo. Todos os sentimentos que experimentei por você apenas ficaram mais fortes. Quero você, e quero estar com você. Gostaria que estivesse aqui agora. É tão lindo aqui no final de abril e no início de maio. Minhas flores *forsythia* nunca estiveram mais bonitas, as peônias estão quase no ponto de desabrochar, os sanguinhos e as magnólias estão esplêndidos. Será que você não podia fazer uma viagem rápida e passar um fim de semana aqui?

Agora?, perguntou ela. Agora é impossível. E acabamos de nos ver!

Aquilo o magoou, mas ele deixou passar.

Mais uma razão para dar um pulo aqui, respondeu Schmidt, mas acho que não podemos fazer o que é impossível.

Quando falou aquilo, lembrou-se das aulas de francês no ensino médio e de que, quando queremos dizer que vamos fazer um grande esforço, dizemos *je ferai l'impossible*, farei o impossível. Mas as aulas de francês eram uma coisa e cortejar Alice era outra bem diferente. Sem perder o embalo — pelo menos foi assim que ele achou que a conversa estava fluindo —, ele prosseguiu. Tenho outra ideia. Vou ter de fazer outra vistoria nas filiais do Centro de Vida na Europa Oriental, sobretudo no escritório polonês, que não visitei. Que tal se eu desse um pulo em Paris para passar o fim de semana do dia 26 de maio?

Vinte e seis de maio, 26 de maio, repetiu Alice, ah, mas quinta-feira, 25 de maio, é o dia da Ascensão do Senhor, tudo fecha na França de quarta-feira até domingo. Chamamos isso de *pont*

— ponte —, um feriadão. Já aceitei um convite de amigos em St. Tropez. E também vou fazer uma visita ao meu pai em Antibes.

Ah, disse Schmidt.

Espere, tenho que dar uma olhada na minha agenda. Sim, o domingo seguinte, 4 de junho, é Pentecostes. Acho que a editora vai ficar fechada na segunda-feira, 5 de junho. Se eu der um jeitinho, posso ficar em St. Tropez nesse fim de semana.

Aquilo era uma dose muito forte de catolicismo para Schmidt absorver. Ela era protestante, assim como ele. Por que aqueles feriados eram importantes? Não seja cretino: é porque dão aos católicos, protestantes, muçulmanos e judeus, a todos igualmente, uma desculpa para ficarem longe do trabalho! A questão não era a religião. A questão era, como diria o sr. Mansour, que planos podem ser feitos a fim de tirar algum proveito daquilo? Obviamente, nenhum dos planos de Alice era elástico o bastante para incluir Schmidt, nem mesmo num papel secundário. Não, de nada adiantava lutar contra feriados municipais ou amigos nebulosos com casas em St. Tropez ou St. Cloud.

Tenho outra ideia, disse ele. Talvez essa dê mais certo. E se eu fosse visitar você no dia 15 de maio?

A agenda de Alice foi consultada mais uma vez.

Seria ótimo, meu querido Schmidtie. E é ainda mais cedo!

Então ela perguntou sobre o atentado em Oklahoma City e se era verdade que tinham sido os mesmos muçulmanos que tentaram explodir o World Trade Center, e ele respondeu que por enquanto ninguém sabia.

Eles compraram as pizzas de que Carrie tanto gostava e que ela havia acostumado Schmidt a comer, uma caixa de salada de rúcula e espinafre e uma torta de maçã que ela disse que veio do Sesame. Além de uma garrafa de água mineral, cujo nome era uma novidade para Schmidt. Ele desceu ao porão e pegou duas garrafas de vinho Chianti. Iam comer na cozinha, dando continuidade, ele se deu conta, a uma tradição que começara com o primeiro jantar que tivera, em casa, com Carrie. Deixou-a arrumar a mesa. Também era costume deles usar a melhor toalha de mesa, os melhores guardanapos, talheres, louças e copos, apesar de não estarem na sala de jantar. Ela lembrava, é claro, onde tudo estava guardado. Podia ser perfeitamente a sua casa, pensou Schmidt.

Carrie estava se limitando à sua garrafa de água mineral, que, a título de uma concessão a Schmidt, que ele não deixou de perceber, ela bebia num copo e não no gargalo. Schmidt serviu um gim-tônica para Jason e Bryan, hesitou entre um martíni ou um bourbon para si mesmo, mas decidiu em favor do martíni, preparando-o de maneira meticulosa, antes de sentar-se em sua cadeira de balanço. Não conseguia tirar seus olhos de Carrie. Tão grávida! Tão linda! A barriga estufada — sua blusa elástica acentuava o morro magnífico. E as demais protuberâncias, as maçãs douradas que eram seus peitos! Os três homens naquela cozinha tinham feito amor com ela, no caso dele mesmo, de maneira feroz, sem nenhum limite: a boca, a vagina e o ânus dela explorados com igual liberdade. Schmidt não tinha nenhum motivo para achar que Jason e Bryan tinham sido menos favorecidos. Agora os três, um dia, inquilinos do corpo de Carrie, um ainda residente e os outros dois despejados, estavam à beira de comer sua pizza e beber seu vinho em paz e exclamar com admiração ao provarem a torta de maçã. Como era possível? Seria um declínio generalizado dos costumes convencionais americanos o culpado por não terem pulado todos os três na garganta uns dos outros? Schmidt não estava inclinado a pensar assim; antes, era Carrie que, como uma amestradora de grandes felinos, sabia como fazê-los ficar sentados em seus bancos sem sequer ronronar.

Uma pergunta dirigida a ele pôs fim a seu devaneio.

Schmidtie, disse Carrie, acorde! Seu problema de fuso horário deve ser uma coisa séria! O médico falou ontem que se o bebê não nascer até o dia 20 de junho ele vai induzir o parto. O que você acha? Vai estar por perto nessa data? Jason e eu gostaríamos que você estivesse aqui. A outra pergunta é: podemos ficar na casa do lago quando trouxermos o bebê do hospital? Estamos de olho naquela casa lá em Three Mile Harbor, que fica perto da marina e é perfeita, só que precisa de uma reforma. Portanto, se a gente pudesse ficar aqui nesse meio-tempo, faria uma proposta para comprar a casa.

Como vocês poderiam duvidar, ainda que só por um momento, disse dirigindo-se a Carrie e também a Jason, de que eu quero vocês e o bebê aqui?

Ele estava agindo frontalmente contra os conselhos do grande homem de negócios. Ao saber dos planos de deixar Carrie e Jason usar a casa do lago, o sr. Mansour preveniu Schmidt de que deveria a todo custo tratar de colocá-los para fora antes do nascimento da criança. De outro modo, disse ele, nunca irão embora! Paciência, Mike! Aquele era um risco que ele iria correr.

E, sim, continuou, vou tomar providências para estar aqui no mês de junho. Eu não gostaria de estar em nenhum daqueles malditos lugares onde Mike instalou os escritórios de sua fundação quando esse rapaz nascer.

Jason disse: Muito obrigado! Acho que você vai gostar da casa que queremos comprar, e poder deixar Carrie aqui enquanto Bryan e eu trabalhamos na reforma é uma grande ajuda.

Claro que sim, Albert!, interveio Bryan. Você sempre foi um cara muito legal! O melhor!

Schmidt já dissera incontáveis vezes para o pequeno palerma que devia chamá-lo de Schmidtie — a menos que preferisse chamá-lo de sr. Schmidt —, e não estava claro para Schmidt se o emprego de "Albert" era uma expressão de respeito ou um modo seguro de alfinetá-lo.

Carrie não disse nada. Em troca, levantou-se, pôs os braços em volta de Schmidt e beijou-o.

Há mais uma coisa que Carrie e eu gostaríamos de saber, disse Jason depois que ela sentou. Gostaríamos de dar o nome de Albert ao menino. Tudo bem por você?

Sim, disse ele, é claro, fico feliz, é uma honra, mas como é que as pessoas vão chamar o pobrezinho? Não de Al, espero.

Achamos que podemos usar Albert, puro e simples. Se não, vamos optar por Bert — não acha que seria ótimo? Não podemos lhe dar o nome de Schmidtie. Ninguém ia compreender!

9.

Ele revisitou o Centro da fundação em Bucareste e de lá foi para Varsóvia para uma reunião introdutória com a equipe. Nunca tinha ido à Polônia. O país só existia para ele como uma colagem formada por Chopin executado por Rubinstein ou Horowitz, imagens extraídas de *The Wall*, de John Hersey, e *Mila 18*, de Leon Huris, as intermináveis reverberações de Auschwitz, a destruição da velha Varsóvia durante o levante de 1944, seguida por sua carinhosa e fiel restauração, além de Lech Walesa e o movimento Solidariedade. Quando a diretora do Centro de Vida polonês lhe perguntou o que ele gostaria de ver em Varsóvia depois de concluída a reunião do segundo dia, pela manhã, no escritório, o que deixava o resto do dia livre, ele respondeu que deixava as opções por conta dela, mas achava que a cidade velha devia ser incluída no roteiro. Ela resolveu que começariam almoçando lá. Sentaram-se na parte de trás do restaurante que ela lhe disse ser o melhor na cidade velha, uma sala comprida, estreita e sombria. Schmidt deixou que ela fizesse os pedidos do almoço e escutou a história da vida da mulher. Tinha nascido numa cidadezinha perto de Cracóvia onde haviam se instalado seus pais, refugiados da parte oriental da Polônia que havia se tornado parte da Ucrânia. De origem modesta — o pai era carpinteiro e a mãe, enfermeira —, eles fizeram todos os sacrifícios necessários para permitir que ela cursasse a antiga universidade de Cracóvia, onde se formou em línguas modernas. Não, ela não havia estudado na Inglaterra nem nos Estados Unidos; aprendera seu excelente inglês no ensino médio e depois na universidade. Ela também teve de aprender russo como principal idioma moderno, mas ela e os amigos estavam num estado de greve mental contra tudo o que tivesse relação com os soviéticos. Nunca aprenderam bem o russo e esqueceram o que haviam aprendido, o que agora ela achava ser uma pena. O resto de sua carreira, pelo que Schmidt sabia, depois de verificar sua ficha pessoal: trabalhou no ramo editorial em Varsóvia, agiu no movimento Solidariedade, o que levou a seis meses de prisão, empregos variados, e depois das primeiras eleições livres na Polônia do pós-guerra, um cargo editorial no recém-fundado jornal diário que viria a se tornar o principal jornal da Polônia. Foi de lá que o sr. Mansour a recrutara. Era nesse ponto que a ficha se interrompia, porém ela lhe contou que era casada com um homem que conhecia desde a universidade e que lecionava matemática no ensino médio em Varsóvia e criava jogos de palavras cruzadas nas horas vagas. Não tinham filhos. Um homem bom que, fazia muito tempo, tinha parado de dormir com ela. Nenhum sexo! Não porque ele tivesse outra pessoa, mas porque perdera o interesse. Pode imaginar uma coisa assim?

Schmidt respondeu com sinceridade que não era capaz, não quando um homem morava com uma mulher tão bonita como ela.

Ela agradeceu e brindaram com seus copos. Schmidt já não ficava mais surpreso de ver a si mesmo bebendo vodca de uma jarra aninhada num balde de gelo, em vez de vinho ou cerveja. Vodca tinha sido a bebida principal nos jantares um mês antes, na Ucrânia, e também no jantar da noite anterior. Mas aquilo era o almoço e, depois de esvaziar a primeira jarra, Pani Danuta chamou o garçom e pediu outra. Sem que ele nada perguntasse, prosseguiu e disse que ela e o marido haviam pensado em se divorciar, porém foram dissuadidos por dificuldades reais de encontrar moradia: tinham um apartamento de que gostavam, o qual logicamente deveria ficar para ela, mas como seu marido conseguiria encontrar algo de preço acessível que não fosse muito longe do colégio onde lecionava? Tal apartamento não existia. E além disso havia o problema mais geral de dinheiro. Na fundação, ela ganhava mais do que ele. Aquilo permitia que ambos tivessem uma vida melhor. Ela não queria privar o marido daquilo — afinal, era um velho amigo. Schmidt não concordava? Respondeu que sim e ergueu o copo para ela. Brindaram. Quanto ao sexo, acrescentou, ela dava um jeito.

Propôs que, depois do almoço, visitassem o palácio Lazienki e seu parque, que sofrera poucos estragos durante o levante. Sua arquitetura, predominantemente do século XVIII, era muito bela, disse Danuta. Sentindo-se animado por causa da bebida e do tempo extraordinariamente quente e úmido, Schmidt concordou. Depois de uma viagem de táxi até o parque, começaram a caminhada, que em pouco tempo pareceu interminável para Schmidt, enquanto ela continuava a fazer comentários doutos sobre as diversas edificações reais e se apoiava com força no braço dele. Schmidt se perguntou se o motivo seria o costume, o cansaço ou o desejo de inteirá-lo acerca da robustez e do contorno de seus seios.

Eram quase quatro horas quando chegaram à rua. Rapidamente ela conseguiu um táxi. Quando ele sugeriu que ia deixá-la em seu apartamento, ela respondeu que ficava muito fora do caminho dele. Em vez disso, deveriam ir ao hotel onde Schmidt estava hospedado e onde havia um bom ar-condicionado, para lá tomarem uma bebida no bar. Mais tarde, ela pegaria um bonde que fazia uma conexão com outra linha que a levaria até a esquina do prédio onde morava. Mais uma vez, Schmidt concordou. E assim que chegaram ao hotel ela pediu desculpas e foi ao banheiro das damas. Ele também visitou o banheiro e depois esperou por ela numa banqueta no bar que de fato era um oásis de ar puro e frio, e de silêncio. Quando ela voltou, resolveram pedir uma rodada de vodca em quantidade ainda maior do que a do restaurante. Em vez da jarrinha, ela pediu uma garrafa pequena e, depois de pedir a permissão de Schmidt, que logo concedeu, disse ao garçom para trazer canapés e salmão defumado, ovos cozidos e algo que ela chamou de "queijo cabeça", pedaços de carne dentro de uma gelatina. Ele achou estranho o apetite da mulher, semelhante ao de um homem habituado a trabalho braçal pesado, e perguntou-se acerca do seu metabolismo. De algum jeito, ela conseguia queimar toda aquela comida e bebida. Ela apostava que havia muito pouca gordura no seu corpo alto e vigoroso. No todo, ela era como o rosto. Simples, com feições regulares, e olhos grandes, azul-acinzentados. O cabelo era liso e louro. Ela percebeu que ele a havia inspecionado e perguntou: O que você acha? Não sou tão ruim? Passei no teste?

Com louvor, ele respondeu.

Ela balançou a cabeça. Foi a primeira vez que você olhou para mim. Mas tudo bem. Quando eu lhe disse que eu dava um jeito de fazer sexo, devia ter dito também que é quase sempre com americanos ou ingleses que vêm a Varsóvia passar alguns dias. Eles não têm doenças venéreas e não fazem fofocas. O que você acha disso?

Acho bastante razoável.

Então por que não me convida para subir com você ao seu quarto?

* * *

No dia seguinte, abrigado em seu assento no avião do voo da tarde para Paris, Schmidt fez a si mesmo pela enésima vez uma pergunta aparentemente irrespondível. O que o havia possuído para passar o fim da tarde, boa parte da noite e da madrugada, e também a manhã do sábado na cama com Pani Danuta? A atitude dela, de ter tudo sob controle, não a abandonou na cama, suas ideias do que podia ser feito superavam, em amplitude, as de Carrie. Durante o jantar, ela censurou o estado lamentável da televisão da Polônia — só um canal privado, inexoravelmente vulgar e comercial, tão ruim quanto o canal privado tcheco — e também o presidente do banco nacional polonês, que antes era o ministro da Economia. Claro, ele sabia como dizer todas as coisas certas sobre capitalismo e forças livres de mercado, mas não passava de um tartufo. Ambos os assuntos eram de interesse considerável para Schmidt, em suas funções de diretor do Centro de Vida; ele gostaria que ela tivesse falado sobre aquilo da mesma forma interessante durante a reunião no escritório.

Tinha planejado ir embora de Varsóvia no domingo, pegando um voo que o levaria para Paris às nove da noite, após uma série de reuniões no fim de semana com aquele banqueiro hipócrita, o prefeito de Varsóvia, além de um bando de funcionários de menor importância. Todavia, na manhã de sábado, quando Danuta verificou as mensagens na fundação, soube que todas as reuniões tinham sido canceladas na sexta-feira no final da tarde, num horário que, por razões óbvias, ela havia desligado seu celular. As desculpas abrangiam um espectro que ia desde convocações inesperadas feitas pelo presidente da República até um violento ataque de infecção estomacal. Na mente de Schmidt, havia pouca dúvida de que a maioria dos cancelamentos se devia, de fato, ao tempo excepcionalmente bonito, uma crença que

Danuta pouco fez para contestar. Qualquer que fosse a razão, uma coisa era certa: como não ia haver nenhuma reunião, ele ia partir no primeiro voo disponível. E esse era o voo que o levaria para Paris às sete horas naquela noite. Ele combinara com Alice que iam se ver no domingo, 15 de maio, a data que ela havia aprovado. Será que deveria avisar Alice que, em vez disso, ia chegar no sábado? Se Danuta não estivesse na sua cama, devorando brioches lambuzados com manteiga e mel, ele teria telefonado para Alice assim que a recepção do hotel confirmasse sua reserva no voo. Mas a presença de Danuta ali dificilmente poderia ser ignorada, contestada ou menosprezada, na verdade, fortificada pelo café da manhã, ela logo montou de pernas abertas sobre ele. Quando terminaram e tomaram banho, estava na hora do almoço. Como poderia deixar de convidá-la para almoçar? E aí então ele fincou pé: não, eles não podiam voltar para o quarto. Diante das objeções dela de que havia tempo de sobra antes de ele sair para o aeroporto, Schmidt colocou-a num táxi e deu ao motorista o dinheiro da corrida.

Em seguida correu para o quarto e telefonou para Alice. Ninguém atendeu. Será que estava tudo bem? Não haveria nada de indecente em pedir para vê-la naquela mesma noite? "Ver Alice"! Que pobre eufemismo para designar aquilo em que ele estava interessado! Um intervalo que permitisse a purificação era adequado. Mas de quanto tempo? Vinte e quatro ou vinte e oito horas? Devia ele telefonar no domingo de manhã, explicar a mudança de programa e perguntar se podiam almoçar ou jantar mais tarde naquele mesmo dia? Essa era a solução das vinte e quatro horas. A mais virtuosa demandava um adiamento do telefonema até a manhã de segunda-feira. Era uma charada. Ele resolveu-a deixando um recado para Alice, dizendo que ia chegar mais tarde, naquela noite, e explicaria o motivo da mudança dos planos. Por favor, ela poderia telefonar para ele, no hotel?

Não havia recados à espera dele em Paris. Dessa vez, lembrara-se de anotar na agenda de bolso as instruções para a recuperação dos recados deixados para ele em Bridgehampton e na cidade. Não havia nenhum. Desfez as malas e estava prestes a tomar banho de chuveiro quando a necessidade de telefonar para Alice o dominou por completo. Ninguém atendeu. E ela não estava em casa quando ligou na manhã seguinte, pouco depois das nove horas, nem quando tentou de novo, ao meio-dia. Dessa vez, ele deixou um recado. Tinha chegado a Paris mais cedo do que o esperado e estava no hotel. Assim que desligou, se deu conta de que aquilo era uma coisa tremendamente burra para se dizer. Então ligou de novo e disse que ia sair para dar uma caminhada, mas ia telefonar da rua para o hotel para ver se havia recados. Não podiam jantar? Se não, ele a veria no dia seguinte. Estava quase na hora do almoço, mas Schmidt estava nervoso demais e estranhamente impaciente para sentar e desfrutar uma refeição majestosa no restaurante do hotel, ou fazer um pedido no bar do hotel. Da vez anterior que estivera em Paris, seu tornozelo torcido o impedira de dar longas caminhadas. Agora, nada o impedia. Atravessou a Pont de la Concorde e caminhou de modo interminável, primeiro todo o percurso até a praça do Panthéon e depois, voltando, até Montmartre. Lá pegou o táxi para a pequena Place Nadar, desceu do táxi, contemplou o volume branco da basílica Sacré-Coeur que assomava à direita e sentou-se num banco. A vista da cidade era imbatível, mas bolhas, sua velha punição dos deuses, haviam se formado no ponto onde a parte de trás do sapato roçava no tendão. Elas machucavam e, assim ele supunha, iam sangrar. Estava se perguntando se valia a pena pedir ao hotel para que mandassem um carro buscá-lo, quando um táxi estacionou junto à calçada. Um casal asiático carregando guias de viagem e uma câmera desembarcou. Schmidt deu um pulo na direção da porta ainda aberta e, uma vez dentro do carro, disse para o motorista o nome do hotel.

Não havia nenhum recado de Alice à sua espera no hotel, mas ela telefonou na hora do jantar para dizer que tinha acabado de chegar de um fim de semana com amigos no campo. Se ele estivesse livre e ainda não tivesse comido, os dois podiam jantar juntos.

No meu hotel?, perguntou Schmidt.

Sim, a comida é ótima, e as lembranças também.

Não fizeram amor depois do jantar naquele domingo, como ele em parte esperava. Nada nesta noite, disse ela, pouco depois de sentarem à mesa, ainda temos amanhã, não é? E talvez mais alguns dias. Alice contou que tinha nascido em 1945. Portanto, tinha cinquenta anos. Se fosse alguns anos mais jovem, ele poderia imaginar que o obstáculo era a menstruação. Era uma pena, mas ele se sentia agradecido por ela ter deixado claro logo de saída como a noite ia terminar. Agora, haveria vinte e quatro horas para uma purificação adicional e ele não precisava passar o tempo em que estavam no jantar pensando nela como um reduto que ele precisava preparar para atacar e invadir. Ela estava, Schmidt descobria, tão esplêndida quanto no dia em que a havia encontrado, um mês antes, quase um mês exato antes, quando telefonou para o apartamento dela na Rue St. Honoré. Sua beleza física nunca estivera em questão, desde o dia em que Schmidt dançara com ela na sua festa de casamento, mas agora ele estava percebendo muita coisa que antes havia despistado sua atenção: a graça encantadora de cada gesto seu, sua disposição para rir, a simplicidade e a espontaneidade com que indagava ao *maître d'hôtel* como era a receita da sopa fria de tomate que estavam tomando, fascinando instantaneamente aquele funcionário pomposo. Schmidt admirou a maneira como Alice se vestia. A calça era a mesma que usara no almoço no primeiro domingo que passaram juntos. A blusa também era uma velha amiga: a usara quando Schmidt tinha ido jantar em sua casa. Mas o paletó, branco e de verão, era uma novidade para ele, perfeito para aquele dia excepcionalmente quente, que estava terminando. Ela gastava pouco com roupas, aquilo parecia claro, e ele se perguntou se Alice não teria menos dinheiro do que seria de esperar da viúva de Tim Verplanck. Nesse caso, seria uma grande alegria dar um gás no seu guarda-roupa. Mas era igualmente provável que ela conhecesse o próprio talento para combinar e mesclar, para alcançar algo inefavelmente chique a partir de recursos escassos.

Porém as mãos de Alice foram a maior descoberta da noite: quase tão grandes quanto as dele, mas bonitas, com dedos compridos e delicados, eram as mãos de um mímico e, quando ela gesticulava, o que fazia muitas vezes quando contava uma história, fazia Schmidt lembrar-se de Jean-Louis Barrault em *Les Enfants du paradis*. Ele imaginou aquelas mãos criando bonecos de sombra para o deleite de alguma criança e, a certa altura, ouviu-se a si mesmo perguntando se o filho de Alice, Tommy, tinha uma namorada. Alice pareceu surpresa e respondeu que, por causa da distância que Tommy insistia em manter, ela não podia ter certeza, mas pelo menos não havia nenhum sinal de que fosse gay. Horrorizado por ter feito Alice sentir que aquela era a resposta que tinha de dar, Schmidt lhe disse que estava apenas imaginando que boa mãe ela devia ter sido e como, um dia, saberia muito bem como brincar com os netos. Imediatamente se deu conta de que aquele também era um comentário desastrado, mas Alice aceitou-o com tranquilidade, indicando-lhe de algum modo que não a havia ofendido, e disse que achava ter sido, de fato, uma boa mãe, até o desastre com Sophie, pelo que não se julgava culpada, e a deterioração de seu relacionamento com Tommy, do qual se julgava culpada. Netos! Eram um sonho feliz e distante. O pai dela tinha sido ótimo com Tommy e com a pequena Sophie.

E quanto à sua Charlotte?, perguntou Alice, em troca.

Tem só trinta anos, respondeu Schmidt, mas está casada há três e já viviam juntos dois anos antes disso. Portanto já está na hora. Houve um momento em que o casamento andou na corda bamba, mas eles se ajeitaram. Talvez achem que devam celebrar isso tendo um filho. Eu gostaria muito de saber. Minha relação com Charlotte não é fácil.

Quando falou isso, passou pela sua cabeça que não seria impossível que Charlotte aceitasse a presença de Alice na vida dele e que Alice pudesse melhorar a situação entre ele e a filha, assim como a mãe dela, Mary, fazia quando viva. Talvez até entre ele e o detestável marido de Charlotte. A lista de melhorias potenciais parecia infinita. Não havia nada que Alice não pudesse melhorar.

Alice tinha um compromisso no almoço de domingo, um almoço de negócios, os quais eram muito numerosos. Os editores de Nova York consumiam a vida em almoços, se Mary e seus colegas eram um exemplo fiel. Pelo visto, os editores franceses não eram diferentes. Mas os dois jantaram juntos e Schmidt passou a noite com Alice, no apartamento dela. Na manhã seguinte, telefonou para Mike Mansour e disse que gostaria de passar mais alguns dias em Paris, por exemplo, até domingo, e perguntou se o relatório sobre Bucareste e Varsóvia podia ser adiado até a primeira reunião do conselho em junho. O grande homem de negócios deu uma risadinha e disse *pas de problème*, se ele fosse passar aqueles dias com a bela senhora. Schmidt explicou que, de fato, era aquele o caso e portanto quis saber se ele estava convidado, e não obrigado, a continuar usando a suíte de Mike.

A questão é, prosseguiu Mike, a questão é, será que ela agora gosta de você tanto quanto você gosta dela?

Não tenho certeza, respondeu Schmidt, mas desejo muito que sim.

Ele estava começando a achar que podia ser verdade. Durante as noites subsequentes, ela se entregou a ele com tamanho abandono que Schmidt sentiu-se incrédulo e desconcertado a respeito da avidez de Alice, uma avidez, de algum modo milagroso, indissociável de uma vontade de ter certeza de que o prazer era compartilhado igualmente. Eles fizeram amor no seu hotel; ela preferiu ir para casa logo em seguida a ter de despachar Schmidt às pressas, antes que ele pudesse encontrar madame Laure. Não que eu a esteja enganando nem nada, acrescentou Alice com um sorriso, e na verdade Schmidt se perguntava por que era mais fácil para aquela estimada empregada doméstica notar que Alice chegava em casa toda noite às duas horas ou mais tarde — porque, na maioria das vezes, ela adormecia por uma ou duas horas, com a cabeça sobre o peito de Schmidt, antes de voltar para casa — do que aceitar a presença dele no café da manhã. Por duas vezes almoçaram juntos, perto do escritório dela, na Rue de l'Université; nos demais dias, ela teve de comparecer a outros daqueles almoços de trabalho. Schmidt voltou a seus tempos de estudante, fazendo a ronda nos museus, dando longas caminhadas, comendo ovo cozido ou um sanduíche no balcão de um café.

Um dia, quando Alice estava ocupada, ele foi a um almoço com os advogados da firma W & K, para o qual o convidou Hugh Macomber, um colaborador mais jovem que dirigia o escritório de Paris, a quem Schmidt conhecia e de quem gostava. No caminho de volta para o escritório após o almoço, Schmidt andou ao lado de Macomber na frente dos demais e se viu perguntando se haviam conseguido manter os clientes que Tim Verplanck trouxera para a firma. Na maior parte, Macomber achava que sim, o que não era mérito seu, e sim de Bud Horsey, o sucessor imediato de Tim, além do seu próprio antecessor. A questão de mantê-los, disse ele, dependia em grande parte da boa vontade de Bruno Chardon, o colega de Tim, um banqueiro de investimentos muito exuberante. Horsey fez um esforço de fato enorme para cultivar a simpatia de Chardon.

E você?, perguntou Schmidt.

Fui um tanto negligente, retrucou Macombe. Ele não é exatamente do nosso tipo. É cedo demais para saber se vamos ter deserções.

Como assim não é do nosso tipo?, insistiu Schmidt.

Ah, você sabe, como eu disse, ele tem um lado exuberante. Molly — é minha esposa, não sei se você ainda se lembra dela —, Molly não sentiu boas vibrações. Acho que você entenderia na mesma hora o que estou dizendo se o visse, sabe, se visse o jeito dele. Lew Brenner sabe tudo a respeito e me disse para fazer o máximo possível, mas que não me sentisse obrigado a passar dos limites. Mas, ainda que eu o fizesse, provavelmente o resultado não seria muito diferente.

Entendo, disse Schmidt. Creio que você não tem muitas notícias a respeito da viúva de Tim.

Macomber balançou a cabeça. Na verdade, nem a conhecemos.

No final da semana, Alice anunciou uma mudança de planos. Disse que seu colega Serge Popov, que estivera fora numa turnê de divulgação de um livro na Inglaterra com um de seus autores, ia voltar na sexta-feira e perguntara se os três não podiam almoçar juntos naquele dia.

Puxa, disse Schmidt, é uma ideia dele mesmo e não sua?

Estava na ponta da sua língua e ele ia dizer: Não consigo imaginar por que ele quer me ver, assim como não quero vê-lo. Mas se reprimiu.

Sim, é ideia dele mesmo, Alice garantiu, ele me disse que seu nome lhe trouxe muitas lembranças. Por favor, responda que sim. Vai ser à uma hora. Ah, e tem mais uma coisa. A namorada do meu pai não está passando bem e ele anda muito aflito. Vou ter de visitá-lo na tarde de sexta-feira, depois do almoço.

Schmidt disse que lamentava dupla e triplamente, pelo pai dela, pela senhora e por ele mesmo. O próprio Schmidt tinha de partir de Paris na sexta-feira, naquele caso, no último avião para Nova York, se conseguisse um lugar no voo. Eles iam jantar no pátio do hotel, a noite estava linda e eles tinham justamente acabado de colher os primeiros morangos silvestres da estação, explicou Alice. Schmidt ficou triste, de forma irracional, pensou ele, por amputar o sábado e a maior parte do domingo da sua estadia em Paris, e voltou aos planos que estivera traçando. Se voltasse a Paris dali a um mês, ela gostaria, estaria lá?

Alice fez que sim com a cabeça. Sim, eu gostaria muito.

E você me visitaria em Bridgehampton no verão? Nas suas férias. Em qualquer ocasião — e por quanto tempo puder ficar. Para sempre seria o melhor!

Algo como a sombra de uma nuvem passou pelo rosto de Alice.

Não sei, respondeu ela. Talvez eu tenha de ficar aqui para ajudar meu pai e Janine. É a amiga dele. Além disso, espero que Tommy compreenda que seu avô agora está muito velho e queira vê-lo. Se isso acontecer, vou querer estar junto com eles. Vamos falar sobre tudo isso em junho, quando você voltar. Até lá, tudo vai estar muito mais claro.

Salve, Schmidt! Um homem que tinha de ser Popov, pois se levantou de uma mesa junto à qual estava sentado com Alice, deu um passo à frente e abriu os braços para abraçar Schmidt.

Quanto tempo desde os nossos dias de calouros, hein? Quarenta e cinco anos! Você não mudou nada, seu velho bandido! O mesmo cabelo vermelho e a mesma cara de rabugento.

Apanhado num abraço de urso acompanhado por um rosnado de sonoridade eslava, mas se esquivando da oferta das bochechas ou dos lábios de Popov, como quer que o gesto de Popov devesse ser interpretado, Schmidt beijou Alice no rosto, sentou-se e examinou seu convidado. Estava mais magro e mais curvado, o cabelo outrora castanho e lambuzado com brilhantina tinha ficado grisalho e ralo, mas o terno preto luzidio com duas fileiras de botões, que, na opinião de Schmidt, estava clamando pelos serviços de uma lavanderia a seco, era uma réplica do terno que Popov usava, dia sim dia não, nos tempos de faculdade. Nada daquilo era surpreendente. Schmidt imaginou a alegria de Popov ao fazer um inventário das mudanças que os anos haviam operado nele, supondo que Popov se desse ao trabalho de olhar e lembrar. Depois de fazer o pedido para o almoço, Popov esvaziou sua taça de vinho, encheu-a de novo e dirigiu a Alice uma rápida enxurrada de fatos curiosos, interrompidos apenas por suas risadas a respeito do autor que havia acompanhado na turnê de divulgação e de uma variedade de figuras do mundo literário e editorial às quais se referia só pelo prenome. Schmidt não se importava de ser deixado de fora da conversa. Não era diferente dos velhos tempos: as conversas entre Mary e seus amigos editores e agentes. Supostamente, Alice não via Popov desde seu regresso no dia anterior e, absorvida pelo que Popov tinha a dizer, não tentava trazer Schmidt para a conversa. Para Schmidt, aquilo também estava ótimo. Poder comer em paz sua salada de alho-poró era melhor do que ele esperava. Todavia, assim que o hadoque defumado foi servido, sua folga chegou ao fim.

Popov virou-se pela primeira vez na sua direção e declarou: Você se transformou num poderoso filantropo. Que grande passo para um advogado!

Não estava claro para Schmidt como aquela observação, que lhe pareceu ofensiva, deveria ser entendida. Mas não importava, ele ia se acostumar.

Não sou tão poderoso assim, respondeu, apenas tive a sorte de meu vizinho Mike Mansour ter decidido recentemente me dar um emprego. Talvez você não saiba, mas me aposentei do trabalho de advogado há apenas três anos, pouco depois da morte de minha esposa.

Uma grande perda, disse Popov. A esplêndida Mary Ryan, era esse seu nome em Radcliffe, seu nome de solteira. Mary Ryan, Lois Witherspoon e Ginny Burbank: três colegas de dormitório, cada uma mais linda e mais inteligente do que a outra! Aposto que você não sabia que eu era muito ligado a elas, Schmidtie. Cursavam três séries abaixo de nós na faculdade, mas convivi bastante com elas. Sempre gostei de mulheres mais jovens.

Nesse ponto, ele olhou para Alice e cutucou-a jocosamente no braço.

Acho que você não conheceu Mary na faculdade, mas eu a conheci bem, prosseguiu Popov. Você, meu amigo Gil Blackman, meu colega de quarto Kevin, todos vocês saíram depois da graduação, mas eu fiquei na pós-graduação. Quando entrei no ramo editorial, alguns anos depois, Mary e eu voltamos a fazer contato, é claro! Que potência ela era! Ninguém no mundo editorial americano se equiparava a ela.

Foi o que sempre ouvi dizer, respondeu Schmidt.

Ele experimentou o palpitar de um sentimento melhor em relação a Popov. Era bom ouvi-lo elogiar Mary na frente de Alice.

Ah, sim, e que bons momentos tivemos na Feira do Livro de Frankfurt!

Popov fez girar os olhos e estalou os lábios. Depois de um breve silêncio, falou outra vez.

Eu tinha um motivo especial para pedir a Alice que almoçássemos juntos. É o seu vizinho e empregador, o sr. Mike Mansour. Há entre nós um grupo de editores que acredita que está na hora certa de criar um prêmio anual prestigioso e importante para contemplar o melhor livro de ficção e o melhor livro de poesia escritos em árabe. O júri seria da mais alta qualidade. Achamos que, em função de sua origem no Oriente Médio, o sr. Mansour talvez estivesse aberto a tal projeto e que você seria a pessoa certa para apresentá-lo a ele.

Seria aquele o motivo para o almoço?, perguntou-se Schmidt. Se fosse, e se Popov e seus amigos nada tinham feito até então para se dirigir a Mike, ele poderia perfeitamente acreditar em contos de fadas. O que mais teria motivado o encontro fortuito entre ele e Schmidt, o qual tinha por acaso uma ligação com Mike, e também Alice, que era colega de Popov?

Não é impossível que ele se interesse, respondeu Schmidt. De fato, ele lê bastante, muito embora suas leituras não sejam no âmbito das *belles lettres*. Se tiver uma proposta, mande para seu assessor Bruce Holbein. No escritório central das Indústrias Mansour. Uma vez que é um assunto fora da esfera do trabalho da fundação, Mike passaria a questão para ele de todo jeito, e não para mim, para que a examinasse e desse um parecer, antes que ele mesmo tratasse do assunto. Terei todo o prazer de mencionar a ambos que você falou comigo a respeito.

É muita bondade da sua parte, disse Popov. Tenho outra coisa para pedir, ou para perguntar. Alice me falou a respeito dos escritórios da fundação que você andou visitando. Então, não há nenhum em Sófia, na Bulgária? Talvez você não saiba, mas tenho uma relação importante com a Bulgária, e considero a omissão uma falta de consideração.

Schmidt ergueu as sobrancelhas. Um motivo, respondeu, é o nível de corrupção que existe na Bulgária. A própria fundação não administra escolas, centros de pesquisas ou universidades.

Ela fornece dinheiro para instituições que já existem e trabalha com elas. Dá orientação. Financia visitas de estudiosos e de líderes políticos de outros países e visitas de líderes políticos locais ou potenciais líderes políticos aos Estados Unidos. Às vezes, organiza seminários e leituras. Tememos que qualquer dinheiro que venhamos a dar para praticamente qualquer instituição na Bulgária corra o risco de ser roubado.

Isso me ofende, Popov ergueu a voz.

Você é que perguntou, disse Schmidt, portanto estou dando a resposta.

Popov fitou-o de cara fechada: Você acha que é pior do que na Romênia ou na Hungria, onde vocês também têm escritórios?

É uma questão de grau, mas sim, fomos advertidos de que é pior.

Isso me ofende, repetiu Popov.

Schmidt percebeu a mão de Alice tocar a manga de Popov. Se tinha a intenção de contê-lo, não conseguiu.

Talvez você ignore minha saga pessoal, prosseguiu Popov.

Tudo o que sei é que nasceu na Bulgária e, a certa altura durante a guerra, ou depois, tornou-se um refugiado. Uma espécie de pessoa sem lar.

Você é muito ignorante, declarou Popov. Meu pai foi o último ministro da Justiça que serviu ao tsar Boris III, o heroico regente assassinado pelos alemães por não querer deixar que levassem judeus para Auschwitz. O pai do meu pai foi, até morrer, o chefe de gabinete de Sua Majestade. Meu avô morreu de velhice em sua própria cama, em seu próprio palácio, mas meu pai foi assassinado pelos comunistas, juntamente com o irmão do tsar, o príncipe Kiril, e outros membros do conselho de regência e outros patriotas eminentes. Tive a sorte de ser levado para o exílio por Sua Majestade a tsarina. Minha educação na escola e em Harvard foi gentilmente paga com recursos da coroa imperial. Sou amigo pessoal do tsar Simeon II. Ele é mais jovem do que eu, mas nos conhecemos desde a infância. Considero intolerável sua discriminação contra meu país de nascimento.

Ele assumiu uma fisionomia sombria e superior que levou Schmidt de volta a ocasiões, felizmente pouco frequentes, em que Popov aparecia de modo inesperado na suíte que Schmidt e Gil Blackman dividiam na faculdade e se metia em qualquer discussão sobre política e história europeia moderna que por acaso estivesse em andamento. O sotaque quando ele falava inglês continuava quase o mesmo: um elemento de algo não identificado, mas eslavo, e agora que estava morando na França e, supostamente, falava francês a maior parte do tempo, uma mistura de algo gaulês. Os gorgolejos que acompanhavam os voos de eloquência, de ira ou de hilaridade tampouco haviam mudado.

Essa é uma história muito imponente e, certamente, muito triste, retrucou Schmidt. Só posso desejar que suas relações búlgaras permitam que você ajude a criar um governo melhor para seu país — agora que não se encontra mais sob o domínio comunista.

Há mais coisas na minha história que você ignora, do contrário não estaria sugerindo com tamanha desfaçatez que eu mergulhe pessoalmente na política búlgara. Era essa minha esperança na faculdade e na pós-graduação e também quando me tornei editor da *Currents*. Não creio que você tenha sido um dos leitores dessa revista.

Schmidt confirmou que infelizmente não tinha sido.

Isso não me surpreende. Então você não conhece o efeito decisivo daquela minha revista seminal no pensamento político nos meios intelectuais nos Estados Unidos e na Europa Ocidental. Mas pouco depois de assumir a direção da revista, conheci minha esposa. É de uma das famílias nobres mais importantes da França e, para ela, estava fora de questão morar nos Estados Unidos, para onde a *Currents* foi obrigada a retornar em função de questões ligadas a seu financiamento. Ela julgava intolerável a mentalidade pequeno-burguesa e grosseira de noventa e nove vírgula nove por cento de seus compatriotas americanos. Uma forma de mentalidade, sou forçado a acrescentar, que eu tampouco era capaz de suportar. Então aconteceu que ingressei no mundo editorial na França, onde você agora me encontrou. Infelizmente, em pouco tempo, o destino nos levou a uma situação que reduziu em muito minhas possibilidades de prestar serviços a meu país. Minha esposa figurou entre as últimas vítimas de uma epidemia de pólio. Tanny LeClercq foi vitimada em 1956; minha Solange, ainda mais tarde, em 1959, pouco depois do nascimento de nosso segundo filho, ficou paralisada da cintura para baixo.

Lamento profundamente, disse Schmidt.

Popov emitiu o som de um rosnado. Sim. É claro, agora que já discordamos acerca da Bulgária e você percebeu como avaliou erradamente minha posição, também vai se mostrar hostil à proposta de um prêmio literário para o Oriente Médio.

Longe disso, respondeu Schmidt.

Existem temas persistentes na história, prosseguiu Popov, a história de homens e de nações. Os ressentimentos desempenham seu papel. Guilherme II. Churchill. De Gaulle. Eu também me acostumei a sentir ressentimento. Na escola e depois na faculdade. Não tente negar. Eu andava com o nariz muito empinado, era excessivamente ciente de minha real posição, até então superior ao que parecia.

Ele afundou numa tristeza maior ainda.

Alice, que havia permanecido em silêncio até então, falou. Agora temos de ir embora.

Ela chamou o garçom e, para surpresa de Schmidt, pagou

a conta. Tinha ficado tão claro que Popov havia convidado Alice e ele para almoçar que Schmidt reprimiu seu impulso de protestar.

Separaram-se na rua, seguindo para direções distintas. Schmidt, primeiro, para a loja na Rue de l'Université, em cuja vitrine tinha visto um enxoval de bebê recém-nascido que podia ser um ótimo presente para o pequeno Albert e, em seguida, para um camiseiro na Place Vendôme, onde ele poderia comprar uma ou duas gravatas. Para o Albert grande, sussurrou. Mal havia percorrido alguns metros, porém, quando olhou para trás. Queria ver Alice mais uma vez, ainda que fosse só por um momento fugaz. E de fato a viu. Ela e Popov estavam andando depressa rumo à Rue du Bac, com os braços na cintura um do outro, só que a mão de Popov estava, na verdade, um pouco mais abaixo. Dava palmadinhas no traseiro de Alice, investigando o vale entre as nádegas, através do seu vestido de verão. A esposa de Lot olhou para trás em Sodoma e se transformou numa coluna de sal. Schmidt foi poupado de tal sina. Mas Alice, talvez sentindo seus olhos sobre si, virou a cabeça na sua direção. Ergueu as sobrancelhas em sinal de reconhecimento de seu olhar e sorriu de maneira cômica, indefesa. Ele sorriu em resposta, fechou os lábios e foi em frente, cumprir sua missão.

Schmidt chegou ao aeroporto em Roissy com tempo de sobra. Quinze para as seis, para um voo que saía às sete horas. O avião de Alice para Nice partira de Orly às cinco. Talvez aquele palhaço do Popov bolinasse o traseiro de todos os colegas de trabalho, homens e mulheres. O que importava para Schmidt? Ele não tinha o telefone de Alice em Antibes e, mesmo se tivesse, duvidava que ia se atrever a ligar para a casa do pai dela, sabendo que a amiga do velho cavalheiro estava enferma. O que devia fazer era telefonar para o número de Alice em Paris e deixar um recado, no seu melhor francês: *Je t'aime follement*. O telefone chamou. Ele ouviu o primeiro toque, depois o segundo e depois a voz de Alice. Espantado, ele desligou. Será que tinha perdido o avião? Teria mudado a situação em Antibes? Que burrice a sua ao desligar o telefone, em vez de falar com ela. Discou novamente. A linha estava ocupada e continuou ocupada até o último minuto antes da hora de seu embarque, quando chamaram os passageiros da primeira classe.

Como de hábito, Schmidt adormeceu durante a decolagem. Era um tique: a reação do corpo indefeso ao se ver amarrado a uma cadeira e suspenso no ar, num estado infantilizado. As palavras em voz baixa da comissária que lhe oferecia refrescos o despertaram. O avião tinha alcançado a altitude de cruzeiro e o alto-falante anunciou que os passageiros estavam livres para se movimentarem pela cabine. Schmidt resolveu que o *Herald Tribune* podia esperar, muito embora ele não tivesse posto os olhos no jornal durante todo o dia. Bebendo um bourbon e devorando o mix de castanhas como se não tivesse almoçado, Schmidt quebrava a cabeça tentando entender o telefonema para Alice. Nenhuma explicação plausível parecia mais provável do que as outras. Ele tentaria falar com ela no dia seguinte — sábado à tarde, horário dela — e deixaria um recado na secretária eletrônica explicando que, apanhado de surpresa, ele, como um tolo, desligara o telefone em vez de lhe perguntar se tinha havido algum problema, e tentara telefonar de novo, mas viu que não conseguia concluir a ligação. Alice telefonaria para ele depois de ouvir o recado. Naquele mesmo dia, se ela estivesse em Paris, ou no domingo, quando voltasse de Antibes.

Contra sua vontade, seus pensamentos se voltaram para o encontro com Pani Danuta. Uma tremenda asneira. Em primeiro lugar, como ele poderia garantir que aquilo ia permanecer como um interlúdio? Tinham se despedido no melhor estado de ânimo possível. Não esperaria ela que a orgia *à deux* regada a vodca fosse repetir-se em sua próxima visita ao Centro de Vida de Varsóvia? Como ela reagiria, caso ele negasse? Não chegaria às mãos de Mike Mansour um relatório maledicente? Ele imaginava que Mike, o *bon vivant*, riria das estripulias de seu melindroso empregado WASP, porém as reações dele eram imprevisíveis. Em todo caso, o fato de Mike desdenhar o incidente não tornava correto ou menos idiota o comportamento assombrosamente idiota de Schmidt. Eis o que ele devia ter feito: levar ou mandar aquela maníaca sexual para casa, logo depois da caminhada pelo parque Lazienki. Além disso, quais seriam as consequências mais gerais de seu desvio de conduta? Alguma vez já dissera não a uma mulher que se havia oferecido a ele? Sim, caso a transação envolvesse algum pagamento em dinheiro; de outro modo, não era capaz de apontar nenhuma ocasião em que houvesse negado, exceto talvez os flertes de bruxas velhas nos Hamptons, exauridas viúvas de escritores, editores ou agentes. Causava-lhe repulsa o mero pensamento de um contato físico mesmo com a mais bem conservada delas. Mas, com a estudante que ele havia recrutado na Costa Oeste, a babá Corinne, Carrie, com jeito de uma nova Hécate, Alice — de fato, Alice — e agora Danuta, o padrão era o mesmo. Soam os clarins e Schmidt logo se atira. Seria porque se sentia demasiado inseguro para se arriscar a dar o primeiro passo que Schmidt perdia a cabeça assim que uma mulher se mostrava acessível? Ou, de modo mais simples, a razão seria seu irredutível apetite por sexo com novas parceiras, uma curiosidade que ele não havia esgotado? Ele achava que aquilo poderia ser domesticado, caso vivesse com Alice, mas não de outro modo. Haveria uma distinção moral que ela fizesse entre aquela "curiosidade" e a homossexualidade de Tim que tornasse o desvio de conduta de Schmidt menos repugnante para Alice?

Schmidt não tinha certeza. Suas cópulas com Pani Danuta provariam que suas declarações de amor por Alice eram de má-fé? Parecia-lhe que tal inferência não era inevitável. Estava apaixonado por Alice, ou o mais próximo do amor que é possível em sua idade. Seria aquilo de fato verdade? Poderia seu breve contato e seu ainda limitado conhecimento justificar a demanda de qualquer coisa além de uma leve afeição? Ele concluiu que sim, poderia. A experiência de uma vida inteira lhe dizia que ela era esplêndida. Mais seis meses convivendo com Alice não iam modificar em nada seu julgamento.

Um problema prático também punha em dúvida sua boa-fé. Ela era muito mais jovem do que ele! Schmidt lhe pedira, em várias formulações, para unir sua vida à dele. Como poderia ele ignorar as desvantagens e os riscos inerentes àquele fato: a inevitável diminuição de sua libido e de sua potência, as enfermidades incapacitantes que ele poderia sofrer, a futura certeza de que seria o primeiro a morrer? Provavelmente ela ficaria viúva pela segunda vez numa idade em que encontrar um homem conveniente para compartilhar sua vida seria algo mais difícil do que era então. Havia considerações compensatórias: seu interesse por mulheres, que ele julgava mais vivo do que o de muitos homens de sua idade; seu excelente estado de saúde, que podia adiar ou rechaçar aquelas enfermidades ou fraquezas; sua fortuna modesta, porém perfeitamente suficiente, a qual garantiria uma vida confortável para ambos, enquanto vivessem, e para ela, depois. De fato, Schmidt achava que Alice ia gostar da maneira como ele vivia. East End, Long Island e Manhattan: não era uma combinação ruim. No outro prato da balança, havia o sacrifício que ter de mudar-se de Paris acarretaria, embora ele estivesse alegremente disposto a passar lá todo o tempo que ela desejasse. Schmidt tentara conversar com ela sobre aquelas preocupações de modo mais detido e objetivo. Porém, toda vez que tentava conversar sobre o futuro deles, Alice se mostrava impaciente; suspirava e dizia coisas como: Schmidtie, por que temos de falar desse assunto? Estamos nos divertindo tanto juntos, isso não basta? Na única vez que ela se mostrou disposta a escutar, Alice falou que todas aquelas preocupações eram reais, mas nenhuma delas seria capaz de representar um obstáculo para ela. Todavia ela chegava, no máximo, até aí: detinha-se no tempo condicional do verbo. Aquelas preocupações não seriam capazes de barrar seu caminho, caso resolvesse acatar a petição de Schmidt. Porém simplesmente ainda não estava pronta para ir.

Schmidt gostaria que Gil estivesse agora ao seu lado para ajudá-lo a pôr ordem naquela confusão.

10.

Não havia nenhum recado de Alice quando ele chegou à casa em Bridgehampton na noite daquela sexta-feira. Todavia encontrou um recado de Charlotte, gravado naquela tarde, e um bilhete deixado por Carrie em cima da mesa da cozinha, ao lado de um vaso cheio de peônias brancas e cor-de-rosa, colhidas em seu jardim, dizendo *Bem-vindo, Schmidtie, temos notícias para você*. Passavam alguns minutos da meia-noite, tarde demais para telefonar para Charlotte. A casa do lago e o apartamento de Bryan, em cima da garagem, estavam escuros. Se Bryan o tivesse buscado no aeroporto, lhe daria as notícias de Carrie, a menos que devesse ser uma surpresa e ela tivesse obrigado Bryan a jurar segredo. Porém, em vez disso, quem o pegou no aeroporto foi um dos motoristas de Mike Mansour, num imenso utilitário esportivo cinza do seu aparato de segurança. As notícias e os telefonemas para Alice e para Charlotte teriam de esperar até a manhã do dia seguinte. Sy estava em cima da mesa da cozinha, olhava para ele com olhos afetuosos e batia com a patinha em sua manga. Era uma mensagem que Schmidt nunca deixava de entender. Queria dizer: Quero um lanche, e quero agora!

Schmidt acordou cedo e, apesar de ser sábado, tinha certeza de que Carrie e Jason também estavam acordados. Os trabalhos na marina começavam às oito horas. Tinha terminado de tomar o café da manhã, posto de lado o *New York Times* e estava prestes a ir até lá para vê-los quando os dois apareceram. Fazia três semanas que não a via. O morro embaixo do pano estampado e colorido tinha se transformado no cume de uma montanha. E Carrie ficara mais linda, a um grau que ele julgava sobrenatural. Quando mesmo ela fora garçonete no O'Henry's, a lanchonetezinha pé de chinelo do bairro? Quase quatro anos antes? O'Henry's, o pé-sujo onde ela lhe servia sua comida e, quando estava cansado, tarde da noite, o fazia lembrar-se de um quadro de Picasso, *Mulher passando roupa*. Picasso nunca pintara uma Madonna. Se tivesse pintado, antes que o impulso para levar à frente sua arte o conduzisse a decompor rostos e corpos, o resultado teria sido algo semelhante a Carrie, tal como estava naquele momento. Ou se Bellini tivesse se apaixonado por uma trabalhadora jovem e langorosa, de pele cor de oliva, talvez uma menina de rua com uma criança no colo, de pai desconhecido, que ele tivesse pedido para posar em seu ateliê. Jason, radiante a seu lado, a montanha loura — de quem era o pincel que o havia pintado? É claro, Norman Rockwell! Retrato de um jovem operário da equipe de reparos dos trilhos da ferrovia, de macacão, se preparando para um dia de trabalho, depois de um furacão.

Ei, Schmidtie, gritou ela depois de abraçá-lo, boas-novas! Jay e eu estamos legalmente casados! Fomos a Riverhead na sexta-feira de manhã e casamos! Não é incrível? Bryan e uma das garotas do O'Henry's foram as testemunhas.

Que notícia maravilhosa; estou tão feliz por vocês. Abraçou Carrie mais uma vez e, mais uma vez, apertou vigorosamente a mão de Jason. Só lamento não ter podido oferecer um almoço de casamento para vocês!

Não queríamos que fizesse isso, disse Carrie, é uma chatice. Por isso fomos sorrateiros e tratamos de tudo enquanto você estava fora.

O extraordinário tato de Carrie: na verdade, Schmidt andava quebrando a cabeça para resolver o que faria quando aqueles dois finalmente se casassem. Uma recepção no gramado depois da cerimônia matutina? Algo dentro de casa ou debaixo de uma tenda, se fosse ao entardecer? Deveria contratar um conjunto musical ou um DJ, ou não teria música nenhuma? E, acima de tudo, quem seriam os convidados? Os pais de Carrie, o sr. Gorchuck, empregado do Conselho de Educação, e a sra. Gorchuck, a cozinheira porto-riquenha de pernas e braços inchados, o sr. e a sra. McMullen, o pai e a mãe de Jason, de Nova Scotia. Mike Mansour e Gil e Elaine Blackman, o pessoal de Mike, pelo menos aqueles cujos serviços na casa de Mike pudessem ser temporariamente dispensados, os rapazes e as garotas do O'Henry's, e quem mais? Talvez os colegas de Jason da polícia de Nova York, se tivesse mantido contato com eles. Um grupo estranho e uma ocasião social estranha! Agora ele seria poupado daquela provação. Restava apenas o batizado do pequeno Albert. O padrinho seria ele! Mas teria de promover uma festa, supostamente, para aquele mesmo grupo?

Queridos Carrie e Jason, respondeu Schmidt, eu teria adorado dar a festa aqui mesmo no gramado.

Aquela meia mentira o levou, na mesma hora, de volta para a festa de casamento de Charlotte, para a sua escolha cruel e — na opinião de Schmidt — burra de um restaurante em Tribeca como local da comemoração, em vez da casa onde ela havia sido criada. Schmidt levou um tempinho para se recuperar.

Ainda está cedo demais para falar sobre essas coisas, mas quero lhes dar um bonito presente de casamento. Jason, escute. Você é a pessoa de senso prático na família. Pense no que seria melhor para vocês e me diga. O céu é o limite.

Naquilo, pelo menos, ele era cem por cento sincero.

Puxa vida, obrigado, Schmidtie, foi a resposta de Jason.

Ele podia ter falado mais, porém Carrie interveio. Nosso problema é dinheiro, Schmidtie, disse ela. A casa nova, o pequeno Albert, a marina, parece uma torneira aberta. O dinheiro vai embora e muito pouco entra.

Negócio fechado, respondeu Schmidt.

Ei, temos mais notícias. O pequeno Albert! O médico quer que ele nasça no dia 15 de junho. Está tão enorme e tão bem desenvolvido que ele acha que eu posso ter calculado mal a data. Carrie riu e cutucou Schmidt com o cotovelo.

Outra avassaladora onda de sentimento. Porque o bebê estava prestes a nascer, porque, quanto mais cedo ele tiver sido concebido, menos segura era a paternidade do viking louro, que fazia que sim com a cabeça e enxugava as lágrimas na manga. Nesse caso — não, ele não ia pensar naquilo, ainda. Deixe a criança nascer, deixe que suas feições resolvam o dilema. Porém, para constar, ele lhes disse: Estou muito feliz de estar de volta e não ter de ir a lugar nenhum até meados de junho. Um viva para Albert, mamãe e papai, e para o médico!

Schmidtie, isso ainda não é tudo!, respondeu Carrie. Assinamos o contrato da casa em East Hampton. Vamos fechar negócio daqui a oito semanas, para dar tempo para que as pessoas que estão morando lá possam se mudar, e logo depois os rapazes vão começar a trabalhar na reforma. Você vai ficar livre de nós antes do Dia do Trabalho!

Livre de vocês? Nunca, nunca. A porta estará sempre aberta; quando estiverem aqui, estarão em casa.

Disseram que estava na hora de ir para a marina e Schmidt os acompanhou até a porta da frente. Mantendo-a aberta, ele os observou enquanto entravam na caminhonete de Jason. A família eleita por ele: Carrie, sua jovem amante; o gigante louro que, de modo virtuoso e justo, a tomara dele; e a criança misteriosa à beira de ser trazida ao mundo.

Nove horas. Dali a meia hora, ele poderia telefonar para Charlotte com segurança. Serviu-se mais uma caneca de café e começou a examinar a pilha de correspondência. Noventa por cento era lixo. O resto eram contas que ele pôs de lado, junto com seu extrato bancário e comunicados de seus dois consultores de investimentos, que pareciam estar mandando um número crescente de boletins sobre a situação da economia e seu futuro. Por mero sentido de obrigação, passou os olhos por eles. Que desperdício de papel! Qualquer leitor do *Times* sabia que George H. W. Bush havia legado para Clinton uma bagunça, que os republicanos pareciam propensos a tornar ainda pior, porém os consultores de investimentos achavam por bem enxergar coisas positivas naquelas bobagens. Claro, a clientela deles não era toda formada por espíritos independentes como Schmidt, um infiel à sua classe econômica e social. Os pobres coitados tinham de representar seu papel para sua plateia. Na verdade o país merecia algo melhor do que aquele palerma com sua personalidade e seus tolos hábitos de adolescente. Deve ser mais fácil enganar o país do que os colegas de turma do ensino médio. Schmidt conhecia pessoas mais velhas do que ele que tinham ido a Andover com Bush e estavam dispostas a garantir que, mesmo então, ele era um safado. Todavia Schmidt ficou chocado com sua própria pressa em julgar e condenar. O tolo Bush. O horroroso Popov. Por que, exatamente, Popov era tão horroroso na faculdade e mesmo depois disso?

Nitidamente, o fato de Popov ser búlgaro não ajudava. Sem nada saber sobre os búlgaros, Schmidt não gostava deles. Era uma nação atrasada, acreditava Schmidt, atolada na religião ortodoxa oriental, usando um alfabeto cirílico e fervilhante de padres barbados, casados e que não tomavam banho. Poderia alguma coisa ser menos atraente do que aquilo? Popov se encaixava bem. Havia também nele, de vez em quando, algo de sujo, sem banho. Aquele terno preto, por exemplo, que Popov usava numa época em que quase ninguém em Harvard usava terno, a menos que fosse a um casamento ou enterro e, mesmo então, não usaria nada semelhante àquele jaquetão preto com duas fileiras de botões, além de uma camisa de brancura duvidosa, uma gravata puída e estreita que mais parecia uma fita e aquele lenço vermelho no bolso do peito do jaquetão, dobrado e com a ponta para fora. Mas será que aquelas coisas tinham mesmo alguma importância? Não, não tinham, mas conseguiam deixar Schmidt incomodado. Os dois ou três homens que usavam terno e de quem Schmidt gostava e a quem respeitava eram rapazes de cabelos dourados, nascidos com colheres de ouro ou de prata na boca. Então seria a aparente pobreza de Popov que o tornava repulsivo? Não, era antes a cara branca de pastel e a evidente carência de higiene. Tudo bem, Popov era um relaxado, e um relaxado cujo colega de dormitório, Bill, também amigo de Gil, era ainda mais relaxado. Sim, mas quem era Schmidt? Um fiscal das boas maneiras no vestuário ou uma dona de casa que vigiava com rigor o estado do esmalte de suas unhas? Não, a questão era outra. Popov o deixava incomodado falando demais, querendo botar banca de europeu sofisticado — um europeu nascido numa família poderosa, um fato que não era, então, ignorado por Schmidt —, tirando proveito de um americano que só ia conhecer a Europa no verão após seu segundo ano na faculdade, para quem o balé e a ópera eram *terra incognita* e, pior ainda, no que dizia respeito a Popov e ao ator que era seu colega de dormitório, para quem Truman estava certo quando entrou em guerra contra a Coreia e que não considerava Eisenhower um retardado mental. Gil, o rapaz-maravilha judeu do Brooklyn, já defendia todo o aparato necessário de ideias liberais — inclusive a convicção inabalável da inocência de Alger Hiss —, tocava piano, levara consigo para Cambridge um toca-discos e uma pilha de LPs de ópera e tinha ido à Europa duas vezes. O pai de Gil era médico-cirurgião e a mãe, costureira, e assim o Brooklyn não era um lugar qualquer situado na zona leste de Nova York, mas um casarão de arenito pardo em Brooklyn Heights. Era óbvio para Schmidt o motivo por que não sentia uma inveja atroz de Gil, por que não tinha rancor dele: tivera por ele uma paixão tardia de estudante, a qual, de certa forma, ainda perdurava. Uma coisa era certa: a aversão de Schmidt por Popov não teria ganhado um cunho tão agudo e tão hostil sem sua guarnição de ressentimento e de curiosidade culpada.

Nove e meia. Schmidt telefonou para Charlotte. Depois de três toques, uma espécie de marco de presteza em suas relações telefônicas com a filha, ela atendeu.

Pai, por onde você andou?

Você está falando de ontem?

Sim, telefonei três vezes e acabei deixando um recado.

Na verdade, eu estava dentro de um avião, voltando de Paris. Fiz mais uma viagem breve. Mas mandei uma carta para você antes de partir, com meu itinerário e tudo mais.

Jon ou eu mesma, um de nós deve ter jogado fora. A gente estava com uma quantidade tão absurda de correspondência inútil quando chegou de volta.

Claro, pensou Schmidt, quem se daria ao trabalho de ver seu nome no remetente do envelope?

Desculpe, disse ele. Não mudei a gravação na secretária eletrônica porque agora andam dizendo que, se a secretária eletrônica avisa que você está fora, é um convite para os ladrões. Houve alguns arrombamentos de casas por aqui. E você, se divertiu?

Você está perto de uma cadeira? Sim, então sente. Pai, estou grávida. O bebê vai nascer em setembro! E já sabemos que é menino! Não contei para ninguém até agora, a não ser para os pais de Jon. Eu queria ter certeza de que ele ia mesmo vingar. Vamos lhe dar o nome de Myron. Judeus não podem dar ao filho o nome de um pai ou mãe vivos, mas Renata tem um tio que também se chama Myron, portanto assim está tudo certo. Estamos livres de suspeita.

Schmidt preferia que ela não lhe tivesse contado a respeito do nome, ainda, mas no fundo não tinha importância nenhuma. Com grande esforço, ele conseguiu falar: Meu anjo, meu anjo, que coisa mais maravilhosa, estou tão feliz. Que pena que sua mãe não esteja viva! Ela estaria soltando fogos. Jon está aí? Eu gostaria de lhe dar os parabéns.

Seria a primeira vez que falava com o genro desde muito tempo, mais tempo do que ele queria contabilizar, e ficou aliviado ao saber que Jon não estava presente. Ele estava na academia e depois ia direto para o trabalho. Ela transmitiria as congratulações de Schmidt. Ele resolveu que faria a pergunta — em vista da trégua que haviam declarado, talvez não fosse despropositado e não trouxesse a ira da filha sobre sua cabeça. Havia alguma chance de convencer os dois, ela e Jon, a irem a Bridgehampton — por exemplo, no fim de semana do Memorial Day?

Palpite errado.

Pai, respondeu Charlotte, e a sílaba esticou-se num Paaaaai, nós não podemos, vou tirar licença-maternidade no meu trabalho — terá de ser não remunerada, é claro, eles só pagam o primeiro mês — e me mudar para Claverack.

Claverack era o lugar onde ela e Jon haviam comprado uma casa a fim de ficar mais perto da propriedade dos velhos Riker, recusando o presente que Schmidt havia oferecido de transferir para ela a parte dele na casa de Bridgehampton, a casa onde ela tinha sido criada.

E que tal se eu desse um pulo na cidade?, perguntou Schmidt.

Sério, pai, você pode parar um pouco e imaginar o que está envolvido nessa mudança? Não vou ter nenhum segundo livre.

Ele percebeu que ela não o estava convidando para ir a Claverack.

Sim, prosseguiu Charlotte, Renata acha que seria melhor para mim e para o bebê se eu saísse do calor e da confusão da cidade, e eu acho que ela tem razão. Jon vai nos ver todos os fins de semana e depois vai passar lá o que ainda tiver sobrado de suas férias.

Ah, disse Schmidt, e depois você vai voltar para ter o bebê em Nova York?

Acho que não. Há um hospital bom e moderno em Hudson, a apenas onze quilômetros de distância. Nenhum estresse, nenhuma confusão. Eles incentivam as parteiras e a amamentação materna, que é o que eu quero. Você pode visitar o bebê quando o trouxermos para casa.

Entendo, disse Schmidt. Muito bem, obrigado por me dizer. Boa sorte. Mantenha contato comigo.

Então ele sentou de fato e desejou que já fosse mais tarde, que o sol estivesse baixo. Precisava de uma bebida. Pensando em sua necessidade e na hora do dia, e também na ausência de qualquer pessoa na propriedade que pudesse censurá-lo, pegou a garrafa de bourbon que estava dentro do armário de bebidas e um litro de leite na geladeira e preparou uma bebida muito bem servida, metade leite, metade bourbon. Deixou que aquilo o acalmasse. Era cedo demais para telefonar para Gil Blackman. Deixou passar mais meia hora antes de tentar ligar para o escritório de Gil em Nova York e a secretária avisou que o sr. Blackman estava em sua casa de campo em Wainscott. Ela ia transferir a ligação do sr. Schmidt.

A voz familiar exclamou: Schmidtie, que fantástico! Você está em Bridgehampton ou está falando de Cracóvia? Se estiver aqui, não gostaria de almoçar comigo? No lugar de sempre? À uma hora?

Era isso mesmo que eu desejava, respondeu Schmidt. Encontro você à uma hora.

As faxineiras polonesas estavam dando uma geral na casa, passavam aspirador de pó, gritavam umas para as outras. Schmidt pegou um suéter, por via das dúvidas, e seguiu para a praia. Como acontece muitas vezes em maio, quando a lua está minguante, o oceano parecia uma lagoa que lambia as margens preguiçosamente. Não havia mais ninguém à vista, nenhuma pegada na areia branca e brilhante. Schmidt caminhou depressa até a Gibson Lane, olhou as horas no relógio de pulso e deu meia-volta. Chegou em casa ao meio-dia.

A luz que piscava lhe disse que havia um recado na secretária eletrônica. A voz de Jon Riker pedindo a Schmidt que telefonasse para ele, no escritório. Repetiu o número do telefone. Muito provavelmente, Jon estava em missão de paz, uma ideia nada má, de qualquer ponto de vista, e, em termos práticos, necessária agora que ia haver um neto. Riker atendeu o telefone prontamente e nada disse. Também sem saber que palavras usar, Schmidt lhe deu os parabéns. Como Riker continuou em silêncio, Schmidt lhe disse que era uma pena que tivesse de ficar no trabalho num lindo sábado de maio, em vez de ficar com a esposa grávida.

Isso suscitou uma resposta: É inevitável, os tempos não andam nada fáceis para o exercício da advocacia, portanto temos todos de batalhar muito. Você deve ser grato por essa regra não se aplicar a você; não combinaria mesmo com seus hábitos arraigados.

Uma coisa burra e maliciosa para se dizer, pensou Schmidt, mas ele não ia se permitir um ataque de irritação. Não disse nada. O silêncio pesou e Riker falou de novo.

Há um motivo para o meu telefonema, Al. É seu neto. O que você fará por ele?

Riker sabia muito bem que Schmidt detestava que o chamassem de Al. Por que estava fazendo aquilo e o que ele queria, afinal? Schmidt respondeu em tom sereno: Pode explicar melhor o que quer dizer?

Al, você deve saber o que eu quero dizer. Você vai fazer uma poupança para que o garoto possa caminhar com as próprias pernas?

Então era disso que se tratava. O homem era um porco.

Entendo, disse Schmidt, e o que você entende por "caminhar com as próprias pernas" para o pequeno Myron? Que ele pague as próprias contas? Você vai cobrar dele a comida e a hospedagem e fazer que ele pague suas consultas ao pediatra? Eu não sabia que você estava falido.

Meu Deus, Al, não se faça de bobo. Não estou falando de comida e hospedagem nem de consultas ao pediatra. Mas você tem ideia de quanto custa manter uma babá, pagar as mensalidades de uma creche, de um jardim de infância ou de uma escola fundamental e secundária? Não estou nem falando da faculdade de direito ou de medicina!

Vou tentar me informar melhor a respeito. Você ganha mesmo tão pouco, está mesmo tão quebrado que não possa cuidar da própria família?

Está tentando ser engraçado? Você sabe que meus pais estão com a corda no pescoço. Minha mãe me disse que já explicou para você. Portanto eu os estou ajudando. Fazendo o que é necessário.

Um peso medonho de cansaço desceu sobre Schmidt.

Escute aqui, disse ele, não posso deixar de me perguntar qual de vocês imaginou que devia apresentar esse pedido — se é disso mesmo que se trata. Seu pai, sua mãe, você ou Charlotte, e acho até que para mim isso não importa. Você me cansa. Você não para de criar confusão.

Meu Deus, Al, você está com um parafuso solto mesmo.

Ora, vejam só, pensou Schmidt, onde Jon teria aprendido aquela expressão? A locução predileta do mesmo diretor da firma W & K que havia posto Jon no olho da rua.

Cale a boca, disse para Jon. Estou lhe dizendo a verdade. Preste bem atenção e se quiser faça uma gravação do que vou dizer. Um, Charlotte é minha filha e minha herdeira natural. A menos que ela me tire do sério de verdade — não me importo com o que você ou seus pais digam ou façam —, vai herdar o dinheiro quando eu morrer. Não estou dizendo que será todo o meu dinheiro; ela já tem bastante. Dois, o filho de Charlotte será objeto natural da minha generosidade. Só quero dizer o seguinte: objeto natural da minha generosidade. Não excluo — dependendo de como você e Charlotte estejam financeiramente — ajudar a pagar a creche, a escola e tudo o mais da criança. Você se esqueceu de mencionar as colônias de férias de verão: sim, eu vou ajudar até mesmo a pagar as colônias de férias. Mas não vou ser atormentado por você ou por Charlotte para dar presentes ao pequeno Myron nem para qualquer outro filho que vocês venham a ter que não sejam necessários no momento e que, segundo a legislação tributária, representem despesas mortíferas. Já ouviu falar do imposto de doações? Ou do imposto de salto de gerações? Por que eu deveria jogar meu dinheiro pelo ralo a fim de pagar impostos desnecessários? Quando chegar a hora, serei generoso, mas a hora não é agora. E quanto à sua ajuda a seus pais, isso fará parte de suas circunstâncias financeiras que eu vou levar em conta. Lamento sinceramente as dificuldades deles. Ser psicanalista hoje em dia e não receber pagamento não tem mesmo graça nenhuma.

Em seguida, Schmidt desligou o telefone. Era a primeira

vez que desligava o telefone na cara de um membro de sua família e uma das raríssimas vezes que tinha desligado o telefone na cara de quem quer que fosse, exceto de um daqueles vendedores que dão telefonemas em série.

"O lugar de sempre" era o O'Henry's, onde às vezes Schmidt se sentia obrigado a fugir das atenções de viúvas literárias provectas e deformadas que sempre almoçavam ali e onde ele e o sr. Blackman tinham o costume de se encontrar, porque os hambúrgueres e os bifes eram bons e o vinho, se dessem um pagamento adicional, satisfaziam os padrões rigorosos do sr. Blackman. O grande produtor cinematográfico já estava lá, na mesa à qual sua fama mundial lhe dava direito, ajudado pelo status de Schmidt como velhote rico que bancara a ex-namoradinha jovem Carrie. Como se sua saudação tivesse sido coreografada, ambos abriram os braços e se abraçaram. Não se viam desde antes da primeira visita de Schmidt a Paris, em abril. O sr. Blackman andara filmando uma minissérie para a televisão baseada em *A letra escarlate*, que seria lançada no outono. Que ótimo ver você!, exclamaram os dois em uníssono, o que ressoou no restaurante meio vazio. Fizeram os pedidos rapidamente.

Como é que vão as coisas?, perguntou Schmidt.

O filme? Fiquei satisfeito. Consegui que a pequena Kyra Sedgwick fizesse o papel de Hester. Ela é maravilhosa. Casta como a neve fresca na boca de um vulcão de paixões.

Fabuloso! E Dimmesdale?

Sam Waterston. Ele está perfeito. Grande ator, e o contraste entre ele e Kyra também ficou perfeito — me deixou até sem fala. Só posso dizer que é exatamente aquilo que eu desejava. Mas não é sobre isso que eu queria falar com você. Elaine anda soltando fogo pelas ventas por causa do tempo que eu passo em

Los Angeles. Claro que ela sabe que o que faço é importante e lhe traz bastante grana; claro que eu lhe disse que ela é bem-vinda para ficar comigo lá, mas *entre nous* esse é um convite pouco sincero. Sei que ela detesta o sul da Califórnia e não aguentaria ficar lá mais do que uma semana. A verdade é que ela tem um faro muito apurado. Sabe que não estou passando todos os meus dias no trabalho e todas as minhas noites planejando as filmagens do dia seguinte. A solução dela é tornar minha vida lá um inferno, telefonando de quinze em quinze minutos à noite e, quando consegue falar comigo, reclamando. Ela diz que vai chamar a mãezinha para ficar lá!

A mãezinha era a alcunha de Gil para a idosa, caduca, rica e, segundo ele dizia, prodigiosamente maligna mãe de Elaine.

E como você anda passando suas noites de verdade, seu velho canalha?

Você se lembra da minha antiga namorada, a Katerina?

Como poderia esquecer?

Katerina tinha sido secretária de Gil, uma beldade grega, o tipo que Cole Porter devia ter em mente quando compôs aquela música sobre um marido infiel que dizia que *seus grandes negócios são os negócios que faz com a secretária*, e que deixara Gil em troca de um compatriota grego, investidor da bolsa de valores, que ela conheceu numas férias na Jamaica.

Também não posso esquecer, retrucou o sr. Blackman, toda vez que transo com uma nova garota, penso em Katerina. Pois ela é do mesmo tipo, meio grega, meio italiana — uma mistura dinâmica! Adivinha só o nome dela!

Vênus.

Errado! Afrodite. Os gregos não fazem por menos.

E você chama a mulher de Afrô?

Adivinhe. Não, você nunca vai adivinhar: Dite.

Por Júpiter! Perdão, por Zeus!

Você não vai acreditar, ela é tão incrível, e não é só boa de cama. Tem ideias próprias, pontos de vista, sabe conversar e tem talento, talento de verdade.

Uma jovem candidata a estrela do cinema?

Não, trabalha na produção. O fato nu e cru é que posso ajudá-la, posso dar um impulso na sua carreira, e ela sabe disso. Vou mostrar para ela o caminho das pedras. Ela quer se mudar para Nova York e assim podemos ficar juntos com mais facilidade, quando eu terminar a edição.

Mas será que é uma boa ideia? Com o faro apurado de Elaine? E, de todo modo, você não me disse, depois de Katerina, que ia enterrar suas armas nas profundezas insondáveis da terra?

É verdade, é verdade. Sou um criminoso reincidente. Amo Elaine e, quando não dou a ela motivos para subir pelas tamancas, é a melhor esposa do mundo, mas quando estou com Dite, quando toco sua pele, quando tenho nas mãos os peitos dela, é tão bom que minha cabeça chega a rodar. O que posso dizer para você? Eu quero a mulher. Cada centímetro de mim quer aquela mulher.

Isso eu compreendo. E você acha que é capaz de manter a mulher sob seu domínio por causa da carreira dela? Será que você não está arrumando uma tremenda encrenca para si mesmo?

O sr. Blackman refletiu um pouco. Tremenda encrenca? Não acredito, porque afinal de contas não vou arranjar para ela um emprego na minha organização. De todo modo, minha organização mesmo não chega a ser grande coisa. Vou ajudá-la a se enturmar com outras pessoas. Isso pode até não ser muito bonito, mas pelo menos não é nada ilegal. Qual é a perspectiva? Vamos ser realistas. Por que uma garota como Dite ia deixar que um velho cretino feito eu transasse com ela a seu bel-prazer? Não será pelos meus belos dentes ou por meus lindos olhos ou por minha barriga de tanquinho. A gente oferece aquilo que tem. E quanto a você?

O que sobra no fundo desta garrafa não vai durar até o final da minha história.

Pediram outra garrafa de vinho e Schmidt contou sua história. A história do primeiro encontro com Alice em Paris, seu entusiasmo e seu sucesso quase instantâneo. Não incluiu o que Alice lhe contara a respeito de Tim Verplanck. Não tinha nenhuma relação com seus sentimentos por ela. Continuou com os eventos da segunda visita a Paris e confessou a aventura com Danuta. O estupro de Schmidt cometido por uma polonesa dominada por exacerbados desejos sexuais!

Schmidtie, meu caro Schmidtie, o céu está sorrindo para você! Alice parece feita sob encomenda. Faça a corte, distraia a mulher, não a oprima com compromissos. Ela tem um emprego de que gosta, mora numa cidade maravilhosa, não peça para ela se mudar para o seu *château* em Bridgehampton e renunciar ao mundo. É a mesma coisa que ordenar-se freira! Ela pode vir para cá — sobretudo se você pagar a passagem — e você também pode dar uns pulos em Paris. Vocês vão se divertir! Fico muito feliz por você, e mal posso esperar para contar tudo para Elaine.

Obrigado, disse Schmidt, é exatamente o tipo de conselho que estou precisando ouvir. Vou segui-lo. Acho que consigo. E quanto a Danuta? Você acha que esse episódio significa que não sou sério de verdade em relação a Alice?

Meu caro e velho amigo, você e eu fomos feitos para querer trepar. O que foi que você me contou? Que acha que não vão existir mais Danutas se você for viver com Alice? Acho que é exatamente a verdade. Porém, ainda que em alguma noite encantada você sucumba aos feitiços da irmã caçula de Danuta, isso não seria o fim do mundo. Não se você for extremamente discreto sobre o assunto, e contanto que Alice não descubra nada. Você se lembra do filme que fiz baseado em *Rigoletto* alguns anos atrás?

Claro, um ótimo filme.

Não era de todo ruim. Bem, estou pensando em voltar a filmar óperas. Meu próximo projeto será *Così fan tutte*!

Tinham chegado à sobremesa e, como já era tarde, parecia correto acatar a recomendação da garçonete: torta de ruibarbo, depois café.

Está na hora de algum alívio cômico, disse Schmidt. Tive um almoço bizarro com Alice e seu velho colega Popov.

Gil escutou o relato de Schmidt e disse: Popov, Popov, você sempre teve um problema com ele. Uma grande surpresa, no caso do ilustre cavalheiro Albert Schmidt, de espírito aberto, sem preconceitos, absolutamente racional! O que é que você tem contra ele, além de não tomar banho e não trocar a cueca?

Isso é só uma parte da questão: você esqueceu que ele é pomposo e metido a besta. E também: ele inventou de marcar aquele almoço no meu último dia em Paris, quando eu tinha esperança de poder ficar a sós com ela, e deixou que Alice pagasse a conta do restaurante. E aquele papo de que havia casado com uma mulher oriunda da alta aristocracia! Como os rapazes diziam na copa da firma W & K, poupe-me!

Pobre Popov! Isso é uma parte do problema: ele é pobre. A esposa — Chantal? Ghislaine? Isabeau? Algum desses nomes engraçados — é filha de um duque.

Solange.

Isso mesmo: Solange. É filha de um duque que é pobre e de uma duquesa que tem rios de dinheiro. É sorte que Popov possa usar o dinheiro, porque os cuidados médicos com Solange custam uma grana. Claro que tenho certeza de que ele gosta de ter um apartamento enorme na Rue de Lille no palácio ducal e poder passar férias no *château* ducal etc. etc., mas no fundo vive muito duro mesmo. É por isso que ele e Solange continuam juntos. Dinheiro e imóveis: é isso que mantém os casamentos intactos, não são os filhos. Não que eu sinta muita pena dele nem nada. A última vez que o vi, quatro ou cinco anos atrás, ele me disse que tinha relações com outra pessoa, nas horas vagas. Não me contou quem era, mas é alguém que ele acha muito importante.

E a jovem duquesa? Não faz objeções?

Quem sabe? Teve paralisia logo depois que aqueles meninos nasceram. É possível fazer sexo com uma mulher paralisada da cintura para baixo? Não tenho a menor ideia. Talvez seja fantástico. Suponho que seja natural que ela ache que Popov procure alívio em outra parte.

Provavelmente você tem razão, como sempre. Agora, algumas notícias da família: Charlotte me comunicou esta manhã que está grávida e que é um menino! Vai nascer em setembro!

Incrível. Parabéns! Espere só até eu contar para Elaine. Isso e mais a história de Alice — ela vai dar pulos de alegria.

Vocês são meus melhores e mais queridos amigos. A voz de Schmidt vacilou. O nome do menino vai ser Myron. O nome do pai de Jon. Por mim, tudo bem. Mas quero lhe contar uma conversa que tive com Jon. Por favor, não fale sobre isso com Elaine. Você entende. Tenho aquele cara atravessado na garganta. Algum dia ele e Charlotte podem voltar a vir aqui.

O sr. Blackman escutou o relato da conversa pelo telefone, enquanto fazia que sim com a cabeça.

É horrível, disse ele. Jon é um escroto. Apareça lá em casa hoje para jantar conosco.

Eram quase quatro horas quando Schmidt chegou em casa. Tentou ligar para Alice, para ver se dava sorte. Ninguém atendeu. Obviamente ela estava em Antibes. Sy queria brincar e depois deixou claro que precisava comer.

Schmidt cuidou daquilo. Ele ia tirar um cochilo antes do jantar com Gil e Elaine.

11.

Seis horas de diferença. Meio-dia no horário de verão da Costa Leste equivale ao horário de Greenwich + 1h; meio-dia em Bridgehampton, seis da tarde em Paris. Schmidt teria raiva daquele cálculo, tantas vezes repetido todos os dias. Fez uma ficha para manter um registro de seus telefonemas. Sábado por volta das quatro da tarde, portanto dez da noite em Paris, Alice não respondeu. Domingo às dez da manhã, portanto quatro da tarde, também ninguém atendeu. Então ela não voltara de Antibes. O mesmo resultado à uma hora da tarde (um esforço para pegá-la em casa antes do jantar, no caso de já ter voltado e ir jantar fora) e também à meia-noite. Ele não se atreveu a telefonar mais tarde, apesar de Alice ter dito que, quando acordava com o telefone tocando e falava com alguém, não tinha nenhum problema para dormir depois. É o tipo de coisa que as pessoas falam por gentileza; não é necessário dizer a verdade. A ligação seguinte foi às nove horas da manhã de segunda-feira, três da tarde no horário de Paris. Sucesso parcial. A empregada atendeu e comunicou a Schmidt que a *madame* estava *au bureau*. Pelo menos agora ele sabia que Alice tinha voltado para Paris e estava viva. Ao meio-dia, seis horas no horário dela, Schmidt telefonou de novo. Ninguém atendeu. É claro, ela estava no trabalho ou entre o trabalho e Deus sabia onde.

Aquela atividade exasperante poderia ter se estendido muito, não fosse pelo chamado do dever. O convite de Mike para almoçar à uma hora tinha chegado a Schmidt por fax, enquanto ele estava no hotel em Paris, e fora confirmado naquela manhã, por telefone, pela secretária do grande homem de negócios, mas o sr. Schmidt ainda não tinha feito a barba, tomado banho nem feito nenhum preparativo. Cuidou daquelas tarefas e, resistindo à tentação de arriscar mais um telefonema para Alice, entrou em seu carro.

Vamos conversar sobre os escritórios de Bucareste e Varsóvia na reunião do conselho amanhã, disse o sr. Mansour, a menos que haja alguma coisa que você queira me contar em caráter privado ou algo que você queira que eu pondere antes da reunião. A propósito, sugiro que vá comigo em meu helicóptero. Decola às cinco horas. Não posso convidá-lo para o jantar, porque vou jantar com o governador. O cérebro do cara é do tamanho de uma ervilha. É o governador de Nova York e gosta de comer cedo! E então, vai comigo?

Schmidt fez que sim com a cabeça.

Excelente. Você devia ficar logo na cidade. Terça-feira à noite também, para ir comigo ao balé. Depois vamos jantar com Wendy Whelan. Ela é fora de série. E que dançarina! Combinado?

Claro, com grande prazer.

A chegada de Manuel, o empregado, pronto para servir o almoço, cortou a possibilidade das contínuas efusões em torno do assunto das preocupações de Mike. Na maior parte das circunstâncias, Mike achava que a comida vem primeiro e a conversa depois, e Manuel estava servindo o prato predileto do patrão, salada de lagosta, que Mike devorava com montanhas adicionais de maionese. Era preciso reconhecer o mérito do chef. A lagosta estava pecaminosamente deliciosa, como dizia Mary. E o vinho também. Uma vez mitigada a primeira fome, o sr. Mansour enxugou a boca e falou.

Na verdade, disse ele, eu queria saber uma coisa de você. Aquela dama bonita em Paris, você a viu de novo?

Schmidt fez que sim com a cabeça.

E ela era a razão por que você quis passar mais alguns dias em Paris. Portanto você ainda gosta dela?

Schmidt fez que sim com a cabeça. Tinha se servido de mais um pouco da salada de lagosta e, mais uma vez, estava com a boca cheia.

E ela resolveu se gosta mesmo de você?

Eis a questão.

O sr. Mansour riu e disse: Sim, como disse o bardo, eis a questão!

Pois é.

Quando vai vê-la de novo?

Em junho, espero, meados de junho. Ah, e não pretendo que seja uma viagem da fundação. Vou apenas passar uns dias lá por minha conta.

O sr. Mansour pediu ao Manuel que trouxesse seu PalmPilot e, depois de consultá-lo, falou: Vou a Paris no dia 8 de junho. Pode ir comigo no meu avião. Se ficar até o dia 13 de junho, pode voltar comigo.

Seria perfeito.

Ótimo. Vamos estar em boa forma. Eu gostaria de conhecer essa dama. Talvez possamos trazê-la para Nova York conosco. Hahaha! Tem alguma fotografia dela?

Não, respondeu Schmidt, embaraçado.

Na verdade, por que não tinha? Não para mostrar para o Mike, mas para colocar na escrivaninha ou em seu gaveteiro.

Vamos cuidar disso no mês que vem. A menos que você possa pedir que ela mande uma foto, nesse meio-tempo. Vamos mudar de assunto, prosseguiu o sr. Mansour. Jason e Carrie: ela vai ter o parto induzido no dia 15 de junho. Suponho que esse seja o motivo para você querer voltar para casa no dia 13, certo? Tenho razão? Ou não?

Tem razão, sim. E sem dúvida você se mantém bem informado.

É o pessoal da segurança. Eles conversam com o Jason. Não esqueça que Jason já foi o chefe deles. Foram eles que me contaram. A questão é: quem é o pai? Qual a sua opinião?

Os olhos do sr. Mansour eram pequeninas frestas. Ele sorria de modo beatífico.

Ora, Jason, é claro, respondeu Schmidt. Ele acha que não?

Hahaha! Ele não está dizendo que não é o pai, é claro que não. Está se comportando muito bem.

É um sujeito excelente. Mas você sabia mesmo que eles se casaram?

Sim, sim, eu até lhes dei um bonito presente. Nesse ponto, o sr. Mansour fez um pequeno gesto com o polegar e o dedo indicador da mão direita, que em vastas regiões do planeta denota contar dinheiro depressa, um maço de cédulas.

Está vendo, respondeu Schmidt, mentes poderosas pensam da mesma forma — ou, se prefere, estou aprendendo com você. É o tipo de presente que eu também lhes dei.

Você ficou muito mais esperto. E se você for mesmo esperto de verdade que trate de insistir na história de que o bebê é filho de Jason, não importa com quem se pareça. Suponho que vá se chamar Jason Júnior.

Na verdade, vão lhe dar o nome Albert. Acho que querem que eu seja o padrinho.

Muito interessante, muito interessante, disse o sr. Mansour, enquanto começava a mexer nas contas de marfim de um kombolói que havia deixado de lado, enquanto se ocupava da salada de lagosta.

Está interessado em ouvir as notícias que chegaram da minha família?

Mais alguma coisa além de você querer casar com a bela dama de Paris?

Sim! Vou ser avô. Minha filha diz que a criança deve nascer em setembro.

Mazel tov!, gritou o sr. Mansour e apertou um botão invisível que chamava Manuel. Nosso amigo o sr. Schmidt vai ser avô. Por favor, traga um dos meus champanhes para ocasiões muito especiais.

Era inevitável admirar e invejar a prontidão de tudo na casa de Mansour. O champanhe chegou instantaneamente, delicioso e refrigerado numa temperatura perfeita. Os dois brindaram. Deve ser assim, pensou Schmidt, que funciona o Comando Aéreo Estratégico. Uma luzinha pisca — talvez uma vez, talvez duas —, sirenes começam a tocar, cinquenta vultos em traje de voo, capacete e óculos protetores deslizam por um tubo e correm para os bombardeiros que outros vultos ocultos por sombras rebocaram para a pista, os vultos em traje de voo sobem, as capotas das cabines se abrem e se fecham, *vruuum vruuum*, e os bombardeiros nucleares estão a caminho. *Vamos chegar, vamos acabar e não vamos voltar antes que tudo lá esteja acabado!*

Mike, disse ele para o sr. Mansour, se todo mundo fosse tão organizado como você para todas as ocasiões, imagine só: jamais haveria um Anschluss ou um Pearl Harbor!

Pas de problème. E tampouco uma guerra do Yom Kippur.

Deviam pôr você no comando do Estado-Maior Conjunto do país!

Podiam fazer algo muito pior.

Seguiu-se um momento de silêncio e em seguida Mike voltou a falar. Sua filha, Charlotte *n'est-ce pas*, ainda está casada com aquele rapaz judeu, Jon Riker?

Sim.

E ele continua na Grausam?

Até onde sei, sim.

Ando de olho nele. Não o tempo todo. Essa firma não é ruim, mas o fato é que não decolou como era de esperar. São advogados de grosso calibre, mas não pegaram a onda certa. Ainda não. Veja a falência: é a principal especialidade deles, só que não pegaram nenhuma das causas grandes. Só estou lhe dizendo isso para que você saiba que a renda do seu genro não é aquilo que se espera de um parceiro da idade dele numa firma como era a sua antiga firma. É uma coisa que você deve ter em mente.

O crepitar das contas de marfim se acelerou.

Schmidt tentou telefonar para Alice assim que chegou em casa, um pouco depois das nove da noite, no horário dela. Para sua surpresa, madame Laure atendeu. *Madame est sortie dîner*, ela havia saído para jantar. Queria deixar recado? A pergunta deixou Schmidt encalacrado. Não queria pedir para Alice telefonar para ele, em Bridgehampton, pois, na hora em que ela telefonasse, Schmidt deveria estar a caminho de Nova York e sem saber quando se encontraria acessível lá, e não queria também deixar seu número de telefone em Nova York. Deixou a mensagem mais cretina do mundo: ia telefonar de novo. Como se ela pudesse ter a menor dúvida sobre aquilo!

Conseguiu falar com Alice no dia seguinte, que era terça-feira, ligando de Nova York. Alice tinha acabado de chegar do trabalho, explicou ela. E não planejava sair de casa. Madame Laure havia preparado um jantar simples e depois ela iria para a cama. Antibes tinha sido muito cansativo, o pai sentia-se ansioso e Janine não estava de fato nada bem. Algum tipo de *saleté* — infecção — pulmonar, não uma pneumonia, antes uma espécie grave de bronquite. A tosse a deixava tremendamente cansada e, é claro, deixava o pai de Alice acordado.

Mas chamaram uma enfermeira?

Não, só depois que eu cheguei. Encontrei duas, uma para o dia e outra para a noite. Isso ainda deixou algumas horas em aberto, mas meu pai recusou-se a fazer mais do que isso. Está preocupado com dinheiro — é o jeito dele —, muito embora a maior parte dos custos seja coberta pelo seguro de saúde e, de todo modo, dinheiro não é um problema para ele nem para ela. Schmidtie, foi tão triste. Estar junto ao leito de um enfermo é tão cansativo, e tão deprimente.

Ele disse que havia telefonado do aeroporto na sexta-feira à tarde, quando ela ia partir para Antibes e ele estava a caminho de Nova York, para deixar um monte de beijos na sua secretária eletrônica, só que na verdade ela mesma atendeu o telefone, o que o deixou tão espantado que o fez desligar. Tentou ligar para ela de novo, quase logo em seguida, para se desculpar, mas o telefone deu sinal de ocupado e assim permaneceu durante mais de uma hora. Ah, sim, disse ela, fiquei no telefone falando com a Air France durante mais de uma hora, pareceu uma eternidade, tentando conseguir um lugar num voo no sábado de manhã. Provavelmente todo mundo que estava com reservas no voo que cancelaram estava fazendo a mesma coisa na mesma hora. Depois fui jantar com o Serge e um de seus autores britânicos. Ele tinha tentado falar comigo a tarde inteira para ir ao jantar. De certo modo, fiquei até contente com o cancelamento do voo em que tinha um lugar reservado. O jantar foi mesmo muito divertido e tive uma noite a menos na função de chefe de enfermagem.

Maldito Popov, pensou Schmidt.

Tenho datas para propor para o nosso encontro de junho, querida, disse para Alice. Que tal se eu chegasse na quinta-feira, 8 de junho, e partisse na terça-feira, dia 13?

Estarei à sua espera, sussurrou Alice. Posso até comprar um vestido novo.

Ele mal havia desligado, depois de se despedir de Alice, quando o telefone tocou: um acontecimento incomum em seu *pied-à-terre*. Afinal, muito pouca gente telefonava para ele e quase ninguém sabia o número do seu telefone na cidade de Nova York. Pegou o fone e escutou com cautela. Era uma voz que reconheceu e, exceto a de Popov, a voz que menos queria ouvir no mundo. Renata Riker, a enxerida, gananciosa e malévola sogra de Charlotte. A ideia de que a pobre garota iludida achava que tinha encontrado em Renata a mãe que perdera quando Mary morreu era intolerável.

Schmidtie, disse a voz, aqui é Renata. Espero que esteja bem. Você e eu precisamos ter uma conversa sobre nossos filhos e nosso neto.

Schmidt não falou nada.

Schmidtie, está ouvindo ou a ligação caiu? Por favor, diga alguma coisa.

Obviamente ela queria evitar a hipótese menos honrosa, a de que ele tinha desligado o telefone.

Estou ouvindo, disse ele.

Schmidtie, você está se deixando levar pelo seu ressentimento em relação a Jon. Ficou magoado quando descobriu que ele estava morando com Charlotte e quando os dois se casaram, ambos sabemos disso muito bem. Agora ele cometeu o maior crime de todos. Ele a engravidou; ela concebeu uma criança e dará à luz o filho dele! Não o seu. Dele! Ele usurpou o papel que você e tantos outros pais inconscientemente reservam para si. Esses são sentimentos que deviam ser examinados e trabalhados, antes que causem mais mal.

Que picaretagem, disse Schmidt. As pessoas pagam mesmo para ouvir você dizer essas coisas? Não admira que você diga que haja cada vez menos clientes.

Não vai poder se livrar de mim com insultos, retrucou Renata. Sei que está em Nova York e quero falar com você esta tarde ou esta noite, ou então a qualquer hora amanhã.

Você tem mesmo muito tempo livre, não é?

Ele sabia que era crueldade rir, mas não conseguiu se controlar. O efeito foi imediato. Renata começou a chorar. Por um momento, achou que era um golpe, mas não, aqueles soluços eram reais e convulsivos. Era culpa dele e agora tinha de acalmá-la. Mas não ia aceitar a ideia de almoçar com ela no clube ou num restaurante. Já havia tentado aquilo antes.

Tenho de sair do meu apartamento às sete horas. Se quiser, venha tomar um drinque aqui às seis horas. Por favor, traga o Myron se ele estiver livre.

Vou encontrar você às seis horas, respondeu Renata. Charlotte me deu o endereço.

Era uma bonita noite de maio e Schmidt ficou admirado ao ver que a coleção de conjuntinhos Chanel de Renata, ou a imitação barata de conjuntinhos Chanel, se adequava a cada situação. Daquela vez, era um branco. Mesmo que fosse verdade que ela e Myron estavam passando por apertos financeiros, Renata não baixara os padrões também em outros aspectos de seu guarda-roupa. Usava sandálias bege Chanel autênticas, com ponta de couro preto envernizado, e meias bege. Sua carteira combinava com a roupa. Mas nada daquilo era novo, fato que autorizava Schmidt a calcular o custo de todo o aparato: anos antes de Mary adoecer com a enfermidade que viria a matá-la, de vez em quando ele comprava para ela uma roupa daquelas ou alguns acessórios, e assim sabia quanto custavam aquelas coisas. Se a pessoa continuasse comprando aquilo, em pouco tempo teria de encarar uma conta muito alta. Devia haver também outras extravagâncias. Não admira que as economias dos Riker estivessem sendo dilapidadas. Em outros aspectos, ela havia mudado. Da última vez que Schmidt a vira, no outono anterior, em seu restaurante italiano do norte predileto, no almoço para o qual ela mesma se havia convidado, Schmidt notara que Renata havia envelhecido mais depressa do que era de esperar, seu cabelo antes negro azeviche, preso num coque apertado na parte posterior da cabeça, tinha se tornado completamente grisalho. De lá para cá, ela cortara o cabelo no estilo pajem e não se dera ao trabalho de tingir. Seus olhos pareciam ainda mais cansados; as bolsas amarelas tinham se tornado mais escuras e talvez maiores. Schmidt achou difícil acreditar que, na primeira vez em que se encontraram, ele havia tentado dar uma cantada em Renata e que, quando ele estava doente, com uma gripe violenta, ela havia correspondido com um inesperado e profundo beijo. Menos de três anos haviam passado desde então, mas agora os gestos dele e dela pareciam igualmente ridículos, na verdade, grotescos.

Renata olhou à sua volta, espiou o quarto e a cozinha e, ao voltar de sua ronda, fez que sim com a cabeça. É um apartamento muito pequeno mesmo, disse ela, e num dos melhores edifícios da Park Avenue. Você é um sujeito de sorte, Schmidtie!

É um apartamento empresarial, escolhido e decorado pela empresa. Eu o uso quando estou em Nova York, a trabalho.

A empresa, no caso, é a fundação do seu amigo bilionário, a menos que eu esteja enganada. Foi o que Jon me contou.

Schmidt respondeu que o filho dela estava bem informado e lhe ofereceu um drinque.

Nada de alcoólico, disse ela. Um suco ou uma água.

Serviu-lhe V8, que ele tinha sempre na geladeira, hesitou entre um bourbon e um martíni e acabou optando pelo martíni, porque, enquanto preparava a bebida, o relógio andava mais um pouco. Assim poderia suprimir três ou quatro minutos da conversa.

Renata sacou qual era a jogada dele e o acompanhou até a cozinha. Vim aqui para conversar com você, Schmidtie. Quando telefonou para Jon, por que foi que primeiro acabou com o meu filho e depois desligou o telefone na cara dele? Qual foi o crime capital? Pedir ao seu sogro muito rico para fazer um seguro financeiro em favor de seu primeiro neto?

Schmidt tinha acabado de medir a dose de gim, acrescentou uma gota de vermute e alguns cubos de gelo, e mexeu vigorosamente. Havia um vidro de azeitonas aberto. Pegou uma azeitona, lavou-a na torneira da cozinha, enxugou-a com toalha de papel, colocou-a cuidadosamente no copo e verteu ali dentro o conteúdo da coqueteleira. Depois de tomar um gole, virou-se para Renata.

Sabe, disse ele, quando ouço você falar, começo a desejar que eu fosse judeu. Deve ser bom ter uma mãe judia enxugando o nosso nariz e limpando a nossa bunda, mesmo quando o filho já virou um homem adulto, e interferindo por ele o tempo todo. Já falei para seu filho adulto, já tive a minha dose completa de vocês, Riker, *mère, père et fils*, e de suas tentativas de arrancar dinheiro da gente.

Arrancar dinheiro!, exclamou Renata.

Sim, dei para Charlotte uma montanha de dinheiro. Primeiro, quando ela decidiu que não queria a casa onde eu morava, que era da tia e da mãe dela, a casa onde ela foi criada. Aquele dinheiro, supostamente, era para pagar a propriedade que ela queria comprar perto da casa de vocês em Claverack, ou o apartamento em Nova York, ou ambos. Francamente, eu me perdi no emaranhado das finanças dos Riker. Tudo o que sei é a consequência: a propriedade foi comprada no nome dos dois. Em seguida Jon fez uma hipoteca do apartamento ou da casa ou de ambos, muito embora com o dinheiro que dei não devesse haver nenhum dívida a ser saldada. E então, quando eles se separaram por causa do caso revoltante que Jon estava tendo com uma assistente de advocacia da firma onde ele trabalha, ele se recusou a devolver para Charlotte a parte que era dela! Como vocês podem ser tão nojentos?

Como se atreve a falar essas coisas?

É fácil; não há nenhum problema. Nunca regulei dinheiro para Charlotte, ainda que ela jamais conseguisse me pedir de forma gentil ou me agradecer de forma gentil. O que ela e seu filho fizeram com o dinheiro eu honestamente não sei. E depois seu filho tem a cara de pau de me pedir que forneça recursos para Myron, que nem nasceu ainda!

Bem, Schmidtie, disse Renata lentamente, você está sem dúvida menos inibido do que quando eu o conheci. Era o típico WASP educado que dificilmente se sentia à vontade para falar. E agora olhe só como fala! Foi a sua garçonete porto-riquenha que relaxou sua língua desse jeito? Aquela garota devia ser terapeuta.

Ela bebeu seu V8. Depois de dar uma olhada rápida no relógio de pulso, Renata disse: Vejo que ainda tenho trinta e cinco minutos. Podia tomar um copo disso que você está bebendo? Um martíni, eu acho. O pobre Myron teve de renunciar a essas bebidas.

Schmidt lembrava-se dos excelentes martínis de Myron e de ter se deixado embriagar estupidamente com eles, mas não estava interessado em reminiscências agridoces. Serviu um drinque para Renata, encheu seu copo outra vez e sentou-se. Se ela queria falar, ele ia escutar. Durante mais trinta e dois minutos.

Você está zangado porque vão dar o nome de Myron para o bebê, em vez de, por exemplo, Albert?

Ele respondeu com sinceridade que não estava zangado com aquilo. Não era um nome de que ele gostasse. Não mencionou a coincidência de que outro bebê que devia nascer antes do pequeno Myron de fato ia se chamar Albert. Talvez um Albert de cada vez já fosse o suficiente.

Você diz isso, mas uma hostilidade residual talvez continue a existir. Era bom você saber que Myron não anda bem de saúde, está com problemas cardíacos, que se agravaram devido às preocupações com o trabalho. Continua fazendo terapia de grupo na cidade, mas existe a possibilidade de um emprego num hospital no condado de Columbia, perto de Claverack. Se isso acontecer, ele pode ir todo dia da cidade para esse trabalho, ou talvez eu faça o caminho inverso. O resumo dessa história toda é que eles estão procurando um jeito de levantar o moral do Myron.

Schmidt fez que sim com a cabeça.

Você também deve ter em mente que Jon não está ganhando tanto quanto esperava ou merece. Sua firma não é tão lucrativa quanto devia ser. Isso é uma fonte de preocupação. Você já sabe que ele está nos ajudando. Não sinto orgulho disso, mas também não tenho vergonha. Myron e eu, e Jon também, acima de tudo, todos nós sofremos prejuízos consideráveis em nossos investimentos. Você tem ciência disso?

Você se refere aos prejuízos? É a primeira vez que ouço falar do assunto. Charlotte não mencionou nada e, sem dúvida, também não me pediu nenhum conselho.

Isso é porque você os intimida.

Conversa fiada!

Os efeitos benéficos do segundo grande martíni estavam se espalhando agradavelmente pelo corpo de Schmidt. Conversa fiada, repetiu. Era uma expressão tão boa, preferível a "lorota" ou "papo furado".

Esse seu linguajar de treinamento militar de aspirantes não me assusta, retrucou Renata. Vou lhe dizer algo mais que talvez você ignore. Charlotte e Jon estão muito aflitos com as implicações financeiras — talvez eu deva dizer consequências financeiras — de sua relação com a garçonete. Em vista dessas preocupações, eles consideram que seja algo simplesmente natural pedir que você faça o que é justo a fim de proteger o futuro de sua filha e de seu neto.

Tenho novidades para você, Renata, disse Schmidt. Segundo as leis deste grande estado de Nova York, minha filha e meus netos, nascidos e não nascidos, não têm nenhum direito à minha propriedade, exceto se eu decidir que tenham. Não tenho a menor intenção de deserdar minha filha, mas se você e os outros Riker insistirem em me insultar, posso mudar de ideia. Ou deixar para minha filha algo que ela e Jon seguramente vão achar que é uma esmola. Portanto tome cuidado e diga a eles que tomem cuidado. E agora seu tempo acabou.

Aquilo não era estritamente verdadeiro, e Renata sabia. Schmidtie, disse ela, você não quer nem mesmo ver sua filha grávida?

Schmidt deu de ombros. Isso é muito engraçado, disse ele. Pedi a ela que viesse me visitar no campo e me ofereci para vê-la em Nova York. Ela não quis.

Schmidt sentiu-se momentaneamente orgulhoso demais para mencionar que ela não o convidara para ir a Claverack.

Você não acha que podia pegar seu carro e ir à casa deles? Claverack não fica tão distante assim de Bridgehampton. Ou você pode pegar o trem da cidade para Hudson. Eles vão pegá-lo lá.

Há um pequeno detalhe, respondeu Schmidt. Eles não me deram nenhum motivo para achar que me queriam lá. E agora você deveria mesmo ir embora.

12.

Os longos anos que Renata passara escutando com seu terceiro ouvido os pacientes deitados de barriga para cima não tinham sido desperdiçados. Ela enxergava Schmidt por dentro: ele queria muito ver Charlotte, mas não iria a Claverack a menos que fosse convidado, e não ia ficar pedindo para receber um convite. Aquele era um problema que ela podia resolver. Como que por acaso, Charlotte telefonou para Schmidt logo no dia seguinte.

Pai, declarou ela, você devia vir nos visitar no campo antes de o bebê nascer. Assim você também pode conhecer a casa. Quero dizer, a nossa casa, e também a casa dos Riker, se quiser. As duas são excelentes. Renata acha uma ótima ideia. Você vai compreender por que Jon e eu gostamos de Claverack e detestamos os Hamptons. Só tem uma coisa: no próximo fim de semana é o feriado do Memorial Day e algumas pessoas que trabalham com Jon vão ficar aqui em casa, portanto não podemos receber você. Que outro fim de semana seria bom para você?

Puxa, quanta gentileza da parte de Renata, respondeu Schmidt, se perguntando o que teria acontecido com a inteligência de Charlotte, da qual antigamente ele tanto se orgulhava. Eu adoraria ver você, mas prefiro visitá-los num dia de semana. Posso chegar de manhã, a gente almoça e, depois, vou embora. Uma visita tranquila e ligeira!

Talvez seja melhor mesmo, respondeu ela. Nos fins de semana, Jon precisa relaxar, de tão ocupado que anda. Quer ver os amigos e sua família. Absolutamente mais ninguém.

Schmidt não disse nada.

Bem, pode me dizer quando devo esperar sua visita? Ela não fez o menor esforço para esconder sua irritação.

Que tal daqui a uma semana, a contar de amanhã?, perguntou Schmidt. Posso chegar aí ao meio-dia.

Está bem, respondeu ela. Sabe como chegar a Claverack, não sabe? Vou lhe dar as orientações para que você encontre a casa.

Clique. Ela desligou.

Dali a pouco, o telefone tocou novamente. Era Renata.

Você agiu bem ao dizer que não ia passar a noite, disse ela. Vinte e quatro horas de exposição à sua hostilidade de bicho encurralado poderia ser demais para Charlotte. Do jeito que está, ela já terá de fazer um grande esforço para conseguir suportar. Ela merece um prêmio!

Obrigado, Renata, respondeu Schmidt. Tenho certeza de que você vai encontrar um modo adequado de fazer isso.

Como aquilo obviamente era apenas o início de sua tentativa de terapia familiar, Schmidt lhe disse: Na verdade, não estou podendo falar agora. Você telefonou quando eu já estava na porta para sair.

Vamos voltar a conversar em breve, retrucou Renata, depois de sua visita.

Ele resolveu passar a noite na cidade antes de viajar de carro até Claverack. Lew Brenner estava livre. Combinou de jantar com ele no clube. Quando se encontraram, Lew pediu desculpas pela esposa. Tina teria adorado rever Schmidt, mas estava passando a semana no campo.

Tomaram seus martínis no bar e depois subiram ao primeiro andar, para a sala de jantar. Depois que resolveram o que iam comer e o que iam beber, Lew disse para Schmidt que desejava colocá-lo a par de uma novidade. Depois da eleição de novos associados da firma em junho, Jack DeForrest vai se ver sob forte pressão. Os jovens turcos estão em pé de guerra contra ele.

Imagino como você se sente a respeito disso, Schmidtie, prosseguiu Lew. Você e ele foram tão ligados quando todos éramos adjuntos da firma, mas fiquei com a impressão de que, depois que ele se tornou diretor, houve certa tensão entre vocês dois, mais do que se espera que haja normalmente no trato com *el supremo*.

Esse é um assunto complicado, disse Schmidt, mas você captou muito bem. Diga-me quais os pecados de que Jack é acusado e quem deverá sucedê-lo.

Quem dera fosse tão simples assim! Mas esse também é um assunto complicado. Não existe nenhuma acusação específica. Você conhece a situação em termos gerais tão bem quanto eu: o Dow está mudando na direção correta, os índices de desemprego também, só que não existem grandes negócios em número suficiente. Isso deixa a garotada nervosa. Eles saem por aí dizendo coisas como: Sou capaz de matar alguém para pegar um grande caso. Graças a Deus não é esse o cenário no meu pedacinho de chão. Tenho grandes transações em andamento e todo mundo que trabalha comigo anda muito, muito ocupado mesmo. Mas o cenário no restante da firma não é tão positivo assim, e Jack, em vez de ser um animador de torcida da firma, se comporta mais como o sr. Baixo Astral. Ele se prende a números: o ganho por horas trabalhadas aumentou ou diminuiu e qual a percentagem? A mesma coisa com os recebíveis e todas aquelas estatísticas por advogado e por associado. Ele devia estar falando sobre nossas tradições de servir bem aos clientes, sobre a diversão de trabalhar em equipe e assim por diante. Todo aquele papo para levantar o moral da gente que o velho Dexter Wood punha em ação com tanta competência. Portanto, ainda que Jack tenha mais dois anos de mandato como diretor, existe a possibilidade de que ele seja pressionado a jogar a toalha antes disso.

Bem, Lew, você sempre teve trabalhos interessantes, e em grande quantidade.

Ao dizer isso, Schmidt se deu conta de que a política e as personalidades do escritório W & K haviam se encolhido em seu pensamento a tal ponto que só conseguia sentir um vestígio da antiga inveja de Lew e das façanhas e dos sucessos que ele alcançava com um braço nas costas.

Tenho sorte, disse Lew, mais nada. E tenho gente que me ajuda. Como você. Pense em alguém como Tim Verplanck! Eles vão querer pinçar alguém lá de baixo mesmo, lá do fundo das fileiras dos mais jovens. Se tiver alguma sugestão, não deixe de me dizer.

Ruminando, os dois beberam um gole do vinho.

A respeito de Tim Verplanck, disse Schmidt, voltei a Paris e almocei com Hugh Macomber e o resto da turma.

Bom sujeito, o jovem Macomber!

Ele me contou que não tem muita certeza de que vá conseguir manter os clientes captados por Tim — os que ainda estão com a firma. Como você sabe, houve deserções. Ele mencionou alguns problemas com aquele amigo de Tim, Bruno.

Sim, existe um problema. Um problema sério. Os Macomber — a esposa mais ainda do que ele — são pessoas maravilhosas, mas em essência são americanos provincianos. Não existe outra palavra. Se você diz "banqueiro de investimentos", a imagem que surge diante dos olhos deles é a de algum dos colegas de turma de Hugh em Princeton, que agora é sócio da Morgan Stanley ou alguma firma equivalente, casado com uma esposa igual a Molly, com dois filhos, um em Chapin e outro em Buckley. Assim, quando se veem cara a cara com Bruno, veem a imagem errada, e a única coisa que enxergam é que ele é veado. Não existe esposa, não existem filhos, então que tipo de banqueiro de investimentos é ele? Uma aberração. Ele os deixa incomodados. Bruno se encaixaria na imagem que os dois têm da vida se fosse um pintor. Ou um cabelereiro da alta sociedade! O que esquecem ou não veem é que existem muitos formados em Princeton que eram membros do mesmo clube de Hugh e que agora são banqueiros na Morgan Stanley e em firmas semelhantes e são tão gays quanto Bruno. Ou judeus como eu!

Fez uma pausa, aparentemente esperando que Schmidt dissesse alguma coisa. Vendo que ia permanecer em silêncio, Lew prosseguiu. A questão é que aquilo que a gente faz na cama não nos torna melhores ou piores para lidar com fusões ou aquisições.

Sim, disse Schmidt, só que isso é uma pena para o escritório de Paris.

Estou tentando dar uma força, disse Lew. Bruno é muito sofisticado. Ele percebe muito bem o que Hugh está pensando e não guarda rancor contra ele pela maneira como reagiu. Sabe que é algo cultural, involuntário. O problema é o trato com os clientes e como incentivar os clientes a ficarem, muito embora Tim não esteja mais presente. Tudo isso seria mais fácil e viria de modo mais natural, e Bruno ficaria muito contente, se ele e Hugh tivessem um relacionamento mais caloroso.

É claro, disse Schmidt. Por falar nisso, quando estive em Paris, encontrei Alice de novo.

Ele contou! O único propósito de Schmidt ao falar sobre o jovem Macomber era preparar o terreno para aquilo. Não queria que o nome de Alice aparecesse assim de repente, do nada.

Você poderia usar seu tempo de maneira muito pior, disse Lew, e levantou o copo num brinde para Schmidt. É uma mulher encantadora.

Sim.

Se ela estiver livre, será perfeita para você, Schmidtie. Ela compreende você, se encaixa bem. É uma pessoa de quem você poderia se orgulhar.

Sou quinze anos mais velho!

Se você diz. Não fiz as contas, mas não acho que isso tenha importância. Você tem boa saúde, não parece ter a idade que tem, e leva uma vida boa — ainda mais agora que anda dirigindo a fundação de Mike Mansour. Eu pensaria a sério no assunto, contanto, como eu disse, que ela esteja livre.

Não existe nenhum sinal de que não está, mas como posso saber? No entanto espero sinceramente poder vê-la de novo, quando for a Paris no mês que vem.

Grande ideia, exclamou Lew. Tina e eu vamos passar uma semana lá nessa época. Vamos nos cruzar, temos de jantar nós quatro juntos.

A estrada para Claverack era vagamente familiar. Antes de Charlotte nascer, ele e Mary iam a concertos em Tanglewood em alguns fins de semana e ficavam na casa de uma amiga de Mary de Radcliffe, casada com um arquiteto, que tinha uma casa em Hillsdale, no lado oeste da estrada de ferro para Massachussets e a cerca de trinta quilômetros de Lenox, ou na de um associado da firma W & K, um advogado para quem Schmidt havia redigido uma série de memorandos e cuja casa ficava em

Great Barrington. Divertiam-se menos quando ficavam na casa do advogado, mas a viagem de carro de lá até Tanglewood demorava apenas meia hora, em vez da hora inteira que demorava para chegar, saindo de Hillsdale, e além do mais, ficar na casa do advogado era provavelmente algo bom para a carreira de Schmidt. Como trabalhara de emissário de Franklin Delano Roosevelt nas negociações coletivas de empréstimo e arrendamento, o advogado estava convencido do valor indispensável do trabalho no governo para os advogados jovens e brilhantes. Obviamente ele achava que Schmidt era um desses advogados e explanava para ele e para Mary a necessidade de Schmidt desvencilhar-se dos grilhões da firma W & K por alguns anos, talvez quatro, e trabalhar para o bem do país. Ele devia fazer aquilo, dizia o advogado, ainda que fosse apenas para constar em seu obituário no *New York Times*! Para o advogado, era fácil falar; tinha uma esposa rica. Schmidt não tinha; na verdade, Mary havia acabado de conseguir um emprego como assistente editorial, cuja remuneração era quase nada. Em Hillsdale, ninguém fazia pregação com eles: a amiga de Mary era uma ótima cozinheira; os outros convidados, a exemplo dos anfitriões, eram todos mais ou menos contemporâneos de Schmidt; e no sábado, como não havia nenhum concerto à tarde, todos iam soltar pipas sofisticadas, fornecidas pelo arquiteto, no lindo campo atrás da casa, que, erguendo-se na testa de um monte, era favorecida por uma brisa, mesmo nos dias abafados de verão. O advogado morreu dois anos depois de Schmidt tornar-se sócio da firma e recebeu da imprensa um tratamento de celebridade; a cozinheira de mão cheia e o arquiteto se divorciaram. A casa em Hillsdale foi vendida e Schmidt e Mary nunca mais voltaram a ver o arquiteto. Continuaram a ver a cozinheira de mão cheia, até que ela casou novamente, mudou-se para o Oregon, onde abriu um restaurante e morreu de câncer, como Mary, poucos anos depois.

Atormentado por recordações de antigas amizades e de morte, intoleravelmente agitado com a ideia de que dali a duas horas veria sua filha, tão amada e tão distante dele, Schmidt abria caminho por estradas novas e antigas com novos nomes, que por fim o levaram a Taconic, e pisou no acelerador. O Volvo era incomparavelmente mais possante do que seu antigo Beetle. Disparava para a frente como se tivesse sido insultado. De forma consciente, Schmidt reduziu a velocidade para cento e cinco quilômetros por hora, que julgava o suficiente para não aborrecer nenhum dos guardas que espiavam sorrateiros nos canteiros viçosos do centro da estrada ou junto ao acostamento, ligou o rádio e, para sua surpresa, descobriu que ainda estava no raio de alcance do sinal da WQXR. Aquilo, além do Volvo, era um aprimoramento considerável em relação aos velhos tempos.

A casa, uma construção de dois andares, com paredes adornadas por frisos de madeira e com venezianas pretas, se erguia num campo, em cuja parte cercada pastavam cabeças de gado Aberdeen que pertenciam, como ele veio a saber mais tarde, a um fazendeiro da vizinhança, que vendera a propriedade para Charlotte e Jon. Charlotte recebeu Schmidt na porta da frente. Menos de dois meses haviam passado desde o último encontro dos dois, nas Tuileries. Aquela jovem chique e esbelta passara por uma transformação. Ali estava ela, num vestido de listras azuis e brancas que não pretendia esconder a barriga enorme. Seria o bebê enorme também? Na verdade, ela estava sorrindo. Schmidt beijou-a nas duas bochechas e depois deu mais um beijo, para não haver dúvida.

Estou tão feliz, disse ele.

Quando sentaram na cozinha depois de darem uma volta para conhecer a casa, ela perguntou o que ele achava.

É encantadora, respondeu Schmidt, muito bem reformada, com extremo bom gosto, exatamente o que esperaria de você. E acho que o quarto do bebê está perfeito. Ele vai adorar.

Na verdade, Renata merece noventa por cento do crédito. Ela tem um bom olho e sabe como lidar com os operários.

Não estou surpreso, respondeu Schmidt. Lembro que o apartamento deles na rua 55 é muito bonito, muito bem-feito.

Você só esteve lá uma vez!

Schmidt não tinha certeza se aquilo devia ser entendido como uma zombaria ou uma expressão de pesar. Era melhor não perguntar. Em vez disso, perguntou se podia tomar uma bebida; um bourbon ou um gim-tônica. Não tinha bourbon, mas ela serviu gim com tônica Schweppes. Como ela lhe disse para se servir à vontade, ele fez uma bebida bem forte. Quando voltasse para a estrada, aquilo e tudo o mais que ela lhe dera para beber no almoço já teria sido metabolizado e, se não fosse assim, ele pararia o carro na beira do Taconic e tiraria um cochilo breve.

Tem uma coisa que eu gostaria de lhe perguntar, disse Charlotte, e espero que não faça você perder a cabeça.

Vá em frente. Vou tentar me controlar.

Eu gostaria de contratar uma combinação de babá e empregada que dormisse em casa. Uma pessoa flexível e experiente, que pudesse me ajudar agora com os preparativos e fosse boa com o bebê, quando ele chegar. Tenho uma pessoa com boas referências, que eu acho que seria ideal. Queria saber se você podia pagar o salário dela, o seguro social e o resto.

Acho que é possível dar um jeito.

E em seguida acrescentou, não pôde evitar, na verdade: Você chegou a ela por intermédio da Renata?

Se quer mesmo saber, foi, sim. Renata telefonou para a agência em Nova York que ela sempre usou. Suponho que isso anule tudo. Quer dizer, se alguma coisa tem a ver com Renata ou Jon imediatamente não presta para nada.

Não necessariamente, respondeu ele. Depende do que eles estejam planejando. E qual é o salário que a Mary Poppins está pedindo?

Dormindo em casa, aqui e também na cidade, seis mil. Ela tira um mês de férias, portanto vamos precisar de alguém para cobrir.

Acho que posso pagar isso, tanto ela quanto sua substituta. Contanto, é claro, que ela também seja escolhida por Renata. Quando a Poppins pode começar?

Na terça-feira que vem, logo depois do Memorial Day, se eu avisá-la hoje.

Pode dizer a ela que está contratada. Vou lhe dar já um cheque para o primeiro mês de salário.

Tirou a carteira do bolso. Sempre trazia ali dois cheques em branco, obviamente para aquele tipo de situação. Sentiu sua cabeça um pouco mais leve: efeito do segundo gim-tônica que estava bebendo ou do fato de preencher o cheque? Não, a causa era a clareza primorosa da situação. Primeiro, Jon dá o grande bote: Preste atenção, Albert, está na hora de criar um fundo em favor do pequeno Myron. Feito isso, a mestre da tática, Renata, decide cuidar de assuntos menores: meros seis mil dólares mensais! É só o primeiro passo. Mas Schmidt daria o dobro daquilo, e de boa vontade, se Charlotte lhe explicasse as finanças misteriosas de Renata e de Jon, se ela lhe pedisse com gentileza, se os Riker mantivessem suas mãos longe dos negócios de Schmidt com a filha. Entregou-lhe o cheque. Enquanto ela o examinava, Schmidt sentiu no bolso do paletó o presente que havia comprado para ela: um brinco francês da virada do século na forma de uma borboleta, preso por uma correntinha. Deveria entregá-lo agora? Decidiu esperar. Não havia meio de prever como a visita terminaria.

Depois do que pareceu um demorado silêncio, Charlotte disse: Obrigada! Vou dizer para Renata que telefone para essa mulher. Se importa se eu telefonar para ela agora?

Schmidt balançou a cabeça.

Devia haver um número especial que Charlotte usava para ligar direto para a sala de consultas de Renata. Ao meio-dia e meia, ela devia estar no meio da sessão de cinquenta minutos com um paciente. No entanto Renata atendeu o telefone na mesma hora. Schmidt ouviu-a falar: Alô, meu anjo! Como vão as coisas? Tudo bem, respondeu sua filha, ele me deu o cheque. Pode telefonar para Yolanda quando tiver uma oportunidade. Sim. Também te amo.

"Também te amo", ora essa, observou Schmidt em silêncio. A elevada inteligência, seu misterioso desaparecimento já tinha sido notado. E as boas maneiras, tão cuidadosamente inoculadas por Mary, por tia Martha e até mesmo, acreditem ou não, por ele próprio! Para onde tinham ido? Seria exagerado dizer que uma espécie de esperteza de rua havia tomado o lugar daquilo, porque uma verdadeira garota esperta da rua saberia jogadas melhores do que aquela jovem das classes superiores que abandonou os estudos.

Quer comer?, perguntou Charlotte.

Sim, respondeu ele, mas talvez seja mais fácil se eu levar você para comermos fora. Em algum restaurante em Claverack ou no Hudson?

Tenho comida pronta.

Ela colocou os pratos, os copos, os garfos e as facas na mesa, deixando por conta dele organizá-los, trouxe da despensa uma garrafa pela metade de um vinho tinto da Califórnia e, da geladeira, uma tigela com salada niçoise. Havia pão no aparador e ela o colocou também em cima da mesa.

Charlotte, disse Schmidt, visivelmente engasgado, esse era o prato de verão predileto da sua mãe, e você seguiu a receita dela. Obrigado!

Não tem de quê. Imagino que você tenha achado que eu ia pedir uma pizza. Claro, não sou nem de longe uma cozinheira tão boa quanto a sua namorada Carrie.

Ah, aquela refeição que Carrie havia preparado com tanta generosidade na ocasião em que elas se encontraram havia ficado atravessada na garganta de Charlotte, pensou Schmidt. Que lamentável.

Não sei, respondeu ele. Não tenho comido muitos pratos preparados por você. Mas observo, de fato, que você não está a par dos novos acontecimentos. Carrie casou com um sujeito formidável que é diretor de uma marina em East Hampton e está esperando um bebê para o mês que vem.

Você deve ter ficado arrasado!

Na verdade, não. Como eu disse, ele é um sujeito formidável, tem a idade certa para ela e acho que os dois vão ter uma vida muito boa juntos.

Isso é uma generosidade nova, pai. Puxa! Não vejo você com o espírito tão aberto e com tanta gentileza quando se trata de Jon e do meu casamento.

Meu Deus, respondeu Schmidt.

O que ele devia fazer? Falar sobre o fato de Jon ter enganado sua filha ou sobre seu comportamento antiético ou, se não antiético, então sem dúvida imprudente, que acarretou sua expulsão da firma W & K, para não falar de sua vergonhosa recusa de devolver a propriedade que era de Charlotte por direito, quando os dois se separaram? Lembrar Charlotte que Jon, que devia a Schmidt o apoio de seu ingresso na firma W & K, nunca perdia uma oportunidade para alfinetar o velho? Falar como, numa grotesca repetição da história de Ruth, ela havia lhe dado as costas, de forma ostensiva, a fim de seguir a sogra? Ou falar da deveras notável falta de gratidão de Charlotte e de Jon pelas toneladas de dinheiro que já haviam recebido dele? De que adiantaria tudo aquilo?

Meu Deus, disse ele novamente. Não devemos debater sobre isso enquanto estou comendo sua salada deliciosa. Imagino que você não beba café nessa fase da gravidez, não é?

Ela balançou a cabeça.

Se não se importa de fazer um pouco para mim, eu gostaria de tomar café. Bem forte, e pelo menos uma xícara grande.

Pouco depois, Schmidt foi embora, com a borboleta dourada de lápis-lazúli ainda dentro do bolso. Havia tomado uma decisão: entregaria a ela o presente, mas só quando visse seu neto pela primeira vez.

Já passava das seis horas quando ele chegou a Bridgehampton. Sy estava em casa, o que era correto e esperado; Schmidt havia recomendado a Bryan que fechasse a porta de modo que o gato não pudesse sair quando Bryan não estivesse presente para atender a seus gritos de aflição. O entusiasmo das boas-vindas de Sy se manifestou, porém, num nível tão elevado que Schmidt percebeu que alguma coisa estava errada. De fato, o forro da caminha do gato, de cuja limpeza Bryan se orgulhava tanto, não fora trocado e, sem dúvida nenhuma, Sy estava esfomeado. Primeiro as coisas mais importantes: pegou o gato e assegurou a ele sua dedicação, lhe deu comida e cuidou de sua caminha. Recompensado por um ronronar agradecido, Schmidt abriu a porta e observou a infinitamente cautelosa saída de Sy para o jardim.

Só então verificou os recados no telefone. A luz vermelha estava piscando. Apertou o botão. A voz de líder de escoteiros de Jason, imediatamente identificável, disse que a bolsa de Carrie havia estourado de manhã cedo quando ela ainda estava na cama; as contrações tiveram início poucas horas depois; ele a levara para o hospital de Southamptom. O recado fora deixado ao meio-dia e meia, quando Schmidt estava na cozinha da casa de Charlotte, tomando seu gim-tônica. Na certa, ele ainda estava no hospital, pensou Schmidt. O número do telefone celular de

Jason estava no quadro de avisos da cozinha. Ninguém atendeu. Schmidt tentou ligar para Bryan. Carrie está na sala onde os médicos deixam as grávidas em trabalho de parto, disse Bryan. Ela está lá desde o meio-dia. Está passando muito bem. Bryan teve de voltar para a marina a fim de ajudar os outros dois caras, mas agora ia fazer companhia a Jason.

Schmidt refletiu. Você e Jason já comeram?

A resposta foi sim; ele tinha comprado uma pizza e algumas cervejas, e os dois comeram na traseira do caminhão.

Não sei se devo ir para lá, disse ele. Jason vai querer ficar até o bebê nascer, mas você deve me ligar a qualquer hora, se houver alguma novidade, ou se tiver de voltar para a marina. A criança pode demorar muito a nascer quando é o primeiro filho. Portanto não deixe de me telefonar. Não vou para nenhum lugar e não me importo — e não me importo mesmo — se você me acordar. Portanto, qualquer novidade, ou se você ou o Jason precisarem ser rendidos, ligue para mim. Está combinado?

Aos poucos tinha ficado claro para Schmidt que ele não devia se afastar de seu papel atual. E qual era o papel? Ex-amante de Carrie — mas o papel de Bryan também era esse — e amigo e benfeitor dela e de Jason. E mais nada. O fato de ter dado para Carrie um belo dote não modificava nada. Não, com absoluta certeza, ele não era o pai dela. O paradoxo era que, agora, sentia por ela um amor paternal. A memória do sexo entre os dois — o êxtase que o elevara a tamanha altitude que chegara a sentir ter sido transformado por aquilo — continuava tão viva como antes, e ele achava que nunca ia se apagar. Ao mesmo tempo, estava convencido, sabia, de que se ficasse sozinho com ela, e se ela fizesse algum sinal, de uma das inúmeras maneiras que eram o toque secreto dela, de que ela o queria, Schmidt recuaria em face do tabu do incesto. A questão se resumia a isto: agora ele se sentia tão incapaz de ir para a cama com ela quanto com Charlotte.

Seu amor pela sua Hécate se tornara paternal. O outro lado do paradoxo, um ponto dilacerante: previa que aquela feiticeira de pele cor de oliva, cujo corpo ele havia explorado com tamanha paixão e com tanto amor, seria uma filha melhor para ele do que Charlotte, assim como ele seria um pai melhor para ela. Sim, havia um lugar para Bryan no hospital, na condição de melhor amigo de Jason e sócio em seus negócios, e absolutamente nenhum lugar para Schmidt. Estava na hora de ele recuar. A menos que algo terrível ocorresse, alguma mudança no estado de saúde de Carrie ou um problema com o bebê. Mais tarde, quando telefonou de novo para Bryan, não havia nenhuma novidade; Jason continuava com Carrie. Talvez eu saia de casa, disse Schmidt. Se eu não atender o telefone aqui em casa, por favor, ligue para o meu celular.

Preparou um martíni para si e bebeu devagar. O *New York Times* jazia sobre a mesa da cozinha. Não lhe interessava. Talvez houvesse e talvez não houvesse comida suficiente na geladeira para seu jantar. Ele não olhou e não se importava. As ondas de emoção que o varriam eram fortes demais para a solidão da cozinha. Quis a companhia de Sy. O gato, digno e sem pressa, entrou através da porta de tela que Schmidt abriu, e recebeu sua recompensa. Meio pedaço de presunto Oscar Mayer, cortado em pedacinhos miúdos. Concluída aquela transação, Schmidt fechou a porta para a noite, fez a barba, tomou banho, vestiu roupas limpas e foi de carro para o O'Henry's. Passara pela sua cabeça a ideia de que podia ligar para Gil Blackman, ver se ele estava em Wainscott e se por acaso não tinha nenhum compromisso. Se Elaine tivesse cumprido sua ameaça de instalar a mãezinha na casa, provavelmente não haveria no mundo algo que ele mais desejasse do que sair. Também era possível que Elaine ou Gil tivessem a ideia de convidá-lo para jantar com eles. Não, telefonar para Gil não era uma boa ideia. Ele não queria contar sua visita a Claverack; ainda não, pelo menos. E não via como poderia dividir com Gil seus sentimentos em relação a Carrie. Eram afetuosos demais, importantes demais. E como impedir que se confundissem com o *Sturm und Drang* de Gil em relação a Dite?

Hesitou em pedir um martíni — e se tivesse de ir às pressas para o hospital? —, mas apesar disso, com um encolher de ombros, pediu um martíni e bebeu depressa demais, à espera de seu bife. Era preciso uma solução de meio-termo. Uma taça de vinho com sua refeição daria conta do recado.

Mary ficara quase trinta horas em trabalho de parto, com Charlotte. Ele não conseguia entender como ela foi capaz de suportar e tinha implorado ao obstetra que fizesse uma cesariana. O bandido — Schmidt ainda recordava seu nome, dr. Bubis — recusou. Por fim, Bubis retirou o bebê com a ajuda de um fórceps. Nenhum ferimento no bebê nem em Mary, graças a Deus. Foi pura sorte. Schmidt não conseguia acreditar que qualquer dose de perícia havia influenciado o resultado. Havia muitas explicações para o fato de Mary não querer ter outro filho, mas aquela longa agonia deve ter sido a principal. Quem poderia criticá-la, sobretudo quando Bubis lhe falou a respeito da técnica de Lamaze e lhe deu uma anestesia peridural apenas poucas horas antes de usar o fórceps? Schmidt não perguntou quem ia fazer o parto do pequeno Albert. Agora, gostaria de ter perguntado. Poderia verificar o currículo do médico ou da médica. Tarde demais para aquilo. Mas provavelmente o melhor era não meter a colher para não entornar o caldo. Ela era jovem e gozava de um excelente estado de saúde.

A ligação veio pouco depois das três da manhã. Era Jason. Quer falar com a Carrie?, perguntou. Ela está aqui.

Schmidtie, sussurrou ela, ele é um brutamontes feio, grande, de cabelo vermelho. Acho que vai gostar dele. Eu já o amo.

13.

Dies irae.

O avião de Mike Mansour aterrissou no Le Bourget, o aeroporto ao norte de Paris onde pousam quase todas as aeronaves privadas com destino a Paris, na noite de quarta-feira, pouco depois das sete horas. Alice estava esperando Schmidt em seu apartamento às nove e meia. O controle dos passaportes e da alfândega em Le Bourget era quase inexistente, e o Rolls-Royce de Paris do sr. Mansour estava à sua espera na pista de pouso. Mesmo que enfrentasse um tráfego pesado no trajeto para Paris, ainda haveria tempo de sobra para tomar banho e trocar de roupa antes de ir ao apartamento de Alice; ele podia até ligar para saber se podia chegar mais cedo. Como havia dormido durante a maior parte da viagem de oito horas, sentia-se descansado. Ia vê-la dali a duas horas! Seu corpo formigava de excitação.

A questão é, você está me convidando para jantar esta noite com sua bela dama ou terei de jantar sozinho?, perguntou Mike Mansour.

Ah, Mike, respondeu Schmidt, eu gostaria de poder convidá-lo, mas vou jantar na casa dela. Na próxima vez, vamos fazer isso na próxima vez.

Pas de problème, foi a resposta do grande homem de negócios e, a benevolência personificada, anunciou que ia levar Schmidt e Alice para sair no sábado à noite. Era o trato que ele fazia. Talvez tivesse até um convidado surpresa.

A equipe de solo já havia colocado as malas deles no bagageiro do carro; o sr. Mansour e Schmidt tinham terminado de cumprimentar o capitão, o copiloto e os comissários de bordo com um aperto de mão; o motorista, com o quepe na mão, estava postado junto à porta aberta do Rolls-Royce no lado do carona, quando um carro pequeno e branco se aproximou em alta velocidade. Um homem com uma espécie de uniforme saiu, cumprimentou o sr. Mansour e pediu para falar com o sr. Albert Schmidt. É este cavalheiro aqui, disse Mike e apontou, com o que o funcionário do aeroporto entregou um envelope para Schmidt.

Vá em frente, abra, disse Mike.

Schmidt fez que sim com a cabeça. Era um fax de Myron Riker. Leu em voz alta, os joelhos à beira de dobrar: *Charlotte se feriu num acidente. Está no hospital em Hudson. Por favor, me telefone e venha nos ver aqui.*

O número do telefone celular aparecia no pé da página.

Tenho de telefonar para ele, disse Schmidt sem se dirigir a ninguém em particular. E tenho de ir para lá. Ficou surpreso ao ver que ainda era capaz de falar.

Espere um pouco, disse Mike. A questão é como você pode chegar lá e, se telefonar antes de saber disso, não adianta nada. *Pas question!*

Archie, prosseguiu ele, se dirigindo ao capitão. Por favor, pegue o telefone — entregou-lhe o celular — e descubra em quanto tempo você consegue formar uma tripulação aqui capaz de levar o avião de volta para Nova York — não, Nova York, não, para Albany.

Não precisa, disse Schmidt.

Deixe-me pôr a questão nestes termos, retrucou o sr. Mansour, o último voo comercial de Paris para os Estados Unidos — olhou para o relógio de pulso — vai partir dentro de poucos minutos. Você não pode pegar esse voo. Eu quero levá-lo aonde você precisa ir e o avião precisa mesmo voltar, de um jeito ou de outro. Não quero que ele fique aqui parado enquanto aqueles caras — brandiu o dedo indicador apontando para a tripulação — fazem farra no Lido! *Pas question!*

Sr. Mansour, disse Archie, o senhor está com sorte. Há uma tripulação no Sofitel em Roissy à espera de um voo comercial e eles podem chegar aqui em menos de uma hora. Devo dizer que venham para cá?

Sim. *Prestissimo!* E diga ao seu pessoal para conseguir um *slot* de aterrissagem em Albany, não importa o que for preciso. Schmidtie, agora você pode dar seu telefonema. O que esse Riker pai está escrevendo para você? Você pode lhe dizer que consegue chegar em Albany por volta das onze horas desta noite, no horário dele, e que de lá irá para o hospital. Ele não precisa se preocupar com você. Um dos rapazes da segurança vai receber o avião e levar você de carro até lá.

Nem sei como agradecer. Percebeu que tinha lágrimas nos olhos.

Você é mesmo um tremendo idiota. Escute bem o que vou lhe dizer: se você fosse como eu e tivesse muito dinheiro, mas muito dinheiro mesmo, teria o direito de gastar um pouco dele com seus amigos. E talvez você não saiba, mas você é meu melhor amigo. *Pas de problème.* Mesmo que seu melhor amigo seja Gil Blackman! Hahaha!

Schmidt apertou a mão estendida para ele e desvencilhou-se

do abraço do sr. Mansour a fim de dar o telefonema que tanto temia.

Schmidtie, atendeu Myron logo ao primeiro toque, ela levou um tombo; subiu no parapeito da janela para consertar uma persiana que tinha ficado agarrada. Estava se segurando nela para se firmar, a persiana se soltou e ela caiu de costas. Provavelmente perdeu os sentidos. Yolanda — é a babá que ela contratou — foi quem a encontrou. Estava sangrando muito, por isso Yolanda chamou a ambulância. Ainda estão com ela na sala de cirurgia. Também há o problema da concussão, mas não parece grave. É bom que você venha para cá.

Ela vai ficar boa?

Tenho certeza que sim. Ela perdeu a criança, é claro.

Ah, contanto que ela fique boa, eles podem ter outro filho depois, retrucou Schmidt, na mesma hora se dando conta de que, por algum motivo, seu comentário era uma estupidez crassa.

Myron não deu nenhuma resposta direta. Em vez disso falou que provavelmente Schmidt não chegaria a Hudson antes da meia-noite e que, nessa altura, era provável que eles — Renata, Jon e ele mesmo — tivessem sido obrigados a deixar o hospital e Schmidt seguramente não teria permissão para ver Charlotte. A melhor coisa para Schmidt seria ligar para Myron depois da aterrissagem em Albany. Ele lhe daria as notícias.

Encerrada aquela conversa, Schmidt ligou para Alice. A voz dela: ao ouvi-la, ele começou a desejar ardentemente que Mike Mansour não tivesse tomado as rédeas da situação. Sem seu avião, Schmidt teria sido obrigado a passar a noite em Paris, e teria passado a noite com Alice. Abortos acidentais acontecem toda hora, pensou ele, os Riker estavam tendo uma reação exagerada. Assim que me arrastarem para lá, aquele trio sinistro fará todo o possível para me manter afastado de Charlotte. Esses pensamentos ele guardou consigo mesmo. Para Alice, falou que poderia voltar a Paris dali a dez dias ou duas semanas. Ela gostaria?

Pare, Schmidtie, disse ela. Não faça planos para me visitar agora. Primeiro vá encontrar Charlotte e veja se ela está bem. Fique ao lado dela. Ajude-a. E me avise como ela está.

O avião voou mais depressa do que o capitão esperava, a princípio, e aterrissou em Albany pouco depois das dez horas. Mais uma vez, Myron atendeu ao primeiro toque.

Foi uma enorme hemorragia, disse ele, e durou muito tempo. O tempo que passou antes de Yolanda encontrar Charlotte, a espera pela ambulância, a viagem até Hudson. Fizeram uma transfusão imediatamente e tentaram o procedimento da dilatação e curetagem. Não funcionou, Schmidtie, não funcionou! Então fizeram uma histerectomia para salvar a vida dela. Agora está tudo bem. Ela vai ficar na sala de recuperação até amanhã de manhã. Schmidtie, escute o que vou dizer. Ela está fora de perigo. Vamos nos encontrar no hospital às dez horas. Não permitem nenhuma visita antes disso.

Rostos pétreos da mãe e do filho Riker. Só Myron estendeu a mão para Schmidt cumprimentar. Vamos poder vê-la daqui a mais ou menos meia hora. Mas só dois de cada vez. Por que não deixamos Jon e Renata irem na frente? Eu e você iremos no segundo turno.

Naquele meio-tempo, Schmidt havia falado com sua nova médica, a dra. Tang. Histerectomia depois de um aborto?, perguntou ela, parecendo desconcertada. Bem, isso é um aborto no final da gravidez. Cada caso é um caso, mas em geral a hemorragia pode ser detida com dilatação e curetagem. Você diz que tentaram? Talvez o útero tenha rompido. Eu lamento muito por você e por sua filha e por toda a sua família.

Enquanto estavam sentados na sala de espera, ele repetiu a conversa para Myron. Sim, disse Myron, foi o que eu também pensei. Pedi para falar com o obstetra de Charlotte, mas ele está num congresso médico em New Orleans. O outro obstetra também está viajando; e não me disseram para onde foi. O médico da emergência, um homem calmo e razoável, de fato tentou a dilatação e curetagem, mas não estava adiantando nada, então chamaram o cirurgião geral que estava de plantão. Nessas situações, não se pode prever o que vai acontecer. Mesmo com as transfusões, ficaram com medo de perder Charlotte.

Depois do que pareceu um tempo muito demorado, mãe e filho Riker voltaram.

Charlotte quer ver Myron primeiro e depois o pai, disse Renata. Está exausta. As visitas têm de ser curtas.

Séculos atrás, quando Charlotte ainda estava na escola, ele havia esperado na calçada, com outros pais, pelo ônibus que trazia as meninas de Brearley de volta de uma excursão. De repente, quando elas estavam desembarcando, Schmidt teve um momento de pânico. Não tinha certeza de que conseguiria identificar a própria filha. Aquele pânico voltou, deturpado numa forma nova, quando ele aguardava de pé junto à porta do quarto do hospital, olhando para a mulher estendida sobre a cama. Sim, aquela era sua pobre filha, não podia haver dúvida; a enfermeira tinha aberto a porta para ele entrar e indicou que aquele era o quarto. Rosto sem vida e branco, olhos fechados, talvez estivesse adormecida. Ele entrou na ponta dos pés. Ela abriu os olhos e sua expressão mudou. Charlotte estava tentando sorrir.

Minha querida, disse ele, você está bem. Você vai ficar boa.

Ele pegou a mão dela e beijou-a.

Oi, pai, disse ela. Estou feliz que esteja aqui. Achei que estava em Paris.

Alguém muito inteligente — até então ele não havia perguntado quem tinha sido — telefonou para a casa ou para a fundação, imaginou que um fax poderia ser entregue a mim e então voltei correndo. Eu tinha acabado de aterrissar em Paris e consegui voltar na mesma hora.

Myron mandou o fax para você. Ele me disse, antes da operação.

Sei. Ele é muito inteligente.

Havia uma cadeira junto à cama. Schmidt sentou-se e beijou de novo a mão de Charlotte.

Não quero que fique cansada, disse ele. É uma grande felicidade rever você. Fiquei tão assustado no avião. Parecia que nunca íamos atravessar o oceano Atlântico e, quando atravessamos o Canal St. Lawrence, parecia que eu nunca ia chegar a Albany.

Pai, não vou mais poder ter filhos. Retiraram meu útero. Eu queria tanto ter aquele menino! Agora o Jon vai me deixar. De que serve uma esposa que não pode ter filhos? Para que serve um casamento?

Não, ele não vai fazer isso, meu bem, existem muitos casamentos felizes sem filhos. Você vai ver.

Claro. Podemos ter um cachorro. Ou dois cachorros. Ou um cachorro e um gato. Podemos adotar!

Muitas pessoas de fato adotam crianças e amam tanto seus filhos adotivos que nem existe diferença. Este não é o momento de começar a pensar nisso. É hora de restabelecer a saúde e sair do hospital, e recuperar toda a sua força.

Claro, pai.

Ela começou a chorar. Ele a tranquilizou da melhor maneira que pôde, chamando-a de todos os nomes carinhosos da infância.

Pai, disse ela depois de um tempo, você acha que pode ficar

até sexta-feira à tarde? Jon tem de voltar para a cidade — ele está no meio de um julgamento e é um caso importante — e Renata e Myron precisam voltar para seus pacientes.

Nada me deixaria mais feliz. Vou voltar à tarde. Trate de descansar bastante. A enfermeira está fazendo um monte de gestos para eu sair.

Aquele dia, e a manhã do dia seguinte, que era sexta-feira, foram os momentos mais felizes que ele teve com Charlotte desde a morte de Mary. Leu as notícias do *Times* em voz alta para ela. Começaram a ler *The Warden*, de Anthony Trollope, que ele havia colocado em sua maleta. Conversaram sobre incidentes dos velhos tempos, que ela recordava com mais precisão do que ele, todos envolvendo Mary, que davam testemunho da harmonia do seu lar; Charlotte contou fofocas que circulavam no dormitório de Radcliffe e que fizeram Schmidt dar risadas, embora ela tivesse esquecido os nomes das garotas que figuravam com mais destaque naquelas histórias. Nesse estado de ânimo de espontânea intimidade, os dois concordaram que ele ia voltar para Bridgehampton para passar o fim de semana, indo embora antes que os Riker chegassem, para escapar do pior momento do terrível trânsito do final de tarde de sexta-feira, e depois voltaria na segunda-feira e ficaria até ela ter alta. O cirurgião achava que, se ela continuasse melhorando naquele mesmo ritmo, era provável que tivesse alta na quarta-feira. Nesse ponto, ele e Yolanda ou mais um dos Riker levariam Charlotte para casa.

Estavam quase terminando uma partida de palavras cruzadas por volta de meio-dia na sexta-feira quando Renata telefonou. Embora Charlotte não tivesse falado nada nem tivesse qualquer gesto para sugerir aquilo, Schmidt saiu para o corredor a fim de que a filha pudesse falar mais livremente. Foi uma conversa longa. Por fim, Schmidt ouviu a filha desligar o telefone e voltou para o quarto para perguntar o que ela gostaria de comer no almoço de despedida dos dois. Charlotte tinha permissão de tomar sopas trazidas da rua e carnes leves, como frango assado. Havia uma delicatéssen e lanchonete ali perto que Schmidt havia descoberto e que vendia exatamente aquele tipo de comida.

Charlote fitou-o com ar inexpressivo e declarou: Eles vão chegar às três horas, ou seja, Renata e Myron, pois Jon só vai poder sair do trabalho mais tarde. Talvez nem possa vir aqui esta noite.

É uma pena, respondeu Schmidt. Já pensou no que gostaria de comer no almoço? Sopa de galinha e salada de frango? São duas vezes a mesma coisa, mas são boas opções. E sorvete de baunilha para sobremesa!

Não faz nenhuma diferença. O que você quiser.

Ela estava com uma expressão sombria, por isso ele perguntou: Querida, qual é o problema?

Ah, nada demais. Estou só encarando aquilo em que eu me transformei.

Ele fez as compras depressa, parou no florista para comprar peônias brancas e cor-de-rosa arrumadas num vaso, e assim estorvado chegou ao quarto de Charlotte. Deu para ver que ela havia chorado.

Almoçaram num silêncio quase completo. Charlotte olhou para as flores, mas não falou nada a respeito. Depois de limpar os pratos e jogar fora os guardanapos de papel e o resto do lixo que necessariamente acompanha um pedido de comida para viagem, Schmidt perguntou outra vez o que a havia deixado tão triste.

Nada, disse ela. Renata me disse que os avós estão de fato muito frustrados. Quando Leah — é a mãe de Renata — soube que eu nunca mais teria filhos, chorou tanto que Ron teve de afastá-la à força do telefone.

Ron, lembrou-se Schmidt, era o avô de Jon Riker.

Lamento muito, disse ele. É uma coisa nova para eles. Vão se adaptar. Todos vamos nos adaptar. Não leve esse tipo de coisa tão a sério.

Você sabe que Seth — era o irmão caçula de Renata — é gay.

Não sabia.

Bem, é um fato. Ele não vai ter filhos. Eu não tenho útero. Renata e Myron não vão ter netos de mim, Jon não vai ter filhos, e eu posso ter um cachorro. Um poodle comum e bonito. Você recomenda preto ou mel?

Querida, eu lamento muito.

Não, você não lamenta. Ou talvez lamente sim. Não importa. Mas sem dúvida você tinha razão. Você sabia como escolher o nome dele. Você sabia que não devia criar uma poupança para o pequeno Myron. Sabia que ele não ia precisar! Você rogou uma praga na gente!

Querida, isso é loucura. Pare de pensar e de falar essas coisas. Como pode dizer isso?

Estou lhe dizendo a verdade, é o que posso fazer! Você odeia Jon, você odiou a ideia de ter um neto judeu e mostrou suas armas! Nunca vou perdoar você!

Querida Charlotte, suplico que pare!

Não me chame de querida. Sei do que estou falando. E não sou a única a pensar assim. Renata pensa a mesma coisa! De todo modo, tudo se encaixa. Aquela vagabundazinha porto-riquenha acabou de ter o seu filho. Não é? Jon foi lá e conferiu. Um menino chamado Albert. Não é um encanto?

Em vez de responder, ele murmurou até logo e curvou-se para beijá-la. Charlotte o empurrou para trás com tamanha violência que o tubo intravenoso de soro foi arrancado de seu antebraço. Schmidt chamou a enfermeira e, enquanto ela cuidava de consertar o estrago e repreender a paciente, ele foi embora sorrateiramente.

14.

Passou pela sua cabeça a ideia de que deveria, mais uma vez, assegurar a Charlotte que ele ia voltar depois do fim de semana e ficar com ela até que tivesse alta, mas, na hora em que estava saindo do quarto, decidiu instantaneamente não falar nada. Qualquer coisa que dissesse provocaria, com quase toda certeza, mais uma saraivada de insultos, algo que poderia dificultar e até impossibilitar todas as combinações futuras, bem como, a mais iminente delas, sua volta para o quarto do hospital na segunda-feira. De fato, enquanto estava voltando para Bridgehampton num carro dirigido por um membro da equipe de segurança de Mike Mansour, Schmidt se perguntou muitas vezes: O estrago provocado já teria sido tão grande que ele não poderia mais fazer aquilo, não poderia mais voltar? A resposta que lhe veio, invariavelmente, todas as vezes, era que ele não tinha escolha. O golpe que Charlotte havia sofrido era tão cruel que ele devia fazer tudo ao seu alcance para ajudá-la. Não devia fazer nada que pudesse magoá-la ainda mais. A exemplo de todos os incontáveis ataques de raiva que haviam marcado suas revoltas na adolescência, aquele acesso odioso tinha de ser desdenhado. Perdoado. Sem dúvida, porém a grande diferença era que, na época, eram dois, Mary e Schmidt, para avançar se esgueirando no meio do bombardeio cerrado de acusações e cobranças, eram dois para rir e compadecer-se um do outro. Eles eram uma família. Agora Schmidt estava completamente sozinho. Charlotte escolhera outra família, uma que, com a possível exceção de Myron, era hostil a Schmidt. Não havia ninguém a quem ele pudesse repetir as palavras agressivas de Charlotte, ninguém cujo conselho pudesse pedir, ninguém a quem pudesse procurar para obter consolo e tranquilidade. Sobre o aborto e a histerectomia, ele já havia falado com Alice, e contaria para Gil Blackman assim que pudesse encontrá-lo, e para Mike Mansour, quando voltasse de Paris. Mas o ataque de raiva de Charlotte, a horrível acusação, nunca poderiam ser mencionados. Faziam Schmidt sentir vergonha; não queria que os pensamentos de nenhuma pessoa a respeito de Charlotte fossem manchados por aquilo.

Mas era essencial que, de um jeito ou de outro, Charlotte e os Riker soubessem que, apesar do comportamento dela, Schmidt voltaria na segunda-feira. Descartou telefonar para ela ou para Jon ou para Renata, mas felizmente ainda tinha o número do celular de Myron. Ligou para ele do carro, achando que ia deixar um recado detalhado o suficiente para que não houvesse nenhuma dúvida e dispensasse uma conversa posterior. Mas não, Myron atendeu no primeiro toque, seguramente o único membro do Instituto de Psicanálise de Nova York que atendia o telefone com tamanha presteza.

Escute, Myron, disse ele, eu ia almoçar com Charlotte quando Renata telefonou. Saí do quarto para lhes dar privacidade. Antes dessa conversa, eu e Charlotte estávamos muito bem, nos entendemos às mil maravilhas. Do momento em que desligou o telefone, ela se tornou outra mulher. Só posso supor que o motivo foi aquela conversa. Então Charlotte me disse coisas realmente desagradáveis. Estou lhe dizendo isso para que você tenha uma ideia geral da situação, não é para me queixar de Renata. O motivo de meu telefonema é o seguinte: antes desse ataque de raiva, eu e Charlotte combinamos que eu ia voltar para Hudson na segunda-feira e ficar com ela até que recebesse alta. Eu disse que ia levá-la para casa e ajudar Yolanda a instalar Charlotte em casa. É claro, se algum de vocês estiver lá, isso não será necessário. Estou pensando em contratar também uma enfermeira noturna para que fique com ela nas primeiras noites. O que estou pedindo a você é que, se encontrar um meio, garanta a Charlotte que, da minha parte, a combinação continua de pé e que tenho a intenção de voltar para lá na segunda-feira. E fazer exatamente o que eu disse que ia fazer.

Os anos de prática não foram desperdiçados também no caso de Myron. Ele pensou antes de falar. Por fim, após um silêncio pesado, falou: Hummmm, entendo. Na situação de Charlotte esses sentimentos e expressões de hostilidade são mesmo de esperar. Vou mandar seu recado. Pessoalmente, fico grato por isso.

Estava feito. A menos que Myron ou outro Riker fizesse algum gesto para impedi-lo, Schmidt voltaria a Hudson na segunda-feira. Tinha estabelecido a rotina de ficar no escritório da fundação de Nova York entre terça-feira e quinta-feira. Não havia de fato outro meio eficiente de executar o trabalho e esse sistema trazia consigo um enorme benefício que ele não havia desfrutado desde sua aposentadoria da firma W & K: a atenção exclusiva de uma secretária de primeira. Como tinha planejado estar em Paris, ninguém o esperava no escritório de Nova York. Mesmo assim, devido ao enraizado costume característico de um advogado de manter sua secretária a par de seus movimentos, telefonou para Shirley, explicou para ela o estado de saúde de Charlotte e disse que, durante o dia, ele ficaria no hospital, onde não havia sinal de celular, mas ia verificar sua caixa de mensagens e, se houvesse algo urgente, telefonaria de volta. A secretária disse que lamentava muito, e com tamanha sinceridade aparente que o estado de ânimo de Schmidt melhorou um pouco.

Quando Mary e ele construíram a casa do lago, sua intenção era garantir que não seriam incomodados pelos jovens e barulhentos amigos de Charlotte que se hospedavam lá, nem por suas festas mais barulhentas ainda. Verificou-se que haviam calculado bem, no entanto nem as paredes com isolamento acústico nem a forração das paredes instalada como uma proteção adicional foram capazes de fazer frente à força dos jovens pulmões do pequeno Albert. Com o coração batendo forte, Schmidt acariciava Sy, que esperava por ele na escadinha da porta e, na companhia do gato, atravessou o gramado. Estava prestes a ver o bebê de novo, mas dessa vez, infelizmente, pelo prisma da catástrofe de Charlotte. A porta que dava para o interior da casa do lago estava aberta. Schmidt bateu no portal e entrou. Carrie estava na cozinha amamentando a criança e pediu a Schmidt que sentasse. Ele não é uma fofura?, perguntou. Ele adora tomar seu leitinho e também adora o lugar de onde vem o leite! Não precisa virar a cabeça, Schmidtie, não seja bobo, você já viu meus peitos muitas vezes! De fato, ele tinha visto. Carrie tinha tirado a blusa e o sutiã, de modo que os peitos estavam completamente à mostra. Um desejo desceu sobre Schmidt, não pelo corpo dela, do tipo que o deixava com tesão, e sim um desejo mais doce de voltar ao tempo em que tinham vivido juntos, um tempo feliz que agora, irracionalmente, parecia tão simples e inocente.

Que bom menino, disse ele, e que boa mamãe! Acho que ele já cresceu desde a vez em que o vi no hospital.

É claro que cresceu, seu bobo! Está comendo feito um louco. Já olhou bem para ele?

Passando a criança de um peito para o outro, ela o ergueu e deixou seu rosto perto do de Schmidt.

Com quem você acha que parece?

Winston Churchill.

Tente de novo!

George Washington.

Errado! Pense num célebre jurista de Nova York!

Carrie, o que você está dizendo?

Exatamente o que você está pensando!

Acho que não estou pensando nada. Às vezes pensar muito acaba causando estragos.

Schmidtie, só estamos aqui eu, você e Albert Júnior. A gente pode falar.

Acho que vou me sentar, disse ele. Acabei de chegar de uma longa viagem de carro, do norte do estado. Você tem gim ou uísque aqui?

Ela apontou para o armário de bebidas. Desconfiado de um bourbon que ele não conhecia, preparou um gim-tônica e olhou ao redor até localizar algumas bolachas.

Você ama Jason?, perguntou Schmidt.

Ela sorriu para ele sussurrou: Ele é tudo pra mim.

Era o que eu esperava ouvir. E, Carrie, lembra o almoço no clube quando você me disse que estava grávida?

Como poderia esquecer? Foi logo depois que fomos ao seu escritório e você me deu um milhão de dólares americanos porque eu não fui para a cama com Mike Mansour.

Exatamente. E lembra como você me disse que uma criança é uma criança e que Jason não ligava para esse tipo de coisa. Você falou algo como: "Jason sabe sobre mim e você e não tem importância. Se a criança não for dele, ainda assim é meu filho, eu sou a mãe e ele é o padrasto".

Puxa, você tem uma memória ótima!

Tenho mesmo! Agradeço a Deus por isso todos os dias! A última coisa que quero é começar a perder os neurônios. Vamos voltar a falar sério. Como o Jason tem se comportado com o jovem Albert até agora?

Ele é louco pelo menino.

Espero que isso não mude nunca. Você sabe, é claro, que existem maneiras de descobrir com certeza quem é filho de quem.

Carrie fez que sim com a cabeça.

Diga-me se acha que estou errado. Creio que não devemos tentar descobrir. Se você ama Jason, a melhor coisa para você, Albert e Jason é que Albert seja filho de Jason. Você não deve permitir nenhuma sugestão que ponha isso em dúvida. O que pensa a respeito disso?

Acho que você tem razão e acho que eu tenho razão de amar você.

Psiu, disse Schmidt. Eu também amo você, mas amo como um pai.

Então segure aqui o bebê, papai, e deixa eu me vestir.

Fazia tanto tempo que ele não segurava um bebê que tinha certeza de que havia esquecido como se fazia, e então lembrou de como se punha uma fralda no ombro e se fazia a criança arrotar. Passou muito tempo até que Carrie voltasse do banheiro, mas Albert pareceu não se importar com a demora.

Está na hora do cochilo dele, disse Carrie.

O berço estava dentro do quarto. Ela balançou o berço e, muito rapidamente, Albert adormeceu.

É um bebê bonzinho, disse ela.

Dá para ver. Agora, escute aqui. Uma criança é uma criança, também no que me diz respeito. Assim como o Jason, eu vou amar o menino porque ele é seu filho e vou agir de acordo com isso. Estou pensando em coisas como jardim de infância, escolas, colônias de férias, faculdade e tudo isso. Mas quero ser discreto, pelo bem dele e pelo seu também. Compreende?

Ela fez que sim com a cabeça.

Quando Jason virá para casa?

É sexta-feira, portanto a marina está movimentada. Não vai chegar antes das oito horas. O Bryan vem com ele para jantar. Não quer jantar com a gente?

Estou ocupado, respondeu Schmidt, portanto, por favor, me chame pra comer numa próxima vez. Mas, se puder, virei para tomar uma bebida. Me ligue ou mande o Bryan avisar qual é uma hora boa.

A borboleta de lápis-lazúli estava guardada no cofre do seu quarto. Ele sabia que jamais seria capaz de dar aquilo para Charlotte. O comerciante de quem havia comprado o objeto provavelmente deixaria que ele trocasse por outra coisa ou devolveria o dinheiro. Que razão ele daria? A verdade? Achava que não podia fazer aquilo. Dizer que a senhora para quem ele havia comprado não tinha gostado? O comerciante saberia logo que estava mentindo. Alice. Podia dar para Alice. Aquilo também parecia errado. Uma simetria louca exigia que a borboleta fosse para Carrie. Schmidt pegou-a no cofre para que estivesse à mão quando fosse à casa do lago, mais tarde.

Calculou que levaria umas três horas para chegar a Hudson no trânsito da manhã de segunda-feira. Cheio de pressentimentos, saiu de casa antes das nove horas. Tinha dito que chegaria ao hospital por volta do meio-dia; poderia tranquilamente chegar na hora. A temida ligação de Renata veio, como ele supunha, no domingo à noite. Schmidt resistiu ao impulso de atender.

Schmidtie, disse ela, é muito positivo de sua parte se oferecer para ir a Hudson.

Ela fez uma pausa e Schmidt se perguntou se ia lhe dizer que não se desse ao trabalho de ir, que ela, Myron ou Jon estariam lá ou — por que não? — os avós ou o irmão gay. Schmidt lembrou-se vagamente de que ele era fotógrafo. Se era isso mesmo, seu horário de trabalho era flexível; ele poderia cuidar da esposa de seu sobrinho. Mas não, não era essa a intenção da dra. Riker. Ela estava apenas à espera de que ele dissesse alguma coisa.

Espero que você tome cuidado de não contestar as opiniões de Charlotte sobre suas ações e suas intenções. Talvez você tenha achado doloroso ouvir a análise que ela faz disso, e é possível que Charlotte, em seu frágil estado de saúde, não articule seus pontos de vista tão precisamente quando teria feito em outras circunstâncias, mas você deve encarar a verdade. As opiniões são válidas. O seu próprio equilíbrio emocional vai se beneficiar desse tipo de introspecção — um autoexame de fato levado a sério.

Por que ela estava falando pelo telefone? Por que não estava presente diante de Schmidt? Seu equilíbrio emocional? Nada poderia ser mais benéfico para seu equilíbrio emocional do que meter um murro no meio da cara de Renata, com toda a força, o bastante para quebrar seu nariz e partir alguns daqueles dentes da frente, grandes e brancos. Schmidt ia se valer do equivalente mais próximo que as circunstâncias lhe ofereciam.

Muito lentamente, com muita clareza, articulando perfeitamente, ele falou: Vá se foder, Renata! Vá se foder!

Em seguida, desligou o telefone, não bateu o fone com força, mas colocou-o no gancho com a máxima delicadeza.

Não havia em sua mente a menor dúvida de que aquela conversa tinha sido transmitida para Charlotte. Ela olhou para ele com uma expressão muito fria quando ele chegou, deu uma resposta monossilábica à sua pergunta sobre o que ela gostaria de almoçar e voltou a ler um livro. Schmidt deu uma espiada na capa. Stephen King: *Insônia*. Deu de ombros, almoçou na companhia silenciosa da filha, recolheu o lixo e perguntou à enfermeira-chefe sobre a melhora de Charlotte. Está correndo tudo às mil maravilhas, lhe disseram. O médico ia decidir quando ela iria para casa durante a ronda da manhã. Poderia ser no dia seguinte, poderia ser na quarta-feira. E a que horas era a visita diária do médico? Oito horas, respondeu a enfermeira. Se ele estivesse ali às oito e meia, poderia falar com o médico. Em seguida, ele foi para a secretaria e perguntou a respeito de enfermeiras noturnas. Sim, era possível contratar esse tipo de pessoal. Era só pedir uma enfermeira na manhã em que a filha recebesse alta.

Tudo aquilo era bom. Mas ainda restava a questão do que fazer consigo mesmo naquele tempo. Voltou para o quarto de Charlotte e viu que ela estava dormindo. Ele trazia consigo seu próprio livro, *A maneira como vivemos hoje*, também de Trollope. O livro com certeza iria distraí-lo.

Mais tarde naquele dia, chegou a hora de Charlotte dar um passeio a pé pelo corredor. A enfermeira perguntou se Schmidt gostaria de acompanhar a filha, mas, antes que ele pudesse responder, Charlotte disse à enfermeira: Prefiro ir com você. Quando voltaram, ele saiu do quarto enquanto a enfermeira cuidava de Charlotte, por trás da porta fechada, e entrou de novo quando a enfermeira saiu.

Não sei por que você está aqui, disse Charlotte para ele.

Você disse que gostaria que eu viesse, que não queria ficar sozinha.

Isso foi antes, interrompeu Charlotte.

Antes de quê? Antes de você me insultar?

Isso mesmo, retrucou ela, antes de eu lhe dizer a verdade que você não queria ouvir.

Entendo, disse Schmidt.

Falou aquilo não porque alguma verdade tivesse subitamente se revelado a ele, mas para dar a si mesmo o tempo necessário para respirar fundo.

Se você prefere que eu não fique aqui, posso contratar, se quiser, uma enfermeira particular que fique com você até o médico dar alta. Posso vir cuidar de sua alta e levar você para casa. Aliás, a menos que você se oponha, eu pretendia contratar uma enfermeira noturna para ficar com você, em sua casa, pelo menos até o fim de semana, quando suponho que Jon fique com você, ou até por mais um tempo, se preferir. Aliás, você não precisa se preocupar com despesas. Vou pagar tudo isso.

Você pode pagar quantas enfermeiras quiser, disse ela com um ar de sarcasmo, ainda sai mais barato do que agir direito com o pequeno Myron. Yolanda pode me levar deste lugar para casa. Talvez você possa apenas cuidar do pagamento do que não está coberto pelo seguro de saúde. Na verdade, quero que você vá embora mesmo.

Que falassem com ele daquela maneira era algo sem precedente em sua experiência; não tinha certeza de jamais ter ouvido falar de um pai que fosse tratado por um filho com tamanha raiva. Goneril? Regan? O que faltava acontecer?

Vou ver o que é possível fazer, respondeu ele.

Felizmente a secretaria não tinha fechado. Sim, a empregada de Charlotte Riker podia levá-la para casa quando tivesse alta; sim, poderiam arranjar uma enfermeira diurna e uma noturna; ele podia pagar com cartão de crédito pelo quarto particular e pelos extras do hospital; no entanto as enfermeiras tinham de ser pagas com cheques. Com certa dificuldade, foi aceito um cheque em branco pagável às enfermeiras. Schmidt subiu a passos pesados a escada até o terceiro andar.

Até logo, Charlotte, tomei todas as providências e paguei

tudo e agora estou pronto para suas despedidas e para ir embora. Houve um momento, nem faz tanto tempo assim — pouco mais de três meses —, em que você propôs uma trégua. Fico triste de ver que ela foi quebrada.

Charlotte não respondeu.

Havia mais uma coisa a fazer antes da viagem de volta para Bridgehampton. Telefonou para Myron Riker. Dessa vez, deixou só um recado gravado. O recado era frio e meticuloso. Se houvesse alguma dúvida ou complicação relativa às providências que ele havia tomado, Myron poderia falar com ele pelo celular, enquanto estava na estrada e, depois, já em Bridgehampton.

Schmidt chegou em casa tarde demais para telefonar para Alice, e talvez não tivesse ligado mesmo que chegasse muito mais cedo. Sentia-se aviltado. Bryan estava na cozinha, dando comida para Sy. Schmidt explicou que a situação tinha se modificado e que ele não iria mais para Nova York. Ele mesmo ia cuidar de Sy. Na verdade, a humilhação tinha sido radical. Sentia-se incapaz até de atravessar o gramado e fazer uma visita ao pequeno Albert e seus pais. Tomou um drinque e deixou que seu efeito calmante penetrasse no corpo, antes de telefonar para Gil Blackman. Os milagres nunca param de acontecer. O próprio Gil atendeu, não Elaine nem o cozinheiro chinês. Outro milagre: Gil ainda não tinha jantado e não tinha planos para o jantar. Nada o deixaria mais contente do que jantar com Schmidt no O'Henry's.

A que devo esta sorte?, perguntou Schmidt, depois que haviam sentado à mesa. Onde está Elaine?

Em San Francisco, com a mãezinha. A mãezinha não está passando muito bem e de repente Elaine ficou preocupada que a mãezinha jogasse seu ouro fora num hospital para cães ou gatos em vez de gastar com ela. Daí o paroxismo de solicitude filial.

Entendi. Como ela é sensata! A tentação de deserdar pode ser poderosa!

Você está ensinando a missa ao vigário, Schmidtie. O pior crime de Napoleão foi inscrever em seu código os direitos de herança dos filhos.

E por que você está aqui? A *letra escarlate* agora vai se tornar uma minissérie?

Infelizmente, sim. Agora preciso inventar um jeito de Dite mudar-se para Nova York. Estou mexendo meus pauzinhos.

Gil, disse Schmidt, trouxe você aqui sob um falso pretexto. Eu gostaria de ter um jantar alegre, e talvez isso até acabe acontecendo, mas primeiro preciso lhe contar a respeito de Charlotte. Schmidt recontou o fracasso desastroso do médico da emergência em suas tentativas para deter a hemorragia, o procedimento da dilatação e curetagem que não tinha dado certo, a histerectomia.

Gestos físicos de afeição entre o sr. Blackman e Schmidt eram raros. Dessa vez, porém, ele se levantou e deu um abraço em Schmidt.

Sentando-se de novo, disse: Sabe, hoje em dia é muito comum que os casais, por uma razão ou outra, não possam ter filhos. Eles se adaptam. Charlotte e Jon são jovens. Dinheiro não é problema. Provavelmente vão adotar um filho.

Tenho certeza de que você tem razão, respondeu Schmidt. Obrigado! Mas isso não é tudo. Sua determinação fraquejou; mais uma vez, não conseguiu se conter. Contou para Gil as cenas que Charlotte tinha feito e as saraivadas de insultos, deixando de fora apenas os detalhes relativos ao pequeno Albert. As consequências relativas ao bebê, a Carrie e ao seu casamento eram demasiado graves. Ele não podia correr o risco. Mas relatou as conversas horríveis com Jon Riker e sua mãe. São monstros, disse ele, monstros perigosos e malévolos.

O sr. Blackman permaneceu em silêncio por muito tempo. Afinal, depois de esvaziar sua taça de vinho e fazer um gesto para a garçonete trazer outra garrafa, balançou a cabeça e disse: Sim, são monstros manipuladores e Charlotte é mais fraca do que eu imaginava. Acho que esta é a melhor maneira que podemos pensar a respeito dela: é fraca e facilmente sugestionável. Se não estivesse sob o poder deles, ela entenderia que ninguém é mais generoso do que você, no que diz respeito a dinheiro. Ela também veria que o marido tem um plano de ação duplo: quer pegar seu dinheiro ou receber garantias muito fortes de que, mais cedo ou mais tarde, o dinheiro virá, porém só isso não basta. Ele também precisa forçar você a dar o dinheiro: o dinheiro sozinho não basta; ele quer humilhar você. É claro, você se tornou um joguete nas mãos deles, meu pobre e caro amigo, ao permitir que os Riker vissem que você, em segredo, é um antissemita.

Como pode dizer isso, Gil!, exclamou Schmidt.

Posso porque é a verdade.

Ouvir aquelas palavras abalaram Schmidt. Um nítido eco da réplica de Charlotte. Será que todos eles formavam uma liga?

Por acaso esqueceu, continuou o sr. Blackman, como você se sentiu péssimo por ter como genro Jon, o judeu? Se acha que isso ficou em segredo e ninguém notou, está enganado. Jon não ia deixar de perceber os sinais. Ou todo aquele alarde com o fato de você ir a um almoço de Dia de Ação de Graças na casa dos pais? Posso garantir a você que eles não esqueceram isso. E esses são só dois exemplos de que me lembro. Deve haver outros. Uma espécie de *leitmotiv*.

Eu tinha minhas razões para estar descontente com o fato de Jon primeiro morar com minha filha e só depois casar com ela, razões que nada tinham a ver com a circunstância de ele ser judeu. Entre elas, a minha esperança de que ela encontrasse simplesmente alguém melhor, mais gentil e com interesses mais amplos. Como isso parece tolo, hoje! Infelizmente, os fatos subsequentes mostraram que eu tinha razão a respeito dele. Jon se comportou de maneira deplorável. Suas tentativas mais recentes de me humilhar e de se opor a mim são o que menos importa. Você mesmo chegou a sentir essa charmosa idiossincrasia dele!

Tudo isso é verdade. Mas você lhes deu uma brecha, pela qual puderam desferir golpes seguidos contra você! Esqueça — não, não esqueça — o que eu lhe disse sobre antissemitismo. Apenas não se deixe ser apanhado de novo de calças curtas por causa disso. Sei que você é inofensivo e seu coração está no lugar certo. Mas sempre o conheci, quase minha vida inteira, e você é como um irmão para mim. No entanto, para essas pessoas, é conveniente tratar você como um fanático. Não lhes forneça mais nenhuma munição e deixe-os em paz. Todos os Riker, inclusive Charlotte. A vida tem surpresas incontáveis reservadas para todos nós, algumas ruins, ou piores do que isso, e outras boas. Uma delas pode operar uma mudança a seu favor. Charlotte ainda pode voltar e começar a agir mais ou menos como uma filha.

Tem razão, disse Schmidt. De todo modo, não vejo o que mais eu possa fazer.

Por falar em nada, disse o sr. Blackman, ou possivelmente por falar em Dite, ando pensando em fazer uma coisa — um filme longa-metragem — baseado no novo livro de Joe Canning, *A serpente*. Já leu?

Schmidt balançou a cabeça.

Achei que não tinha lido. Por isso trouxe aqui um exemplar para você. Leia, se tiver tempo.

Na manhã seguinte, Schmidt telefonou para Alice, no trabalho. A necessidade de falar com ela era quase física; impedia que Schmidt se concentrasse nas tarefas rotineiras mais simples. Ela estava em sua mesa de trabalho, disse a telefonista. Um momento depois, atendeu o telefone.

Alice, disse ele, aquela história triste no hospital se estabilizou. Charlotte vai ter alta amanhã. Ela vai para casa. Quero e preciso ver você. Posso estar em Paris depois de amanhã. Posso ficar aí o fim de semana todo, até segunda-feira de manhã. Podemos ir de carro para algum lugar bonito no campo, se você estiver com vontade de sair de Paris. Ou, se preferir, podemos nos encontrar em outro lugar — em Londres ou Madri. Tenho de ficar no trabalho a maior parte da semana que vem. Portanto, se este fim de semana não for bom para você, posso ir no fim de semana seguinte, o fim de semana do dia 23. Por favor, diga que sim a uma das duas opções ou, melhor ainda, aceite as duas!

Houve um silêncio. Schmidt supôs que ela estivesse examinando sua agenda de bolso. Quando falou, Alice disse que havia tantas complicações, numerosas demais para fazer uma lista, algumas envolviam seu pai e outras ligadas ao trabalho. Ela poderia telefonar mais tarde? À uma hora, no horário dele? Ou depois, por exemplo, às seis da tarde? Ela ia sair para jantar, mas primeiro ia passar em casa para trocar de roupa.

À uma hora, por favor, respondeu Schmidt. Estou com fome e com sede de você.

Era uma e meia quando Alice telefonou. Algo tinha acontecido. Ela lamentava, não seria possível, nem no próximo fim de semana nem no seguinte. Mais uma vez, mencionou as complicações. Toda sorte de complicações, maçantes demais para explicar. Mas dali a pouco tempo havia planos para uma viagem de trabalho aos Estados Unidos, que podia ou não acontecer.

Puxa!, exclamou Schmidt, então venha me visitar!

Schmidtie, eu adoro você, disse ela. Tente lembrar como Mary trabalhava duro no seu emprego, e ela já era uma profissional reconhecida, tinha muita bagagem. Eu ainda tenho de provar minha capacidade a cada passo. Se a viagem acontecer de fato, vai ser só de trabalho. Não consigo imaginar como eu possa dar uma escapada, mas se acontecer e eu puder, farei isso. Você vai estar por perto, de todo jeito, não vai?

Isso é terrível, pensou Schmidt. Se eu ainda estivesse na faculdade e ela fosse alguma garota de Radcliffe que eu estivesse paquerando, eu teria de dizer que ela estava me enrolando. Mas somos adultos! Fizemos amor. Ela gritou quando gozou, e com enorme entrega, o rosto transtornado e alegre. Como pode ser?

Alice, disse ele, a cada dia me convenço mais de que o que sinto por você é amor. Não um amor de menino, mas um amor de homem, amor de homem adulto: o autêntico. Ando passando maus pedaços por aqui. Preciso ficar em seus braços. Por favor, arrume alguns dias — o que estou dizendo, um dia só! — em que possa me encontrar, e irei a seu encontro, onde você quiser.

Schmidtie, eu adoro você, repetiu Alice. Não é tão simples. Vamos conversar, mas não agora. Você vai estar por perto, não vai? Agora, tudo o que posso fazer é mandar beijos para você, toneladas de beijos.

Havia um pouco de gruyère na geladeira, bem como uma baguete que sobrara do último fim de semana. Ele comeu os dois com voracidade, o pão na mão e o queijo na outra. Ainda com fome, achou um pedaço de salame húngaro e comeu também, sem se dar ao trabalho de tirar a pele. Fazer café era uma chatice. Lavou o rosto e as mãos, escovou os dentes e saiu. Tudo estava tranquilo na casa do lago, mas o pequeno conversível de Carrie estava na frente da casa. Com quase toda a certeza, ela estava em casa.

Posso entrar?, perguntou com voz mansa, para não perturbar o bebê.

Com voz também mansa, ela respondeu: Pode.

Carrie estava na cozinha, sentada à mesa, o *New York Times* aberto diante dela.

Oi, disse Schmidt. Como vai o jovem Albert?

Dormindo, murmurou ela. Já era tempo! Mamou tanto que me deixou seca.

Garoto sabido, murmurou Schmidt, em resposta. A tarde está tão linda. Não gostaria de dar um mergulho? Depois pode dar um passeio. Eu fico aqui e banco a babá para o meu xará bebê.

15.

Foi um comportamento adolescente, de fato, mas na manhã seguinte ele resolveu que não ia telefonar para Alice. Ela dissera: Vamos conversar, mas não agora; Alice tinha o número do telefone dele; sabia que Schmidt tinha uma secretária eletrônica e que ele ouvia os recados; e, de todo modo, ele ia ficar em casa a maior parte do dia. Deixe que ela telefone. Schmidt também sabia fazer jogo duro. Não se perguntou quanto tempo o jogo iria durar, mas a resposta provável, ou seja, ia durar o tempo que ele conseguisse aguentar, significava que provavelmente seria uma partida curta. De fato, pouco depois do café da manhã, ele recebeu um telefonema de Paris, mas era o sr. Mansour, num humor excelente. Vamos almoçar, disse ele. Só nós dois. Sexta-feira está bom para você? Vou chegar aí na noite anterior. E venha jantar no domingo à noite. Vou convidar a linda Caroline Canning, seu marido engraçado e os Blackman. O que acha? Eu acho que vai ser um bom programa.

O que Schmidt podia dizer? Como Alice tinha dito, ele estaria por perto. Portanto aceitou o convite.

O telefonema seguinte foi de Myron Riker.

Schmidtie, disse ele, achei que você gostaria de saber que Charlotte está em casa. Sou agradecido pela maneira como você preparou o terreno para que Yolanda se encarregasse do processo da alta do hospital, mas no fim cancelei meus pacientes e fui lá de carro. Também sou agradecido, mais do que posso exprimir, pelas providências que tomou em relação às enfermeiras. Charlotte diz que as duas, tanto a do dia como a da noite, são muito competentes e muito simpáticas. É claro que sou grato, acima de tudo, por sua generosidade avassaladora; pagar tantos milhares de dólares. Cuidados médicos vinte e quatro horas por dia são muito dispendiosos!

Não foi nada, respondeu Schmidt. Fico feliz que esteja tudo está bem.

Myron emitiu um *hummmmm*, e continuou. Na verdade, não creio que tudo esteja bem. Pelo que ouvi dizer, Charlotte se comportou muito mal. Não sei o que dizer a respeito. Mas quero que você saiba que, na minha opinião, por pouco que valha, você se comportou como um bom pai e um cavalheiro. Posso imaginar como você deve estar se sentindo e quero que saiba que eu lamento muito.

É minha vez de agradecer a você, disse Schmidt. É a primeira palavra gentil que ouço do — como posso chamar? — do lado de vocês. A pobre Charlotte está fora de si. Acho que qualquer coisa pode ser perdoada da parte dela. Mas, olhe, vou ser muito franco. Não acredito que Charlotte fosse dizer as coisas que disse se Renata não a induzisse a fazer isso. É uma coisa que não compreendo. Qual é a sua opinião? Por que ela faz isso? O que você acha que está acontecendo?

Ouviu-se mais um *hummmmmm*. Em seguida, falando bem devagar, Myron disse: Renata também tem passado maus bocados, por razões que dizem respeito a ela e por razões que dizem respeito a Jon. Mesmo com analistas bons e experientes como ela, às vezes acontece de confundirem sua vida privada com sua profissão. Eles saem do seu papel. Eles se veem sugestionando pessoas impressionáveis a acreditarem em certas construções mentais. Acho que é isso que está acontecendo aqui.

Você está querendo me dizer que Renata está tratando Charlotte?

Claro que não. Mas Renata se envolveu a tal ponto com ela que existe quase a mesma transferência e a mesma impressionabilidade da parte de Charlotte.

E o que se deve fazer?

Espero que Jon encontre um terreno firme para se apoiar. Isso ajudaria. Em breve, Charlotte vai se sentir melhor, fisicamente. Isso vai ajudar, também. Vou tentar convencer Renata a abrir certa distância entre ela e Charlotte e entre Jon e seu casamento. Vamos conversar mais depois, primeiro vamos deixar que passe algum tempo.

O almoço foi servido no deck, a mesa foi instalada entre dois grandes guarda-sóis romanos. O oceano estava sem ondas, a praia vazia, o sol no seu zênite e o sr. Mansour resplandecente numa camisa azul-marinho de seda e calças de seda amarelas. As mangas da camisa estavam arregaçadas, por conforto e talvez também para mostrar os pujantes antebraços do grande homem de negócios e o relógio de pulso Piaget, da finura de uma hóstia, no pulso esquerdo. O pulso esquerdo estava rodeado por uma fita de cobre — ainda há quem acredite nos poderes mágicos desses braceletes? Estava descalço. O colar de contas do kombolói estava à mão, fazendo um barulho borbulhante.

Nada de sapato, disse ele, ao notar o olhar de Schmidt voltado para o chão. Somos só nós dois. O toque da grama é bom para os pés. Vamos, tire logo esses ridículos sapatos L. L. Bean.

Schmidt obedeceu. Era exatamente o que ele gostaria de fazer, mas não se atreveria.

Assim está melhor, continuou o sr. Mansour. Se me disser quanto calça, vou lhe arranjar uns mocassins; você entende, é mais adequado à sua idade. Você tem pés de tamanho médio. Conheço um sujeito em Paris que vai fazer os mocassins para você.

Eu gosto desses sapatos, protestou Schmidt.

Isso é porque você não conhece nada melhor! Devia ter ficado comigo em Paris. Desculpe, é claro que sei que você tinha de voltar mesmo. Sua filha já saiu do hospital?

Schmidt fez que sim com a cabeça.

Você devia visitá-la no domingo. Emil — era o nome do segurança que tinha levado Schmidt de carro de Albany a Hudson e depois para Bridgehampton — vai levá-lo até lá e trazê-lo de volta depois. Não tem sentido passar a noite lá, você ia deixá-la cansada.

Obrigado, Mike!, disse Schmidt. É exatamente o que eu gostaria de fazer, mas neste fim de semana ainda é cedo demais.

Ele resolvera não contar para o sr. Mansour nenhum aspecto da briga com Charlotte e Jon. Como em parte dizia respeito a dinheiro, Mike ia considerar aquilo um problema para o qual estava mais qualificado do que qualquer outro para dar uma solução. Ia se oferecer para intervir e mediar, uma perspectiva ainda mais terrível para Schmidt do que a situação atual, já tão desoladora.

Neste fim de semana, vou ficar aqui, prosseguiu ele, e espero ansiosamente pelo seu jantar. Você tem sido tão atencioso e solícito com tudo que me sinto esmagado de tanta gratidão.

Pas de problème, pas de problème.

Tenho mais uma coisa para dizer. Você me disse que era meu amigo. Agora sei que isso é de fato verdade. E sou seu amigo.

As contas de marfim do kombolói estalaram. O sr. Mansour sorriu. Você está ficando cada vez mais esperto, à medida que o tempo passa. Ninguém pode prever até onde vai chegar! Mas o que é que eu estava dizendo? Você devia ter ficado em Paris. Você não sabia, mas Caroline e Joe Canning também estavam lá. Não os levei conosco no avião, mas os trouxe de volta. Outra coisa que você não sabia: dei um jeito de pôr Joe num retiro para escritores em Royaumont. Você conhece Royaumont? É uma abadia medieval ao norte de Paris que pertencia a uma família rica chamada Gouin. Ricos, ricos, vamos dizer que eles achavam que eram ricos. Reformaram o lugar e entregaram para uma fundação. O colar de contas estalou. Sou membro de uma comissão de homens de negócios de ponta que dirige programas de negócios lá. Como pode imaginar, exerço certa influência. A fundação também tem importantes programas culturais e é aí que Canning entra. Ele pulou de alegria com a oportunidade de participar do programa com outros cinco ou seis escritores bem conhecidos. Muito prestigioso! Ah! Adivinhe só por que organizei tudo isso!

Porque você é um sujeito legal.

Errado. Porque não é permitido que os escritores e as escritoras levem as esposas ou os maridos! Naquele retiro, só os participantes podem ficar hospedados na abadia! Nenhum marido e nenhuma esposa! Então eu disse para os Canning que podiam passar um fim de semana em Paris, de graça, organizado por mim, por minha conta. Enquanto Joe ficava no retiro, eu cuidava de Caroline. Quando o retiro terminasse, eu trazia ambos de volta para Nova York comigo. *Pas de problème*. Tudo deu certo! Joe teve seu seminário e eu tive Caroline.

Você é um demônio, disse Schmidt. Devia ter vergonha. Eles são um casal muito bem casado.

E quem disse o contrário? Mas por acaso Caroline tem uma

vida com aquele banana? Garanto a você que não. Ela gosta dos livros que ele escreve. Tudo bem. Ele gosta dos livros que ela escreve. Tudo bem. Ele trepa com ela talvez uma vez por mês, em honra aos velhos tempos. Tudo bem também. Ela gosta — um pouco. Que escolha tem ela, com quem pode comparar? Nenhuma escolha, nenhuma comparação. É aqui que eu entro nessa história: mostro para ela o que é se divertir para valer — os melhores restaurantes, a melhor suíte do melhor hotel — e depois nós transamos como ela nunca transou antes. Não tem comparação! Uma mulher com quem eu transo nunca mais esquece, nunca mais tira isso da cabeça!

Não era essa a teoria de Gil Blackman, tal como Schmidt se lembrava; Gil estava convencido de que Mike, no sexo, era um artista de poucos minutos e, mesmo nesse cronograma apertado, mal conseguia cumprir seu papel.

Qual é seu segredo, Casanova?, perguntou Schmidt.

O tamanho. E gosto de fazer isso. *Pas de problème*. Ah, e também sou rico. Hahaha!

Uma fórmula maravilhosa, disse Schmidt. Não admira que eu não tenha tido seu sucesso. Mas o que acontece depois? Quer dizer, se ela não conseguir tirar você da cabeça?

Nada. Ela é esperta. Se quiser refrescar a memória, umas horinhas aqui, umas horinhas ali, isso pode ser arranjado. Que mal isso traz, eu lhe pergunto? Não tomei nada daquele banana. Ela continua com ele, tão linda e tão inteligente quanto antes. O que mais ele pode querer? Se ela aprendeu alguns truquezinhos novos, talvez até mostre para ele. O cara até sai ganhando. E vou lhe dizer mais uma coisa. Ela é limpa! E cheira bem!

Você é atroz, disse Schmidt.

Claro — quem é que discorda de você?

A sobremesa foi servida. Torta de limão. O sr. Mansour serviu-se logo de duas fatias e pediu uma terceira. É a melhor, declarou. Vamos falar sobre você. E como anda aquele tal Riker? Você esteve com ele? Quer que eu arranje algum trabalho para ele? Estou com vontade de comprar uma empresa de sociedade anônima com respaldo na lei de falências. Talvez seja um trabalho feito sob medida para ele.

Mike, respondeu Schmidt, você é terrível, mas também muito gentil. Claro, eu gostaria muito de arranjar algum trabalho para ele. Vai fazer um trabalho de primeira. Mas, por favor, faça isso de maneira que não haja nenhuma referência a mim, à nossa amizade e tudo isso. Você sabe do que estou falando. Do jeito que as coisas estão, preciso me manter fora de cena.

Pas de problème. Vou lhe comunicar em que pé andam as coisas.

O que há comigo que me faz ser tão careta, perguntou-se Schmidt enquanto se vestia para ir ao jantar do sr. Mansour. Ele gostava de Caroline e não gostava de Canning. Por que devia ver com maus olhos o fato de ela se divertir? Inveja? Ele jamais pensara em Caroline daquele modo. Uma forma estúpida de conformismo, querer que as pessoas ajam de modo correto? Por mais doloroso que fosse admitir, ele achava que a resposta mais provável era inveja. Não inveja daquela conquista específica de Mike, mas inveja das pessoas despreocupadas, que são capazes de romper as regras sem sofrer o tipo de remorso amargo que ele sofria. Uma coisa era certa: quando se encontrassem no jantar, ele olharia para Caroline e Joe, e sem dúvida para o sr. Mansour, através de lentes novas, ajustadas à prescrição do grande homem de negócios. Aquela mulher deslumbrantemente séria e culta havia sucumbido às lisonjas de Mike, fora hipnotizada por seus truques de bilionário e havia experimentado as maravilhas do tamanho! Meu Deus, se aquilo era possível, então o céu era o limite para a traição conjugal! Será que ela também fazia sexo com Joe? Mike disse que sim, mas como ele podia saber? Schmidtie, seu bobão, respondeu uma voz interior, ele sabe porque perguntou para ela, e Caroline lhe contou durante um interlúdio entre um orgasmo e outro. E se Joe e ela de fato dormiam juntos, uma vez por mês ou uma vez por semana, em honra aos velhos tempos, como o demônio egípcio havia contado, será que ela sorria de orelha a orelha durante a provação, pensando no egípcio e em seu instrumento de proporções avantajadas? Schmidt tinha de dar crédito a Mike: sem dúvida nenhuma, ele poderia ter — talvez tivesse de fato! — à disposição um suprimento inesgotável de estrelas de cinema e modelos em ascensão de todos os tipos, ansiosas para desfrutar a cornucópia de coisas boas que ele podia oferecer. Mas, não, ele fora atrás de uma mulher de cinquenta poucos anos, só alguns a menos do que ele mesmo; Mike tinha procurado a classe, o intelecto e o charme de Caroline, bem como seu belo corpo e seu rosto lindo. Ou quem sabe não estaria aí o lado excêntrico do sr. Mansour: sua necessidade de ver se era capaz de chifrar o romancista célebre e seduzir a famosa biógrafa, o desejo de sentir um sabor mais picante do que o habitual, como o que um *connoisseur* procura em vinhos selecionados ou em tetrazes de carne maturada? E Joe! Apesar de sua incensada agudeza na percepção dos segredos do coração humano, deixara Caroline sob os cuidados de Mansour só para poder ficar de papo furado com um punhado de intelectuais franceses. Ele fez por merecer seus chifres.

Depois de encerrado o prato principal, o sr. Mansour propôs um brinde ao sucesso do novo projeto: Gil havia passado do pensamento à prática na ideia do filme baseado no novo romance de Joe e tinha obtido um sucesso completo. Ia de fato fazer o filme! Certo, Gil?

Gil fez que sim com a cabeça. Sujeito aos cortes de costume. Não vejo a hora de começar, se puder de fato ser realizado.

Se eu apoio um projeto, não há como não ser realizado, declarou o sr. Mansour, brandindo o indicador da mão direita para o sr. Blackman. Ou estou enganado?

Gil sorriu e não disse nada.

Canning, que até então só havia murmurado seus monossílabos de costume, de repente levantou a voz: Falem por si! Para mim, é só uma ideia. Eu não saberia como fazer isso.

Touché! O sr. Mansour riu. É claro, eu vou me envolver a fundo, já compartilhei algumas ideias com Gil e vou compartilhar essas ideias com você também, Joe. Encaro o roteiro como uma colaboração entre um grande romancista e um grande cineasta — com os meus adendos. Não creio que eu exagere quando digo que isso é essencial. A gente tem *Beijos de chocolate* e seu imenso sucesso como exemplo. É fruto do esforço do Gil e meu também, em conjunto.

Era uma das reivindicações do sr. Mansour que Gil rejeitava com veemência, embora não em presença dele.

As contas de marfim do kombolói tinham estado inativas. Agora começaram a estalar na sua velocidade de costume.

Joe e Gil, continuou o sr. Mansour, escutem devagar. Uma questão que temos de tratar é como tornar mais leve a atmosfera do livro do Joe. Vocês entendem, de maneira que o filme passe lá no interior do Arizona, em Peoria! A questão é, Joe, a questão é, por que as pessoas em seus livros são tão desagradáveis?

Quem sabe seja assim porque as pessoas são mesmo desse jeito?, retrucou Canning. Ou então porque é assim que eu as vejo. Talvez as duas coisas.

Touché, de novo, admitiu o sr. Mansour.

Caroline, o que você acha?

Acho que Joe é o melhor!

Obrigado, *chère amie*! Caroline e eu ficamos grandes amigos em Paris, mas isso não significa que ela tenha de concordar comigo o tempo todo. Vou convocar a outra testemunha. Schmidtie, o que você acha?

O que quer que fosse aquilo que incomodava o sr. Canning devia ser algo contagioso. Schmidt respondeu: O que acho a respeito de quê?

Do livro, exclamou Elaine, do livro. *A serpente!*

Acho que o livro prende a gente, disse Schmidt. Gil me deu um exemplar e eu li de uma tacada só.

Isso não serve como testemunho, interveio Elaine. Sou um dos investidores nesse filme e estou com o Mike! É preciso fazer alguma coisa com relação ao enredo! Escutem devagar, como disse o Mike: um pai viúvo — um advogado de renome como você, Schmidtie, mas que mora em Dakota do Norte — conta para o filho, que acabou de se formar na faculdade de direito, que ele pode morar de graça, sem pagar aluguel, com sua tia-avó em seu casarão de pedra no Brooklyn, enquanto trabalha como assistente para um juiz em Nova York. O que Joe, afinal de contas, podia saber sobre Dakota do Norte é outra questão. Quem é que se importa mesmo com Dakota do Norte? Eu mudaria o pai para os Hamptons. Seja como for, o garoto aceita a ideia, a tia-avó fica empolgada. Ele fica morando com a mulher durante cinco anos, até ela morrer. O pai é o inventariante. Praticamente tudo deve ir para a Cruz Vermelha Americana. Mas o pai faz o inventário e descobre que não existe dinheiro nenhum, não sobrou quase nada. O filho tinha roubado a velha descaradamente, desde o dia em que se mudou para lá. E a coisa ainda piora. Ele a ameaçava! Acho que a tia-avó sabia o que ele fazia, mas não se atrevia a protestar nem a pedir ajuda. Eu me perdi nas explicações jurídicas sobre a questão do pai ser ou não ser absolutamente obrigado a delatar o garoto à polícia. Não sei se isso tem importância.

O ponto é que o pai deixa claro para o garoto que ele descobriu tudo e, assim que faz isso, se dá conta de que o próprio filho vai tentar matá-lo. Entendi direito a história até agora, Joe?

Silêncio.

Tudo bem, o livro é seu, mas o filme vai ser meu, prosseguiu Elaine, e tenho de lhe dizer que o enredo fez meu corpo formigar. Além disso, como é possível fazer um grande filme sem algum grande interesse romântico?

Mas, Elaine, interrompeu Schmidt, existe um grande interesse romântico, embora talvez não seja adequado para Julia Roberts. O interesse romântico é Vincent, o antropólogo, o especialista em canibais!

Bem, bem, disse Canning, temos aqui uma verdadeira equipe em ação. Elaine captou bem a trama e Schmidt extraiu o interesse romântico da história. O que vamos fazer agora, Mike e Gil? Vamos pedir que eles reescrevam meu romance, Mike, ou você mesmo vai cuidar disso?

De volta para casa depois do jantar do sr. Mansour, Schmidt se perguntava por que Canning se dava ao trabalho de escrever aqueles romances. Não podia ser por dinheiro: Schmidt tinha uma ideia bastante clara de que os direitos autorais de um romancista que não figura nas listas de mais vendidos, mesmo combinados com o que Caroline ganhava, não podiam bancar a maneira como eles viviam. Eles viviam da pensão da sua companhia de seguros e de uma poupança. Talvez ele escrevesse a fim de povoar um pequeno recanto do mundo com personagens tão repulsivos quanto ele mesmo. Então uma questão mais interessante veio à mente de Schmidt: será que o sr. Mansour também tinha planos em relação a Elaine e, se ele tirasse Gil do caminho, se o mandasse para Los Angeles ou para Dakota do

Norte, ela é que seria dele, de graça? *Pas de problème!* Olhe só para Caroline! Lá estava ela, fria que nem um pepino, se dando às mil maravilhas com o demônio egípcio, enquanto ouvia com condescendência a conversa de seu marido banana.

Sob a influência de tais pensamentos, que haviam despertado seu apetite sexual, Schmidt descobriu que sua determinação tinha fraquejado. Já não parecia mais possível esperar placidamente o telefonema de Alice. Era preciso tomar a iniciativa. E sua iniciativa tomou a forma de um breve fax que mandou para a casa dela: *Junho parece difícil para você, mas julho já está batendo à nossa porta. Poderemos nos ver em julho? Dia de semana, fim de semana, a qualquer hora e em qualquer lugar.* Que assombro e que alegria na manhã seguinte, quando descobriu em seu aparelho de fax na cozinha a resposta de Alice: *Querido Schmidtie, 14 de julho, Dia da Queda da Bastilha, cai na sexta-feira. Leve-me para longe dos franceses alvoroçados! Vamos nos encontrar em Londres no dia 13 e ficar lá até a segunda-feira seguinte. Levarei um vestidinho preto, para o caso de você decidir me levar ao teatro. Sua de todas as maneiras, Alice.* De uma hora para outra, o fac-símile se tornou seu meio de comunicação predileto. Schmidt escreveu em resposta: *Já estou no sétimo céu. Rendez-vous no dia 13 no Connaught.*

Por que estava ele tão seguro de encontrar um quarto vago naquele hotel tão requisitado? Acontece que Schmidt passara a ter fé na secretária do sr. Mansour. Haveria um quarto no hotel para ele e para Alice, mesmo que o mundo fosse em peso se hospedar em Londres.

16.

Três semanas e meia até o rendez-vous em Londres! Schmidt jamais se sentiu tão solitário, tão faminto de afeição, nem mesmo nas semanas que se seguiram à morte de Mary. Na época, ele ficara entorpecido com as longas vigílias junto ao leito da esposa enferma e estupidamente ocupado com a infinidade de tarefas necessárias mesmo para um inventário tão simples como era o dela. Coisas triviais tomam tempo, tempo que de outro modo seria gasto se afogando na bebida ou no desespero. Além do mais, Charlotte e Jon iam visitá-lo todo fim de semana. Junto com Charlotte, Schmidt havia cumprido a mais difícil de todas as tarefas: esvaziar os armários de Mary. Exceto as poucas coisas que Charlotte queria ou podia dar para a brigada de senhoras polonesas que faziam a faxina na casa, todas as suas pobres roupas abandonadas — vestidos, casacos, sapatos, o inventário de pertences íntimos se prolongava interminavelmente — foram descartadas para a loja de artigos de segunda mão de East Hampton. Eles queimaram as calcinhas de Mary, depois que a loja disse que não queria aquelas peças. Então havia o Toyota dela.

Primeiro, Charlotte quis o carro para si, mas em seguida não queria mais. Depois do que pareceram dias de espera no escritório do Departamento de Veículos a Motor de Riverhead, Schmidt conseguiu transferi-lo para seu próprio nome. Em seguida pôs o carro na garagem, para nunca mais ser usado. A solidão de verdade começou quando todas essas tarefas foram cumpridas, quando Charlotte voltou para sua rotina de fim de semana, que era correr na praia e gastar o resto do dia com Jon, atrás de portas fechadas. Eles nunca estavam em casa para outras refeições que não o café da manhã. Exceto isso, comiam fora de casa, sozinhos ou com amigos da cidade. Convites para que Schmidt os acompanhasse eram raros e indelicados. Então vieram as primeiras brigas: por causa do modo grosseiro como Riker anunciou para Schmidt o noivado deles, por Schmidt não conseguir aceitar o convite dos pais de Riker para o Dia de Ação de Graças com o entusiasmo suficiente, por Charlotte recusar o presente que ele sugeriu dar a ela, ao lhe doar a casa com cláusula de usufruto vitalício e, o pior de tudo, por Charlotte não aceitar a ideia de usar o vestido de noiva de Mary ou de fazer a festa de casamento na casa de Bridgehampton. Brigas chamam brigas: ele podia esperar de Charlotte tormentos, jamais companhia ou consolo.

Enquanto isso, foi ficando cada vez mais claro para Schmidt que não havia lugar para ele no mundo em que Mary e ele tinham vivido de maneira tão agradável em seus fins de semana e em suas férias. Era um mundo de editores e agentes literários poderosos e de escritores de sucesso suficiente para alugarem ou possuírem uma casa nos Hamptons. Grandes festas, oferecidas em homenagem à publicação de livros e à visita de autores que mereciam ser festejados, alternavam-se com jantares íntimos sutilmente calibrados de modo a garantir que os pares do reino jantassem em companhia de seus pares. Daquele reino, Mary tinha sido uma habitante natural, uma duquesa em virtude de seu charme, talento e poder. Schmidt tinha sido tolerado na condição de seu consorte. Na ausência de Mary, os convites para os pequenos jantares cessaram abruptamente. Os convites para as festas ao ar livre, nos gramados, em que agentes de periferia, editores de segundo escalão e escritores que não figuravam nas listas de mais vendidos tinham esperança de esbarrar nos ombros dos medalhões do ramo, passaram a vir em conta-gotas e depois também pararam de todo. Schmidt sabia que em parte a culpa era dele mesmo. Sua secura, sua aversão profissional à conversa fiada, sua incapacidade de passar de maneira cordial de um grupo de convidados para outro eram defeitos fatais, que não eram contrabalançados por uma riqueza ou por um sucesso no campo do direito divulgados com eficiência suficiente para impressionar até os leigos. Ele era um advogado aposentado e mais nada, uma carta fora do baralho. Um ex-sócio, sem dúvida, numa grande firma de advocacia cujo nome aqueles sofisticados agentes literários, editores e escritores reconheciam como um centro do poder, mas que tipo de advogado ele tinha sido? Finanças privadas! Nenhuma aquisição hostil, ou defesas contra aquisições hostis, em seu currículo. Ausente das grandes batalhas em torno da Primeira Emenda da Constituição. Nada podia ser mais maçante. Ele achava que Lew Brenner, por exemplo, jogado naquele ambiente impiedoso, se daria muito bem. Era capaz de conversar sobre xeques árabes, oligarcas russos e texanos bárbaros, negócios em que bilhões de dólares e a política de Estados soberanos se equilibravam na corda bamba. E sobre o que Schmidt podia conversar? As mais recentes modas em arrendamentos com alavancagem, os advogados das companhias de seguro que ele havia conhecido, os vastos problemas éticos suscitados quando ele era chamado a opinar se determinada venda era verdadeira ou um arrendamento disfarçado? Schmidt exalava um forte cheiro de tédio e sabia disso. Ademais, ele aceitava convites para depois não comparecer, ou comparecia sem ter aceitado o convite, dois pecados veniais, quando praticados por um dos pares do reino, mas mortais em seu caso já marginal.

A aparição de Carrie em sua vida transportou-o para outra esfera da existência, a esfera do êxtase. Êxtase que ele sabia que ia se extinguir como uma miragem, mesmo quando, de modo desajeitado, atabalhoado, ele se atreveu a pedi-la em casamento, mostrou-se disposto a não ser nada mais do que um capacho sob os pés dela, ou talvez um degrau para ela, mais tarde, chegar a casamentos mais adequados e a uma condição superior. O êxtase chegou ao fim, como devia acontecer, e deixou em sua esteira o mistério do pequeno Albert. E, de forma inevitável, sua felicidade de vida breve foi acrescida do inventário monstruoso dos ressentimentos de Charlotte. Não havia dúvida: o cada vez mais profundo — ele começava a temer que fosse permanente — afastamento em relação à filha era o principal passivo de sua vida. Na coluna dos ativos em seu balancete, ele punha o fato de ver Carrie e o pequeno Albert diariamente e cuidar de Albert toda vez que não atrapalhasse Bryan ou Jason, mas isso era um ativo de rápida depreciação. Eles iriam embora da sua casa do lago no início do outono. Sem que nenhuma palavra fosse dita, ele chegara a um acordo com Carrie. O ponto principal: manter a discrição. Deixar que Jason passasse na cozinha de Schmidt para conversar sobre como andavam os negócios na marina — andavam melhor do que Jason esperava — e avançar na troca da mobília da casa para onde, em muito pouco tempo, a jovem família ia se mudar. Mas Schmidt não precisa retribuir e fazer seu trajeto até a cozinha da casa do lago para beber uma cerveja Coors com Jason. As implicações desse acordo para o futuro entristeciam Schmidt. Mas o futuro ainda estava apenas para chegar. Ele não precisava tentar resolvê-lo agora. E além disso? Schmidt podia mencionar a amizade de Gil e Elaine Blackman e, é claro, a de Mike Mansour. Quantas vezes ele deixara claro para os Blackman que estava disponível para jantar ou almoçar? E por acaso existiam limites para a hospitalidade e paciência do sr. Mansour? Ultimamente, parecia a Schmidt que não existiam limites. Ele se admirava com sua boa sorte.

O principal ativo em seu balancete era o trabalho que vinha fazendo para a fundação em Nova York, nas terças-feiras, quartas-feiras e quintas-feiras. Schmidt achava que no outono ia acrescentar também a tarde de segunda-feira, embora, apesar da ajuda de Shirley, ele já tivesse uma carga de trabalho suficiente para encher a semana inteira. Você tem a gana de um jovem sócio da firma W & K, lhe disse Mike Mansour, e não a de um aposentado de chinelos. Se fosse Sy, Schmidt teria ronronado ao ouvir aquele elogio. Não havia esquecido o relato de Carrie sobre o que o sr. Mansour dissera depois de Schmidt aceitar o emprego na fundação: Schmidt pode dar conta do recado, mas talvez tenha se acostumado a ficar sem trabalhar. Talvez peça demissão ou algo assim. Aquela fofoca chegara aos ouvidos de Carrie por intermédio de Jason, é claro, o que levara Schmidt a se perguntar se não havia se metido no caminho que levava direto a mais um fracasso, ao aceitar o emprego que Mike oferecera, aparentemente a despeito de suas dúvidas. Enquanto estava em seu escritório da fundação, falando no telefone com os diretores dos Centros de Vida e traduzindo o inglês excêntrico deles no seu próprio, tratando da correspondência ou até sendo atormentado pelo vizir de Mike, Holbein, ele naturalmente esquecia sua solidão. No almoço, comeria um sanduíche na lanchonete da fundação ou em sua escrivaninha, ou, o que era o mais comum, iria a pé até o clube e sentaria à mesa dos sócios. As conversas por lá invariavelmente versavam sobre coisas e pessoas de que ele nada sabia. Dizia a si mesmo que gostaria de travar conhecimento com o enxame de jovens empregados pelas

Indústrias Mansour no edifício onde a fundação tinha sua sede, mas chegara à conclusão de que era uma causa perdida. Quando em contato com eles, por exemplo, de pé na fila para pegar seu sanduíche ou quando se atrevia a dividir a mesa na lanchonete, Schmidt não podia deixar de ter consciência da falta de interesse dos jovens por ele, e da pergunta tácita: Quem é essa relíquia? Era igualmente verdade que, quando olhava para eles bem de perto, até ficava contente de deixar as coisas como estavam. Manter a distância. Aqueles comerciantes e contabilistas, os contadores dos centavos de Mike Mansour — os administradores e os engenheiros empregados pelas empresas do grupo das Indústrias Mansour estavam enfiados nos confins das províncias do império e raramente davam as caras no quartel-general — eram jovens (suas colegas femininas aparentemente comiam em suas mesas de trabalho), uniformemente sem paletó, canetas esferográficas despontando nos bolsos das camisas brancas, gravatas excessivamente largas presas à meia altura da camisa por prendedores dourados, seus telefones celulares metidos em coldres no cinto e às vezes ligados ao ouvido por meio de uma engenhoca eletrônica qualquer, com vozes altas e sotaques que não eram de Syosset nem de Oyster Bay, mas de povoados e cidades menos frequentados por Schmidt. Aha!, triunfava a consciência dele. Por que você não mostra a cara e diz logo com todas as letras: diga que são judeus! Imediatamente Schmidt se erguia em defesa própria: Protesto! Schmidtie não é antissemita. Eles são um bando de funcionários caxias muito sem graça, não existe nenhum motivo para Schmidt gostar deles! E talvez fossem mesmo isso, mas, caso o sr. Blackman estivesse no lugar do juiz, Schmidt achava duvidoso que o acusado pudesse ser absolvido e liberado com uma simples advertência.

As noites na cidade também eram solitárias. O único colega da firma W & K com quem Schmidt ainda mantinha contato mais próximo era Lew Brenner, do qual, paradoxalmente, ele não fora muito próximo quando trabalhava lá. Os convidados que ele e Mary recebiam em casa, na cidade — parecia para Schmidt que tinham sido uma legião —, também não serviam para nada, agora. Pois também eles eram colegas de profissão de Mary. Os outros, colegas da faculdade de direito, executivos de empresas clientes, Schmidt não sentia nenhuma vontade de procurá-los, ouvir os cumprimentos surpresos, declarar: Oi, sou eu, o Schmidtie, estou de volta, voltei do mundo dos mortos! Em vez disso, ia ao cinema que ficava em frente ao Lincoln Center, do outro lado da rua, ou ia ao balé e depois comia um hambúrguer no O'Neal's. Uma montagem da ópera *Lohengrin* fechava a temporada de ópera. Ele achava sorte ter conseguido ingresso e, em obediência aos antigos hábitos, seus e de Mary, tinha ido jantar durante o intervalo no luxuoso restaurante do teatro de ópera.

Portanto Schmidt ficou espantado e, inicialmente, satisfeito, satisfeito demais para seu gosto, quando, ao voltar para Bridgehampton tarde da noite numa quinta-feira, viu na bem sortida e bem-arrumada pilha de correspondências sobre a mesa da cozinha um convite para a festa em comemoração ao Quatro de Julho, oferecida no dia 3 de julho, pois o dia 4 caía numa terça-feira e assim, logicamente, seria a noite em que a multidão estaria voltando para a cidade depois do feriado. O anfitrião era Bill Gibson, um superagente literário famoso por arrancar adiantamentos de sete dígitos de editores americanos e adiantamentos menores, mas ainda assim de encher os olhos, na Europa, por livros que nem sempre compensavam o investimento. Schmidt lembrava que, certa vez, tivera uma espécie de ligação pessoal com Gibson. No tempo em que eles ainda compareciam regularmente a reuniões literárias, o agente, em vez de fingir que não o via ou evitar seus olhos, espontaneamente vinha conversar com ele. A razão? As altas finanças e as combinações financeiras interessavam Gibson; ele tinha a impressão de que Schmidt era o criador de esquemas complexos e diabólicos, não um mero artesão, hábil em conferir a tais esquemas uma expressão contratual, o que era algo mais próximo da verdade. Mas pelo menos dois anos tinham se passado desde a última vez que vira Gibson, sem dúvida desde a última vez que haviam conversado, e Schmidt não conseguia lembrar-se de ter sido convidado para uma comemoração do Quatro de Julho em sua casa desde o verão logo após a morte de Mary. Aquele convite obviamente tinha sido enviado por engano; a secretária tinha usado uma lista antiga, organizada antes de Schmidt ser descartado. Um envelope endereçado a *Senhor e Senhora* denunciaria o engano. Schmidt fisgou o envelope da lata de lixo e ficou surpreso ao constatar que estava endereçado só para ele. Que pena, Schmidt mandaria suas desculpas. Foi o que disse ao sr. Blackman no dia seguinte quando se encontraram para almoçar no O'Henry's, dando o que achou ser um toque humorístico ao caso: o automatismo das secretárias de hoje em dia, época em que reinam as listas geradas por computador e tudo isso.

Você está doido, retrucou o sr. Blackman, um caso de paranoia incipiente. Hoje em dia, isso pode ser tratado com pequenas doses de remédio. Vi o Bill outro dia mesmo e ele me disse espontaneamente e de forma bem específica que espera que você apareça lá! Ele percebeu que você anda meio sumido e quer retomar contato. Elaine e eu vamos. Quer que levemos você junto?

Aquela sugestão era algo sem precedentes na comprida história da amizade deles, um sinal de solicitude que fazia Schmidt se perguntar se Gil de fato achava que ele não estava bem. Mas não, aquilo era absurdo. Schmidt aceitou o convite e, em seu tom de voz, conseguiu se mostrar tão agradecido como de fato estava.

Ótimo, respondeu Gil. Você está em nosso caminho para a casa dele. Vamos pegar você. Fica combinado às seis horas.

Foi agradável chegar à festa com Gil e Elaine. Se o número ou o preço médio dos carros estacionados ao longo da rua de ambos os lados dos postes dos portões que flanqueavam a entrada para carros, ou os seguranças de roupa preta, com fios saindo dos ouvidos, que conferiam numa lista os nomes de quem chegava, ou a presença não de um, e sim de três policiais locais controlando o tráfego eram um indicador, a *fête* do sr. Gibson já podia ser declarada, pelo menos para os *literati* dos Hamptons, o clímax social daquele fim de semana prolongado. Por sua experiência, Schmidt sabia que, se tivesse vindo sozinho, teria andado meio que arrastando os pés pela rua, uma figura solitária, no caminho do seu carro até o portão e subindo a comprida entrada para carros rumo à casa, tímido demais e sem graça demais para seguir de perto qualquer um dos casais à frente ou atrás dele, mesmo aqueles que conhecia e cumprimentava. O que ia dizer a eles? Ao longo de um período de silêncio demorado demais, Schmidt acabara perdendo o dom da fala. Porém a proteção dos Blackman havia produzido uma mudança mágica. Tinha se transformado em uma figura triste, fácil de ser confundida com um intruso, uma visita secundária trazida por um dos amigos de Bill Gibson, um visitante fortuito fadado a desaparecer no dia seguinte e a nunca mais ser visto outra vez, em alguém possivelmente merecedor de que o encontrassem ou pelo menos de que o cumprimentassem com algo mais do que um simulacro de afeição.

Meninos e meninas pós-adolescentes de calças pretas, camisas brancas e gravatas-borboletas pretas circulavam com bandejas de vinho branco, vinho tinto e água mineral com gás; canapés de *fois gras* ou de atum grelhado; rolinhos primavera em miniatura; salsichas pequenas; e sortimentos de *crudités*. Elaine pegou uma taça de vinho branco e Gil, habilmente, posicionou-se a seu lado junto a um grupo que se formara em redor de um romancista que discursava.

Vamos ao bar pegar uma bebida de gente grande, disse ele para Schmidt. Tenho uma coisa para lhe contar, acrescentou, quando julgou que a distância de Elaine era suficiente. Consegui um pequeno apartamento para Dite na rua 66 Leste, só um pulo, a dois passos do escritório. Claro que também arranjei um emprego para ela. É por isso que estou tocando para a frente o projeto do livro do Canning, muito embora ele seja um panaca, e Mike vai me dar respaldo para tornar o filme mais vendável. Estou totalmente de acordo com isso, é claro, sobretudo porque acho que podia pôr um pouco de meu próprio dinheiro na produção. O dinheiro de Elaine. Deus sabe como ela está entupida de grana!

Pois então aqui vai uma ideia, disse Schmidt. Talvez seja maluquice e talvez Canning queira arrancar sua cabeça se você fizer essa proposta. Que tal uma mudança de sexo? Por que não transformar o Vincent, o antropólogo de canibais, numa garota e chamar Julia Roberts para representar o papel? Canning não é gay. Acho que ele fez de Vincent um veado só para ser chique. Não tem nenhuma função na história.

Tinham chegado ao bar e pediram bourbons duplos com gelo.

Schmidtie, seu canalha, isso é um tremendo lance de inspiração!, retrucou o grande cineasta, muito devagar. Por que foi que não pensei nisso antes? Gasto tempo demais pensando em Dite. Não creio que Mike esteja aqui — a propósito, temos de apresentá-lo a Gibson, se ele embarcar nessa ideia, e tenho certeza de que vai fazer isso, vou dar um telefonema para Canning e dizer que a história vai ficar assim. Quer saber de uma coisa? Acho que ele vai concordar, se eu puser uma pitadinha a mais de açúcar no preço que vou pagar pelos direitos para o cinema. Vai ser um negócio completamente novo. Acho que você acabou de aumentar nossa receita bruta de cinquenta para oitenta milhões só nos Estados Unidos. À nossa saúde! Ao filme *A serpente*! Vou pôr seu nome nos créditos como consultor literário da produção. Espere só até Elaine ouvir isso!

Por falar no que Elaine ouve, disse Schmidt, não acha que você devia tomar mais cuidado a respeito de Dite? Tenho a impressão de que, até hoje, você nunca havia chegado ao ponto de pagar um apartamento para uma amante. Para mim, parece um caso de duas famílias, uma vida dupla. Você não fez isso nem com Katerina. Está brincando com fogo.

Estou sim, velho amigo, mas não sei como parar. Tudo o que ela quer fazer quando estamos juntos é trepar e mais nada, e ela trepa que nem um dervixe em transe. Ela elevou a coisa a um novo patamar, não consigo parar.

Schmidt deu umas palmadinhas nas costas do amigo. Tome cuidado.

Estou tentando, respondeu o sr. Blackman, acredite. Vamos encontrar Elaine e salvá-la.

Com isso, viraram-se e deram de cara com Alice e Popov. O braço dela estava embaixo do braço esquerdo dele; Popov segurava a mão de Alice; os peitos dela estavam apertados contra ele.

Popov, seu velho demônio, o que está fazendo por aqui?, bradou o sr. Blackman. Você atravessou o oceano, abriu caminho até a distante Water Mill e nem se deu ao trabalho de anunciar sua presença? Que vergonha!

Schmidt ouviu a própria voz dizer, em tom neutro e esquisito: Oi, Alice, oi, Serge!

Estou fazendo a mesma coisa que você, urrou Popov em

resposta, estou bebendo as biritas do *továrich* Gibson e comemorando a véspera do Dia da Independência. Se eu soubesse que ia ficar perto de Wainscott, tomaria a liberdade de incomodar o grande cineasta para lhe trazer os cumprimentos do *továrich* Godard. Mas esta jovem senhora e eu — Alice Verplanck, permita que lhe apresente o famoso Gil Blackman — estamos hospedados com Jeremy em seu *Schloss* em North Fork, e nada nos levou a acreditar que cruzaríamos duas vezes as águas da Peconic Bay, cintilantes como um diadema cravejado de pedras preciosas na quietude de meados do verão, para aterrissarmos na *fête champêtre* do *továrich* Gibson. Como pode imaginar, Jeremy, rico em cabeças de gado e em traseiros brancos como leite, é o autor principal do camarada Gibson! E nosso também.

Você está perdoado, mas escapou por pouco, disse o sr. Blackman.

Uma alteração no tom da voz de Gil disse para Schmidt que ele havia se dado conta da gravidade do encontro.

Bem, aproveitem a *fête champêtre*, acrescentou, enquanto vamos procurar minha linda Elaine. Vamos lá, Schmidtie. Como diz o provérbio, o tempo e a maré não esperam ninguém.

Um segundo só, disse Schmidt. Alice, posso falar com você um minuto?

Ela fez que sim com a cabeça e seguiu-o alguns passos adiante.

Desculpe, disse ela. Isso é uma completa surpresa.

Para mim também, respondeu Schmidt. Em vários aspectos.

Eu sei, disse ela. Temos um encontro em Londres daqui a dez dias, não é? Vou explicar para você, quando estivermos lá, se me permitir.

Tudo bem. Schmidt fez que sim com a cabeça. Rendez-vous em Londres.

Isso foi uma coisa muito estranha, disse o sr. Blackman quando estavam todos de volta ao carro. Vou deixar você na sua casa. Pode ir ao banheiro e se juntar a nós para o jantar — Elaine, o que você acha, às oito horas? Oito está bom! Schmidtie, o que foi, Popov comeu sua língua? Vai nos encontrar?

Mais tarde, durante as bebidas, enquanto Elaine estava atarefada na cozinha, Gil disse: Que coisa! Você estava ciente disso?

Schmidt balançou a cabeça.

Essa não foi mole.

Schmidt fez que sim com a cabeça.

Por outro lado, talvez não seja nada, prosseguiu Gil. Colegas de trabalho cuidando das atenções necessárias de um autor que deve ser o responsável por uma boa bolada nas receitas e nos lucros da editora deles. A julgar pelo que você me contou sobre o que anda acontecendo entre você e Alice — a propósito, ela é um espetáculo —, essa é a explicação mais provável.

A menos que ela esteja me fazendo de bobo. Talvez para divertir o Popov.

Por que ela se daria esse trabalho? Ela é adulta; você é adulto. Para que ia deixar você louco por ela, se fosse só — como vamos dizer — uma brincadeira?

De fato, para quê?, respondeu Schmidt. Bem que eu gostaria de saber. Mas vou descobrir tudo isso em Londres. Já contei para você, não foi? Combinamos de nos encontrar lá no feriado de 14 de julho.

O sr. Blackman fez que sim com a cabeça.

Bem, ela acabou de me contar que pretende estar lá. Conforme o combinado. Você acha que sou maluco de ir?

Quer dizer, de manter de pé o encontro em Londres? Não, disse o sr. Blackman. Não é loucura; é a única coisa que se pode fazer. Não vejo o que você tem a perder.

Talvez minha dignidade?

Bobagem. Divirta-se. Faça o máximo de sexo que puder com ela, o quanto quiser, e ela vai deixar, e dê a ela a chance de contar o que está acontecendo de verdade com o Popov.

Schmidt achou um recado na secretária eletrônica quando chegou em casa. Era de Myron Riker, pedindo para ele ligar antes das dez horas naquela mesma noite ou então logo de manhã bem cedo no dia 4 de julho. "De manhã bem cedo", especificou ele, significava antes das dez horas, mas depois das nove. Ia ficar com o celular ligado e esperaria o telefonema de Schmidt.

Schmidt ligou às nove horas em ponto.

Obrigado por responder minha ligação.

Schmidt pôde notar que Myron estava escolhendo bem as palavras que ia dizer.

Deixe-me formular a questão de forma bem simples, disse Myron, afinal. Não se trata de nenhuma surpresa, mas é um motivo de preocupação. Charlotte está em depressão. Renata e o primeiro psiquiatra que Charlotte consultou consideraram uma depressão grave. Minha avaliação pessoal é que ela se encontra a meio caminho entre uma depressão branda e uma depressão grave. Mas isso é só uma questão de terminologia. O importante é que ela está sofrendo muito. Mudou-se para o apartamento de Nova York, mas de fato pouco importa se está em Claverack ou em Manhattan, o fato é que ela não está pronta para voltar a trabalhar e ficar no apartamento sozinha, enquanto Jon está no trabalho, sem nada para fazer o dia inteiro, a não ser consultar seu psiquiatra, não é uma situação que propicie um bom manejo de seu estado. Portanto, para encurtar a história, o psiquiatra que ela está consultando agora recomendou uma internação. Sua medicação seria monitorada e o psiquiatra — não há nenhum motivo para que você não saiba seu nome, Alan K. Townsend — é um dos principais conselheiros da instituição, o que significa que ele vê os pacientes duas vezes por semana. Ele vai continuar a tratar da Charlotte.

Foi a vez de Schmidt se ver à cata das palavras.

Myron, você acha que essa é uma boa ideia, medicamentos, internação, tudo isso? Qual é o espaço que sobra para a terapia? Ah, minha pobre Charlotte.

Sim, Schmidt, sim, eu acho que é uma boa ideia. Posso assegurar que não ponho nada, mas nada mesmo, acima do bem-estar de Charlotte. O tratamento da depressão mudou. Muito pouca gente ainda tenta tratar isso exclusivamente ou principalmente com análise ou outras terapias baseadas na fala. Os novos medicamentos — tenho certeza de que já ouviu falar do Prozac, mas existem outros, e também remédios mais sutis —, se administrados com perícia e combinados com terapia, são realmente muito eficazes. Agora sabemos que a causa é principalmente fisiológica e que o tratamento tem de ser agressivo. Quero dizer, muito agressivo, porque, do contrário, danos graves, talvez irreversíveis, podem afetar as funções cognitivas. Confie em mim, por favor. Essa é a melhor solução.

E onde fica esse lugar? Quero dizer, o local de internação? E quando será?

A transferência para Sunset Hill? O ideal seria na semana que vem. Sunset Hill fica na zona oeste de Connecticut e tem um ambiente muito bom.

E o que posso fazer?

Mais uma vez, Myron pareceu ter dificuldade para se expressar. Schmidtie, disse ele, detesto dizer isso, mas a coisa mais importante que você pode fazer é pagar a conta de Sunset Hill e do dr. Townsend. O seguro vai cobrir uma pequena parte, mas receio que o que eu esteja pedindo para você pagar seja um valor muito alto mesmo. Lamento, de verdade. Achei que Jon pudesse pagar, mas ele me mostrou que não pode.

Tudo bem, disse Schmidt, como a família Riker sabe, sou bom quando se trata de pagar as contas.

Imediatamente ficou chocado com o que disse. Por favor, me desculpe, Myron, estou só desnorteado. É claro que vou pagar. Faça o que for necessário e me mande as contas. Se o seguro pagar alguma coisa, os cheques podem ser encaminhados para mim.

Entendido, respondeu Myron. Obrigado.

Mas o que posso fazer por Charlotte? Posso falar com ela? Charlotte vai me ver? Agora? Nesse lugar, Sunset Hill? O dr. Townsend vai falar comigo?

Schmidtie, duvido que ela vá querer ver você agora. Ela tende a se mostrar indiferente. Mais tarde, em Connecticut, eu creio que sim. Townsend não vai falar com você sem a autorização de Charlotte. Em seu lugar, eu escreveria para Charlotte. Uma carta curta, muito afetuosa e prestando todo apoio, sem pedir nada e lhe desejando boa sorte.

Schmidt refletiu sobre aquilo. Ele ia dizer: Você é um homem bom, Myron Riker, mas se deteve. Em vez disso, falou para Myron que estava autenticamente agradecido e contava com ele para receber notícias e avisá-lo caso pudesse ajudar de outra maneira.

Cinco minutos depois, telefonou para Myron de novo e disse que havia duas perguntas que devia ter feito antes: Seria correto aludir, em sua carta, à doença dela e a Sunset Hill? E por que sua filha, sua filha única, lhe dava as costas?

São boas perguntas, respondeu Myron. Acho que você pode, como diz, aludir à situação dela, mas não se detenha muito no assunto. Mencione de passagem, se for capaz disso. Quanto à segunda pergunta, não sei a resposta. Talvez Alan Townsend descubra. Tudo o que posso dizer é que, como regra geral, o mais provável é que alguma coisa gravemente errada se passe entre um pai e um filho. É uma relação muito carregada.

Concluída a conversa, Schmidt fez um segundo bule de café e bebeu uma xícara grande, na qual, ao contrário de seu costume, adicionou açúcar e leite. Deveria escrever à mão ou digitar? Digitar, resolveu. Charlotte sabia que as únicas cartas que ele não digitava eram cartas de condolência.

Querida, escreveu ele.

Você nunca está distante de meus pensamentos. Tudo nesta casa me fala de você. Andei na praia para o leste outro dia, até a passagem de Sagaponack e lembrei como você gostava de andar pelo lago com a água nos joelhos e as ocasiões em que a passagem estava aberta e você praticava bodysurfe na sua pequena prancha Styrofoam. Como você era corajosa!

Espero que continue sendo corajosa. Você tem enfrentado situações muito difíceis, é como ser atropelada por um caminhão. Agora é hora de repousar, curar-se e, como você costumava dizer, ficar melhor. Por favor, lembre que, perto ou longe, eu estou sempre a seu lado, sempre pronto a ajudar, sempre adorando você.

Seu pai.

Releu a carta. Não era grande coisa, mas achava que não era capaz de fazer nada melhor. Mais tarde naquela manhã, pôs a carta no correio, com o endereço de Charlotte em Nova York. Schmidt supôs que, caso chegasse depois de sua mudança para Sunset Hill, Jon Riker teria a decência de encaminhá-la. Pensando melhor, não havia nenhum motivo para acreditar nos bons sentimentos de Jon. Se Charlotte não respondesse depois de um intervalo razoável — Quanto tempo seria? Duas semanas? Mais? —, ele pediria a Myron que tentasse descobrir se a carta tinha chegado até ela. E caso se constatasse que Myron não conseguia obter ou fornecer nenhuma informação? Pare, Schmidt, você não pode continuar desse jeito. Se ela não responder, você vai escrever para ela de novo, para Sunset Hill, e mandar a carta pelo FedEx, especificando que alguém devia assinar o recibo.

17.

Não havia nenhuma carta de Charlotte na caixa postal de Schmidt quando foi pegar sua correspondência na agência do correio no dia de sua partida para Londres. Só havia contas, inclusive uma colossal do dr. Townsend e um pedido de Sunset Hill para um depósito a fim de cobrir as despesas da sra. Jonathan Riker. Schmidt não ficou surpreso de Charlotte não ter escrito e seria difícil dizer, sem mentir, que estava desapontado. A carta dela, se viesse, quase com toda certeza apenas traria insultos e más notícias. Myron lhe dissera ao telefone que aquilo que havia chamado de lento processo de cura tinha começado. Além das sessões com o dr. Townsend, havia terapia de grupo e de artes e trabalhos manuais — esta última, segundo Myron, era uma forma de terapia ocupacional. É claro, pensou Schmidt, pacientes sedados sentam-se numa roda, no chão, de pernas cruzadas, e atiram pedras nos pais e nos cônjuges, antes de se ocuparem com macramê ou pintura com os dedos. Todavia a ideia de que uma carta — qualquer que fosse seu conteúdo — podia ficar na sua mesa da cozinha, sem ser lida, enquanto ele estava curtindo a vida com Alice Verplanck, era algo intolerável. Foi por isso que, depois de virar e revirar o problema mil vezes em sua cabeça, Schmidt pediu para Carrie, que era quem separava a correspondência que Bryan pegava durante a ausência de Schmidt, verificar se havia alguma coisa parecida com uma carta de Charlotte. Caso chegasse uma carta assim, ela devia ler o conteúdo para ele no telefone. Talvez fosse algo desagradável, ele a preveniu. Carrie fez que sim com a cabeça. Não era nada demais. Na época em que ela e Schmidt viveram juntos, ela fora submetida mais de uma vez às cenas de Charlotte e compreendia, sem a necessidade de maiores explicações, o tipo de choque que ele receava. Isso foi uma coisa que ele fez direito: não havia mais nenhuma pessoa a quem aquela tarefa pudesse ser confiada, ninguém tinha tanta discrição ou tato. Carrie leria a carta para ele e nunca mais mencionaria seu conteúdo, a menos que fosse para oferecer consolo.

O encontro amoroso em Londres havia assumido uma importância tão incalculável, tinha enchido Schmidt de emoções tão contraditórias — entusiasmo, esperança, mas também pressentimentos — que ele resolveu chegar lá um dia antes e se conceder vinte e quatro horas para recuperar o equilíbrio depois de uma noite inteira de viagem. Calma era do que ele precisava, e serenidade. Porém, enquanto andava e ia vendo as pinturas nas salas da National Gallery que considerava suas velhas amigas, caminhava pelo Hyde Park, jantava sozinho num clube perto de Covent Garden com o qual seu clube de Nova York era associado, e na manhã seguinte, movido por um impulso repentino, cortava o cabelo e fazia as mãos numa manicure, ia compreendendo cada vez menos por que tinha dado ouvidos a Gil e mantivera de pé o encontro com Alice, por que se permitira imaginar que nada tinha a perder ao agir assim. Ou melhor, compreendia bem demais; fundamentalmente, tacitamente, ele acatara o implícito conselho cínico de Gil: faça sexo com ela, divirta-se. Sim, ele queria Alice, queria Alice com premência. Uma projeção contínua de slides de seus abraços estava em andamento e Schmidt não tinha a menor vontade de desviar os olhos das imagens. Se ao menos seus encontros amorosos em Paris tivessem ocorrido naquela mesma condição, a excitação que ele experimentava agora e a ansiedade presente em seu corpo teriam sido uma alegria sem complicações. Schmidt pediria ao hotel que pusesse no quarto um arranjo de flores de verão. Agora, ele poderia estar a caminho do aeroporto de Heathrow para receber o avião de Alice. Quem dera não tivesse dito para ela logo de saída — de forma muito prematura e tola, agora se dava conta — que desejava que ela ficasse sempre com ele, quem dera não tivesse logo falado em casamento. Em favor de Alice, é preciso reconhecer que ela havia feito objeções a seus apelos, mas de maneira tão doce e tão gentil que Schmidt se permitira tomar o que julgou ser o acanhamento de Alice por recato e concordância tímida. Que tolo tinha sido, pensava agora.

Os professores do colégio de jesuítas tinham evitado qualquer outra poesia que não grandes excertos da *Eneida*, e seu vetusto entusiasmo pelo latim levou-o a persistir nas leituras na faculdade. Tinha lido e relido Catulo e agora versos de uma das diatribes do poeta contra sua amante Lésbia forneciam as legendas para sua sequência de slides: Agora que eu a conheço, ardo mais ainda/ Porém você parece mais leve e mais vulgar./ Você pergunta, como pode ser? Tais injúrias/ Forçam um amante a mais amar, e também a menos querer bem. Que injúria teria sofrido Catulo? A de Lésbia ter sido infiel. E isso também não era verdade quanto a Alice? Sendo uma diferença cômica o fato de Popov, na condição de amante claramente portador de um título mais antigo, ter mais motivo para queixas do que ele!

O avião de Alice devia chegar às duas horas. Se não houvesse atraso, ela chegaria ao hotel por volta das quatro. O dia ensolarado e radiante era perfeito para mais uma caminhada pelo Hyde Park. Ao sair, Schmidt parou na portaria a fim de reservar uma mesa para almoçar mais tarde, sozinho, no hotel, e pediu também aquele arranjo de flores. Meu Deus, ele a amava! Morria de vontade de vê-la! O pequeno demônio acostumado a sussurrar em seu ouvido dava risadinhas nervosas. Você está limitando o risco de suas apostas, meu garoto, aquelas flores são de fato uma homenagem de amor ou uma piadinha cifrada, um riso de escárnio? Bem, e então, o que é? Cale-se, retrucou Schmidt, eu não sei. Restaurantes em geral davam a Schmidt motivos para acreditar no inevitável declínio não só do ocidente como também de todos os recantos do planeta. Portanto não foi de admirar que deparar com uma sala de jantar tão encantadora e com um *maître d'hôtel* que era um perfeito modelo da cortesia eficiente tenha melhorado sua disposição geral. Uma decisão amadureceu enquanto ele consumia seu excelente almoço. Alice lhe dissera na festa de Bill Gibson que ia explicar tudo em Londres. Bem, que explicasse. Ela teria dias inteiros para fazer aquilo e Schmidt não tinha a menor pressa. Se acontecesse de, nesse ínterim, ele tratá-la como uma vagabunda, tanto pior. Estavam no país de Evelyn Waugh. Como um personagem do livro *Vile Bodies* podia dizer, azar o de Alice.

De fato, assim que o mensageiro que trouxe a mala dela para o quarto desapareceu — os poderes mágicos da secretária do sr. Mansour tinham transformado o quarto duplo pedido por Schmidt numa suíte —, Alice abriu os braços e disse: Aqui estou, Schmidtie, faça comigo o que quiser. No avião, toquei em mim mesma por baixo do cobertor, só pensando nisso. Você me fez gozar.

Vamos tirar a roupa, sussurrou ele, em resposta.

A cama era muito larga e muito comprida — uma espécie de tamanho *superking* —, maior do que a que ele tinha em casa e construída para dormidores de cintura e de peso maiores do que ele e Alice, e o quarto, embora desse para a Carlos Place, era maravilhosamente silencioso. Schmidt ficara preocupado de não estar à altura das demandas daquele encontro amoroso, porém, para seu próprio espanto, estava sim. Uma combinação, supôs ele, do apetite sexual insatisfeito por mais de seis semanas, com a relativa novidade de fazer amor com Alice, certa humildade de Alice, a qual ele foi descobrindo que tornava bem-vindos certos gestos e demandas a que antes ela havia resistido e também, é claro, o relato da sua masturbação no avião. Fatos novos e cruciais foram revelados após o primeiro e frenético abraço. Deitada de costas sobre os travesseiros, as cobertas jogadas para o lado, as mãos de Alice sobre os seios, manipulando os mamilos, ela lhe disse que havia levado a si mesma ao clímax duas vezes, antes de adormecer, a mão ainda metida na calcinha. Então, ao soar o aviso de que o avião ia entrar numa zona de turbulência, a aeromoça a descobriu, quando levantou o cobertor de Alice para verificar se o cinto de segurança estava afivelado. Subitamente desperta, sentindo que o rosto ficava vermelho, viu que a aeromoça piscou e deu uma risada. A passageira a seu lado, no assento da janela, uma velha inglesa de maus bofes que não acharia graça nenhuma naquilo, felizmente estava num sono ferrado. O toque lascivo daquele relato sobre a excitação de Alice e a circunstância de ela admitir como algo perfeitamente natural que simplesmente pensar nele era capaz de deixá-la excitada, em troca excitou Schmidt com uma força que o fez lembrar-se de sua mocidade. Schmidt queria tomá-la vezes seguidas e penetrá-la com todo o seu vigor. Mas agiu com cautela. Mesmo no ardor de seu arrebatamento, evitou dizer que a amava ou falar de um futuro compartilhado. Só disse a ela que o estava deixando inimaginavelmente feliz, ao que Alice, ofegante, respondeu, eu quero, eu quero. E foi ela que murmurou mais de uma vez: Schmidtie, eu amo você.

Os dias passaram mais depressa do que Schmidt esperava, grandes bocados de cada dia consumidos na cama. Já era segunda-feira. No dia seguinte, ela teria de pegar o avião de manhã bem cedo para Paris; Schmidt voltaria para casa à tarde. Mas quando sentaram para jantar na noite de segunda-feira, ela ainda não havia mencionado o nome de Popov nem dera a explicação prometida. Schmidt manteve sua decisão de deixar por conta de Alice a iniciativa de falar sobre aquele assunto. Mais de uma vez, passou pela sua cabeça que ficar naquela espécie de terra de ninguém não era desagradável, que talvez despedir-se sem que nada ficasse explicado ou definido fosse o melhor desfecho possível, contanto que ele pudesse conservar Alice. Mas conseguiria? O obstáculo não estava bem ali na sua frente? E em que condições? Ao preço de repetidas humilhações, como a que sofrera no gramado da casa de Bill Gibson? Estaria ele pronto para uma versão francesa da poliandria? Dividir o corpo de Alice com o detestável Popov?

Schmidtie, disse ela depois que o garçom encheu suas taças. Eu prometi lhe dar uma explicação. Preferia não fazer isso, mas acho que você está contando com isso.

Ele quase respondeu: Não, vamos ficar como estamos. Ainda não estou pronto para ir ao cadafalso. Mas não conseguiu falar e sentiu a cabeça fazer que sim, como que movida por vontade própria.

É uma coisa muito simples, na verdade, prosseguiu ela. Sei que você já adivinhou boa parte do que houve. Vou apenas acrescentar alguma coisa à história. Você vai me compreender melhor. Talvez me julgue de maneira menos severa. Sim, Serge e eu temos um relacionamento. É muito antigo. Começou no verão antes de eu ir para Radcliffe. Ele trabalhava numa editora em Paris — Flammarion, naquela época, não a editora em que ambos trabalhamos agora — e veio a Washington a fim de falar com meu pai sobre o general De Gaulle. Alguém, um político muito conhecido, tinha planos de escrever um livro sobre suas memórias dos anos da guerra e, antes de contratar o livro, a Flammarion enviou Serge para levantar alguns dados, conferir com meu pai se De Gaulle tinha sido retratado de forma justa. Meu pai convidou Serge para jantar na embaixada e foi assim que ele me conheceu. Achei-o muito sério e sofisticado. Depois disso, tudo aconteceu muito depressa. Ele foi o primeiro homem com quem fui para a cama. Depois Serge voltou para Paris e, no outono, fui para Radcliffe. Serge já estava casado com Solange; ela já estava paralisada; eles tinham filhos; Serge não podia fazer visitas a Cambridge para me ver, mesmo que tivesse pensado em fazer isso; e nada jamais foi dito a respeito de um divórcio. Acho que eu já sabia que era uma coisa fora de questão. Ainda que ele não tivesse voltado para Paris e morássemos no mesmo lugar, não sei se estaria disposta a continuar ligada a um homem casado. Eu andava inconsolável. Depois, havia os rapazes de Harvard com quem eu saía, mas nada era muito sério. Então conheci Tim em Washington e, em pouco tempo, ficamos noivos e nos casamos. Você sabe disso.

Schmidt fez que sim com a cabeça e disse: Alice, tome sua sopa. Deve ser tomada quente.

O comentário era tão tolo que os dois deram uma risada.

Sabe, prosseguiu Alice, os pais de Solange são muito *mondains* — muito sociais. Na época em que Tim e eu mudamos para Paris, eles promoviam festas em grande escala em sua residência na Rue de Lille. Havia um amplo jardim nos fundos da casa — parecia um pequeno parque — e na temporada do verão, em Paris é no mês de junho, eles sempre davam uma famosa festa ao ar livre. *Le tout Paris*, todo mundo importante em Paris, estava lá. De todo modo, por causa de meus pais, Tim e eu entrávamos na lista de convidados deles e, na primeira vez que fomos, naturalmente encontrei Serge. É terrível, não é? Eu não o via desde Washington e fazia anos que não pensava nele. Serge jamais disse que pensara em mim. Mas me convidou para almoçar. Eu já estava bastante infeliz com meu casamento. O casamento dele, desde que Solange adoecera, havia se reduzido a cuidar da esposa e criar os filhos. Logo depois do almoço, retomamos nosso relacionamento a partir do ponto em que havíamos parado. Em pouco tempo, aquilo se transformou numa situação regular! Eu não queria encontrá-lo em hotéis — naquele tempo, eu era mais decente! —, por isso Serge alugou um pequeno apartamento perto da editora. Agora, ele é o dono. Serge foi muito bom comigo, Schmidtie. Ajudou-me a conseguir meu emprego, por exemplo. Eu jamais teria conseguido isso sem sua ajuda. Mas o que importou mesmo foi o apoio emocional. Eu não teria sido capaz de suportar aqueles anos terríveis com Tim e Bruno se não pudesse contar com o apoio do Serge.

Entendo, disse Schmidt. Suponho que isso começou antes daquele verão terrível de 85, antes de você descobrir que Tim era gay.

Ela hesitou.

Sim, respondeu. Tim me rejeitava. Quase nunca ficávamos juntos. Quero dizer, ele mal fazia um esforço para ir para a cama comigo. Era detestável.

Alice enxugou uma lágrima de cada olho.

Mas você já desconfiava de que ele, na verdade, era gay?

Sim e não. Serge me contou que Bruno tinha essa reputação e comecei a ligar isso à falta de interesse de Tim por mim, mas eu não tinha nenhuma prova, naquela ocasião. Vai parecer estranho para você, mas até aí eu jamais tinha conhecido uma pessoa que eu soubesse que era homossexual!

O velho Lew Brenner continua com a pontaria afiada, pensou Schmidt. Mas na realidade que diferença faz quando ela descobriu isso? É tudo tão tolo.

Schmidtie, por favor, tente imaginar como eu precisava desesperadamente de alguém em quem me apoiar!

Eu compreendo isso, de fato, compreendo muito bem.

Essa era a verdade. Schmidt havia passado para uma questão mais importante e resolveu abrir o jogo.

Alice, disse ele, o que não entendo é onde eu entro nessa história? Você continua com o Popov. Isso está claro para mim e você não nega. Por que foi para a cama comigo quando vim a Paris, pela primeira vez? Por que foi para a cama comigo na segunda vez? Por que ficou sentada na minha frente e deixou que eu dissesse que amo você, que quero casar com você — usei de fato essas palavras —, por que você deixou que eu fosse tão longe? E por que me convidou para aquele almoço com Popov? Por que não me disse que ia aos Estados Unidos com aquele homem? Por falar nisso, por que está aqui?

Ela enxugou mais lágrimas e depois respondeu: Schmidtie, na verdade isso é muito simples! Eu queria. Eu queria ir para a cama com você. Você me disse que tinha se apaixonado por mim, em Paris, à primeira vista. Não percebe que algo semelhante aconteceu também comigo? Não estou acostumada a dizer que estou apaixonada. Mas, à minha maneira, estou! Eu quero você! Por favor, não me mande embora.

Ah, Alice, disse Schmidt, isso é a última coisa que eu desejo. Você é meu sonho de felicidade. Meu único sonho. Mas e quanto a Popov? Ele sabe a meu respeito?

Não, disse ela, com ar mais triste do que quando estava chorando. Não contei para ele. Acha que fui visitar uma amiga que é casada com um dos diretores da Universidade de Oxford. Naquelas vezes em que eu e você ficamos juntos em Paris, ele estava fora.

Sim, disse Schmidt. Essa parte, quer dizer, ele estar fora, passou pela minha cabeça. Mas quero ter certeza de que compreendo de fato: você não está pensando em contar para Popov a nosso respeito. Deixe-me dizer de modo mais simples: você não tem intenção de pôr fim àquele relacionamento. Não é isso?

Alice fez que sim com a cabeça.

Mas também tem intenção de continuar se encontrando comigo?

Ah, sim, respondeu ela, muito!

Mas por quê, Alice, por quê? Por que você quer enganar Popov? Por favor, me perdoe por usar essa palavra, mas afinal é a palavra correta. Por que você tem a intenção de ir para a cama com dois homens? O que há em mim que leva você a fazer isso?

Schmidtie, você não compreende. Serge não é como você. Nunca foi como você. Eu e ele fazemos amor tão raramente! Ele gosta que os amigos dele saibam que nós estamos juntos; gosta de ser visto comigo; gosta de ficar deitado na cama comigo e conversar. Sempre foi assim. Muito pouco do que de fato interessa, do que eu faço com você. Agora, quase nunca acontece. Por favor, entenda. Com Serge, é como um casamento antigo. Se eu for embora, vou destruí-lo. Não posso fazer isso. Você mesmo não faria, se estivesse em meu lugar.

Tinham terminado o prato principal e a garrafa de vinho.

Vamos pedir uma boa sobremesa, disse Schmidt, algo que combine com champanhe.

Então está tudo bem?, exclamou ela. Você compreende e está tudo bem.

Schmidt deixou passar muito tempo sem responder, enquanto pedia o champanhe, que foi trazido à mesa com grande rapidez, e enquanto decidiam pedir também um suflê e enquanto o garçom enchia suas taças.

Isso é tremendamente, tremendamente triste, disse para ela. Na verdade, isso é tudo o que posso dizer por enquanto.

Era a verdade. Ele queria dizer para Alice que estava tudo bem, mas achava que não conseguiria viver com a resposta que ela queria. Ou com a resposta que ele temia ser a única que ele podia dar.

Schmidtie, você não está vendo? Não sente que estamos felizes juntos? Por que quer abrir mão de nossa felicidade?

Ele respirou fundo, demoradamente. Tudo bem, disse Schmidt, vou tentar explicar. É uma questão de ter começado a andar com o pé trocado, um caso de suposições erradas. Não achei que eu estivesse tendo uma aventura passageira com você — uso essa expressão porque é a maneira mais suave que pude imaginar —, eu não teria a coragem de pensar que você desejaria tal coisa. Eu me apaixonei de verdade, completamente, com toda a sinceridade e a seriedade de que sou capaz. Sem dúvida, existe alguma coisa muito errada na maneira como penso e reajo, mas não consigo voltar atrás e dizer que toda aquela conversa séria sobre amor era um engano e uma tolice, Popov permanece em cena, mas Alice e eu podemos nos encontrar quando ele estiver fora ou envolvido em qualquer compromisso, e nos entregarmos a todos os prazeres e diversões. Simplesmente não consigo. Não posso comer as migalhas que caem da mesa de Popov. Portanto sugiro que terminemos nosso suflê, terminemos nosso champanhe, tomemos o café e um conhaque tão bom quanto aquele que tomamos em Paris. E, depois de tudo isso, vamos voltar para o hotel e passar a noite trepando! Em poucas palavras, não é isso que você está propondo?

Não acho que eu mereça isso, disse Alice. Ou talvez mereça. Talvez seja exatamente isso que estou pedindo. Vamos fazer desse jeito mesmo. Uma noite trepando e depois até logo. Mas espero que você ainda lembre o que vou lhe dizer agora: você está cometendo um erro cruel e horrível. Um erro do qual nunca vai deixar de se arrepender.

Quando o despertador dela tocou, de manhã, Schmidt pegou o telefone para pedir o café da manhã. Ela o deteve, balançando a cabeça com ar zangado, mas sem falar nada. Em seguida, trancou-se no banheiro. Quando saiu de lá, já estava vestida. Sua pequena mala estava pronta — tinha arrumado tudo antes de irem para a cama. Apanhou-a e saiu do quarto, batendo a porta às suas costas. Nesse meio-tempo, Schmidt havia implorado seu perdão, havia implorado que ela falasse alguma coisa, pedira outra chance. Ela o ignorou.

O champanhe, cuja maior parte ele mesmo havia bebido? A ira contra ela e contra Popov? Contra si mesmo? Assim que Alice lhe disse que ele estava cometendo um erro do qual iria se arrepender, Schmidt se deu conta de que ela estava com a razão. Mas como se retratar? Então, quando estavam trepando — aquelas palavras, que palavras terríveis —, ele fez amor com ela sem pronunciar nenhuma palavra de amor, sem ternura, transformando cada carícia numa agressão. Transformou em cobranças os gestos que antes ela havia aceitado, que de fato parecia receber bem: o dedo que explorava o ânus, a felação exigida e recebida, a interminável cunilíngua. A cunilíngua que ele prolongou até que ela gritasse em mais um paroxismo, depois do qual ele a submeteu a uma declamação das qualidades de sua vagina, que o levavam a apreciá-la mais do que qualquer outra que havia conhecido. Depois que terminaram, ele voltou à razão e implorou que ela o perdoasse. Mas foi a vez de Alice ficar em silêncio. Ela não disse nada, nenhuma palavra mais. Como se ele a tivesse sufocado. Uma grande noite trepando! Aquelas palavras, ele temia, estavam fadadas a ecoar interminavelmente, até o fim de seus dias. Schmidt olhou para si mesmo no espelho do banheiro depois que ela foi embora. Seu rosto estava branco, sem sangue. Ele era uma ruína.

18.

É claro, não havia nenhuma carta de Charlotte à sua espera. Schmidt escreveu para ela mais uma vez, uma versão mais curta da primeira carta e mandou-a, via Express Mail, junto com uma blusa de manga comprida de listras azuis e brancas, do tipo que ela gostava, que ele havia comprado ao passar pela Jermyn Street, em seu primeiro dia em Londres. Tinha esperado dez dias pela resposta da filha ou por um telefonema dela; na carta, Schmidt lembrava que Charlotte podia telefonar a cobrar para a casa dele, ou para o trabalho, ou para o apartamento de Nova York. Caso não tivesse notícias dela, pediria o conselho de Myron. Devia entrar em contato com o diretor de Sunset Hill ou com o dr. Townsend para combinarem uma visita? Será que Myron tinha outra ideia? Ou ele estava condenado a esperar eternamente alguma palavra de Charlotte, um sinal de alguma melhora? Trabalhar, concentrar-se na fundação, nesse meio-tempo, era a prescrição para ele. Isso e também evitar ações impulsivas e mal calculadas.

Schmidt chegara a Bridgehampton tarde da noite. Na manhã seguinte, antes de escovar os dentes, antes de tomar a primeira xícara de café, telefonou para a florista predileta do sr. Mansour em Paris e pediu que entregasse uma orquídea lilás na casa de Alice. A julgar pelo preço, devia ser uma árvore de orquídeas. Mas tudo bem. Schmidt queria alguma coisa que clamasse "contrição". O que escreveria no cartão? O que diria o cartão? Ele entendeu a pergunta que a vendedora fez em francês e tentou ditar a resposta em inglês: *Eu me comportei como um imbecil. Por favor, me perdoe. Assinado, Schmidtie.* A vendedora levou um choque com a palavra "imbecil" e insistiu teimosamente em trocá-la por algo mais suave. Seria uma forma de amenizar a situação, mas Schmidt não estava interessado. Houve também um problema com o nome "Schmidtie". Ela insistia em grafar "Schmidt". *Merde*, disse ele em inglês, e acabou optando por uma mensagem num francês infantil que ele sabia com certeza estar gramaticalmente correta: *S. demande pardon*. Azar de Schmidtie. Algumas horas depois, quando estava almoçando sardinhas e queijo Gruyère, a florista telefonou. A mesma jovem. Madame Verplanck tinha recusado o presente. Seu cartão de crédito seria creditado com o preço da flor, menos o custo da entrega. A vergonha, uma vergonha dilacerante, tomou conta dele. Por que ele estava pedindo desculpas? Pelo sexo bruto e sem amor e pela longa explanação sobre as qualidades da sua boceta? Definitivamente. Seria uma desculpa abrangente, que englobava uma retratação de sua despropositada exigência da fidelidade dela? Schmidt não fizera tal exigência. O que havia pedido de Alice era honestidade. Ela devia ter contado para Popov o que se passava entre eles dois. Se Alice tivesse feito aquilo, a questão da fidelidade nunca teria sido levantada. Ele não aceitaria um regime de propriedade compartilhada. A recusa pulou de algo que estava enterrado bem fundo, dentro de Schmidt, algo que não podia ser alcançado ou alterado.

Esse era seu estado de espírito quando encontrou Gil Blackman para almoçar na cidade, no Four Seasons Grill, no Seagram Building, um restaurante que nova-iorquinos chiques como o sr. Blackman tratavam como seu clube particular, onde os *maîtres* e os proprietários tinham memorizado, ou listado no computador, as idiossincrasias dos clientes, quer relativas a preferências dietéticas ou à mesa onde se sentiam mais presunçosamente felizes.

Triunfo?, exclamou o sr. Blackman.

Derrota.

Não posso acreditar. Você foi até Londres e levou um fora? Por quê? Como?

E então Schmidt tentou explicar. Uma vez que tudo o que podia dizer sobre sua última noite com Alice era que a havia tratado mal, sem nenhum carinho, muito embora ela tivesse pedido desculpas, na medida do possível, e dito que o amava, a explicação pareceu absurda, até mesmo para Schmidt. A expressão de incredulidade no rosto de Gil pôs fim ao pouquinho de vento que ainda restava em suas velas.

Meu Deus, disse o sr. Blackman, afinal, a dama explica para você que tem um caso antigo com o Popov, uma coisa que, pela maneira como você conta, mais parece uma amizade ou uma compaixão pela situação dele do que sexo, e você fica todo ofendido em seu orgulho, empina o nariz e vai embora! Se não quer dividir a mulher num regime de propriedade compartilhada, como você mesmo diz, por que não afastá-la de Serge? Ofereça a ela mais satisfações na cama do que ele é capaz. Como pode ter ciúmes do passado dela com ele? Ou você achava que a mulher era virgem?

Não, ele não achava isso. Sim, ele fora um idiota. E não, não havia nada que ele pudesse fazer. Não havia como tomá-la de Popov, e ele não era capaz de dividi-la com Popov, e logo Popov, entre tantas pessoas, Schmidt não poderia ser um cúmplice dessa traição. Esse era o resumo da resposta dele.

O sr. Blackman fez que sim com a cabeça e pediu mais um martíni. Quer um também?, perguntou.

Schmidt balançou a cabeça. Não, se ainda fosse trabalhar naquela tarde.

De maneira bizarra, lhe ocorreu que, se sua pobre e falecida Mary o tivesse ouvido, teria girado os olhos, um dom que nem mesmo o sr. Blackman possuía.

Você vai se arrepender disso o resto da vida, prosseguiu o sr. Blackman, não me refiro ao martíni, e sim a mais uma vez jogar fora a criança junto com a água da bacia. Isso já virou um hábito seu, não é, um hábito que começou quando deixou aquele cretino do DeForrest passar a perna em você e levar a melhor na disputa pelo comando da firma, a sua aposentadoria precoce, a reação de prima-dona que quase lhe custou o emprego na fundação do Mike. Imagine que, quando ele lhe ofereceu o emprego, você teve o descaramento — ou melhor, a mera burrice — de dizer ao Mike que estava hesitante, que trabalhar para ele poderia interferir na amizade de vocês! Que palerma derrotista você é capaz de ser! Então puxei você da beirada da janela. Na certa, era melhor que tivesse ido com você para Londres. É muito bobo para andar por esse mundo afora desacompanhado.

Pare, disse Schmidt, por favor, pare. Já estou arrasado demais. E ainda nem lhe contei sobre Charlotte.

O sr. Blackman escutou com atenção e continuou em silêncio durante um tempo quando Schmidt terminou. Santo Deus, disse ele, afinal. Tenho uma ideia. Conhece o primo de Elaine, Jerry?

Schmidt balançou a cabeça.

Ele é o papa dos psicanalistas de Nova York. A maioria foi treinada por ele, pessoalmente. Vamos dizer que eu peça para ele bater um papo de especialistas com o tal do dr. Townsend e descobrir o que está de fato acontecendo, da perspectiva dele, que tal? Dê certo ou não, também não vai fazer mal nenhum deixar claro para o dr. Townsend que ele deve prestar muita atenção a esse caso.

Schmidt fez que sim com a cabeça. Por favor, faça isso.

Muito bem. Agora vou lhe dar algumas notícias alegres. Acredite ou não, Canning aceitou a ideia da mudança de sexo. Agora já temos um personagem feminino de ponta. Seus créditos no filme estão garantidos.

Isso é ótimo, disse Schmidt. Vocês vão chamar a Julia Roberts?

Ela é bonita demais. Precisamos de alguém com mais agressividade. Acho que vamos tentar a Sigourney Weaver.

Quando se despediram — suas despedidas, Schmidt notou, estavam se tornando cada vez mais emotivas —, o sr. Blackman disse: Schmidtie, você é teimoso que nem uma mula, eu sei disso. Mas, por favor, faça um favor a si mesmo e saia desse buraco que você cavou para si. Venha para a superfície. Vá para Canossa — quero dizer, para Paris. Corteje a mulher, traga-a de volta para a cama, deixe que o tempo resolva sozinho o resto.

Schmidt fez que sim com a cabeça, apertou a mão de Gil mais uma vez e seguiu seu caminho pela Park Avenue, rumo à parte alta da cidade. Tinha a impressão de que andava cambaleante, embora na verdade seus passos fossem perfeitamente firmes. O sol brilhava de forma ofuscante. Ele atravessou para o lado oeste da avenida em busca de trechos de sombra e prosseguiu rumo ao norte. Gil tinha razão: bancar o idiota no caso de Dite, Katerina e suas predecessoras em nada prejudicava sua capacidade de analisar os problemas dos outros. Por que não aceitar o conselho de seu melhor amigo, um artista que tinha mostrado, um filme depois do outro, como compreendia bem as mulheres? Por quê? Porque ele não confiava em Alice. Era isso que estava no âmago da sua teimosia absurda. Alice tinha mentido, tentara induzi-lo a dividi-la com Popov, o fizera de bobo. Schmidt tentara pedir desculpas — flores compradas por telefone, a mensagem ditada para a vendedora —, o tipo de coisa que seria suficiente se ele tivesse esquecido o aniversário dela. Uma pena. Implorar perdão a ela com a cabeça coberta de cinzas, pôr-se de joelhos, era algo acima de suas forças.

Fosse por causa da intervenção do primo Jerry, ou de algum discreto sinal de Myron, ou da mera passagem do tempo, provando mais uma vez que amadurecer é tudo, Schmidt recebeu, em seu trabalho, um telefonema da médica assistente do dr. Townsend. Contendo a ânsia de perguntar o nome da doutora, Schmidt ouviu com atenção e respeito. A jovem, de origem russa, ele era capaz de apostar, lhe disse que o doutor estava ciente das cartas que ele havia escrito para a filha, Charlotte, e do fato de ela não ter respondido. Se o sr. Schmidt estivesse interessado em marcar uma consulta com o dr. Townsend sobre o estado da sra. Riker, a doutora ia marcar um dia e horário. O sr. Schmidt devia entender que a consulta custaria cento e cinquenta por cento do preço de costume de uma sessão do médico e não seria reembolsada no todo ou em parte pelo seguro de saúde. O sr. Schmidt aceitou. Dois dias depois, a mesma jovem telefonou outra vez. A consulta poderia ocorrer no dia seguinte. Estou com sorte, pensou Schmidt, lembrando que, no passado, os psicanalistas de Nova York sumiam da cidade no dia 1º de agosto e só voltavam no feriado do Dia do Trabalho. Na certa ele conseguira alcançar o médico de Charlotte na hora em que ele já estava na porta, com as malas, para sair.

Era um consultório singularmente impessoal: nenhum diploma nem fotografias da esposa, dos filhos, de cavalos, de barcos a vela. Em lugar disso, litografias da antiga Nova York, antes do coração da cidade se transferir para a parte alta e, acima do indispensável sofá estofado com couro, um ecumênico grupo de fotografias de estúdio. Schmidt identificou Freud e Jung. Os outros, lhe disse o dr. Townsend, eram os grandes de Nova York: Abraham Brill e Lawrence Kubie e, numa categoria à parte, Wilhelm Reich, um homem muito incompreendido e subestimado. Predisposto a não acreditar nele, Schmidt achou o jovem médico — supôs que estivesse na casa dos quarenta e poucos anos — simpático e direto assim que começou a falar. Mesmo sem os diplomas, não tinha dúvida de que Townsend era produto de um dos três ou quatro colégios internos e, depois, de Harvard, Yale ou Princeton, e que ele havia passado os verões de sua juventude no Maine ou em Long Island. Não fizera mal a Schmidt ter entrevistado dúzias e dúzias de jovens candidatos a um emprego na firma W & K. A ideia daqueles anos de advocacia praticante, da companhia de jovens a quem admirava, de todas aquelas lealdades, abruptamente encheu Schmidt de um sentimento de nostalgia.

Olhe, sr. Schmidt, disse o dr. Townsend, não faço terapia de família e não vou tentar melhorar sua relação com Charlotte. Meu propósito é obter do senhor alguma informação capaz de me ajudar a tratá-la e também responder ao seu perfeitamente natural e legítimo desejo de ter uma compreensão melhor da situação dela. Para o senhor, assim está bem? Por favor, tenha em mente que posso contar ou não para Charlotte o que o senhor me disser, e posso acreditar ou não no que o senhor disser, tudo bem?

Schmidt fez que sim com a cabeça.

Primeiro, pode me dizer quais o senhor acha que são os principais traumas da vida de Charlotte? Não precisa falar do acidente, estou falando de antes do aborto e da histerectomia.

Schmidt, mais uma vez, fez que sim com a cabeça. Na verdade, disse ele, houve poucos, ou pelo menos não sou capaz de identificar muitos. Houve uma briga feia quando Charlotte tinha onze ou doze anos e eu finquei pé e disse que não tínhamos condições de pagar para sustentar o cavalo dela em Nova York. Uma briga tão feia que a lembrança continua muito viva. Deve ter sido a primeira vez que lhe recusei alguma coisa importante, que ela queria de fato. Aliás, minha esposa Mary e eu formamos uma frente unida na questão daquele cavalo. Depois houve meu próprio comportamento inadequado. Durante um verão muito difícil — difícil porque Mary, que sofria o que foi diagnosticado como depressão, me tratava com bastante hostilidade —, eu me permiti ir para a cama com a babá de Charlotte. Só muito tempo depois, uns três anos atrás, descobri que Charlotte tinha sabido, ainda que de modo impreciso, o que estava acontecendo. Não sei como ela se deu conta daquilo, a garota e eu éramos extremamente cuidadosos e nenhum de nós percebeu nenhum sinal de bisbilhotice ou de alguma diminuição na afeição de Charlotte por ela ou por mim. Foi Mary quem nos descobriu, por causa de uma mancha no lençol, e despediu a garota. Mas então Mary melhorou e voltou a ter relações tranquilas comigo, inclusive sexuais. Talvez o mero fato de a garota ter sido despedida, talvez alguma coisa que ela tenha deixado escapar, permitiu que Charlotte imaginasse o que havia acontecido, ou na hora ou tempos mais tarde, em retrospecto. Não sei dizer. Isso é suficiente? Precisa de mais detalhes?

Townsend balançou a cabeça. Não por enquanto.

Muito bem. Tomando embalo, Schmidt enveredou num relato de sua complicada — pois ele insistia que era assim — aversão ao casamento de Charlotte com Jon Riker; sua decisão de fazer uma doação para Charlotte, com usufruto vitalício, de sua casa em Bridgehampton como um presente de casamento e se mudar para outro lugar, uma decisão que ele certamente reconhecia como sendo motivada por seu desgosto de morar com Charlotte e Jon numa casa da qual ele não era o senhor, decisão que, por razões tributárias muito sólidas, acabou por levá-lo a comprar a parte de Charlotte no imóvel; sua tristeza com a decisão de Charlotte de ser casada por um rabino num restaurante do Soho, em vez de fazer isso na casa dele.

Schmidt parou para tomar fôlego e disse: Eu me dei conta de uma coisa, estou dando ao senhor uma versão que paga certo tributo ao fato de Renata Riker ter me criticado severamente por causa daquilo que ela diz ser meu arraigado antissemitismo. Percebi que existe de fato um fio de antissemitismo que percorre minhas relações com Jon Riker e sua família. Devo essa percepção à dra. Riker e também ao meu melhor amigo, que por acaso é judeu. Isso é verdade e não pretendo negar, mas quero que o senhor saiba que fiz o melhor que pude para me purgar de todo traço de antissemitismo e acho que consegui. E gostaria que o senhor aceitasse minha garantia de que minha disposição contrária aos judeus, qualquer que fosse ela, jamais envolveu a ideia de fazer mal a um judeu, de nenhum modo. Por exemplo, Jon Riker deveu seu emprego de advogado em minha antiga firma quase que inteiramente ao meu esforço pessoal. Não que seu trabalho não fosse excelente. Ele apenas precisava de um empurrãozinho para fazê-lo subir na hora certa, sem o que talvez parecesse uma demora humilhante. O senhor pode dizer que fui antissemita apenas no plano estético! Schmidt riu nervoso, consciente do olhar vazio de Townsend sobre ele.

Entendo, disse o sr. Townsend.

Sim, disse Schmidt, o senhor também acha que minha folha de parreira é muito pequena para esconder minha nudez. Tudo bem. Passemos para os traumas subsequentes que Charlotte pode ter sofrido. Suponho que tenho de incluir meu relacionamento com uma garçonete porto-riquenha muito jovem

— vinte anos de idade — e muito bonita, que começou depois da crise com Charlotte por causa da casa, ou na mesma época, e durou mais de dois anos. Sei que Charlotte ficou magoada com isso. Se foi um trauma, não sei. Menciono o caso para completar o quadro. Outros traumas: o caso de Jon Riker com uma espécie de assistente na firma de advocacia e uma enorme indiscrição não especificada, ou talvez algo mais grave, que o levou a ser demitido. O caso da própria Charlotte com um colega das relações públicas da firma onde ela trabalhava — isso também terminou mal. Ela ia começar um novo negócio com ele, usando meu dinheiro, porque ele não tinha nenhum, quando de repente, de uma hora para outra, ele a deixou e voltou para a esposa da qual estava divorciado ou estava se divorciando. Não lembro mais. Charlotte e Jon voltaram, mas acho que, para eles, a época das flores havia passado. A empresa onde ele trabalha agora não chega aos pés da W & K, minha antiga firma, onde ele poderia ter ganhado dinheiro de sobra para a vida toda. E os pais de Riker — parece que estou contando fofocas de adolescente — parecem muito menos prósperos do que já foram no passado, e tudo isso acabou precipitando o que só posso denominar de um ataque geral contra o dinheiro de Charlotte. Então, curiosamente, em abril deste ano, Charlotte estendeu um ramo de oliveira para mim, num gesto de reaproximação. Uma trégua que terminou com mais uma tentativa de Jon de se apoderar de meu dinheiro. Ele teve a cara de pau — talvez eu não devesse usar essa expressão — de tentar me forçar a criar uma espécie de fundo financeiro para a criança que nem havia nascido e que seria meu neto. Como se alguma coisa em meu passado com Charlotte justificasse a desconfiança da parte deles quanto à minha generosidade!

Fez uma pausa antes de prosseguir. E isso nos leva ao aborto. Porém quero dizer mais uma coisa. O papel de Renata Riker em tudo isso tem sido nefasto; sua conduta tem sido imperdoável.

Sr. Schmidt, disse o dr. Townsend, em tom brando. Não me importo que o senhor desabafe a raiva que sente de Renata Riker ou de qualquer outra pessoa, mas o que pedi para o senhor me contar foram os traumas de Charlotte. Obrigado pelas informações que me deu. Devo dizer que o senhor tem uma mente notavelmente bem organizada. Agora vou lhe dizer o que posso sobre sua filha.

Lendo suas anotações, ele disse para Schmidt que a depressão de Charlotte estava um ou dois pontos abaixo de uma depressão grave. Como Myron Riker, ele não gostava da taxonomia. Charlotte estava começando a reagir aos medicamentos, mas sofria os efeitos colaterais inevitáveis: fadiga, apatia (eles mesmos afins aos sintomas da depressão) e, é claro, algum ganho de peso. Não muito significativo, mas existe, assim mesmo; na hora devida, ela vai perder esses quilos. De início, houve uma sensível hostilidade com o médico, em relação ao que ela chamou de seu lado branco, protestante e tradicional. Isso havia desaparecido e, em seu lugar, ele vinha observando uma transferência positiva. O ego de Charlotte, a ideia que ela tinha de si mesma, parecia ser surpreendentemente frágil. Cambaleava sob o peso da culpa e da insegurança — isso era, disse o dr. Townsend, o que ele havia anotado, literalmente. Em todos os casos de depressão significativa, o suicídio é o maior perigo e um motivo para preocupação. No caso de Charlotte, no entanto, sua preocupação era atenuada pelo apoio institucional do hospital, e ele acreditava que quando ela saísse de Sunset Hill aquele risco teria diminuído substancialmente. Prognóstico: no geral, bom. Dentro de certo tempo — ele não era capaz de quantificar o que isso significava — ele diminuiria aos poucos a dose de medicamentos com o objetivo de, mais cedo ou mais tarde, depois que ela tivesse alta, liberá-la de todo tipo de remédio. Esperava estar em condições de indicar o regresso de Charlotte para casa antes do Natal. Mas isso era apenas uma hipótese; chegar a esse ponto podia demorar um tempo bastante maior. Daquele ponto em diante, ele recomendaria terapia e monitoramento — especificamente, duas sessões por semana —, com ele ou com outro psiquiatra habilitado a receitar medicamentos e a ministrar terapia. A volta ao trabalho, algo que estava nos planos de Charlotte, era muito recomendável, porém não deviam se apressar.

Enquanto ouvia aquele homem simpático, racional e atraente, Schmidt se perguntava como seriam seus pacientes. Devia haver pais em algum lugar; ele não parecia ter sido uma criança abandonada ou um filho adotivo desde o berço. Pais ou algo equivalente estão sempre à espreita, em algum canto, como baratas. Será que aquele homem tinha sido vacinado ao nascer contra o veneno paterno? Ou será que o próprio médico estava sob o efeito de remédios, cuidadosamente monitorado por alguém semelhante a Townsend, enviado pelo diretor de elenco, para que aquele simpático Townsend não irrompesse em seu belo apartamento duplex em Carnegie Hall, agredisse sua diligente esposa, espancasse seus belos pimpolhos quando chegassem em casa, de volta de Chapin e Buckley, e depois se enforcasse com os próprios suspensórios — Schmidt era capaz de jurar que os suspensórios bordados eram de Turnbull & Asser e vinham com a garantia de suportar os setenta e sete quilos de músculos e ossos que o dr. Townsend parecia carregar. Sim, era assim que ele faria: prenderia à balaustrada a ponta dos suspensórios que não dava volta pelo seu pescoço, se deixaria cair para o lado e *puf*. Foi-se todo o ar do dr. Townsend!

Sou sinceramente grato ao senhor, disse para o médico, por essa explicação e por tudo o que está fazendo pela minha filha. Uma pergunta óbvia: posso falar com Charlotte?

Vou perguntar para ela, quando a visitar esta tarde. Caso se mostre receptiva à sugestão, tomarei as providências necessárias para agendar a visita em Sunset Hill. O senhor está disponível, em geral?

Sim, respondeu Schmidt. Posso ir lá qualquer dia, a qualquer hora.

Ótimo. Eu ou minha assistente telefonaremos para o senhor. Mas tenho de preveni-lo de que uma visita pode não ser tão agradável para o senhor ou para Charlotte quanto o senhor ou ela — em suas condições normais — gostariam. Caso o senhor queira me informar como correu o encontro, aqui está meu telefone durante o verão. Vou tirar umas férias curtas.

O encontro em Sunset Hill foi à uma hora da tarde, no domingo. Schmidt previu o tráfego da praia, típico do verão, em todas as direções: uma viagem que levava duas horas ou duas horas e meia poderia facilmente demorar quatro horas. Como havia dormido mal na noite anterior, tomou o café da manhã às pressas e, enquanto se barbeava, notou um ligeiro tremor incontrolável em sua bochecha esquerda. Seria uma espécie de ataque do coração? A boca estava tão seca que a língua colava ao palato. Só para ver se conseguia, tentou pronunciar *miserere mihi* e surpreendeu as palavras escapando de seus lábios como débeis guinchos. Temia a morte pela água, mas pegaria balsas: a primeira de Sag Harbor para Shelter Island, a segunda do outro lado dessa ilha para Greenport, em North Fork, e a terceira de Orient Point, no topo de North Fork, para New London. New London! A pousada do almirante Hyman G. Rickover, pai do submarino nuclear. Nada como um esteta antissemita para se descobrir o ângulo judeu! Havia uma turba na cantina da balsa, mas Schmidt conseguiu abrir caminho com os cotovelos até o balcão. Dois cachorros-quentes com mostarda e tempero: um manjar que ele podia jurar que não havia saboreado desde a partida do Red Sox a que levara Charlotte, junto com um bando de mal alimentados colegas de turma, nas férias de verão do seu último ano de faculdade. Na verdade, o time de casa ganhou! Também tomaram cerveja, os rapazes e as moças tinham todos mais de vinte e um anos de idade, mas, mesmo que não tivessem, ninguém ia pedir sua identidade para conferir. Schmidt bem que gostaria de tomar uma cerveja para acompanhar os cachorros-quentes da balsa, mas a prudência não recomendava nem mesmo café com leite e açúcar — onde ele ia fazer xixi quando desembarcasse e estivesse em terra? Na beira da estrada? Na última vez em que havia tentado fazer aquilo, na Via Expressa de Long Island, uma patrulha parou atrás de seu carro e o policial irlandês com a cara cheia de espinhas que saiu disse que ia multá-lo por exibicionismo. Ora, deixe disso, está brincando, retrucou Albert Schmidt, o cavalheiro. Não deu certo: Acha que estou brincando? Pois vou levá-lo para fichá-lo na delegacia. Mulheres e crianças passam de carro pela estrada e você fica aí fora sacudindo seu peru no ar. Não havia nada como a perspectiva de ser fichado para acalmar os ânimos do sr. Schmidt e, uma vez calmo, ele se mostrou um tamanho modelo de brandura e sensatez que o guarda não conseguiu resistir a chamá-lo de senhor. Tenha um bom dia, senhor, e chegue em casa são e salvo!

Ele estava no balcão da recepção em Sunset Hill às quinze para uma, depois de recuperar por completo a faculdade da fala, a voz que tinha enfeitiçado mil policiais e mil advogados de companhias de seguro. Sr. Schmidt, ele ouviu sua voz dizer. Sr. Schmidt, para visitar a sra. Riker, paciente do dr. Townsend, o doutor mesmo agendou a visita.

A recepcionista percorreu uma coluna na tela do computador e cumprimentou-o: Boa tarde, sr. Albert, sente-se na sala de espera lá atrás. As portas do banheiro estão assinaladas. Vou mandar alguém chamá-la e depois levar o senhor à sala de entrevistas.

Schmidt fez como lhe foi indicado, tanto com relação a fazer xixi como a se sentar. Estava sozinho na sala de espera. Na mesinha de centro à sua frente, havia exemplares antigos de *New York*, *U.S. News & World Report*, *Men's Health* e *Golf Digest*. Ele mergulhou numa denúncia bombástica sobre os honorários cobrados por um cirurgião plástico em Nova York. Uma hora. Uma e quinze. Ele foi chamado à recepção. Uma mulher bonita de certa idade, vestida de branco, se apresentou como dra. Riley.

A sra. Riker não vai receber visitas hoje, disse ela. Lamento que o senhor tenha feita essa longa viagem de...

Long Island, informou Schmidt.

Sim, de Long Island. Como eu disse, lamentamos muito.

Schmidt balançou a cabeça. Como é possível?, perguntou ele. O dr. Townsend agendou a visita.

Compreendo, mas a paciente não está disposta a receber visitas.

E ela sabe que estou aqui? O que ela disse quando a senhora ou um de seus colegas falou com ela?

A mulher balançou a cabeça. Sabemos que isso é muito difícil. O senhor é o pai, não é?

Schmidt fez que sim com a cabeça.

Sr. Schmidt, o senhor parece um bom homem. Vou lhe dizer uma coisa que não faz parte das minhas obrigações. Quando sua filha soube que o senhor estava aqui, entrou no closet de seu quarto e se recusou a sair de lá. Não fique muito abalado. Também tenho uma filha difícil. São filhos ruins, muito ruins. Nem sempre a culpa é nossa.

Ele agradeceu — não parecia haver mais nada que pudesse fazer. Quando chegou em casa, telefonou para o dr. Townsend e contou que Charlotte havia se recusado a vê-lo, deixando de fora a parte do closet. Não queria criar problemas para a médica. Foi um teste para Charlotte, disse o médico, e também um teste para o senhor. O senhor parece ter resistido bem.

* * *

Ele fez novamente a viagem para Sunset Hill no início de outubro. Quando, ao parar na porta da sala de entrevistas para a qual tinha sido conduzido, Schmidt a viu, esparramada numa poltrona estofada com um pano colorido, sua primeira impressão absurda, que na mesma hora se dissipou, foi de que tinha sido levado para a sala errada, que a mulher com o rosto inexpressivo, que parecia ter sido achatado como as caras pálidas de certos chimpanzés, era o problema de outra pessoa. Mas não, aquela era mesmo Charlotte, olhando para ele sem enxergá-lo, com olhos zombeteiros e com círculos vermelhos em redor. As pernas esticadas para a frente não estavam depiladas. Vestia uma roupa grosseira, do tipo que a mãe usara, quase o tempo todo, durante sua última enfermidade, uma roupa tão desprezível que Schmidt achou que, se pertencesse a alguém, deveria ser a uma das mulheres que limpavam banheiros em prédios de escritórios, e sandálias de couro marrom que deixavam à mostra pés sujos e unhas que seguramente não eram aparadas desde o acidente. O vestido tornava difícil avaliar se ela apenas parecia gorda ou de fato havia ganhado peso. Ela não se levantou quando Schmidt entrou nem respondeu ao seu cumprimento: Oi, Charlotte querida, estou muito feliz de poder ver você! Ele se deu conta de que não se atreveu a se abaixar e beijá-la.

Reprimindo uma incipiente repulsa, sentou-se na outra poltrona, de frente para ela, diante de uma mesinha de centro, e disse: Eu trouxe alguns livros que achei que poderiam agradar você, um rádio e um tocador de CD, e alguns CDs. Disseram que você pode ouvir música em seu quarto.

Ela fez que sim com a cabeça e, um momento depois, disse: Pode levar os livros de volta. Não estou lendo nada. Obrigada pelos CDs. Imagino que sejam todos de Mozart.

Ele apenas abriu a bolsa, sem se dar ao trabalho de tirar o que estava dentro.

Não, disse Schmidt, só dois deles. É uma mistura eclética. Tem até Michael Jackson e Grateful Dead. Uma coisa para todos os gostos.

Ah, é mesmo? É aquela garota. Aquela com quem você teve um filho. Você mandou a garota comprar para mim.

Acho que você se refere a Carrie, retrucou Schmidt.

Charlotte revirou os olhos e disse: Sei lá o nome.

Na verdade, ela não tem nada a ver com esses CDs. Um rapaz na fundação onde trabalho sugeriu alguns deles. Os de jazz clássico e ragtime eu mesmo escolhi, inclusive o de Jelly Roll Morton, que acho que você vai gostar. E, a propósito, Jason é o pai do filho de Carrie. A vida já é dura de sobra para acrescentar problemas imaginários a ela.

Claro.

As pessoas que trabalham aqui — na recepção, e a enfermeira que me trouxe —, todos parecem muito simpáticos, e vi que há um jardim grande e bonito.

Não vou lá. Não gosto de ver os outros malucos. Já é muito ruim ver a mim mesma.

Eu lamento muito.

Ele procurou outra coisa para dizer e não conseguiu encontrar. Era tudo muito idiota.

Escute, pai, disse ela após um intervalo. Estou doente. Não estou tão doente quanto estava antes, mas ainda estou bastante doente. Você falou com Alan Townsend, portanto sabe disso. Não adianta nada enganar a si mesmo ou a mim. Tenho grandes preocupações. Vou sair daqui? Quando vou embora? Jon vai me querer de volta? O que aquela piranha da Renata vai dizer para ele fazer? Será que vou ser capaz de trabalhar? O que vai ser de mim?

Ela começou a chorar e, quando Schmidt se aproximou para afagar sua cabeça e tentou abraçá-la, empurrou-o para trás com raiva.

Não, eu não quero seu lenço; não, eu não quero que me beije. Tenho sérios problemas e você não pode me ajudar. Existe muita coisa ruim entre nós dois. Portanto, por favor, vá embora. Deixei que você me visse só por você. Agora, vá embora.

Está certo, disse ele. Não quero deixar você cansada. Por favor, me avise se decidir que gostaria de me ver. Ou se eu puder ajudar de alguma forma. Se houver alguma coisa que eu possa fazer.

19.

O Senhor abençoou mais o fim da vida de Jó do que seu início. Deu-lhe milhares de ovelhas, camelos, vacas e mulas, sete filhos e também três filhas, as mais belas que existiam na face da Terra. Jó viveu o bastante para ver os filhos de seus filhos e os filhos dos filhos de seus filhos — nada menos que quatro gerações. Sadismo medonho, pensou Schmidt, seguido por um suborno cruel e revoltante. O Senhor podia ficar com suas cabeças de gado. Nenhum acréscimo de bens mundanos poderia recuperar o útero de Charlotte. Não haveria nenhuma geração de filhos de filhos, nenhum pequeno Myron, Albert, Renata ou Mary (o nome da Virgem, em qualquer circunstância, seguramente representava um anátema para Charlotte e seu marido). Em vez disso, ela era acometida por acédia, angústia e confusão, recusava a beleza e as alegrias da vida! Seu abrigo é um closet! Transformada numa mulher desmazelada, mesquinha, de língua ferina! As entranhas de Schmidt se torciam como uma corda ao pensar na calamidade. Sim, ele desejava a cura da filha ou, caso não ocorresse, uma convalescença demorada. O dr. Townsend dissera que ambos os resultados eram possíveis. Também era essa a opinião de um autor cuja obra ele havia consultado, por recomendação do dr. Townsend. Ele também gostaria que Jon Riker a tratasse bem, que os temores de Charlotte fossem infundados. Sim, que a tratasse bem até o dia que ela o deixasse, um desfecho que Schmidt havia jurado não desejar. Tinha desejado muitas coisas no decorrer dos anos: os desejos voltaram como bumerangues de encontro a seus dentes. Se Charlotte e Jon continuassem juntos, de fato, talvez quisessem adotar um filho. Mas até isso podia se revelar impossível. Charlotte tinha ficado internada em Sunset Hill.

Quanto a ele, suas perdas anteriores — a devastadora enfermidade e a morte de Mary; sua decisão subsequente de se aposentar ainda numa idade prematura e desistir de sua adorada profissão; o fato de Carrie o ter deixado, doloroso, ainda que necessário e natural; a abjeta tentativa, que redundou em humilhação, de unir sua existência à de uma mulher pela qual havia se apaixonado e que equivocadamente julgara merecedora de crédito — aquelas eram meras picadas de alfinete em comparação com a mais recente catástrofe. O que restava para ele fazer? Tinha de amá-la e, por mais frequentes e brutais que fossem os gestos de rejeição de Charlotte, estar sempre pronto para ajudar. Além disso, expectativas reduzidas e objetivos modestos: fazer um bom trabalho na fundação, proteger o jovem Albert, evitar fazer o mal e evitar os tormentos.

Num sábado, quando o forte vento nordeste havia cansado de soprar e a presença de Jason e também de Bryan na marina já não era mais necessária, Schmidt convidou Carrie, Jason e o pequeno Albert para almoçar. Estava na hora, pensou ele, de tornar oficial, repetindo tudo diante de Jason, a promessa que tinha feito para Carrie. O bebê, em seu chiqueirinho portátil, ficou posicionado de tal maneira que tinha uma boa visão de Schmidt. Aquele nariz grande que o havia alarmado e comovido quando Carrie trouxera o bebê da maternidade já não parecia mais tão agressivamente grande. Como o nariz não podia ter encolhido, o rosto do pequeno Albert devia ter crescido o bastante para privar aquele órgão de suas pretensões denunciadoras. Ia ser um bom menino, muito provavelmente com a cor morena da mãe e com seus olhos escuros. O time de Porto Rico estava na frente e Schmidt estava torcendo por ele.

Na hora do café, contou para Jason a respeito do acidente com Charlotte e que ela nunca mais poderia ter filhos. A maior parte do que Schmidt tinha a dizer, Carrie já tinha ouvido. Então, sorrindo para o bebê, satisfeito de ver como ele esperneava e gorgolejava contente, Schmidt fez seu discurso.

Talvez, um dia, depois que Charlotte tenha ficado totalmente curada, ela e Jon queiram adotar um filho, disse para eles. É possível, mas não tenho certeza de que seja provável. Se de fato adotarem um filho, podem querer adotar outro, ou talvez mais, para terem uma família grande. Menciono essas possibilidades apenas para que vocês saibam que pensei nelas e levei-as plenamente em consideração. O que quer que Charlotte e Jon façam a esse respeito não terá nenhum efeito sobre o que eu gostaria de fazer pelo pequeno Albert. Ou por outras crianças que, por um motivo ou outro, entrem em minha vida e se tornem caras a mim. Se vocês permitem, se vocês concordam, pagarei a educação do pequeno Albert e de quaisquer irmãos e irmãs que venha a ter — escola, professor particular, despesas fora de casa etc. —, da creche até a faculdade. Inclusive colônias de férias no verão. O pacote completo. Vocês concordariam com isso? Obviamente, se a marina tornar vocês ricos a ponto de quererem custear essas despesas por si mesmos, não serão obrigados a aceitar meu dinheiro. Depositarei a quantia num fundo à parte, para formar um pé-de-meia para as crianças.

Carrie soltou um grito e correu em volta da mesa para abraçá-lo. Que pergunta mais boba é essa? Ei, Albert, mande um beijinho para o Schmidtie! Você acabou de ganhar um grande presente. Schmidtie, isso é uma coisa tão generosa que eu nem acredito.

Jason também tinha levantado e, com grande seriedade, apertou a mão de Schmidt.

Sentem, sentem, disse Schmidt, e ergueu a mão num sinal para que contivessem outras efusões.

Bem, isso é ótimo, disse ele. Mas quero que compreendam que minha pergunta não foi de todo boba. O que vou fazer irá me levar, de tempos em tempos, a meter o bedelho nos seus assuntos particulares — por exemplo, quando forem escolher uma escola, ou uma colônia de férias, ou quando tiverem de tomar decisões sobre matricular o menino num colégio interno ou ficar em casa, ou sobre a escolha da faculdade.

Não conseguiu evitar. Piscou para Albert.

Se, para vocês, não houver nenhum problema nisso, prosseguiu, me deixarão muito feliz. Sou um velho solitário. Preciso acreditar que posso ser útil.

Esse foi o discurso mais corajoso e mais sincero que Schmidt foi capaz de fazer. Mas algum diabinho de chapéu verde, cuja probóscide parecia a de Schmidt, debruçou-se em seu ombro esquerdo e fez uma cara cínica. Parabéns, meu chapa!, sussurrou ele no ouvido de Schmidt. Incluir os irmãos em sua generosidade foi uma jogada esperta. Você não tinha me contado essa parte. Sem dúvida, isso vai poupar o pequeno Albert de algum sofrimento. Mas mesmo assim meça bem seus passos. Não esqueça: nós nunca perdoamos nossos benfeitores e nenhuma boa ação passa impune. Deixe bastante espaço entre essa pequena família e você. Não grude neles.

* * *

Comprar brinquedos de madeira bonitos e inteligentes o bastante para o jovem Albert tomou uma boa parte do tempo livre de Schmidt quando viajava, e também o obrigava a levar consigo uma mala vazia, que aos poucos ia enchendo, à medida que visitava as capitais, uma depois da outra. Os europeus orientais e centrais continuavam a entalhar madeira e sabiam montar carroças e vagões sem usar pregos nem cola. A busca prosseguia quando ele estava em casa, em Bridgehampton ou em Nova York. Tinha se tornado um leitor ávido dos catálogos da loja de brinquedos FAO Schwarz, que o deixavam cada vez mais frustrado, e à medida que aumentava o tempo que passava fitando a tela do computador, tornou-se um frequentador assíduo de lojas virtuais de ponta de estoque, bem como da loja eBay, onde centenas de brinquedos antigos eram vendidos novinhos em folha. O menino, como ele se referia ao pequeno Albert em seus pensamentos, parecia gostar dele, da maneira, supunha Schmidt, como teria gostado do sr. e da sra. Gorchuck, os esquivos pais de Carrie que residiam em Canarsie — Schmidt não os conhecia até agora e, até onde sabia, ainda não tinham posto os pés na casa de Carrie e Jason, em East Hampton, e nesse caso talvez Carrie levasse Albert para visitá-los, na casa deles. Schmidt não se dera ao trabalho de perguntar, lembrando-se de que Carrie, no tempo em que ele e ela viviam juntos, preferia de maneira bem clara manter em compartimentos separados as partes distintas de sua vida. Ou então da maneira como Albert gostaria dos pais de Jason, caso eles morassem mais perto de Long Island do que de Nova Scotia. Tudo aquilo mostrava, achava Schmidt, como é bom ter dinheiro: se seus filhos querem ver você, você pode entrar no seu carro, ou num trem ou num avião e ir para onde eles estiverem. Ou vice-versa. Você manda as passagens ou um cheque. E como é horrível ter nenhum ou pouco dinheiro. Não: ser tratado como uma espécie de padrinho, ou de um modo ou de outro permitir-se acreditar que era assim que ele era tratado, convinha muito bem a Schmidt. Não era aquilo mesmo que tanto desejava, quando ainda podia contar como líquido e certo que um dia Charlotte ia ter filhos? E ele tampouco se limitava a ser uma espécie de padrinho atento e mais ou menos virtual, que mantinha Albert abastecido de brinquedos, caminhõezinhos, quebra-cabeças e jogos. Schmidt assumira também a responsabilidade da educação religiosa e espiritual da criança. Foi a irmã mais velha de Jason, já casada, e que morava em Nova Scotia, como o resto da família, que ficou ao lado de Schmidt diante da pia batismal, e não, como ele temia, uma das garçonetes do O'Henry's, ex-colegas de trabalho de Carrie. Mas, mesmo que tivesse sido, não tinha nenhum problema: os princípios democráticos de Schmidt estavam intactos. Ele gostava daquelas mulheres muito jovens, com seus úteros acolhedores e os ocasionais bafos e odores do corpo mal disfarçados, ele sabia seus prenomes e deixava gorjetas generosas, às vezes extravagantemente generosas. Mas desde que a natureza de sua relação com Carrie mudara para a respeitabilidade burguesa em roupas domingueiras, Schmidt preferia ver aquelas garotas apenas em seu ambiente profissional.

Schmidt levara ao pé da letra o conselho da criaturazinha de nariz grande e chapéu verde: estava fazendo pelo pequeno Albert — e portanto por Carrie — o bastante para dar vazão a uma pequena parte da afeição represada dentro dele e à beira de transbordar. Esperava não estar fazendo demais, não estar se metendo no caminho deles. A experiência demonstra que ser um bom padrinho — quer *de facto*, quer *de jure* — não é um emprego em horário integral, a menos que se viva isolado nos

Alpes e se tenha sorte bastante para poder trazer para sua casa e para dentro de seu coração rude Heidi, sua neta pequena. Ou encontrar-se numa situação análoga. Portanto, embora Schmidt pensasse em Albert muitas vezes, sempre sentindo um calor feliz no coração, e quando em Bridgehampton via o menino e os pais com a máxima frequência dentro dos limites que julgava prudentes, ser o *Albo* do Albert — um apelido jocoso sugerido pelo temor de Schmidt de que a criança pronunciasse Schmidtie de maneira errada — não chegava a ser sequer um emprego de meio expediente. De pouco servia para preencher o vazio de seus dias e noites.

Dirigir a fundação era o remédio mais eficiente. Os antigos hábitos persistem. Schmidt sempre trabalhou duro como advogado e era capaz de uma concentração tremenda, que o mantinha abrigado do barulho, das interrupções, do desconforto e, ele sabia muito bem, de pensamentos sem relação com seu trabalho. Aquele distanciamento, aquela fixação absoluta nas tarefas imediatas, não tinha sido exatamente esse o sentido implícito das censuras de Charlotte nas primeiras discussões que ela tivera com Schmidt, depois de seu noivado com Jon? Ela o havia repreendido por usar sua secretária, antiga e de total confiança, para dar recados para ela, fazer reservas de passagens, agendar um horário durante o dia de trabalho para que os dois pudessem conversar ao telefone. Aquela mesma concentração agora estava salvando sua sanidade.

Para sua surpresa e subsequente diversão, Schmidt descobriu que seu emprego na fundação abria as portas para a vida social num ambiente onde ele poderia ser tratado como alguém muito importante. Tratava-se dos chamados curadores culturais ou executivos de assuntos culturais — a inventividade da nomenclatura usada para enfeitar os captadores de recursos e agentes de relações públicas era uma coisa impressionante — que haviam se associado ao clube de Schmidt recentemente. Deslumbrados com a fortuna de Mike Mansour, eles viam em Schmidt o vade-mécum para os bilhões dele. O fato de a fundação operar apenas em terras estrangeiras e não fazer doações para instituições nos Estados Unidos não os desencorajava, um negócio em separado ou uma nova iniciativa de caridade sempre era algo imaginável. Alguns deles, provavelmente numa escala menor e pessoal, salivavam só de pensar nas palestras que poderia dar, nos seminários que poderiam apresentar em Praga, Varsóvia, Budapeste e até em outros destinos românticos, todos recompensados com honorários e com reembolsos de todas as despesas de viagem, inclusive passagens de primeira classe. Schmidt não tinha nenhuma objeção moral a tais cálculos, pois entendia muito bem que aquelas senhoras e aqueles senhores vestidos com tanta elegância possuíam apartamentos e casas que tinham de sustentar, além de suas próprias bocas e talvez outras mais para alimentar. Ele apenas, como o eterno esteta, achava ofensivas, como uma mancha no tapete, tanto a nomenclatura como a caça de negócios e de promoções pessoais no clube. Aqueles eram pecados contra a ordem e a civilidade estabelecidas.

Desde que o *New York Review of Books* começou a ser publicado, tinha sido um leitor fiel de seus classificados pessoais, não porque estivesse à procura de alguma fazenda restaurada do século XV na Umbria ou de algum apartamento com paredes de tijolos à mostra e vigas de madeira no teto na Île St. Louis, ou porque quisesse dar início a um relacionamento gradualmente íntimo com uma professora universitária judia de Boston, divorciada e que gostava de viajar, e sim porque os anúncios o divertiam como comunicações estilisticamente perfeitas, disparadas como uma flecha no ar, com a esperança de que acertasse no coração de uma alma afim, no Upper West Side.

As circunstâncias de Schmidt haviam mudado. Ele se viu enviando respostas concisas, mas que esperava serem bem construídas, para mulheres solteiras e divorciadas — evitava as viúvas —, com seus amores por música, viagem, comida italiana e francesa e com seu interesse por cavalheiros financeiramente independentes, entre sessenta e dois e setenta e dois anos de idade. Aquela faixa de idade, Schmidt tinha a impressão, era a mais procurada pelas mulheres mencionadas acima. Ele acrescentava uma fotografia sua, tirada para o relatório anual da fundação: a de aspecto menos balofo e desagradável que possuía. Três dessas flechas atingiram um alvo. As imagens que ele recebeu em resposta, no entanto, não o estimularam a dar seguimento. Um tanto desanimado, continuou lendo e um dia topou com um anúncio, de um gênero que ele tinha visto antes e desdenhado, cujo aroma dessa vez o atraiu. Sua autora dizia ser uma mulher casada, de cinquenta anos, moradora de Bedford Hills — o *nec plus ultra* da respeitabilidade de Westchester —, interessada em encontros à tarde, em Manhattan, com um cavalheiro equivalente. Discrição garantida. Como ele interpretaria "cavalheiro equivalente"? Schmidt adotou a abordagem que lhe fora ensinada por Paul Freund quando a Escola de Direito de Harvard ainda era digna de seu nome: É uma constituição, cavalheiros, que estamos interpretando, devemos encarar o problema que está sendo tratado e descobrir soluções razoáveis. Em pouco tempo, ele chegou a uma interpretação que não era desfavorável. A insistência da dama em encontrar um homem casado só podia ser entendida como alguém que busca o toque apimentado de um duplo adultério ou que deseja evitar uma pessoa que possa desejar a permanência. Ainda que tais desideratos estivessem na mente da mulher, Schmidt provavelmente poderia apaziguar suas preocupações por meio de uma advocacia sutil. Ainda restava a questão da idade, mas ele duvidava que ela não estivesse disposta a avaliar candidatos que não declarassem ter a mesma idade que ela ou fossem mais jovens. Sendo a biologia o que é, homens de cinquenta anos em busca de aventuras provavelmente prefeririam damas significativamente mais jovens. No fim, Schmidt resolveu não forçar demais sua sorte, confessando que era viúvo. Escreveu para ela, acrescentando uma fotografia que já havia usado em correspondências anteriores com leitoras colegas do *NYRB*, confessando sua idade e também seu vigor persistente. De passagem, informou que morava sozinho e era desembaraçado.

A fotografia colorida que recebeu em resposta, pelo correio, mostrava a dama numa blusa meio transparente, os peitos pequenos o bastante para caberem na palma de sua mão, os mamilos avermelhados. Tinha olhos negros e grandes, nariz grande e arqueado, boca larga e cabelo preto. Schmidt deduziu que ela era de origem italiana. A mulher não perdeu tempo, propondo encontrá-lo na semana seguinte. Em qualquer dia e em qualquer bar perto da casa de Schmidt, que ele escolhesse, mas num horário não muito avançado da tarde. Ela queria estar em condições de pegar o trem das 21h22 para Katonah. Avaliando todos os aspectos, Schmidt propôs o Carlyle, às cinco horas — para que ficar apressada por causa do horário do trem? — na terça-feira. Ela era melhor do que ele esperava: não só tinha peitos bonitos, mas uma bela figura, pernas decentes e, de saída, ficou claro que era limpa. Isso tinha sido uma preocupação. Schmidt tinha planejado levá-la para tomar banho de banheira ou de chuveiro com ele antes de partirem para o que interessava, mas era melhor que ela estivesse limpa desde o início. A julgar pelo tamanho de sua bolsa, ela trazia consigo tudo de que precisava para refazer a maquiagem, rímel e tudo o mais. Seu nome era Vera e, mais uma vez, ela não perdeu tempo. Uma vez bebido seu uísque com gelo, ela disse: Você não parece do tipo que fica horas num bar. Vamos embora.

Vera também era a favor de banhar-se e havia trazido escova e pasta de dentes e, dentro da banheira, a qual ela preferia e na qual pediu para ele se juntar a ela, lavou seu P & T (pênis e testículos, explicou Vera) e convidou-o a fazer o mesmo com ela. Não houve preliminares. Ela deitou, levantou os joelhos e disse de forma clara, mas gentil: Me chupe, e no curso do processo fez um bocado de barulho. Schmidt pensou que ela fosse retribuir o favor, mas ela balançou a cabeça. Primeiro vamos trepar. Você não vai aguentar sessenta segundos se eu chupar você. Mais tarde eu faço com você uma coisa capaz de levantar os mortos! Ela estava certa. Quando ele sugeriu irem jantar, mais tarde, numa trattoria na Terceira Avenida, ela olhou para o despertador — passava de oito horas — e perguntou se ele tinha alguma coisa na geladeira. Só um pouco de queijo e uísque. Estava bem, ela ia fazer uma boquinha rápida e se preparar para pegar seu trem. Quer me encontrar de novo?, perguntou Vera. Você é legal. Safado o suficiente. Se eu encontrar você de novo e você ainda for legal, vamos fazer sexo anal.

Ao longo dos anos — Vera daria adeus a Schmidt no sexagésimo aniversário dela, pois ela e o marido iam mudar-se na semana seguinte para Fort Lauderdale —, Schmidt soube muito pouco a seu respeito. O marido era podólogo, com uma clientela nos subúrbios ricos, e ganhava dinheiro o bastante para pagar uma casa em Bedford Hills e uma segunda casa num canal da Flórida, bem como as mensalidades do filho na faculdade de administração hoteleira em Cornell e as mensalidades da filha na faculdade em Yale — ela é viciada em drogas, explicou Vera, puxou a ele. Schmidt supôs que "ele" fosse o marido. Vera nunca tomava a iniciativa de explicar, e ele nunca perguntava, por que queria transar com ele uma vez por semana, reclamava quando Schmidt estava fora do país e, no entanto, Vera garantia que não o havia substituído durante suas ausências. Era um acordo que

Schmidt teria compreendido melhor se ela pedisse dinheiro ou se esperasse ganhar presentes, mas não. Quando, depois de dois "anais" não solicitados, ele tentou demonstrar sua gratidão na forma de uma echarpe Hermès de seda, decorada com motivos gregos, ela, com bom humor, rechaçou a sacola de compras que continha a echarpe dentro de uma caixa e disse: Ei, sua esposa vai gostar disso. Guarde para ela. Venha, vamos trepar! Estamos perdendo tempo.

Essa forma de carnalidade amigável, sem misturas e embaraços, era uma novidade para Schmidt, mas ele passara a desejar aquilo, da mesma forma que — antes de Mary obrigá-lo a pedir desligamento do Country Club de Bridgehampton porque não aceitava a inscrição de membros judeus — Schmidt não queria perder nunca sua partida matinal de tênis, no sábado ou domingo, toda semana, contra o cirurgião local, que na maioria das vezes o derrotava e com isso o obrigava a jogar melhor do que faria contra um oponente mais fraco. Um detalhe absurdo: ele gostava da pontualidade de Vera e, nas ocasiões em que ela aceitava jantar depois, seguia uma dieta invariável e absurda: *caprese*, costeleta de vitela à milanesa e dois capuccinos. Com o vinho, era a mesma coisa: nunca deixava de beber sua meia garrafa de vinho do Piemonte. Se Schmidt se permitia uma pergunta pessoal, sem relação com as questões da cama, era logo rechaçado. Por exemplo, quando perguntou se a família dela era italiana, Vera respondeu: Não é da sua conta.

E como Vera estava certa. Schmidt continuou a ler os anúncios pessoais no *NYRB* depois da aposentadoria dela, mas nunca mais enveredou na aventura de relacionar-se com uma dama em busca de companhia. Havia tido uma sorte extraordinária uma vez; era melhor tirar o time de campo enquanto estava por cima. Além do mais, a fome que o deixava inquieto e ansioso para desempenhar seu repertório de movimentos muito batidos, escassamente variados e em geral grotescos com qualquer mulher cujo corpo não lhe inspirasse repulsa havia, por fim, abrandado. Será que Vera o havia saciado, um estado que ia se revelar temporário? Ou ele tinha envelhecido? Era difícil ter certeza; durante suas viagens pelos Centros de Vida, parecia inevitável que alguma mulher suficientemente atraente — uma pesquisadora, uma funcionária do Centro de qualquer escalão, uma professora que dava palestras patrocinadas pela fundação — desse um sinal inequívoco de disponibilidade. Nesses casos, ele correspondia e desempenhava seu papel. Schmidt, cumpre dizer, havia tido progressos no savoir-faire, desde suas primeiras cópulas com Danuta. Ele não tinha mais a sensação de que umas boas goladas iniciais de vodca ou de *slivovitz* eram o preço a ser pago para deitar-se sobre aquelas damas ou para deixar que elas sentassem em cima dele e, nas sessões com elas, Schmidt aprendera a deixar a cortina baixar cedo o bastante para lhe permitir uma boa noite de sono. Ocorreu a Schmidt que ele havia finalmente deixado de ser criança.

20.

No almoço tête-à-tête em Water Mill, alguns meses depois da desastrosa segunda visita a Sunset Hill, Schmidt ouviu o sr. Mansour dizer que tinha a impressão, havia algum tempo, de que os dois precisavam bater um papo.

Você está arrebentando na fundação, disse para Schmidt no fim da longa análise das novas iniciativas. Holbein também acha isso. Saiba você ou não, ele achou um erro entregar a fundação para você. Agora, ele mesmo diz que estava enganado.

É bom ouvir isso, respondeu Schmidt.

Era interessante saber que a fundação tinha sido entregue nas mãos dele; Schmidt sempre tivera a impressão de que Holbein o espionava e que Mike olhava por cima do seu ombro.

Por isso mandei Holbein lhe dar um aumento e uma bonificação. Não venha me dizer que não precisa. Você só pensa que tem muito dinheiro. Pois deixe-me dizer uma coisa: está enganado. Você precisa disso, sim, e precisa muito. *Pas de question!* Também vou pôr você na diretoria das Indústrias Mansour. É um grande emprego e uma honra, que vem junto com um honorário. Hahaha! Não venha me dizer que não aceita. Garanto que aceita.

Claro que aceito, Mike. É uma honra e uma surpreendente demonstração de confiança.

Pois é. Você pode dizer isso de novo. Mas na verdade não é sobre isso que eu quero conversar com você. Tenho outras novidades.

O café foi servido. Schmidt fez que sim com a cabeça quando o mordomo do sr. Mansour, Manuel, se ofereceu para encher sua xícara de novo, e como era uma fria tarde de sábado, com rajadas de chuva que obscureciam as ondas do mar do outro lado da vidraça das janelas, ele fez que sim com a cabeça novamente, quando Manuel lhe mostrou o rótulo da garrafa de Bas-Armagnac, 1965. O ano de nascimento de Charlotte, disse Schmidt para o sr. Mansour.

Santé! Mazel tov!

Brindaram, estalando os cálices um no outro, enquanto Schmidt se esforçava para controlar um tremor na mão e no lábio.

Quando fomos juntos para Paris e você teve de voltar e eu fiquei, Caroline e eu passamos um tempo juntos. Contei isso para você. Lembra?

Schmidt fez que sim com a cabeça. Achava que não ia esquecer aquela semana mesmo que fosse obrigado a arrastar seus dias por tanto tempo quanto Jó.

Mas aqui está uma coisa que não lhe contei. Comprei uma casinha em Sagaponack. Eu queria ficar mais perto de você!

O sr. Mansour começou a tossir e a se engasgar com a própria piada, até que Manuel, vindo por trás dele sem ser chamado, como se tivesse surgido de um alçapão, lhe aplicou dois tapas nas costas, entre as escápulas, e lhe ofereceu um copo de água.

Sim, respondeu o sr. Mansour depois que se recuperou. Isso

não fazia parte do programa, mas as coisas são assim. A gente continuou se encontrando. Bastante quando estou aqui, às vezes todos os dias. Ninguém sabe, nem mesmo o Holbein, exceto Freitag, o advogado especialista em testamentos na firma de advocacia, porque, se alguma coisa acontecer comigo, vou deixar um dinheiro para Caroline. E agora você também sabe. Pois estou contando para você, seu palerma branco, protestante e de família tradicional, porque amo você. Ela disse que não tinha problema contar para você. Então, o que diz?

Meu Deus, Mike, respondeu Schmidt, que coisa. É uma honra ter me escolhido para contar isso. Estou assombrado. Eu me pergunto como é que ela consegue escapar para encontrar você aqui. Joe vive com ela na mesma casa!

Pas de problème. Ele passa o dia todo no escritório com a porta fechada. Ela não acredita que ele saiba ou que se importa se ela está na casa ou não, contanto que deixe seu almoço na geladeira que fica dentro do quarto dele. Sempre a mesma coisa: salada de atum com pão branco, três pedaços de aipo, uma maçã e água mineral. Só isso. Caroline cuida de seu próprio trabalho de manhã, mas de tarde pode escapar e me ver, e faz isso. Faz, faz, faz!

O sr. Mansour saiu de sua cadeira e fez um pequeno sapateado, enquanto pronunciava as últimas palavras.

Mas ela não gosta que meu pessoal a veja entrar e sair. De todo modo, com o tráfego que vai e vem entre esta casa e Sagaponack, às vezes perdemos quase uma hora! É por isso que comprei a tal casinha. Ela atravessa a estrada 27, dirige seu carro por um quilômetro e lá estou eu à sua espera. *Et voilà!* A arrumadeira vem só de manhã, portanto nunca a vê. Ninguém a vê! *Pas de problème!* Exceto, adivinhe quem.

O sr. Mansour bateu no próprio peito repetidas vezes com o dedo indicador.

E quando estou na cidade, prosseguiu, às vezes ela diz que vai à ópera ou ao balé. Ele não se importa que ela vá sozinha.

O sr. Mansour riu um pouco mais, antes de continuar: Ele é tão otário; nunca diz: Vou com você. Nenhuma vez, desde que eu e ela estamos juntos. Então, o que você acha?

Amor secreto à tarde! Acho que você tem muita sorte.

Obrigado!

E o que vai acontecer agora?

Schmidt não precisava perguntar por que Caroline era infiel ao marido, traindo-o com um grande homem de negócios. A bravata de Mike sobre seu membro fora de série e suas façanhas sexuais ainda estavam bem frescas na memória de Schmidt, e talvez não fossem meras bravatas; talvez ele estivesse dizendo a verdade nua e crua. Schmidt podia pensar em pelo menos dois outros motivos: Canning era um chato de galochas. Mike sabia ser tremendamente divertido, possuído pelo tipo de onipotência que, antes da era dos bilionários, tinha sido um atributo dos monarcas que reinavam por direito divino, ou então do próprio Zeus. Banhos de ouro tinham sido *de rigueur* para os reis e podiam ser usados de modo inventivo por um deus, mas havia muitos outros truques. Será que ele chegara até ela na forma de um cisne? Será que a aprisionara na forma de uma vaca, que ele montava como um touro? Com ele, não se podia descartar nada. Mas Canning, agora, não era um chato de galochas maior do que já era quando se casou com Caroline — nada havia de novo. Ela fora atraída por alguma coisa — Deus sabe o quê, provavelmente o talento dele, que na época ainda não tinha sido reconhecido. Aquele talento, a crer nos críticos do *NYT* — Schmidt não cria neles —, continuava vivo, em pleno vigor. Mas *pas de problème!*, como diria o homem com a pica de ouro. Ele dormia com ela à tarde e à noite ela abria as pernas, ou seja lá como faziam o negócio, para o Canning! Legal!

O que vai acontecer?, repetiu a pergunta o sr. Mansour, enquanto mexia nas contas do kombolói. O que é que deveria acontecer?

Quero dizer, você está solteiro — divorciado —, ela é uma mulher séria, com talento, e muito respeitada. Vão continuar se vendo para sempre à tarde em sua casinha nova ou na cidade, quando estiverem lá?

Se ela largasse o babaca, eu casaria com ela amanhã, respondeu o sr. Mansour. Eu disse para ela que daria dinheiro para o sujeito, muito dinheiro, para que fosse embora. Sumisse de nossas vidas! Ela não quer me deixar fazer isso. Ele precisa dela! É o que ela diz. Ele não vai ser mais capaz de escrever! Grande coisa. *Entre nous*, se ele nunca mais escrevesse uma palavra sequer, não seria uma grande perda. Sabe por que estou financiando a filmagem daquele romance cretino que ele escreveu? Um, eu gosto do Gil e gosto do que ele faz. Dois, me dá certo controle sobre o babaca. É um gol de placa! Joe, estão precisando de você no local de filmagem no Brooklyn, ou lá num fim de mundo no Meio-Oeste, onde aquele livro cretino começa. Joe, precisamos de você para apresentar o projeto para os distribuidores! *Pas de problème*. Caroline e eu estamos fazendo o melhor que podemos. E mais uma coisa estritamente *entre nous*: ele tem todo tipo de coisas ruins, pressão arterial alta, colesterol na estratosfera etc. etc. Faria um grande favor a si mesmo e a mim também se morresse. Estou falando isso para você em caráter absolutamente sigiloso. Certo?

Foi a primeira vez que Mansour pediu a Schmidt para guardar segredo de alguma coisa. Deve acontecer de tempos em tempos, pensou ele, quando Mike está prestes a comprar ou a descartar uma empresa de sociedade anônima. Mas em conversas particulares, aquela devia ser a primeira vez.

Então você vai apenas continuar vivendo do mesmo jeito e torcer para que Joe não perceba nada.

Schmidtie, disse o sr. Mansour. Quero Caroline comigo o tempo todo. Eu os convido toda vez que alguém vem almoçar ou jantar, a menos que seja com você ou Gil, porque não quero que ele estrague tudo, ou com Holbein quando vamos falar de dinheiro. Sabe por quê? Então posso olhar para ela e ouvir seu riso. Jantar com eles *à trois*, sem mais um ou dois convidados, isso eu não consigo. Portanto fico esperando. Fico esperando!

Mais uma primeira vez. Duas grandes lágrimas escaparam dos olhos do sr. Mansour e desceram por suas bochechas, antes que pudesse enxugá-las com o lenço de seda amarela que tirou do bolso do cardigã preto.

Agora chega de falar de mim, prosseguiu. Queria que você soubesse. Só isso. A questão é: você está gozando a vida? Não me contou o que aconteceu no verão passado com a bela dama em Paris, mas não importa. Já adivinhei tudo, com uma ou duas deixas do grande cineasta. Não se aborreça; foram só uma ou duas deixas bem de leve. Não me contou nada que não devesse contar. A questão é: Você pode viajar comigo em meu avião esta noite — irei com você, ou então você pode ir sozinho, mas seria melhor para você se fosse comigo. Vamos para Paris, você compra duas dúzias de rosas vermelhas e o que mais? Um broche bonito no Buccellati, uma coisa simples, com um bonito diamante e talvez algumas safiras, e pede a ela que o perdoe. Ela vai perdoar, eu garanto.

Não vai dar certo, Mike. Ela não vai me querer, não depois do jeito como estraguei tudo, e também, a esta altura, eu já não quero mais aquela mulher. Não nos termos dela. Não pode ser assim. Foi um belo sonho, mas foi só isso. Acabou.

Você desiste muito fácil. Eu não, mas tive uma vida diferente. Tive de lutar. Lutar a cada centímetro do caminho. Agora, não. Apenas colho minhas flores. Portanto a questão é: Você está gozando a vida? O que você faz quando não está no trabalho ou visitando Carrie e o pequeno Albert? A propósito, foi um lance esperto cuidar de todos os filhos; é o que eu diria para você fazer.

Mas como é que soube disso?

Pas de problème. Eu já lhe contei. Jason e meu pessoal conversam.

Sei, disse Schmidt. Diga uma coisa, existe alguma maneira de alguém se livrar de você e de seu pessoal?

Tsc tsc. Não existe. Uma vez que você é meu amigo, nunca largo do seu pé. Sobretudo quando está metido numa encrenca.

Está certo. Posso tomar mais um pouco do seu Armagnac?

À vontade! Mas primeiro responda à pergunta.

Schmidt levou um tempo para conseguir falar.

Está certo, Mike, respondeu. Não estou gozando a vida. É verdade que trabalho muito para a fundação. Estou contente por Holbein ter percebido isso. E como você sabe de tudo, seguramente sabe também que na semana que vem vou para uma dessas turnês pelos seus Centros de Vida. Depois vou voltar e minha não vida vai prosseguir. A certo ponto, alguma coisa vai rebentar. A máquina de moto-perpétuo vai parar. Está satisfeito agora?

Não, não estou, porque sou o melhor amigo que você já teve e terá. Vamos até ali, disse o sr. Mansour, apontando para um grupo de poltronas. Devia ter apertado algum botão, porque Manuel apareceu para puxar sua cadeira para trás e riscar um fósforo a fim de acender a lenha na lareira.

O sr. Mansour refletiu por mais tempo do que o habitual antes de voltar a falar. Charlotte continua mal?, perguntou. A questão é: até que ponto ela está mal?

Desde que Schmidt conseguia lembrar, desde que era um menino que vivia à sombra de seu pai enorme e competente, e da mãe que roubara a cor e o gosto da vida de Schmidt, ele havia reprimido sua língua. Permitia que Gil Blackman soubesse boa parte daquilo que não contava para mais ninguém, nem mesmo para Mary. Com ela, Schmidt nunca baixara inteiramente a guarda. Não havia nenhum motivo para fazê-lo. Contou para Mary tudo o que ela precisava saber sobre sua posição na firma, seu dinheiro — quanto ganhava, quanto gastava e, desde o início, o pouco que possuía —, suas ideias acerca da educação de Charlotte. Mas e além disso? Sobre o que ele podia chamar de seus sentimentos? Se alguém por acaso perguntasse — se ela perguntasse —, ele poderia ter respondido: Não há nada para contar, é muito fácil de ver, meu coração é transparente. E agora aquele estranho, com suas contas de kombolói e aviões particulares, queria saber a respeito de Charlotte. Estava bem claro para Schmidt que ele não ficaria satisfeito antes que soubesse de tudo. E também estava claro que ele logo notaria se algo fosse escondido. Mike tinha forçado sua amizade sobre Schmidt, mas, depois da afronta que talvez houvesse ensinado alguma coisa a ambos, tinha sido um bom amigo. Um amigo que, a despeito de todo um oceano de diferenças que os separava, o compreendia. Schmidt esvaziou seu copo e começou a sentir-se muito cansado. Não havia contado para Gil, não tivera a coragem de infligir a ele aquela grande dor, mas algum dia, mais cedo ou mais tarde, teria de fazer isso.

Manuel espreitava numa parte mais afastada da enorme sala que o sr. Mansour usava para almoçar e jantar quando estava sozinho ou só com um ou dois convidados. Schmidt ergueu a mão com o copo vazio, esperou que Manuel enchesse e pediu um copo de água. Seus lábios estavam ressecados.

Brindaram.

Schmidt olhou cuidadosamente para o sr. Mansour. Pela segunda vez naquela tarde, ele não estava sorrindo. Tudo bem, Mike, disse ele. O que está acontecendo é isto.

Em abril do ano seguinte, alguns meses depois de terem aquela conversa, Charlotte telefonou para Schmidt, no trabalho. A sra. Riker está na linha um, disse a secretária. Aha! A sra. Riker, portanto era sua filha, e não Renata, nem o dr. Riker.

Querida Charlotte, atendeu Schmidt.

Pai, ela cortou-o, preciso falar com você. Não pelo telefone. Pode vir aqui?

Claro, respondeu, quando quer que eu vá?

Que tal amanhã? Pode vir de manhã?

Estarei aí às onze horas, respondeu. *Clique*. Ela desligou.

Ele havia falado várias vezes com o dr. Townsend, ligava para ele antes de partir para a Europa e depois, quando voltava, ligou pouco antes do Natal e mais duas vezes, no início de janeiro e em fevereiro. As notícias eram sempre as mesmas: Ela está fazendo um lento progresso. Não, naquela altura ele não podia prever quando ela ia sair de Sunset Hill; dependia dela. E quando ele poderia ver a filha?, Schmidt sempre perguntava. Vamos deixar que ela tome a iniciativa, era a resposta regular. Na última vez, Schmidt foi mais insistente. Sr. Schmidt, disse o médico, sua última visita não foi um sucesso. Quer mesmo repetir aquela situação? Ela está progredindo e acho que, daqui a algum tempo, terá coisas para compartilhar. Ela vai estender a mão para o senhor!

"Coisas para compartilhar"! "Estender a mão para o senhor"! Onde foi que esse simpático aluno de colégio interno, crescido demais para a idade, aprendeu essas expressões? Cale a boca, Schmidtie, disse Schmidt para si mesmo: ele aprendeu com a esposa, com os filhos, com os pacientes, com o pastor, em sei lá que igreja picareta que ele frequenta.

Dr. Townsed, disse ele, obviamente não quero uma visita ruim e não quero forçar ninguém. Mesmo se quisesse, não creio que pudesse. O senhor poderia pelo menos me dizer mais alguma coisa sobre o estado dela? Está tomando medicamentos como antes? Qual seu aspecto? Está lendo jornais, livros?

Se Townsend ficou irritado, não deixou que isso transparecesse na voz.

Vejamos, disse ele. Medicamentos: as doses estão menores, consideravelmente menores. Ela está pálida, o que é normal nessa época do ano, uma vez que fica a maior parte do tempo dentro de casa. Não dá muita atenção à sua aparência. Temos um cabeleireiro em Sunset Hill. Ela não fez uso de seus serviços, apesar de ter sido incentivada a isso. Não tenho a impressão de que esteja lendo livros, mas é bem claro que lê jornais e vê o noticiário na televisão, na sala comum. Posso afirmar que ela fica de fato exaltada com Newt Gingrich. Ah, sim, ela aprecia a oficina de trabalhos manuais. Isso parece ser um interesse novo.

Sei, respondeu Schmidt, suponho que isso pareça, de fato, um progresso. Acha que significa que poderei visitá-la em breve?

Sr. Schmidt — podia-se perceber um toque de irritação em sua voz —, vamos deixar isso por conta de sua filha. Se até o verão não houver nenhum movimento da parte dela, por favor me telefone. Vamos conversar sobre o que se pode fazer.

Assim que Charlotte desligou o telefone, Schmidt ligou para o dr. Townsend. Ele estava com um paciente. Schmidt deixou um recado: ia encontrar-se com Charlotte na manhã seguinte. Ela telefonara e pedira que ele fosse!

A sra. Riley, a simpática enfermeira que Schmidt havia conhecido em sua primeira e fracassada visita a Sunset Hill, cumprimentou-o na recepção. Ela está pronta para ver o senhor, disse ela, boa sorte! E levou-o para a sala de entrevistas. Charlotte, de jeans e camisa masculina, não de Schmidt, talvez de Jon, talvez de ninguém, cabelo comprido demais, porém lavado, o rosto menos inchado do que da última vez, talvez nem sequer inchado, na verdade, começou a se levantar do sofá e sentou-se tranquilamente, suprimindo o que devia ser um gesto involuntário.

Oi, meu bem, disse ele. Estou muito feliz de ver você.

Positivamente, Charlotte não via nenhum sentido em preliminares ou em papo furado. Pai, declarou ela, vou sair daqui. Townsend me dá dois remédios, ambos em doses pequenas. Posso controlar isso, se eu o encontrar na cidade. Ele diz que tem horários vagos na terça-feira e na sexta-feira, e talvez possa me encaixar na quinta-feira.

Que ótimo, respondeu Schmidt, estou muito feliz.

Você está pagando tudo isto, quero dizer, este lixo — fez um vago gesto circular com a mão direita — e mais o Townsend, ou é Jon?

Sou eu.

Imaginei. Bem, vai ser um alívio não mandar mais cheques para Sunset Hill. Que nome!

Pagar por isto aqui é minha menor preocupação.

Assim que as palavras saíram de sua boca, Schmidt se arrependeu. Talvez tenha sido um erro interrompê-la. Acabou não tendo importância.

Não se preocupe, você ainda terá muita coisa para pagar. Não vou voltar para Jon, continuou ela. Não sei se vou me separar dele ou não, mas sei que não quero voltar para o apartamento. Preciso de uma chance para pensar no assunto e trabalhar com Townsend, sem ter Jon e a piranha da Renata nas minhas costas.

Schmidt fez que sim com a cabeça.

Você sabe que não tenho dinheiro, não é? Verifiquei minha conta no Chase, as contas-correntes e a poupança. Ele raspou tudo. Não sei a respeito de meus investimentos. Também era uma conta conjunta. Aposto que também foi tudo sacado. Não tenho nenhum centavo.

Entendo, disse Schmidt.

Pai, não estou pedindo para você entender ou não entender. Quero saber se vai pagar um apartamento para mim, bem como o psiquiatra e me dar dinheiro o bastante para viver. Pode me dar uma resposta direta? Isso não vai durar para sempre. Vou voltar a trabalhar o mais depressa possível. Se alguém quiser me contratar.

Querida, disse Schmidt, é claro que vou lhe dar dinheiro para viver, inclusive o aluguel e os honorários do médico e tudo o mais. Como pode haver dúvida sobre isso? Quer que eu a ajude a encontrar um lugar para morar? Ficarei muito feliz. Só me dê uma ideia do bairro. Parte alta? Parte baixa? Leste ou oeste? E é claro que vou ajudá-la a sair daqui. Quero dizer, vou cuidar de sua saída, levá-la daqui para a cidade, para sua casa nova, se conseguirmos encontrar um lugar bom a tempo, ou para um hotel, e vou lhe dar dinheiro em espécie ou qualquer outra coisa que precisar. Também pode usar meu apartamento na cidade enquanto procura um lugar para você. Pode ficar num hotel ou encontrar outra solução que quiser. Ah, e eu gostaria de abrir uma conta-corrente só no seu nome.

Está bem.

Houve uma pausa, antes de Charlotte prosseguir.

Mudar para seu apartamento seria mais do que posso aguentar. Pai, entenda bem uma coisa: preciso da sua ajuda, mas não quero você no meu pé.

Entendo, respondeu Schmidt. Posso fazer uma pergunta? Você se referiu duas vezes a Renata Riker como piranha. Na última vez em que estive com você e hoje. Isso é uma grande mudança em seus sentimentos. Pode me contar o que aconteceu?

Algo semelhante a uma capa de chumbo desceu sobre Charlotte. Ela se curvou toda, abraçou os próprios joelhos. É, eu fui uma imbecil. Não enxerguei. Ela é uma piranha manipuladora e diabólica. Sabe o que ela andou dizendo para Jon? Que não ter netos vai partir o coração dela. Partir a merda do coração dela. Você entende o que isso significa. Se não quiser partir a merda do coração da mamãe, meu filho, livre-se dessa mulher que não é judia, livre-se daquele lixo de miolo mole!

Começou a chorar, mas continuou falando.

Eu sei muito bem que ela meteu na cabeça dele a ideia de pegar meu dinheiro. Consigo até ouvir a voz dela: Se você não pegar, Schmidt vai inventar um jeito de bloquear aquelas contas. Ela odeia você de verdade!

Eu já percebi. Existe algum motivo específico? Não consigo pensar em nada que eu tenha feito a ela, senão ter recusado alguns pedidos ultrajantes. Inclusive para eu fazer pressão na firma W & K para aceitarem Jon de volta! Isso aconteceu quando? Dois ou três anos atrás. Quando você e ele estavam separados.

Você não sabe mesmo o motivo?

Ele balançou a cabeça.

Pense bem. Ainda não sabe? Vou ajudar você. Naquela vez, depois do almoço do Dia de Ação de Graças, você deu uma cantada nela, mas não foi adiante. Depois, quando fomos todos a Bridgehampton e você ficou doente, ela ficou em casa para que você não ficasse sozinho, enquanto Jon, aquele palerma do Myron e eu fomos dar uma volta a pé. Que perua safada! Então você estava na cama e ela deu um beijo na sua boca e segurou seu pau. E você? Nada, ainda. Nem na hora, nem depois. Isso a deixou louca! Ela chegou a dizer para você que estava transando com um sujeito e que Myron sabia de tudo, para que você entendesse que o caminho estava liberado. Como é que você pode ser tão burro?

Meu Deus! Ela é louca mesmo. Isso é um completo absurdo. E para que contar para você? Por que isso a leva a ter ódio de mim? Alguma coisa do tipo "nem no inferno existe fúria maior do que a de uma mulher desprezada"?

Acho que você pode pôr nesses termos. Ela não me contou logo de cara, não na hora em que aconteceu. Guardou aquilo para quando quis que eu voltasse a morar com Jon, e você andava em pé de guerra para pôr Jon para fora e para transferir para o meu nome o apartamento e mais a casa em Claverack. Isso deixou os dois furiosos de verdade, a mãe e o filho. Então a ideia era me explicar que você vivia sempre tentando apunhalar Jon pelas costas porque ele é judeu. Isso e, além do mais, sua culpa por ter dado uma cantada nela e como esses sentimentos de culpa se transformam em agressividade. Só mais tarde, quando ela começou com aquela conversa fiada sobre netos, fui sacar que ela tinha virado de cabeça para baixo aquele papo de sentimento de culpa. A culpa e a agressividade eram dela mesma.

21.

Aquele progresso de Charlotte continuou em ritmo constante e depois acelerou no decorrer do ano. Schmidt podia avaliar isso menos pelos encontros que tinha com a filha, quando ficavam frente a frente, que eram muito poucos, pois Charlotte continuava a insistir para que ele não ficasse no seu pé, do que pelas conversas pelo telefone, nas quais ela exprimia seus desejos, na verdade exigências, de dinheiro e de ajuda na guerra contra Jon Riker. Não demorou muito — talvez duas ou três semanas depois de ter instalado Charlotte num apartamento de quarto e sala, bem ensolarado, num quarteirão chique de West Village — para ela decidir que daquela vez não ia voltar para Jon. Dias depois, ela telefonou para declarar que queria o divórcio. Não, ela não queria saber de nenhum bate-papo com aquele sacana nem com aquela piranha, nenhum papo furado sobre reconciliação. Já tinha ouvido aquela história antes. Divórcio e a devolução de sua propriedade, eram essas suas exigências incondicionais: de repente, a proposta que Schmidt fizera no passado, sem conseguir a concordância de Charlotte, que a propriedade comprada com os recursos do pai dela era dela por direito, havia adquirido a força ofuscante de uma verdade revelada. Sim, ela estava disposta a assumir sozinha a responsabilidade da hipoteca que ela e Jon haviam feito pela propriedade de Claverack, bem como pelo saldo a pagar do empréstimo que os dois tinham feito em conjunto para financiar a diferença do preço de compra do apartamento — sobretudo se Schmidt desse para ela o dinheiro para pagar a hipoteca e o empréstimo —, porém, a par disso, não cederia mais nada. Schmidt aconselhou-a a procurar mais uma vez a ajuda de Joe Black, o advogado especialista em divórcios que ele havia recomendado quando ela e Jon se separaram pela primeira vez. Black conhecia Charlotte e conhecia os Riker. Não ia demorar para que ele se pusesse a par de toda a situação. O problema, como tanto Black como Schmidt explicaram separadamente para ela, era que Nova York continuava a ser o último estado da União a não ter uma lei que admitia o divórcio sem culpa de uma das partes; prova de adultério, abandono do lar ou tratamento cruel ou desumano continuavam a ser exigidos. Da última vez que tentaram a separação, ficou claro que Jon havia cometido adultério e ela não tinha perdoado sua infidelidade. Agora, ela não tinha uma prova daquilo. Seria possível obtê-la, talvez; havia investigadores discretos especializados em tais assuntos. De outro modo, a maneira padrão de proceder seria ela e Jon entrarem num acordo de separação e registrarem o acordo na justiça. Um ano antes, uma lei de divórcio passara a garantir esse direito a qualquer uma das partes que o solicitasse. Infelizmente, não era provável que Jon aceitasse um acordo de separação, a menos que achasse financeiramente vantajoso para ele. Isso indicava que era preciso considerar várias maneiras de dificultar a vida dele. Por exemplo, Charlotte podia mudar-se de novo para o apartamento e começar a usar a propriedade de Claverack, na esperança de provocar alguma forma de comportamento que fornecesse a Black algum fundamento para pedir na justiça o efetivo despejo judicial de Jon. Isso é totalmente impossível, respondeu Charlotte. Black havia verificado o estado da hipoteca e dos empréstimos para pagar o apartamento. Jon tinha feito pagamentos para ambos, mas não dentro do prazo. Era uma questão interessante saber se ele ia continuar a efetuar os pagamentos, agora que Charlotte não estava mais em Sunset Hill. Essa outra lacuna foi preenchida quase imediatamente, na forma de uma carta de Jon para Charlotte, pedindo que ela reembolsasse metade dos pagamentos que ele fizera inteiramente por conta própria, durante sua hospitalização, e que ela começasse a contribuir para os pagamentos das prestações subsequentes, quando fossem cobradas. A carta também apresentava uma afirmação que Black garantia que devia ser levada a sério: que Charlotte, como originalmente tinha posto o apartamento e Claverack no nome dos dois, fizera a Jon, segundo a lei de Nova York, uma doação plena da sua "meação" de cônjuge, ou seja, a metade conjugal dos direitos de propriedade em ambos aqueles bens. Nada na lei obrigava a devolução daquelas doações. Um telefonema de Black para Jon, perguntando se ele estava representado por um advogado, suscitou a resposta que Black esperava. Mais uma vez, era Cacciatore, muito conhecido na vara de divórcios por suas táticas de terra arrasada. Firmeza e paciência, firmeza e paciência, Black recomendou a Charlotte: elas serão suas melhores amigas.

Joe Black não está conseguindo nada com o advogado de Jon. Você acha que ele é enérgico o bastante para lidar com aquele rábula?, Charlotte perguntou para Schmidt em outubro daquele ano. Charlotte dissera que queria encontrar-se com ele e os dois estavam almoçando perto do apartamento. Você não pode conseguir para mim um tubarão de verdade? Joe diz que eles não vão negociar, a menos que Jon fique com alguma parte do que eu paguei pelo apartamento e por Claverack. Ele imaginou que eu ia pôr os dois à venda. Acho que isso é uma coisa muito fácil de entender.

Eu já disse que Joe Black é enérgico de sobra, respondeu Schmidt, mas certamente posso procurar outra pessoa. Vou perguntar para Mike Mansour quem foi que tratou do último divórcio dele.

Certo, faça isso. Pai, estou cansada de receber mesada. Meu chefe diz que vão me contratar de novo, mas não antes de começarem uma nova campanha, o que só vai acontecer daqui a seis ou sete meses. Preciso retomar minha vida antes disso. Ajudaria muito se eu tivesse aquele dinheiro.

Schmidt fez que sim com a cabeça. Estava aprendendo que era melhor não interromper, só deixar que ela falasse. Por isso não fez a objeção óbvia, de que mesmo que Jon, de uma hora para outra, se mostrasse mais razoável e aceitasse um acordo de separação que desse para ela o direito pleno sobre sua propriedade, certamente levaria mais de seis ou sete meses para conseguirem vender de fato a propriedade.

Há também aquele cara que conheci em Sunset Hill, prosseguiu ela. Podia ajudar para conseguir o divórcio.

Schmidt fez que sim com a cabeça.

Não se preocupe. Ele não era um dos pacientes internados; dava aula de arte. É um bom pintor. Também faz esculturas. É viúvo. A esposa morreu um ano e meio atrás. Enfim, gosto dele.

Isso é maravilhoso!, disse Schmidt, incapaz de se conter.

Sim, pois é. Ele tem uma filha, uma menina, doze anos de idade. Ela estuda no Friends Seminary. Mora na Perry Street.

Bom colégio, interveio Schmidt.

É uma boa menina.

Pode me contar alguma coisa sobre esse jovem? Quero dizer, seu nome e que tipo de arte ele faz?

Ela deu uma risadinha. Josh White, e não, pai, ele não é judeu. Sei que isso tira um peso da sua cabeça.

Com muito cuidado, Schmidt não mordeu a isca. Não seria um dos White de Box Hill?, perguntou para si mesmo. Havia tantos artistas entre eles.

É um artista abstrato. Sua galeria fica em Chelsea. É bem conhecida. Ele também é muito conhecido. Pois é, e também dá aulas na Cooper Union, não só em Sunset Hill.

Estou muito contente por você, disse Schmidt. Espero que eu possa conhecer Josh em breve.

Pai, não se afobe. Primeiro encontre para mim um advogado de divórcio que saiba como reaver minha propriedade e me livre desse casamento.

No dia seguinte, Schmidt almoçou com o sr. Mansour, não no clube de Schmidt, para o qual ele achava que podia indicar seu amigo, e sim no Four Seasons Grill, que Mike, assim como Gil, usava como substituto das instituições ainda mais exclusivas às quais ele ainda não pertencia. Schmidt entrou logo no assunto, perguntando quem havia representado Mike em seus dois divórcios. Preciso de um advogado, disse ele, capaz de quebrar os joelhos, os cotovelos, o pacote completo.

Pas de problème, disse o sr. Mansour, tive dois advogados, um para o divórcio número um e o outro para o divórcio número dois. Ambos são matadores, mas acho que o número um se aposentou. Quem é o feliz casal? Deixe-me adivinhar: Charlotte quer deixar aquele tal de Riker. *L'chaim!*

Ergueu o copo para Schmidt e prosseguiu: Conte ao seu tio judeu todos os detalhes. Os detalhes! *Pas de blagues!*

Depois de ouvir Schmidt contar tudo até o fim — Schmidt se resignara a não censurar mais os relatos de seus apuros com

Charlotte —, o sr. Mansour ficou pensativo e disse: A situação não é nada boa. Não existe nenhum advogado de divórcio vivo capaz de pôr o sujeito para fora daquele apartamento ou daquela casa no interior. Não num tempo breve. Ela quer casar com o tal pintor?

Schmidt fez que sim com a cabeça. Charlotte não me disse, mas acho que a ideia é provavelmente essa.

Portanto é melhor que ela se divorcie e consiga a autorização para casar antes que o cara mude de ideia, respondeu o sr. Mansour.

Meteu a mão no bolso do paletó e retirou o colar de contas. *Clique clique clique.*

Tenho uma ideia, disse ele. Sei algumas coisas sobre a firma de Riker. Andei verificando o negócio, quando você me disse que Jon ia trabalhar lá. Eles trabalham direito. O diretor é Irv Grausam. É advogado de uma série de causas ligadas ao meio ambiente. Casos de fundos para financiar projetos de despoluição etc. Temos uma empresa no Mississippi que está metida numa tremenda encrenca. Estão sendo processados por terem despejado uma porção de porcarias nas águas de um rio. É tudo conversa fiada e podíamos resolver o assunto com um acordo. Mas tenho uma regra contra acordos. Eu disse: façam os queixosos e seus advogados brigarem, façam que gastem muito dinheiro e tenha de brigar muito para cada passo que tenham de dar. Depois que a gente começa a fazer acordos, está ferrado, não tem volta. Vou telefonar para Irv e dizer que vamos contratá-lo para tratar dessa grande encrenca para nós — e quando digo grande encrenca, estou falando sério —, mas com a condição de que ele obrigue o tal Jon a devolver a propriedade que é da filha do meu melhor amigo. Este é um país livre! Se ele não quiser receber o adiantamento dos serviços advocatícios, se não quiser os honorários, por mim está tudo bem assim. Mas, se ele quiser o trabalho, vai ter de pôr seu moleque Riker na linha. Quero que ele devolva para a esposa a propriedade que é dela e assine um acordo de separação. O pacote completo. *Pas de problème!* Agora me diga, não sou um bom amigo?

Mike, você é o melhor amigo. Mas deixe-me pensar um pouco. Não quero meter você em nenhuma confusão.

Quer dizer que estou ameaçando Irv? Não estou. Não me peça para deixar o assunto nas mãos de Holbein. Não vou fazer isso. Deixe por minha conta!

Primeiro, Schmidt teve notícias de Renata. Ela telefonou para o apartamento de Nova York. Você é um sacana, Schmidtie. Primeiro deixou que aqueles homens horríveis da firma W & K destruíssem a carreira de Jon. E agora solta os cachorros para cima dele, na firma Grausam & Trafficante. Deus vai castigar você. Ela não pediu para ligar de volta.

Então deu certo, Schmidt disse para si mesmo.

O telefonema de Jon Riker veio poucos dias depois, num sábado. Schmidt estava em casa, em Bridgehampton.

Al, disse seu genro, será que existe alguma sujeira que você não seja capaz de fazer? Mandar aquele seu amigo, o egípcio, falar com Irv Grausam para me pressionar? Num assunto que não tem nenhuma relação com o egípcio nem com a firma de advocacia? Você só tem um propósito: ferrar comigo. Você sempre foi um sacana e sempre vai ser, portanto deixe-me dizer logo aonde quero chegar. Não vou transferir o apartamento nem a casa para sua adorável filha até e a menos que eu seja inteiramente reembolsado, com juros, de cada centavo que gastei para reformá-los e também cada centavo que paguei na hipoteca e no empréstimo do apartamento. Sei que ela não tem nenhum dinheiro, portanto você terá de meter a mão no bolso. Entendeu bem?

Sim. Pode dizer ao seu advogado que, assim que você transferir as propriedades para o nome de Charlotte e assinar o acordo de separação que Joe Black aprovar, receberá esse dinheiro.

Charlotte telefonou duas semanas depois, mais ou menos. Schmidt estava em seu escritório.

Pai, Joe Black diz que os documentos estão prontos para que eu receba de volta o apartamento e Claverack. O acordo de separação também está pronto, mas Jon não vai assinar a menos que seja reembolsado pelo que gastou nas propriedades. Por que aquele babaca ainda tem de receber alguma coisa? Ele morou no apartamento e em Claverack, não foi?

O motivo para pagar para ele é conseguir resolver a questão, fazer Jon sair de lá. Não é isso que você e o sr. White querem?, perguntou Schmidt.

Sim, mas ele é que devia me pagar. Você vai me dar o dinheiro para isso?

Sim.

Ela disse: Acho que está bem, acho que sou grata a você, e desligou.

Schmidt deduziu que o acordo de separação já tinha sido assinado durante um telefonema de Charlotte, em que ela pediu o nome de um corretor para confiar a venda de seu apartamento. Ele lhe deu o nome de uma jovem que havia tratado da venda do seu apartamento na Quinta Avenida, depois que se aposentou. A corretora conseguiu o que lhe pareceu, na época, um preço espetacular. Quando Schmidt perguntou para Charlotte se ela precisava de um corretor para cuidar de Claverack, ela respondeu que já conhecia alguém em Hudson. Schmidt ainda não conhecia Josh White e a reação a dois ou três convites para que os três se encontrassem foi uma interpretação particularmente prolongada da pronúncia da palavra "Pai". A tradução disso, segundo Schmidt: *Saia da minha cola*. Enquanto isso, ele continuava pagando rigorosamente os honorários do dr. Townsend, que agora vinham diretamente para ele, bem como a mesada de Charlotte, o aluguel do seu apartamento e os prêmios exorbitantes da apólice de seu seguro de saúde particular. O fato de ela não ter se dado ao trabalho de agradecer ao pai com algo além de resmungar ao telefone "acho que estou grata a você" era uma espécie de dureza que ele já esperava. O fato de ela não ter sido capaz de agradecer a Mike Mansour, sem cuja ajuda o impasse na guerra contra os Riker teria certamente continuado, era outra questão. Toda vez que ele se lembrava daquilo, sentia uma pontada de vergonha.

As cartas que ele havia escrito para Charlotte desde a morte de Mary, tipicamente nos momentos em que o ponteiro que marcava sua indignação alcançava a faixa vermelha, não tinham sido um sucesso, se o progresso no comportamento da filha servia como meio de avaliação. No entanto as cartas faziam Schmidt sentir-se melhor. Foi com os olhos abertos que ele escreveu:

Querida Charlotte,

Estou muito feliz por você ter reavido a posse de suas propriedades e esteja agora a caminho de se tornar uma mulher solteira. Você não teria chegado a esse ponto sem Mike Mansour. Contei para você o que ele fez. Foi ideia dele, exclusivamente. Ele merece sua gratidão e uma carta sua, exprimindo essa gratidão. A propósito, a razão pela qual tenho certeza de que você não escreveu essa carta é que, em vista do interesse que ele demonstrou pelo seu bem-estar, teria me contado se a recebesse.

Como pode imaginar, continuo desejando conhecer Josh White. Por favor, pense num modo de organizar isso. Qualquer coisa estaria bem para mim, desde uma xícara de café no Village a um jantar em qualquer restaurante que você escolher, e até mesmo um fim de semana curto ou prolongado em Bridgehampton.

Seu pai amoroso

Não foi um de seus melhores esforços. Todavia, mandou a carta pelo correio. Uns seis meses depois, a corretora que havia recomendado para Charlotte telefonou para Schmidt e anunciou que tinha um comprador de boa credibilidade de crédito, que não teria nenhuma dificuldade para conseguir um financiamento e estava disposto a pagar para Charlotte o preço de venda pedido. Ela também indicara a Charlotte um advogado para tratar do fechamento do negócio. Incorrigível, ciente de que seu conselho não era desejado, mesmo assim Schmidt perguntou se a filha sabia que ela talvez pudesse evitar o pagamento do imposto sobre o ganho de capital na venda se comprasse outro apartamento dentro de um ano. A corretora lhe disse que tanto ela quanto o advogado haviam discutido aquela possibilidade com Charlotte, mas parecia que ela preferia guardar o dinheiro e ficar no apartamento atual, ou ir morar com um homem com quem estava se relacionando. Aquilo era interessante. Schmidt se perguntou se haveria um casamento e, caso houvesse, se ele seria convidado ou informado a respeito por meio de um anúncio publicado no *Times* ou de um cartão enviado após o casamento. Semanas depois, num fim de semana, o telefone tocou na cozinha e começou uma conversa precedida por um *Paaai* de duração média.

Aposto que Gwen já lhe contou. Vendemos o apartamento.

Schmidt disse que sim.

Portanto estou com esse monte de dinheiro e preciso investir. Será que o homem que cuida do seu dinheiro me aceitaria como cliente? Quero dizer, é uma migalha, comparado com o que você tem.

Ele ia adorar cuidar disso e acho que vai lhe dar um abatimento na comissão. Vai calcular a comissão com base no fato de que você e eu somos membros de um grupo familiar.

Que bom.

Você tem o telefone dele?

Está em algum lugar. Você pode mandar o telefone dele para mim?

Claro.

Estou começando a trabalhar de novo em meu antigo emprego. Três dias por semana.

Schmidt continuou em silêncio por mais tempo do que o habitual para ver se mais alguma coisa seria dita a respeito daquele assunto. Nada foi dito.

Está ótimo, disse ele, assim você terá chance de ir se ambientando aos poucos, antes de começar a trabalhar em horário integral.

Ah, é? Acho que eles estão me enrolando. Nunca mais vão querer que eu trabalhe em horário integral. De todo modo, não vou mais precisar da sua mesada, depois que meu dinheiro for investido. Mas você pode continuar pagando o médico e o aluguel? O aluguel é só por enquanto.

Charlotte não podia vê-lo, por isso Schmidt encolheu os ombros e fez uma careta.

Claro, respondeu. Me avise quando quiser que eu pare de mandar a mesada.

Pode deixar que eu aviso. Ah, e você pode pagar o seguro de saúde?

Já paguei. Paguei adiantado a apólice do primeiro ano todo.

Certo. Que bom. A gente se vê!

Antes que ela conseguisse desligar o telefone, Schmidt disse — gritou seria uma palavra mais próxima da verdade: Charlotte, não acha que eu podia conhecer seu amigo Josh?

Pai, respondeu ela, você pode parar com isso? Eu não quero estragar tudo. Ele vai pensar que está sendo pressionado ou alguma coisa assim.

Com isso, ela desligou o telefone.

O terceiro aniversário do pequeno Albert veio e passou sem que Schmidt conhecesse Josh White. Felizmente, havia uma alegria diferente reservada para ele: Carrie pediu que ele levasse o menino para seu primeiro corte de cabelo. Foram ao barbeiro em Sag Harbor, que Schmidt usava quando não era conveniente cortar o cabelo na cidade. O velho estava pronto para encarar seu novo cliente e se lançou ao trabalho conforme as instruções de Schmidt: apenas aparar um pouco e deixar com um aspecto bem natural. Queremos dar forma ao cabelo dele, mas não queremos que fique parecendo que acabou de sair do barbeiro. Durante todo o processo, Albert manteve perfeitamente o equilíbrio, enquanto chupava um dos grandes pirulitos verdes reservados para os bons meninos. À medida que os cachinhos de cabelo iam caindo — o cabelo de Albert tinha agora a cor do cabelo de Carrie e prometia ficar tão pesado e tão lustroso quando o dela —, Schmidt sentia uma pontada de arrependimento. Pegou um dos cachinhos do avental branco que cobria o menino, pediu um guardanapo de papel, embrulhou nele o cabelo e enfiou no bolsinho do relógio de sua calça. Como havia guardado o grande relógio de ouro de seu pai, que o velho usara preso a uma correntinha, talvez arranjasse algum joalheiro habilidoso capaz de modificar a tampa, de modo que pudesse guardar o cabelo, como se faz com um medalhão, e assim Schmidt poderia vê-lo toda vez que o abrisse para conferir o mostrador. A outra solução poderia ser colocar o cabelo numa moldura. Algo semelhante àquelas caixinhas usadas para expor espécimes de borboletas. Ia pedir um conselho para Carrie.

Que belo neto o senhor tem, sr. Schmidt, disse o barbeiro, quando Schmidt colocou a gorjeta na sua mão. Espero que se torne um cliente constante.

Obrigado! De fato, é um bom menino, respondeu Schmidt.

Levou Albert de volta para East Hampton, viu-o apagar três velinhas no seu bolo de aniversário e, durante mais ou menos uma hora, ficou observando enquanto o menino e seus amigos da creche faziam algumas brincadeiras que Schmidt achou que recordava do tempo dos aniversários de Charlotte.

Depois foi para casa, guardou o cacho de cabelo na gaveta da escrivaninha e esqueceu-se do assunto, até um almoço com Gil Blackman no O'Henry's, algumas semanas mais tarde. No que lhe dizia respeito, o filme *A serpente* estava pronto, disse Gil para Schmidt. Tinha sido um trabalho longo, longo demais. Trabalhar com Canning não era nenhum piquenique e eles tinham sido obrigados a esperar até que Sigourney tivesse uma vaga em sua agenda de trabalhos. Mas agora que o filme estava pronto, ele estava satisfeito. Haveria uma exibição de estreia do filme montado para Mike, Joe e Caroline Canning, o indispensável Holbein, executivos da cúpula do estúdio e, para grande satisfação sua, para Schmidt.

Vou convidar Dite também, disse Gil, embora eu não consiga imaginar em que mesa ela vai sentar no jantar que vai ser servido depois do filme. Se ela não ficar na minha mesa, vai ficar triste. Mas, se ficar, é melhor eu ter à mão uma boa história para contar para Elaine. Ainda não elaborei a história. A boa notícia é que, como você vai ver, o filme é ótimo. E uma notícia ainda melhor é que agora Canning vai ficar longe de minha vida! Isso vale, sem dúvida, a melhor garrafa de vinho desta espelunca. A festa é minha. Vamos beber à minha libertação.

Você está mesmo falando sério quando diz que vai levar Dite ao jantar com Elaine?

Não posso evitar. Ela vai arrancar meus olhos se não for. Tem um temperamento terrível. Vou explicar que trabalha no projeto desde o início, mas nos bastidores, digamos assim — isso é muito engraçado, você tem de admitir —, e não poderia ficar de fora. Além do mais, você acabou de me dar uma excelente ideia. Tenho de pôr Dite na minha mesa porque você e Mike irão sozinhos. Assim, só haverá um homem de sobra.

Gil, você está brincando com fogo.

E que novidade há nisso?, perguntou o sr. Blackman, com o rosto escurecendo. Mas vamos mudar de assunto. Por exemplo, você. Como é que você vai, meu velho camarada?

Schmidt almoçava com Gil ou jantava com ele e com Elaine constantemente fazia tanto tempo que não havia nada, literalmente nada que ele estivesse fazendo ou deixando de fazer que fosse capaz de entreter Gil. Era como nos bons e velhos tempos — ou maus, dependendo do ponto de vista —, quando Schmidt cortava um dobrado na pedreira das finanças da firma W & K. Que acontecimentos sensacionais ele havia reservado, na época, para contar ao amigo glamoroso? Que o empréstimo para a empresa Podunk Cement Company tinha sido encerrado e que ele estava preparando outro, tendo a empresa Dumboville Power Company como tomadora? Que ele se sentira desdenhado e excluído das conversas pelos presentes no jantar da entrega do prêmio National Book, para o qual naturalmente Mary fora convidada e no qual sentira até vontade de sair dançando em cima de sua mesa, porque seu ator ganhara o prêmio? Mas, sim, havia uma anedota e, ainda que fosse um pouco sentimental, era divertida.

Você vai rir de mim, disse ele. Dez dias atrás, levei o pequeno Albert para cortar o cabelo pela primeira vez, no dia de seu terceiro aniversário. Eu gostaria muito que Norman Rockwell estivesse lá para pintar a cena. Fiquei tão comovido que peguei um cachinho do cabelo dele, embrulhei num guardanapo de papel e levei para casa.

E ainda está com o cachinho de cabelo?, perguntou o sr. Blackman.

Claro.

Schmidtie, essa é a sua chance. Sua chance de obter a resposta para a grande questão. A questão que tem de ser respondida, senão sua vida vai se tornar cada vez mais difícil. Você é ou não é o pai daquele menino? Acho que você precisa saber. Não para que diga para Carrie ou, Deus o proteja, para Jason, ou até para mim. Mas para o bem da sua própria estabilidade. Por acaso conheço um laboratório que faz exames de DNA. É uma instituição confiável. Faça isso, velho camarada! Você não deve passar o resto da vida sem saber em que chão está pisando.

Não sei, disse Schmidt. Não estou muito certo de que eu queira saber. Suponha que eu não seja o pai. Vou ter de amar menos o menino por isso? Não quero. Suponha que eu seja o pai. O que vou fazer que já não esteja fazendo agora? Carrie está grávida. Quando essa criança nascer, vou ter menos ou mais apreço por ela, conforme o resultado do exame do caso do pequeno Albert? Acho que sei a resposta. O que quer que eu venha a saber, sempre amarei Albert mais. Por uma razão maluca: ele nasceu muito pouco depois de Carrie me deixar. Ele está impregnado do meu amor por ela. E isso não vai mudar, mesmo que fique provado que não sou o pai. Portanto, para que saber?

Para pôr sua casa em ordem.

Aquilo era uma coisa que Schmidt compreendia instintivamente — talvez desejasse muito aquilo, embora fosse contrário ao conselho que ele mesmo dera para Carrie, logo depois do nascimento da criança.

Vou fazer o exame, disse Schmidt. Espero que não me arrependa para sempre.

22.

Os cromossomos Y não mentem, sr. Schmidt, disse-lhe o técnico do laboratório SureDNA. Normalmente não mexo com cabelo cortado, não existe material DNA suficiente, mas essa amostra se revelou muito produtiva. Veja aqui as imagens. O senhor mesmo pode constatar. Não existe nenhuma possibilidade de esse indivíduo e o senhor terem alguma relação.

Schmidt agradeceu ao homem, entrou no carro, tomou a entrada na via expressa para Long Island e seguiu na direção oeste, de volta para a cidade. Bem, agora ele sabia. O oráculo havia falado. Era aquela a resposta que desejava? Não de todo: em alguma parte de seu cérebro estupefato, se abrigara um desejo tímido, culpado e expresso apenas pela metade, de que lhe dissessem que o lindo menino era seu filho. Aquilo havia coexistido com a certeza de que, para evitar que ele perturbasse o casamento de Carrie e assim causasse um mal incalculável ao pequeno Albert, qualquer conhecimento que Schmidt adquirisse devia ir com ele para a sepultura e que, de fato, ele tinha de fazer tudo o que estivesse ao seu alcance para afirmar a paternidade de Jason. A adorável ideia de Carrie, tipo Era de Aquário, de que não importava quem fosse o pai do menino, de que Jason, mesmo se soubesse que não era o pai, seria um bom padrasto e amaria o menino porque Carrie era sua mãe, era excelente, até certo ponto. Poderia funcionar perfeitamente para Jason e certamente teria o melhor resultado possível, se o pai verdadeiro tivesse morrido. Mas qual seria o efeito de tal conhecimento em Albert Schmidt, ainda bem vivo e residente a poucos quilômetros estrada acima? Um tormento indescritível: obrigado a se manter à margem e contemplar estoicamente enquanto Jason colhia a melhor parte do amor do menino e Jason, ou Jason e Carrie, tomavam decisões relativas ao menino das quais ele, Schmidt, discordava, e também aceitar ser excluído — como aconteceria inevitavelmente, pela força das circunstâncias — em muitos momentos de crise ou de alegria. Nada naquela visão implicava a suspeita de uma futura má-fé ou má vontade. Longe disso. Era apenas a maneira como ia acontecer e, à diferença de pais divorciados que não cuidaram dos filhos, ele não seria capaz de reivindicar nenhum direito de ser ouvido. Claro, ele continuaria em seu papel de tio ou avô honorário, com a carteira sempre aberta, derretendo de felicidade toda vez que o menino sorrisse para ele. Mas a certa altura, quando o menino notasse que a generosidade de Albo ou do tio Schmidtie de algum modo diminuía seu pai, não ia voltar-se contra o Tio Talão-de-Cheques?

Consultamos oráculos por nossa própria conta e risco e quase sempre em detrimento de nós mesmos, pois o conhecimento que fornecem vem misturado com veneno. Schmidt havia escapado por muito pouco, mas pelo menos tinha posto a casa em ordem. Amaria o pequeno Albert como filho de Carrie, um filho que poderia ter sido seu, mas não era, e poderia fitar nos olhos Jason sem titubear. Ele não era um intruso que havia posto um ovo alheio no ninho de Jason. O gigante louro estava criando seu próprio filho e trabalhando para o futuro dele. Um exemplo virtuoso para Schmidt seguir, um sinal para concentrar seus esforços no bem-estar de seu único fruto, sua própria Charlotte.

Oportunidades de fazer isso haviam começado a se apresentar, de início de modo hesitante. Quase exatamente um ano antes, um dia antes de Timothy McVeigh ser condenado à morte pelo atentado à bomba em Oklahoma City, Charlotte telefonou. Como estavam em meados de agosto, Schmidt estava em Bridgehampton, de férias, lendo a matéria no *Times*, lembrando como a notícia da carnificina no Federal Building havia interrompido a reunião do conselho diretor para a qual ele viera correndo, após se desvencilhar dos braços de Alice. Pai, disse Charlotte, pela primeira vez pronunciando a palavra em tom normal, achei que você gostaria de saber que finalmente conseguimos vender a casa em Claverack. Pode parar de pagar as prestações da hipoteca.

Parabéns, respondeu Schmidt, conseguiu obter um bom preço?

Muito bom. Vou procurar uma casa em Connecticut, algum lugar perto de Sunset Hill. Seria conveniente para Josh. Ele dá aulas lá às segundas, terças e quartas. Espero que o que obtive com a venda de Claverack seja o suficiente.

Mas isso é uma ótima notícia, pensou Schmidt. Ela está falando comigo como se eu fosse um ser humano, e continua com esse tal sujeito, White, e ela fez de fato um plano, um plano razoável.

Respondeu: Que boa ideia.

Ah, é, e agora vou trabalhar em horário integral na agência, a partir de setembro.

Isso é maravilhoso. Parabéns!

E mais uma coisa: Alan Townsend e eu concordamos que é suficiente vê-lo duas vezes por mês, quando ele voltar das férias.

Ele também vai suspender meus remédios, mas quer estar presente quando isso acontecer.

Estou vibrando com isso.

Tenho de ir, disse Charlotte. A gente se vê!

Schmidt sentiu seu queixo cair. Aquela era mesmo Charlotte ou uma atriz incrivelmente talentosa para fazer imitações? Na suposição de que estivera de fato falando com a filha, telefonou para o florista na cidade e mandou para ela uma grande orquídea branca com um cartão que dizia *Parabéns e amor de seu pai*. Quando estava fazendo o pedido, lembrou-se de sua tentativa fracassada de pedir desculpas para Alice, uma lembrança que continuava a queimar como um arame em brasa e seria o bastante para impedir que jamais tentasse outra vez dizer alguma coisa por meio de flores. Na verdade, quase cancelou o pedido, mas não fez isso, decidindo — na sua opinião, de forma razoável — que o erro naquela ocasião estivera não na orquídea, e sim em seu próprio comportamento. Seu assombro aumentou quando Charlotte lhe agradeceu, enviando um cartão Hallmark com um gatinho dentro de um cesto ao ar livre e, dentro do cartão, a palavra *Obrigada*, em caneta vermelha. Era algo inédito e Schmidt gostaria de ter rido baixinho daquilo junto com a mãe dela. No entanto, Charlotte assinara o cartão. Até então, os únicos bilhetes convencionais de "obrigado" que ele havia recebido tinham sido de ascensoristas, mecânicos, entregadores de diversas empresas, carteiros a quem ele dava dinheiro de presente no Natal e faxineiras aposentadas, às quais ele mandava cheques todo ano. Mas então lhe ocorreu que Charlotte devia saber — mas como? Ele lhe havia contado? — a respeito de seu relacionamento amoroso com Sy e estava caçoando dele, muito delicadamente. Aquilo lhe parecia um sinal claro do restabelecimento da saúde.

O telefonema seguinte veio numa sexta-feira, depois do fim

de semana do Dia do Trabalho. Madre Teresa havia morrido naquele dia e, depois de recordar Schmidt de que ela ia voltar para trabalhar "como uma pessoa de verdade" — uma afirmação que deu um aperto no coração de Schmidt —, Charlotte exprimiu sua admiração pela freira santa. Schmidt ficou momentaneamente sem palavras, lembrando vagamente que ela havia ganhado o Prêmio Nobel muitos anos antes, assim como outras pessoas ilustres como De Klerk e Arafat (cada um tomado pelo que tinha de melhor, a fim de dividirem aquela distinção). Até então, ele não tivera a menor pista de que Charlotte se interessava pelos mais pobres dos pobres da Índia.

No entanto, Schmidt se recuperou a tempo para dizer: Sim, é triste. De fato, ela teve uma vida muito longa e suponho que estivesse bastante cansada.

Oitenta e sete anos. Não era tão velha assim, retrucou Charlotte. Ela poderia ter continuado seu trabalho. E coitada da Diana! É tão triste, tão trágico!

Schmidt teve a impressão de que a filha estava chorando muito de leve. O acidente em que a princesa de Gales morrera tinha ocorrido cinco dias antes, no domingo anterior, e embora Schmidt estivesse consciente do extravasamento de pesar nacional que se verificara na Inglaterra, a profundidade do sentimento de Charlotte o surpreendeu mais uma vez. Ele não sabia que a filha era uma anglófila e certamente nunca a vira manifestar nenhum interesse pelas extravagâncias da realeza britânica. Porém, percebendo de novo que ele estava na beira de um terreno minado, continuou absolutamente imóvel.

Sim, foi muito triste também, disse ele. Quantos anos tinha ela? Quarenta e um, quarenta e dois? Tinha dois filhos, não era isso?

Pai — a pronúncia da palavra se inclinara para Paaaai —, ela estava só com trinta e seis anos! Só quatro anos mais velha do que eu! É tão horrível, tão tremendamente horrível, ser tão infeliz e nunca ter a chance de refazer sua vida!

Agora ela estava chorando de verdade e não se dava ao trabalho de esconder o choro.

Meu bem, disse Schmidt, tenho muito pena dela. Lamento muito que você fique tão triste assim.

Charlotte assoou o nariz e prosseguiu. Você acredita que ontem, no escritório, aquele palerma do Olson — Schmidt lembrava vagamente que um dos diretores administrativos da firma tinha aquele nome — chamou-a de vagabundazinha? Disse que não conseguia entender por que toda aquela comoção. Se eu não tivesse tanta vontade de voltar a trabalhar, teria jogado alguma coisa em cima dele — não sei o que ia jogar, talvez a cesta de lixo. Estava cheia de copinhos de plástico de café vazios. Ele bem que merecia.

Puxa vida, disse Schmidt, como há pessoas insensíveis neste mundo.

Ele se deu conta de que seria capaz de ter feito um comentário semelhante ou, provavelmente, menos áspero.

Jenny tem uma fotografia de Lady Di em cima da sua escrivaninha e pôs uma vela acesa na frente. Mais ou menos como as pessoas fizeram na frente do palácio de Buckingham, como ela viu na televisão.

Schmidt lembrou que Jenny era a filha de Josh White e torcia para que ela não pusesse fogo no apartamento.

Que idade tem ela agora?, perguntou. Continua estudando no Friends?

Treze. É uma ótima menina. Sim, continua estudando no Friends. Pai, prosseguiu Charlotte, o motivo por que estou ligando é que encontramos uma casa linda em Kent. Seria mesmo perfeito; tem um estúdio de artista plástico que agora é usado como um quarto de hóspedes de luxo e também um lago artificial. Vamos ver a casa de novo amanhã. O dinheiro que recebi pela casa de Claverack não é suficiente. Você podia me ajudar a comprar a casa? Não quero fazer uma hipoteca, se puder evitar, porque não estou ganhando dinheiro suficiente para pagar uma. Portanto, se você puder ajudar, eu prefiro comprá-la à vista.

Claro, respondeu Schmidt, vou ajudar você. Vai ter de fazer muitas reformas na casa? Muitas mudanças?

Nada. Só uma demão de tinta. Josh diz que ele mesmo vai cuidar da pintura. Acho que é o que se espera mesmo de um pintor!

Ela riu de verdade.

Schmidt se perguntou quanto capital seria necessário para "ajudar". Mas resolveu que não ia perguntar. Fosse quanto fosse, depois ele ia descobrir. Para o inferno com suas preocupações sobre o imposto de doação e o imposto de eficiência. Havia dinheiro bastante para cumprir a promessa que fizera para Carrie e Jason a respeito da educação dos filhos deles e para ele próprio viver, se apertasse o cinto. Não ia estragar aquele momento de Charlotte.

Parece muito bom, disse ele. Depois me diga quanto vai custar e de quanto precisa. E arranje um advogado competente. Se precisar de uma recomendação, posso fazer uma pesquisa por aí.

Não precisa, Josh tem alguém. Outro diplomado em Sunset Hill, que nem eu, que advoga no mundo real. Acho que nós, alunos de Sunset, temos de ser muito unidos.

Ela riu de novo, antes de dizer: Agora tenho de ir — sua atual fórmula de despedida, que não agradava nem um pouco a Schmidt —, e foi embora.

Sy tinha subido no seu colo durante o telefonema e ronronava energicamente. Aquilo significava que queria comer e achava que era boa política tornar-se agradável, uma estratégia cujos óbvios méritos Schmidt achava que podia recomendar enfaticamente para qualquer pessoa que quisesse seu dinheiro. Charlotte não havia exatamente ronronado, mas, em vista de seu enorme talento para se tornar detestável, ela estava tendo grandes progressos no campo da captação de benevolência. A virtude principal da casa parecia ser a de convir ao ainda desconhecido sr. White! À beira de encolher os ombros, Schmidt se conteve: Sy, que detestava espirros e outros barulhos altos e gestos desmedidos, poderia ficar apavorado. Ocorreu a Schmidt que Sy lhe havia ensinado uma lição que podia aplicar em suas transações com Charlotte: ser paciente e deixar que ela tomasse a iniciativa. Charlotte ia apresentar seu Josh e também sua Jenny, mas na hora que ela mesma achasse melhor.

Um mundo enlouquecido. Com amedrontadora coerência, os telefonemas de Charlotte vinham entrelaçados com notícias de calamidades e desgraças. Antes do fim do ano, num tribunal federal de Manhattan, um júri condenou os terroristas que explodiram um caminhão-bomba na garagem pública que fica embaixo do World Trade Center, em 1993, enquanto no Egito outros terroristas mataram mais de sessenta turistas que pretendiam visitar Luxor. A Casa Branca fumegava com escândalos sexuais que imitavam enredos de filmes B, o ritmo das revelações repugnantes havia acelerado até que, um ano antes, ninguém no país — talvez ninguém na face da Terra ao alcance de um sinal de tevê — pudesse ignorar a simpática e rechonchuda garota judia que havia espirrado a ejaculação presidencial no seu vestido azul, o líquido que dúzias e mais dúzias de rainhas e princesas pornô teriam lambido como cães até a última gota, a jovem que havia guardado o vestido no armário, em vez de mandar lavar. Nos últimos dias do ano, o presidente sofreu um impeachment, mas não antes de ordenar ataques aéreos contra o Iraque a fim de forçar o cumprimento da proibição de voos de avião em determinadas áreas. Outros acontecimentos, palpitantes e prenhes de ameaças, haviam precedido este ato premonitório: a Índia e o Paquistão fizeram testes com bombas nucleares a fim de mostrarem um ao outro que possuíam bombas atômicas; outros terroristas homicidas atacaram as embaixadas americanas em Dar es Salaam e Nairobi, deixando centenas de mortos e milhares de feridos; mísseis americanos choveram sobre bases terroristas no Sudão e no Afeganistão. Nos arredores de Laramie, Wyoming, um simpático estudante gay, magricelo e sem lar, foi torturado e espancado até a morte. Frequentemente, Charlotte telefonava para dividir com Schmidt sua aflição com aquelas e outras calamidades. Ele considerava aquelas conversas, o conhecimento de Charlotte a respeito dos acontecimentos atuais e sua ansiedade para discuti-los com ele algo simplesmente milagroso. Ainda não tinha conhecido Josh — e Charlotte não dera o menor sinal de que planejava apresentá-lo em breve. Porém ela havia enviado para Schmidt fotografias da casa em Kent e de fato havia agradecido pela robusta contribuição que Schmidt fizera para a compra dela. Ele esperava que a filha tivesse o bom senso de manter a propriedade da casa no nome dela mesma, mas não se atreveu a perguntar. Nos velhos tempos, era de presumir tal coisa, pois até onde Schmidt sabia Charlotte e Josh não estavam casados, mas os tempos haviam mudado. Ainda mais estranho do que não conhecer Josh era o fato de que Schmidt só tinha visto Charlotte três ou quatro vezes desde sua segunda visita a Sunset Hill, e muito brevemente, só o tempo de tomar um café ou comer um sanduíche. Schmidt arriscou-se a despertar a ira da filha ao fazer uma insinuação: agora que ele já tinha fotografias da casa, não seria uma boa ideia mandar-lhe também uma fotografia dela mesma?

Relaxe, pai, respondeu Charlotte. Estou com uma cara boa. Melhor do que quando você me viu pela última vez. Estou até com um corte de cabelo bonito.

Bem, isso é ótimo, pensou Schmidt, vou ficar de dedos cruzados. Acaso as palavras dela e sua animação geral já não transmitiam tranquilidade suficiente? Se ver o pai e ser coberta de atenções por ele, talvez até ser abraçada pelo velho, estivessem na sua lista de desejos, Charlotte o encontraria na cidade ou em Bridgehampton, voltando para a casa e para a praia que tinham sido seu universo de férias na infância. Que ela sabia como obter o que desejava, disso Schmidt estava seguro, sem ter de recitar todos os exemplos recentes. Exemplos recentes? Não se dê ao trabalho de contá-los. Seja modesto e agradeça pelo fato de sua filha ser outra vez uma jovem mulher funcional, que ela tenha encontrado um homem de quem gosta e tenha conseguido ficar com ele por dois anos. Quanto a você, Schmidtie, toque sua vida — do jeito que ela é.

Ele fez o melhor que pôde. Partindo para a Europa, vistoriou os Centros de Vida, que agora eram nove. Em seguida, visitou sítios arqueológicos na Anatólia com um grupo organizado pelo Museu Fogg e voltou para casa a tempo de ver o presidente admitir para a nação, diante das câmeras de televisão, que havia mentido acerca de suas relações com a prestativa estagiária da Casa Branca. Schmidt tinha telefonado para os números de Charlotte na cidade e em Kent para lhe dizer que havia voltado, e estava na varanda dos fundos de sua casa, lendo acerca do iminente colapso econômico da Rússia, quando seu próprio telefone tocou. Era Charlotte.

Pai, disse ela, acho que já está em casa. Josh anda falando que gostaria muito de conhecer você. Acho que ele gosta de você. Tem alguém morando na casa do lago?

Não, ninguém, respondeu Schmidt, lembrando que devia deixar que ela guiasse a conversa.

Nesse caso, acha que Josh, eu e Jenny podíamos ficar lá durante o feriado prolongado do Dia do Trabalho? É daqui a duas semanas. Agora Jenny está com quinze anos. Você não vai nem notar que ela está aí.

Nada poderia me dar mais prazer, você sabe disso. Só lamento que não possam vir antes. Como vão chegar aqui, de trem, no Jitney ou de carro?

De carro. Vamos sair de Kent para aí. Estamos de férias.

Que ótimo, disse Schmidt, é o melhor presente que eu poderia ganhar. Mas me avise se vão chegar aqui para o almoço ou para o jantar.

Para o almoço. Assim não vamos pegar o engarrafamento da sexta-feira antes do feriado.

Muito sensato. Ah, sim, acrescentou Schmidt. Estou aqui olhando para o calendário e vejo que no domingo Mike Mansour vai oferecer seu tradicional almoço anual do Dia de Trabalho. Sei que ele gostaria muito de conhecer você e Josh, e a Jenny também, é claro. Seria muito gentil da sua parte comparecer. Como você deve lembrar, ele foi muito solícito.

Paaai, por favor, não comece a organizar tudo para mim antecipadamente. Vou conversar com Josh e mandar um e-mail para você. Agora tenho de ir. Até logo.

Desligou o telefone antes que Schmidt tivesse a chance de dizer qualquer outra palavra, mas ele achou que o fato de a filha ter acrescentado um até logo à formula de despedida de costume "tenho de ir" já era um avanço considerável. Era o bastante para retirar o espinho do Paaai, pronunciado no registro de quase total irritação. Na verdade, ele não conseguia imaginar nada que ela pudesse ter dito que fosse capaz de diminuir um pingo sequer de sua alegria. Charlotte viria para passar um feriado prolongado, era uma ideia dela mesma, e ainda ia trazer o homem em que ele estava começando a pensar como seu marido, além da garota que seria sua enteada. Schmidt pensou em telefonar para Gil, mas não chegou a fazer isso. O fone continuava na sua mão, Schmidt discou o número. Gil atendeu e não viu nenhum motivo para que ele e Schmidtie não pudessem ter um de seus almoços em que punham a alma a nu no O'Henry's. Quando voltou, Schmidt encontrou um e-mail de Charlotte na tela do computador:

Obrigada, Pai! Josh diz que todos nós gostaríamos de ir ao almoço do sr. Mansour. C.

Jenny revelou-se um retrato do pai em tamanho um pouco reduzido: magricela, ligeiramente recurvada, mãos grandes e pés grandes, rosto simples, mas agradável e alegre, emoldurado por cabelo louro, que tanto a filha como o pai usavam preso num rabo de cavalo. Olhos azuis atrás de óculos redondos observavam o mundo e seus habitantes com o que parecia ser uma surpresa constante. Usava uma saia curta de brim, camiseta branca onde estava escrito Prefiro Mozart, e tênis de corrida. Josh vestia uma calça cáqui bem passada, uma camisa azul familiar a Schmidt do catálogo da L. L. Bean e um paletó folgado branco de algodão. O pai e a filha levavam cada um uma pequena bolsa de lona em forma de cilindro da L. L. Bean. Além disso, Josh trazia o que Schmidt julgou ser a mala de Charlotte para viagens curtas. E sua própria filha? Schmidt achava que não a via com uma aparência tão boa desde antes de casar com Riker: ereta, ágil e radiante. E envolta em linho cáqui, como se tivesse saído para fazer compras com Mary. Ele deu um passo na direção da filha, lembrando-se de deixar que ela fizesse o primeiro movimento. Milagrosamente, ela o beijou! Tonto de alegria e gratidão, ele apertou a mão de Josh, beijou Jenny nos dois lados do rosto, dizendo a si mesmo: Como esses dois White são incrivelmente perfeitos, é como se eu os conhecesse desde sempre, como se eles tivessem sempre vindo aqui. Não tenho nada com que me preocupar.

Charlotte, disse ele. Por favor, leve Josh e Jenny para a casa do lago. Recomendo com ênfase um bom mergulho. Quando estiverem prontos, venham para cá para almoçar. Tenho umas lagostas na cozinha que estão ansiosas para conhecer vocês.

Quando mais tarde recordou-se dos acontecimentos daquele fim de semana, ponderando mil vezes acerca de cada cena, como se estivesse vendo um filme doméstico em câmera lenta, Schmidt saboreava as imagens de Charlotte — que orgulho ele sentira da filha! — e de sua manhã de segunda-feira na praia. Debaixo de um céu sem nuvens, a praia estava quase deserta, a maioria dos arrendatários das casas de veraneio estava ocupada demais esvaziando as casas e carregando seus pertences para as caminhonetes, antes da longa viagem de volta para casa, a fim de aproveitarem a areia da qual a maré vazante havia varrido as pegadas e deixado tão radiosamente branca e compactada, e também as ondas longas e regulares de setembro. Estava quente, uns vinte e nove graus, mais ou menos, no entanto uma delicada brisa litorânea dava ao ar um toque suave e fresco. Todos tinham pulado na água e, enquanto Charlotte, Jenny e Josh continuavam perto da praia, rolando para cima e para baixo nas marolas da beirada, Schmidt se adiantou para nadar mais no fundo, ao longo da praia, deixou-se levar para o leste pela corrente, repetindo para si mesmo as palavras mágicas que o faziam flutuar, que lhe davam vigor suficiente, pensava ele, para nadar até Montauk: estou feliz, estou grato, tudo está como devia estar. Mas ele não ia até Montauk, sua pequena família — por que não chamá-la assim? — provavelmente havia saído da água e estava imaginando o que fazer com aquele velho amalucado e sem rumo. Para pôr à prova seu novo vigor, nadou contra a corrente, batendo-se contra ela com enérgicas braçadas, pegou uma onda que, como uma correia de transmissão, levou-o até a beira da praia. Aqui estou, gritou!

Aconteceu que as garotas — era assim que ele havia começado a se referir a Charlotte e Jenny — queriam deitar-se em suas toalhas de praia bem ao pé da duna e ficar lendo. Schmidt deu uma espiada na capa de seus livros. Charlotte estava lendo *As horas* e Jenny, *Ethan Frome*, um trabalho escolar de férias, disse ela, que incluía redigir depois um relatório de leitura. Aquilo também encheu Schmidt de orgulho. Sua filha, a excelente aluna de literatura, estava lendo um livro de primeira categoria, bem como aquela menina, a quem ele estava ávido de receber oficialmente em sua família e em sua casa. Schmidt se aqueceu depois da natação e sugeriu a Josh que dessem uma caminhada juntos. O futuro genro de Schmidt revelou-se um caminhante rápido, tão rápido quanto ele mesmo, e os dois se congratularam pela excelência da areia. Josh contou para Schmidt a respeito dos pais — o pai, professor de história dos Estados Unidos na Universidade de Virgínia, a mãe, pediatra — e seu único irmão, mais novo que ele, também médico, ainda solteiro, e então silenciou e parou de andar no meio da frase.

Schmidtie, disse ele, estou falando com rodeios e preciso ir direto ao assunto. Quero lhe dizer uma coisa muito mais pessoal. Mas podemos continuar andando. Primeiro, minha falecida esposa. Foi uma longa agonia. Tinha câncer no ovário, que foi removido junto com o útero, mas mesmo assim houve metástase. Ao todo, levou seis anos para morrer. Na época, Jenny tinha nove anos. Ela estava esperando um irmãozinho. O câncer só foi descoberto quando Pam — era o nome de minha esposa — começou a ter hemorragias. Estava no sexto mês de gravidez, mas o bebê não pôde ser salvo. Considerando o que se seguiu, os anos de quimioterapia, radiação e cirurgia, sem dúvida podia ter sido pior. Você pode imaginar que, tendo vivido tudo isso, me senti imediatamente solidário com o caso de Charlotte.

Sim, disse Schmidt, é claro. Ele teria falado mais, porém estava claro que Josh queria continuar falando.

Teria sido muito pior se eu não tivesse a Jenny comigo. Você já teve uma chance de observá-la. É uma boa menina, de fato inteligente, e corajosa. Posso falar com ela como falo com um adulto. Ela é melhor do que a maioria dos adultos, na verdade.

Schmidt fez que sim com a cabeça, naquela breve pausa. Estava começando a ficar preocupado com a direção da história de Josh.

Devo lhe dizer que me apaixonei por Charlotte logo depois que nos conhecemos. Talvez duas semanas depois. Ela era a mais talentosa do grupo. Eu ficava feliz de permanecer depois da aula e conversar com ela. Naturalmente, Charlotte levou muito mais tempo, porque não estava bem. Porém, assim que começou a se sentir melhor, começou a gostar de mim também, Schmidtie. Ela me fez incrivelmente feliz.

Puxa, Josh, estou muito feliz de ouvir isso!

Mas você deve estar se perguntando por que não estamos casados, por que continuamos a morar separados — quero dizer, na cidade. É claro, em Kent, ficamos todos na casa de Charlotte. Deixe-me explicar. Não acredito que Charlotte manteve você informado, como gostaria.

As palavras "Isso é um eufemismo!" estavam na ponta da língua de Schmidt. Ele não as pronunciou, contentou-se com um movimento afirmativo da cabeça.

Compreendo e me dou conta de que isso foi difícil para você, mas de certo modo faz parte do processo de cura de Charlotte. Deixe-me explicar. Jenny significa tudo para mim. Ela é meu grande tesouro. Muito francamente, eu temia pedir Charlotte em casamento, ou mesmo falar com ela para se mudar para nossa casa, antes de ter bastante segurança de que Charlotte havia se recuperado de forma bem sólida. Você entende o que quero dizer. Eu não podia correr o risco de Charlotte sofrer outro incidente — ficar muito deprimida — depois que Jenny passasse a contar com ela. Como ia fatalmente acontecer, pois Charlotte é irresistível. Mas agora tudo está bem.

Então você acha que a recuperação de Charlotte é sólida? Nem preciso lhe dizer como isso é importante para mim.

Sim, respondeu Josh, acredito. Acho também que Jenny amadureceu o bastante para enfrentar qualquer dificuldade que possa surgir. Mas isso não vai acontecer, eu não vou permitir. Em resumo, Schmidtie, vim pedir a mão de sua filha em casamento.

Schmidt sentiu os joelhos fraquejarem. Diabos, na sua idade, depois de nadar e caminhar, por que não fraquejariam mesmo? Schmidt sentou-se na areia e acenou para Josh sentar-se a seu lado. Foi Charlotte quem lhe disse que ela e Jon tinham resolvido casar. Schmidt pensou, então, que o anúncio do casamento significava o fim de uma existência suportável, lentamente reconstruída após a perda de Mary, que ele talvez fosse capaz de aguentar, tão forte era a antipatia que sentia por aquele homem. Então Riker, em sua própria cozinha — eles estavam hospedados na casa de Schmidt em Bridgehampton — tivera a coragem de lhe dizer que esperava que Schmidt aprovasse o fato de ele tornar Charlotte uma mulher honesta! Que diferença, que inesperado, e como lhe parecia apropriado o pedido de casamento de Josh.

Estou tão profundamente comovido, Josh, que nem sei como dizer, respondeu ele. Charlotte já concordou? Porque, se ela concordou, eu lhe dou meu consentimento com a maior alegria do mundo.

Ela concordou, sim! Os dois ficaram de pé e se abraçaram.

Enquanto caminhavam de volta na direção das meninas, Schmidt se lembrando do que era caminhar ao ar livre, Josh explicou que, juntando seus empregos de professor com a venda de suas obras, ele conseguia se sustentar. Jenny estudava no

Friends com uma bolsa de estudos, ele era dono de seu ateliê e de seu apartamento, deixado pela falecida esposa, que fora a proprietária, e havia um fundo reservado para Jenny no testamento da esposa que daria para custear a faculdade dela e lhe proporcionar uma pequena renda. Um progresso recente era que o vendedor da sua galeria propusera um contrato pelo qual ele pagaria um adiantamento mensal por vendas futuras.

Portanto você está vendo que Charlotte não vai entrar num mundo de opulência, mas nossa situação poderia ser muito pior.

As crianças — era esse o novo termo que usava para eles — queriam partir para Kent logo depois do almoço, pois Josh tinha de dar aula em Sunset Hill no dia seguinte. Schmidt achou que era providencial que logo de manhã promovesse uma refeição com intenção comemorativa. Ele teve um momento a sós com Charlotte, mais tarde, enquanto Josh arrumava as bagagens no carro.

Você está fazendo uma coisa muito boa, disse para ela, vocês serão uma família feliz.

Eu sei, respondeu ela. Pretendo fazer o meu melhor.

A notícia chegou umas três horas e meia depois. Schmidt tinha feito ginástica por trinta minutos, o objetivo diário que ele havia determinado; tomara banho de chuveiro, se vestira e, com o intuito de continuar as festividades, tinha preparado para si um martíni. Os Blackman o haviam convidado para jantar às oito horas, Gil disse que estariam presentes os suspeitos de costume: Mike Mansour e Joe e Caroline Canning. Quando o telefone tocou, Schmidt pegou o fone com ansiedade, pensando que devia ser Charlotte e Josh ligando para dizer que tinham chegado e lhe agradecer. Mas era a polícia. Tinha ocorrido um acidente. Schmidt podia ir a Patchogue? Sim, Patchogue, o hospital de

Brookhaven Memorial? O policial não poderia dizer o que havia acontecido? Tudo seria explicado quando ele chegasse. Ele precisava de orientação sobre o caminho para chegar lá? Schmidt anotou-a num papel, sua mão tremia, o que o obrigou a pedir que repetissem duas vezes, antes que ele tivesse certeza de que havia anotado direito. Então telefonou para os Blackman, disse para onde estava indo e entrou no carro.

O acidente tinha acontecido na Via Expressa de Long Island, e foi dos grandes. No tráfego que seguia pelo menos a cento e cinco quilômetros por hora, uma carreta de oito rodas que transportava uma carga de vigas de aço freou bruscamente bem na frente da caminhonete de Josh. Uma das vigas voou, atravessou o para-brisa, decapitou Charlotte no banco do carona, seguiu seu caminho e esmagou o crânio de Jenny, que estava bem atrás dela. Com o impacto, Josh deu uma guinada para a esquerda — ou talvez não estivesse mais no controle do carro — e um veículo utilitário esportivo na pista da esquerda se chocou com toda a força na lateral da caminhonete, e todo o impacto se concentrou na porta do motorista. Ele morreu a caminho do hospital. Localizaram Schmidt por causa do endereço de sua casa, com o nome e o telefone, que estava no compartimento do porta-luvas, junto com os documentos do carro.

Sim, Schmidt podia identificar os corpos e, graças à conversa com Josh na praia, pôde dizer ao tenente da polícia que os parentes do pai e da filha podiam ser localizados em Charlottesville. Havia documentos que precisavam ser assinados.

Então, amparado pelo policial que viu que Schmidt estava cambaleante, tomou uma xícara de café puro, foi ao banheiro urinar e, ao ver a si mesmo no espelho, em seguida, enquanto lavava as mãos, perguntou em voz alta: Por que este homem está vivo?

23.

A resposta àquela imensa questão pareceu muito simples para Schmidt. Não havia nenhum motivo para ele continuar a viver, senão sua saúde inabalavelmente boa — se ele fosse morrer num acidente, o que parecia mais provável do que morrer por causa de alguma doença, esperava que sua morte fosse tão instantânea quanto a de Charlotte —, bem como sua falta de vontade de se matar. Tinha pensado em suicídio depois que Mary morreu e fez um levantamento dos meios para isso: entrar no mar vestido com roupas pesadas e nadar o mais longe que pudesse, um desafio destinado a derrubar até mesmo o mais vigoroso nadador; pílulas de Mary que haviam sobrado, inclusive aquelas que, como se viu depois, não foram necessárias para antecipar seu fim. O que detivera Schmidt naquela ocasião? Falta de coragem, disfarçada de pena do próprio corpo, despreparado para rolar e arranhar-se de encontro ao fundo do oceano, e quando ficou clara a disponibilidade das pílulas, que não envolviam nenhuma violência ou forças sobre-humanas, ele achou uma desculpa elevada, segundo a qual não deveria deixar por conta de

Charlotte a tarefa de pôr ordem em tudo o que a mãe e o pai deixaram para trás, e que cabia a ele mesmo pôr os assuntos de Mary em ordem. Obviamente, Schmidt ainda não era candidato a se afogar. Sabia que não era capaz de fazer aquilo. Achava que sabia igualmente bem que, se isso fosse de fato necessário para escapar de um mal maior, se a alternativa fosse um grande sofrimento que só seria aliviado por meio de procedimentos que transformariam seu corpo num saco de carne encaixado a tubos para a ingestão e a evacuação, ou se ele fosse ameaçado pela demência, ele trataria de engolir aqueles pequenos comprimidos junto com o que mais cismasse de tomar — vodca, bourbon, gim ou até conhaque, que ultimamente ele andava evitando, porque parecia mantê-lo acordado. Mas naquela altura a insônia já não seria mais uma de suas preocupações. E importava menos ainda quem ia cuidar de tudo depois que ele partisse, fosse a questão de dar um destino ao seu corpo, enterrando-o perto dos ossos desfeitos de Mary no cemitério de Sag Harbor, fosse a questão de esvaziar seus armários e mandar o conteúdo para a loja de caridade em East Hampton, liquidar seus bens e, depois de pagar alguns legados e abastecer os fundos para custear os filhos de Carrie e a própria Carrie, porque certamente Schmidt deixaria dinheiro para ela, mandar o restante para o Tesouro dos Estados Unidos, a Secretaria Estadual de Finanças de Nova York e a Universidade de Harvard. Diabos, ele sabia quem ia fazer tudo isso: o palhaço do Murphy, seu ex-parceiro no trabalho nos processos relacionados a bens e propriedades, o qual tinha guardado em seu cofre o último testamento de Schmidt e ali era designado para ser o inventariante dele. Não, já não era mais medo nem alguma ideia enviesada de *noblesse oblige* que o mantinha afastado daquelas pílulas minúsculas. No fundo, tratava-se do seguinte: ele preferiu não se matar porque, como estava bem abrigado, bem alimentado, bem vestido, não era avesso a estar vivo. Sim, vivo na árida planície de granito em que Charlotte havia florescido sozinha. Em outras palavras, ele era um covarde.

Um covarde que lia o jornal e de vez em quando via televisão e agora mesmo estava dando sua opinião sobre os acontecimentos do momento na mesa de Mike Mansour, livre do constrangimento schmidtiano usual, surpreendendo a si mesmo e aqueles que melhor o conheciam, a saber, Gil e Mike. Schmidt tinha comentado a clara ligação entres as calamidades públicas e aquilo que agora ele achava que tinham sido os passos do Calvário de Charlotte. Ele continuou seu catálogo, observando como cada novo horror ricocheteava em sua carapaça de indiferença covarde. A pacificação homicida da Chechênia e as atrocidades em Kosovo: como aquilo parecia distante aos olhos da direção dos Centros de Vida de Mike Mansour! Ele apostava contra o sucesso das negociações de paz no Oriente Médio e na Irlanda, não estava disposto a garantir que o bom senso fosse prevalecer sobre a sanguinolência e o ódio. A matança em Timor, aquilo era a mesma coisa. A estabilização das economias na Ásia frustrara Schmidt: já não era hora de toda aquela gente miúda aprender uma lição, de que cinquenta anos de Europa eram melhores do que um ciclo de Cathay? Será que as calamidades do bug do milênio, o Y2K, não podiam cortar logo as asinhas de todo mundo, inclusive dos anões amarelos? Ele leu o livro de Coetzee, *Vergonha*. O estupro da filha de Lurie, sua aceitação de seu destino o fizeram chorar, como se ele ainda fosse capaz de sentir pena ou compaixão. No ano seguinte, o prazer com o sofrimento alheio o fez esfregar as mãos ao contemplar o rompimento da bolha financeira das empresas da internet. Seguindo o conselho de Mike Mansour, ele evitara investir em empresas de tecnologia de internet. O prazer com o sofrimento alheio, da mesma forma, o fez balançar a cabeça afirmativamente, com ar de quem já sabia, quando leu sobre a intifada. O último líder israelense que ele havia admirado tinha sido Yitzhak Rabin, que os próprios judeus tinham assassinado. Eles bem que mereciam ter Ariel Sharon como chefe de Estado. Mas mesmo o covarde em que ele se tornara se recusava a escarnecer do atentado à bomba contra o *USS Cole*; Schmidt lamentara a morte dos dezessete marinheiros no Golfo de Aden. Teriam seus corpos envoltos em mortalhas sido entregues ao mar?, perguntou-se. Teria sobrevivido aquele velho costume? O que havia para admirar no último ano do milênio?, perguntou-se no clímax do último dia da Convenção Nacional do Partido Democrata, enquanto ele via o presidente em exercício, vestido num terno preto de corte italiano, confiante e de boa aparência, seu nariz carnudo empinado num gesto de saudação, emergir de um comprido e interminável túnel branco e caminhar na direção das câmeras de televisão. O cenário sugeria com força algum trecho triunfal e ainda não produzido da saga da *Guerra nas estrelas*, os passos flutuantes do presidente de partida rumo ao futuro, uma vez encerrada a longa e incerta jornada do trailer de sua mãe para o Salão Oval. O adequado ápice vulgar para os oito anos de espalhafato vazio que, na opinião de Schmidt, levaram direto para a ascensão de W e Cheney e oito anos do maior desgoverno da história dos Estados Unidos. E pronto, as molecagens de um homem narcisista, com um fraco por vadias e fast-food causou tanto mal quanto as maquinações de Karl Rove, ou quanto o fato de Anthony Kennedy ter vergonhosamente seguido os quatro homens de Neandertal da Suprema Corte na decisão, assinada por um deles, que permitiu que o dueto penetrasse sorrateiramente no gabinete do governo.

Terça-feira, 11 de setembro de 2001. Céu azul perfeito, temperatura perfeita do fim do verão. Não fosse a reunião do conselho de diretores da fundação, Schmidt teria ficado em Bridgehampton. Como tinha o compromisso, foi de carro na noite anterior e chegou cedo ao escritório a fim de preparar-se para a reunião, que deveria começar às dez horas. Sua secretária, Shirley, entrou em sua sala pouco depois das nove horas para dar bom-dia e perguntar se ele queria tomar café.

A propósito, acrescentou ela, um desses aviõezinhos particulares enjoados se espatifou de encontro a um dos prédios do World Trade Center. Tem uma fumaça subindo do prédio, no ponto onde ele foi atingido. Se o senhor vier à recepção, vai ter uma boa visão.

Schmidt deu uma olhada em seus papéis. Para todos os efeitos, ele já estava preparado. Seguiu pelo corredor rumo ao local onde um grande número de empregados das Indústrias Mansour já se encontrava reunido, na recepção do quadragésimo oitavo andar, olhando na direção da extremidade sul de Manhattan, fitando a torre fumegante, quando o segundo avião se chocou. Ninguém mais pensou que algum neófito pilotando seu Piper ou Cessna era o culpado. Os negociantes que ocupavam dois terços do andar e estavam de olhos grudados no *El Mundo*, de Madri, em seus computadores, pois não conseguiam acessar outros sites, logo divulgaram a notícia; alguém trouxe um aparelho de televisão e sintonizou um canal alemão. Na tela, figurinhas miúdas, algumas delas de mãos dadas, podiam ser vistas saltando da imensa altura dos prédios feridos. Alguém gritou: Olhem! Olhem! Schmidt desviou os olhos da tela para olhar para o sul e, diante de seus olhos, uma torre desmoronou e, menos de meia hora depois, a segunda também. Então chegou a notícia de que outro avião havia atingido o pentágono e outro ainda tinha caído numa plantação na Pensilvânia. E os passageiros naqueles aviões, homens, mulheres, crianças — com seus cintos de segurança afivelados —, à espera do momento do impacto, sabiam que iam morrer nas chamas do combustível do avião. Schmidt se deu conta de que não conseguia desprender seus pensamentos daquelas pessoas, como se fosse um pesadelo do qual não conseguia acordar. Será que ficaram rezando? Estranhos se abraçando por cima do descanso para o braço entre as poltronas? Repassando rapidamente em pensamento tudo o que houvera de bom na vida e que era objeto de seu amor? Algumas crianças deviam ter entendido, mas e as outras? Os bebês? Será que o som de seu choro encheu a cabine dos aviões? Teria aquilo abrandado o coração dos assassinos, ou representou para eles o antegozo do paraíso?

A força do hábito? Outra forma de automatismo? Schmidt desceu para a sala de reuniões do conselho. O sr. Mansour estava lá, com Holbein, que trabalhava no prédio, e três outros diretores, que disseram que eles estavam ilhados. Tinham chegado para a reunião mais ou menos na hora em que aquilo acontecera — o pronome *aquilo* já estava se tornando uma constante. E agora? Não estava claro o que as pessoas deviam fazer agora. Mike saiu da sala por um instante e voltou, seguido por um funcionário do salão de refeições que trazia uma bandeja com garrafas de uísque, copos e gelo. Drinques foram servidos e então Mike deu uma volta pela sala, abraçando seus diretores um depois do outro. De repente, de forma absurda, todos estavam se abraçando, dando palmadinhas nos ombros uns dos outros. A questão é, disse o sr. Mansour, o que fazer a seguir? Devemos almoçar aqui mesmo? Acho que não. Vou deixar todo mundo no prédio ir para casa, se puderem. Se não puderem, vou dizer para se hospedarem num hotel à custa da empresa, ou dormirem aqui mesmo. As refeições também serão por conta da empresa. O chefe da segurança já conferiu. É possível transitar por Manhattan, exceto no centro, mas não se pode sair da cidade. As pontes estão fechadas e os metrôs não estão circulando. É possível telefonar, mas não para todos os lugares. Os telefones celulares parecem não estar funcionando. Schmidtie, disse ele, levando-o para um canto, venha comigo para Long Island, assim que for possível. Provavelmente, amanhã. Não vamos perder o contato.

Era bondade da parte de Mike, pensou Schmidt. Se achassem que tinham de pular de alguma janela, também podiam pular de mãos dadas.

Schmidt voltou para um escritório vazio. Shirley tinha saído. Ele verificou o telefone. Estava funcionando. Mas Schmidt não tinha absolutamente ninguém para quem telefonar. Carrie? Não era o tipo de pessoa com quem ele devia se preocupar; Schmidt não precisava tranquilizá-la. Falar com ela sobre "aquilo"? Era algo além da sua atual capacidade de falar. Enquanto juntava os papéis que ia guardar em sua maleta de trabalho — mas com que propósito? —, um pensamento passou pela sua cabeça. A firma de Jon Riker não ficava numa daquelas torres? Lembrou-se do nome da firma e suas mãos tremeram enquanto virava as páginas do catálogo telefônico. Talvez tivessem mudado de endereço. O endereço publicado era de um prédio no fundo da Broadway, um daqueles edifícios velhos e enormes onde ele havia participado de reuniões, no passado. Não, não havia ninguém para quem telefonar e nenhum lugar para ir. Achou que seu clube podia estar aberto, mas quem estaria lá? Outras ruínas como ele mesmo? Seu tipo de desgraça não gosta de companhia. Resolveu ir para casa. A casa era o apartamento de sua empresa. A tarde estava linda, exceto pela nuvem de fumaça e fuligem que subia da pira acesa no sul, o tipo de tarde que deixaria qualquer pessoa feliz, contente por poder desfrutar a sossegada reminiscência de um feriado, de tão livre que estava o trânsito nas ruas, de tantos pais cujos escritórios tinham fechado e caminhavam de mãos dadas com os filhos pequenos ou empurravam carrinhos de bebê. Por que parar quando chegou a seu prédio?

Para sentar em sua sala e beber até ficar num estado de estupor? Continuou andando rumo à parte alta da cidade, até chegar a uma fila que cobria dois ou três quarteirões de pessoas à espera para doar sangue no hospital Lenox Hill.

Todas as idades e classes estavam representadas, todo tipo de roupas e maneiras, à espera com uma boa vontade tão infinita para cumprir seu dever de cidadão, de ser humano. Totalmente inabaláveis: alguns, particularmente previdentes, tinham trazido cadeiras e mesas dobráveis, mas a fila andava tão devagar que eles raramente precisavam mudar de lugar. Com ar de camaradas, jogavam cartas. O jogo predileto parecia ser o *gin rummy*, mas Schmidt também notou jogos de pôquer e de bridge. Um ou dois grupos de yuppies, em sua indumentária informal de *Casual Friday*, agora já batida depois de ser usada por toda a semana, estavam sentados na calçada de pernas cruzadas, as cartas diante deles. Schmidt tomou seu lugar na fila. Talvez uma hora depois, surgiu uma cadeira vaga numa das mesas; alguém tinha desistido de esperar. Ou por causa de sua idade, que pressagiava que ali estava alguém que sabia jogar bridge, ou por qualquer outro motivo, uma jovem levantou-se e perguntou para Schmidt se ele gostaria de jogar. Schmidt agradeceu e sentou-se. Um grande homem negro num uniforme de porteiro lhe disse para não se preocupar; ia guardar seu lugar na fila. Que gentileza! Schmidt abraçou-o. No passado, ele e Mary jogavam constantemente e recordações das convenções em Culbertson ainda vibravam em sua cabeça. Ele se viu pegando um trunfo e fazendo sua aposta. Então chegou a notícia de que o centro de doação de sangue estava fechando: não podiam aceitar mais nenhuma doação. O motivo se fez conhecido nos dias seguintes. Não havia quase nenhum ferido que precisasse de transfusão e havia plasma de sobra para as poucas vítimas de queimaduras que tinham sobrevivido.

Naquela noite, ele jantou no tríplex de Mike Mansour, com ele e Caroline Canning. Quando Mike ligou e certificou-se de que Schmidt não tinha compromissos, falou: O jantar não será só comigo; Caroline estará conosco. Ela veio ontem à noite para ver *Os produtores* comigo — a propósito, é um ótimo espetáculo, é quase impossível conseguir ingressos, mas se você quiser posso arranjar para você, *pas de problème*. Eu recomendo. Ela queria ir para casa de manhã, mas está em choque! Assim como você e eu! Deixe-me passar o telefone para Caroline. Ela gostaria que você viesse.

De fato: sem aludir ao que Schmidt sabia, Caroline deixou claro que confiava em sua discrição. Eles, Caroline e Mike, estavam cheios de chamego. Como marido e mulher de um casamento antigo. Então aqueles eram os prazeres do adultério que o tolo e teimoso Schmidt tinha recusado com ar de superioridade. Uma semana antes, ele havia chegado de volta da Europa num voo direto de Varsóvia. Se fosse mais esperto, poderia ter parado em Paris, usado o pequeno apartamento na Place du Palais Bourbon que Mike Mansour resolvera que era um pouso melhor para Schmidt do que o hotel na Place de la Concorde, e apresentado Alice aos seus móveis imperiais, esplendidamente conservados, inclusive o *lit bateau*, que na verdade era grande o bastante para duas pessoas.

O país não vai se recuperar disso em pouco tempo, comentou Caroline. Terroristas muçulmanos, uma conspiração internacional! É alimento para a xenofobia ignorante e para o preconceito racial da pior espécie. E para o complexo de perseguição dos americanos loucos: como Tim McVeigh, como Branch Davidians, como os Bircher e os militantes do noroeste. Vocês vão ver.

Pas de problème. A questão é, acrescentou Mike Mansour, fazendo que sim com a cabeça, o que Bush vai fazer. Seu governo é fraco. Ele fará aquilo que todo governo fraco faz. Vai começar uma guerra!

Estavam entre um prato e outro do jantar e o punho do sr. Mansour estava em repouso sobre a mesa. Caroline pôs a mão em cima da mão dele e acariciou-a, em sinal de concordância.

O que você acha que deviam fazer?, perguntou Schmidt.

Pas de problème. Mandem a CIA e quem mais for necessário, peguem emprestados alguns agentes do Mossad, encontrem os sacanas que estão por trás disso, cortem os colhões deles, enfiem nas bocas e depois cortem suas gargantas. Postar na internet as fotografias dos cadáveres seria um belo toque. Hahaha! Mas esse governo é muito burro e muito fraco para fazer isso. *Pas de problème!* Vão começar mais uma Guerra do Golfo! Procurar um triunfo fácil e de baixo custo!

Você concorda, Caroline, perguntou Schmidt, como historiadora, como uma pessoa que escreveu sobre a Cicatriz Vermelha* nos anos 20?

Ela respirou bem fundo e continuou a afagar a mão de Mike.

Mike tem razão a respeito de governos fracos em geral, e este é um governo fraco. Wilson não podia dar certo, ele estava fora de cena quando seu procurador-geral, Mitchell Palmer, desencadeou seus ataques. Será que Wilson permitiria que ele fizesse aquilo caso sua mente permanecesse desanuviada? Duvido. Bush e as pessoas que o cercam neste momento estão em choque. Quando se derem conta de que esta é uma oportunidade de ouro para chutar o traseiro de uns e outros, não terão a menor dificuldade para convencer Bush da ideia.

Você é tão esperta, Caroline, exclamou Schmidt, estou muito feliz por você ter permitido que eu me juntasse a vocês nesta noite, sou muito grato a você e a Mike.

Chega, Schmidt, disse ela, você já teve um punhado de

* Deportação em massa de imigrantes comunistas e de esquerda promovida pelo governo dos Estados Unidos entre 1919 e 1920. (N. T.)

anos muito duros, e agora mais esta! Temos de resistir, você tem de resistir, não queremos que você fique sozinho. Quem pode dizer de que sofrimentos sua filha foi poupada?

O covarde em Schmidt começou a retroceder, pareceu a ele, e o começo disso datava da inesperada e misteriosa preocupação que sentira pela sorte do detestável Jon Riker. Não, não tinha sido um momento de fraqueza. Ter desejado que Riker fosse asfixiado ou queimado vivo na torre onde antes ficava seu trabalho significaria que ele tinha enlouquecido de vez. Schmidt escapara da loucura. Uma coisa leva à outra. Myron Riker aparecera sem mais nem menos no enterro de Charlotte, de pé entre um punhado de pessoas de luto: os Blackman, Mike Mansour, Caroline (sem Joe), Jason e Carrie, e Bryan. Myron tinha lido a notícia do acidente, contou para Schmidt, e, depois de murmurar algumas palavras de condolência, desapareceu em vez de acompanhar os demais à casa de Schmidt para a refeição fúnebre. E assim, alguns dias depois que ele, Mike e Caroline voltaram para Island, Schmidt lembrou-se do gesto de Myron. Ainda tinha o número do telefone celular. Ligou para ele e lhe contou que havia verificado o endereço de Jon. Sim, respondeu Myron, obrigado, eles se mudaram apenas um ano atrás. De outro modo, com o hábito de Jon de chegar sempre ao trabalho antes das oito horas... Myron não terminou a frase.

A carga do seu sofrimento pela perda de Charlotte, o choque que tinha sido como um grito agudo e prolongado, aos poucos se converteram num ritual de recordação. Quando estava em casa, Schmidt olhava os álbuns de fotografia, organizados por Mary, que registravam a infância e a adolescência de Charlotte, e passava para os incidentes que as fotos traziam à memória. O registro de imagens cessava naquele ponto e o fato suscitava lembranças de outro tipo, atestando como Charlotte havia crescido e se afastado deles bem cedo, quando Mary ainda estava viva, bem antes do começo das hostilidades declaradas contra Schmidt, depois que ela e Jon resolveram se casar. Quando estava viajando, Schmidt levava uma moldura com quatro fotografias de Charlotte em idades diferentes e sempre colocava o porta-retratos na mesinha de cabeceira, e pensava no passado, recordando ano a ano, mas deixando de fora os maus momentos, até que o fantasma dela parecia se paziguar. Sim, Charlotte tinha sido poupada de muita coisa. As inevitáveis frustrações de um novo casamento, a devastação causada pela passagem dos anos, a constante ameaça da volta de sua depressão, a doença e a dor. Os médicos a quem Schmidt havia perguntado a respeito de uma decapitação súbita eram unânimes: não tinha havido nenhuma aflição, nenhuma possibilidade de uma sensação consciente. Da mesma forma, Charlotte fora poupada do conhecimento acerca da Idade das Trevas que envolveu o país, e fora poupada da vergonha que Schmidt, a exemplo de muitos americanos, sentia quando ia para o exterior, fosse para a Europa tratar dos assuntos da fundação, fosse para a América do Sul ou para as turnês por museus, que ele voltara a frequentar.

Depois da vergonha de Abu Ghraib e o esgoto ainda aberto de Guantánamo, a esperança em seu país começou a palpitar em Schmidt com os primeiros sinais de força da candidatura de Barack Obama. Ele leu sofregamente sua autobiografia, se perguntou se alguém tão indignado com o racismo americano poderia ser o presidente dos brancos e também dos negros americanos, e decidiu confiar naquele homem magro e talentoso, casado com uma garota que, num tempo mais simples, fosse ela branca e solteira, se tornaria a namoradinha dos Estados Unidos.

Eram meados de setembro, depois que Obama assegurou sua indicação como candidato do partido democrata, quando Schmidt e Gil Blackman se encontraram no clube para seu primeiro almoço na cidade naquele outono. Os temas de suas conversas tinham mudado pouco no decorrer dos anos, exceto pelo fato de que agora o sr. Blackman evitava mencionar suas filhas, sua enteada ou Charlotte, uma omissão diplomática pela qual Schmidt não podia deixar de se sentir agradecido. Outra diferença era que Gil não falava mais de Dite. A srta. Afrodite tinha desertado do ramo cinematográfico depois de embolsar um milhão de dólares que arrancara do sr. Blackman em troca da promessa de não contar nada para Elaine a respeito de seu aborto. Era um dinheiro bem ganho e bem gasto, era essa a opinião declarada do sr. Blackman, com a qual Schmidt concordava, embora soubesse que por trás da fachada de calma olímpica do amigo houvesse um lago de fúria e de rancor. O espetáculo não pode parar e o sr. Blackman, como não obtivera nenhum sucesso desde o filme *A serpente*, andava pensando em outra parceria com o insuportável Joe Canning. Algo que era de fato muito difícil: a ideia era produzir um filme com base no primeiro livro de Joe, o romance que o tornara famoso da noite para o dia.

Vai ser um inferno, disse o sr. Blackman. É a história de uma mulher chamada Magda que, a exemplo da avó de Joe, emigra com os pais de Belarus para os Estados Unidos. A família se estabelece em Minnesota, mas Magda vai embora para viver em Dakota do Sul. Daí em diante, as histórias das duas mulheres se parecem muito e a única diferença interessante é que a avó é judia e Magda, uma *shiksa*. A versão de Joe sempre foi que a história de Magda é ficção, e não a história de sua avó. Ele diz que apenas segue a história da avó em linhas muito gerais. Podemos imaginar como esse tipo de distinção sutil é esquadrinhado à exaustão por jornalistas e outros entrevistadores que estão convencidos de que Joe escreveu a história da própria avó, muito mal disfarçada. Verdade ou não, está claro que existem coisas que Magda faz que Joe teria dificuldade de admitir terem sido feitas por sua adorada avó. Por outro lado, se são inventadas, aquele sacana é ainda mais sem-vergonha do que imaginávamos. Se são verdadeiras, ele é um monstro de indiscrição. Além das complicações entre fato e versão, existe a questão do sobrenome de Joe. Canning não tem muito a ver com o nome de seus antepassados judeus bielorrussos do lado paterno, nome que nenhum de seus primos adotou. Não há como saber o que seus irmãos teriam feito. Ele não tem irmãos. Mas eu tive de dar o braço a torcer para Canning. Depois de ser aporrinhado por muito mais tempo do que gostaria com perguntas sobre a possibilidade de o livro ser uma biografia ficcionalizada de sua avó e sobre a origem de seu nome anglo-saxão, ele acabou dando uma resposta que parece verdadeira: disse que não quer ser visto apenas como um romancista judeu. Isso é perfeitamente justo. Quem é que pode querer viver à sombra de Bellow e Roth?

A sorte foi lançada, concluiu o sr. Blackman. Falei com Mike e ele está entusiasmado com o projeto. Seco para começar logo. Agora não dá mais para desistir.

Isso é sensacional, disse Schmidt. Tomara que dê tão certo quanto *A serpente*.

Você e nós dois também. Agora tenho outra notícia para lhe dar. Aperte o cinto e abra a mente. Suponho que não costume ler a *Harvard Magazine*. Lê?

Schmidt balançou a cabeça. Não suporto, disse ele. Desde quando mudaram o formato.

Isso foi cem anos atrás. Bem, pois eu leio, sobretudo as notícias sobre as turmas antigas. Sabe o que disseram sobre a nossa turma?

Mais uma vez, Schmidt balançou a cabeça.

Serge Popov morreu. Morreu em junho, em Paris. Caiu da bicicleta. Sem capacete. Catapimba no chão: morreu.

Meu Deus, disse Schmidt.

Schmidtie, enfie naquele lugar o seu "meu Deus", "puxa vida" e "caramba". Não é essa a reação que eu esperava de você. É sua última chance, seu velho bundão. Você deve a si mesmo meter a cara e descobrir se Alice está desimpedida, se você ainda gosta dela e se ela consegue suportar você.

Gil, obrigado por me dar essa notícia. Mas pare de procurar um final hollywoodiano. Você bem lembra que Alice e eu não nos separamos de maneira amistosa. E você está me pedindo para fazer um papel de bobo ainda maior do que já fiz. Oferecer-me a ela como um velho bundão com o qual ela pode ter prazer de viver os derradeiros dez anos de sua vida? É uma oferta à qual eu aposto que ela pode muito bem resistir.

Por que dez anos? O que impede você de viver até os noventa e cinco?

Isso só ia servir para piorar ainda mais as coisas.

24.

Você é um abutre ou um desses *pauvres types*, perdedores, que não consegue resistir a um velório? Quero dizer, qualquer velório?, Alice perguntou a Schmidt quando, enfim, ele conseguiu contato com a casa dela. A voz dela era tão áspera quanto suas palavras. Fazia dias que Schmidt tentava entrar em contato por telefone, sem deixar recado na secretária eletrônica. Você soube que Tim morreu e resolveu aparecer. O pobre Serge morre num dia e no outro você aparece outra vez. Que tipo de homem é você?

Um homem desesperadamente triste. Um homem que se apaixonou por você muitos anos atrás e agora quer uma segunda chance. Por favor, me dê essa chance. Por favor, aceite me ver.

Não vejo nenhum motivo para isso.

Quero ir a Paris para explicar a você. Por favor, me deixe ir. Que mal poderia causar?

Vai me deixar agitada. Já estou triste de sobra, do jeito que estão as coisas. Não vejo por que dar uma chance de você piorar tudo ainda mais.

Schmidt ouviu-a sufocar um soluço.

Alice, acredite em mim, por favor! Não vou deixar você agitada. Fará uma grande injustiça a nós dois se recusar me encontrar. Por favor, pense nisso até amanhã, ou por mais tempo... mas não demore muito, por favor! Quando posso telefonar para você de novo?

Está bem, disse ela. Amanhã, um pouco mais cedo. Telefone às oito. Até logo.

Seriam duas da tarde, no horário de Schmidt. Ele estaria em Nova York, o que era bom, porque o trabalho mantinha sua mente afastada do telefonema que teria de fazer. Comeu um sanduíche na lanchonete, gostaria de ainda fumar e, às quinze para as duas, estava diante de sua mesa de trabalho, tendo à sua frente um café expresso triplo, rendilhado de leite quente. Ela atendeu ao primeiro toque.

Querida Alice, disse ele, por favor me dê uma resposta favorável.

Não existe nenhuma resposta favorável. De todo modo, não sei mesmo como seria essa resposta. Se você vier de fato a Paris, acho que posso jantar com você. Quando estará aqui?

Depois de amanhã, disse ele, ou seja, quinta-feira, 14 de outubro.

Muito bem. Ligue para mim no trabalho.

Era perto de meio-dia quando o avião aterrissou. Ele mal conseguia se conter à espera do aviso de que os passageiros podiam ligar os telefones celulares. Se demorasse muito tempo mais, ela já teria ido almoçar e não havia como prever a que horas voltaria para o trabalho. Schmidt fora um idiota ao não combinar o horário e o local do jantar com Alice. Enfim! Ela atendeu no primeiro toque; ele nem precisou falar com a secretária. Alice, acabamos de aterrissar. Ainda estou dentro do avião. Estou tão ansioso para ver você, tão feliz que isso vá acontecer daqui a poucas horas, mal consigo esperar até a noite!

Vai se hospedar naquele hotel?, perguntou ela.

Não, num apartamento que a fundação aluga na Place du Palais Bourbon.

Qual é o telefone?

Ele deu o número lentamente e depois deu também o número do celular, pediu que ela repetisse os dois números para ele e que tentasse ligar primeiro para o telefone fixo.

Escute, Schmidtie, disse ela, a verdade é que você me pressionou. Não estou nem um pouco segura de que tenha sido uma boa ideia aceitar encontrar-me com você. Vou conversar com uma amiga em cujos conselhos confio. Se depois de conversar com ela eu resolver me encontrar com você, telefono. Do contrário, nada feito. Por favor, não discuta comigo. Na pior hipótese, você terá um excelente jantar sozinho, em algum restaurante. Faz muito tempo que não penso em você e agora que me lembrou que existe, estou furiosa.

Ela desligou.

De um jeito ou de outro, ele desembarcou do avião, pegou sua mala e tomou um táxi para o apartamento. Será que Alice ia telefonar? Ele achava que as chances eram um pouco melhores do que em outras ocasiões. Mas pensar que seu destino seria decidido por alguma coleguinha de trabalho desmiolada da editora de Alice! Na certa, não era Claude, a esposa do *pénaliste*, em cuja casa de St. Cloud Alice havia passado aquela noite que causara tanto sofrimento a Schmidt. Se fosse ela a amiga que dava conselhos de confiança, Alice não teria dito seu nome? Tinha de ser outra pessoa e, apesar de a amiga ser francesa, Schmidt achava que conhecia bem o tipo, conhecia intimamente. Muitas delas tinham comparecido a almoços e jantares e drinques e

Deus sabe o que mais enquanto Mary ainda estava viva. Viúvas, divorciadas ou lésbicas, todas permanentemente magoadas por homens, de uma forma ou de outra. Ugh! O melhor a fazer era sair e esvaziar a mente, antes que explodisse. Como a chance de ela vir ao seu apartamento à tarde era quase zero, ele deixaria para depois a tarefa de desfazer as malas e arrumar suas coisas.

O sol tinha saído de trás de alguma nuvem muito alta. Caminhando ligeiro, ele atravessou a praça e depois o Sena, pela Pont de la Concorde. Schmidt sabia para onde estava indo: para o local nas Tuileries onde agora ele sabia que havia começado o último capítulo de sua vida, seu renascimento sob o signo de Alice. Achou uma cadeira dobrável de metal verde perto da *bassin*. Se fosse uma tarde de quarta-feira, quando as escolas tivessem ficado fechadas o dia inteiro, um bando de crianças andaria por ali aproveitando aquela esplêndida tarde de outubro. Estariam lançando à água suas miniaturas de barcos, sob a supervisão das mães, babás ou de avós aposentados, todos rondando logo atrás de seus pupilos, prontos para conter alguma criança que se inclinasse demais sobre a água. Tempos atrás, Schmidt sonhara levar um neto com seu barquinho de brinquedo, presente do vovô Schmidtie, ao lago do Central Park. Ver os netos dos outros era o máximo a que ele podia aspirar, agora. Se ainda estivesse em Paris no sábado e o tempo continuasse bonito, ele poderia se fartar de crianças naquele *bassin* ou no laguinho nos jardins do Luxembourg, nos passeios de pônei e de burrinho, no carrossel onde as crianças se balançavam agarradas à alça de bronze, ou no extraordinariamente bem equipado parque de diversões do Luxembourg onde a entrada era paga. Aquele era um costume que nunca deixara de espantar Schmidt: pagar pelo direito de brincar num parque público! Nesse aspecto, caso os avós se sentissem abastados no meio de uma crise financeira que podia se transformar numa segunda Grande Depressão, eles talvez fossem ao aquário tremendamente caro no Trocadéro. Um dia antes, a bolsa de valores de Nova York tinha fechado por volta de oito mil e quinhentos pontos, uma queda desoladora, levando em conta que um ano antes o índice ficara acima dos catorze mil pontos. Não que Schmidt estivesse preocupado com aquilo. Ele continuava a ter mais dinheiro do que o necessário. Não, como Mike Mansour adorava dizer antes que o espetáculo da desgraça de Schmidt tornasse cruel a pergunta, a questão era: Schmidt tinha algo em que gastar seu dinheiro ou alguém com quem gastá-lo? Ele tinha uma vida ou apenas um testamento? A resposta para aquelas perguntas não respondidas dependiam agora de Alice. A Alice que ia pedir conselho num almoço com algum fóssil feminista que certamente era uma aliada de Serge; Alice em seu trabalho, onde tudo, talvez até uma fotografia em sua mesa, devia lembrá-la de Serge; Alice, que lembrava a humilhação a que Schmidt se sujeitara, com ela, em Londres.

Os mais ou menos doze barquinhos na água eram todos pilotados por pessoas mais velhas — na opinião de Schmidt, funcionários do correio aposentados, lojistas e donos de cafeterias, se é que existiam donos de cafeteria que não retornaram a suas cidadezinhas natais em Auverne — curvadas sobre o controle remoto das embarcações. Uma regata estava em curso, complicada por uma brisa mais intensa. O barco que ia à frente e avançava bem ligeiro, com as velas erguidas, na direção de uma boia de referência, sua posição determinada por um acordo misterioso entre os donos dos barcos, contornou a boia, com um barulho, mudou a posição das velas e foi em frente, aproveitando ao máximo o vento de bombordo. Um pouco depois, os outros barcos também contornaram a boia e a armada inteira avançou para a outra ponta do lago. Ainda faltava um pouco para chegarem lá, quando a atenção de Schmidt na corrida perdeu a força. A tarde podia estar amena, mas ele estava tremendo. Sabia o motivo: os nervos e o cansaço. Devia ter vestido um suéter por baixo do seu pesado paletó de tweed.

O que está feito não pode ser desfeito. Por ele nem pelos outros. Por exemplo: naquele momento, contornando a boia seguinte, o barco líder prendeu as velas. Sem tensão, a vela mestra murchou impotente, o barco perdeu segundos preciosos, que Schmidt achava que não podiam ser recuperados. O que restara de seu interesse pela regata desapareceu. O estrago causado em Londres, concluiu ele de repente, era também impossível de ser remediado. Era uma loucura ir a Paris para defender sua causa. A recompensa seria um fiasco, seguido pelo início de um novo ciclo de desgosto e remorso.

Conferiu o telefone celular no bolso do paletó e encolheu os ombros: estava ligado, a bateria estava carregada. Alice continuava no almoço, se confessando com a diretora feminista da consciência. Seguindo o roteiro familiar até o apartamento de Alice, Schmidt deixou as Tuileries por uma porta lateral e caminhou pela Rue de Rivoli, rumo à vastidão cinzenta da Place de la Concorde. Seu reflexo na vitrine da Hilditch & Key, diante da qual ele parou por causa da exposição de camisas e gravatas à venda, deixou-o assustado. Nariz vermelho e olhos injetados de sangue, lábios contraídos acima da vergonha dos dentes incisivos manchados e irregulares, uma fisionomia tão lúgubre, tão sofrida, que resistia a seu esforço de sorrir. As feições não podiam ser reconfiguradas; a boca continuava meio caída. O cabelo desgrenhado, antigamente vermelho e agora desbotado e manchado de cinza, estava em pé e eriçado acima das orelhas. Schmidt sabia com quem estava parecido: o homem, o monstruoso professor de química que se tornara um vagabundo com cheiro de carniça, o sr. Wilson, que havia tirado a virgindade de Carrie aos catorze anos de idade, e a teria também pervertido, não fosse a força de caráter dela! Schmidt havia atropelado e matado o sr. Wilson numa estrada em Bridgehampton, sob forte neblina. E agora ele se convertera na imagem daquele homem! Um gêmeo do sr. Wilson. Um gêmeo dele, na desgraça e na vergonha.

Não seria melhor fugir, ir embora de Paris sem encontrar Alice? Desligar seu celular, deixar que o telefone do apartamento tocasse sem atender, fugir antes que ela lhe concedesse uma audiência ou a negasse? Ele podia muito bem pegar suas coisas, ir direto para Roissy e pegar um avião para quase qualquer lugar do planeta. Qual a vantagem de ter passaporte americano e dinheiro no bolso, senão para promover uma fuga como aquela? Depois de chegar a qualquer lugar que fosse, aonde quer que decidisse ir, Schmidt sentaria, pensaria e mandaria um cartão-postal, se achasse um de que gostasse. Afinal de contas, as pessoas mudam de planos toda hora, num piscar de olhos. A própria Alice não havia feito isso? Schmidt nunca tinha dado um bolo em alguém, mas por que permitir que aquilo o atrapalhasse? Alice não ia ficar chocada nem decepcionada. Ficaria aliviada, sua opinião de que ele era mesmo um cretino receberia uma confirmação cabal. Um desejo infantil se formou em sua cabeça: queria telefonar para Carrie e perguntar o que devia fazer. Mas mesmo Schmidt, por mais aparvalhado que estivesse em seu pânico naquele momento, sabia que aquilo teria sido uma bobagem.

De fato, a ideia de fugir era absurda. Ele tinha mesmo de pensar, mas podia pensar bastante ali em Paris, e pensar depressa, antes que fosse tarde demais. A primeira medida prática era pentear os cabelos, depois lavar o rosto e as mãos em água quente de verdade. Também ajudaria tomar um drinque, alguma coisa quente, um Toddy ou até uma xícara de chocolate quente. Logicamente, ele devia pular para dentro de um táxi — se voltasse seguindo os próprios passos, poderia pegar um táxi na Rue de Castiglione — e ir para casa. Mas o que a lógica tinha a ver com o que ele sentia? Ali estava ele no bairro de Alice, uma circunstância que Schmidt achava confortadora e adequada, coerente com sua condição de peregrino que vinha fazer um pedido. Além do mais, ele não tinha certeza de que conseguia encarar a mala ainda fechada e a elegância irritante de seu apartamento, os móveis caros, as majestosas cortinas de veludo que emolduravam as janelas, o brilho do soalho de parquê. Suas atuais necessidades podiam ser satisfeitas tão facilmente no Meurice, a três quarteirões dali, na Rue de Rivoli, seguindo na direção contrária. Ele jamais ficara hospedado lá, mas como era bom o suficiente para ter servido de quartel-general da Wehrmacht durante toda a guerra, provavelmente serviria como um lugar para Schmidt fazer xixi. O velho Continental ficava mais perto, porém na sua opinião era *déclassé*, tendo sido rebatizado depois de ser adquirido por uma rede hoteleira do Meio-Oeste; lá, teria de se virar no banheiro com toalhas de papel. Tinha chegado ao Meurice quando uma ideia passou pela sua cabeça. Colírio! É Murine ou Visine que tira a vermelhidão dos olhos? Voltando atrás, achou os dois numa farmácia inglesa, no meio do primeiro quarteirão da Rue de Castiglione, e comprou um frasco de cada um. Ficou mais animado.

Os *toilettes* no Meurice também não o decepcionaram: espelhos enormes e luzes de teto suavizadas para produzir um efeito lisonjeador. Uma vez resolvida sua carência prática mais premente, examinou o rosto com mais vagar. Os sulcos deixados por sua carranca de costume estavam como eram e ele não pagaria para apagá-los da cara. Além disso, será que alguém o reconheceria sem aquilo? O mesmo se aplicava às bolsas embaixo dos olhos, embora soubesse que reduzi-las era uma coisa muito simples. Gil Blackman pagou para que um médico jogador de polo no Upper East Side, famoso por suas cirurgias nos olhos, corrigisse suas bolsas, mas Schmidt não era diretor de filmes de grande orçamento e, à diferença de Gil, na ocasião, não tinha nenhuma Dite diante de quem se sentisse obrigado a parecer mais jovem. Schmidt ia se virar sem aquelas melhorias hollywoodianas. Seus dentes eram outra questão. Gil também mandara fazer coroas nos dentes da frente, um procedimento possível se, apesar do aspecto degradado, eles ainda tivessem as raízes saudáveis. Os dentes naturais de Gil foram preenchidos e depois recobertos por coroas individuais tão habilmente moldadas em porcelana tingida que ninguém era capaz de perceber que eram fruto do trabalho de um ortodontista. Sem dúvida, seria necessária uma transação financeira de grande porte, sobretudo em vista da confissão que o dentista fizera a Gil, de que ele tinha perdido muito dinheiro com o Madoff. Era lógico que o dentista tentaria recompor suas finanças cobrando de seus pacientes um preço superfaturado em suas contas. Que fosse! Por que ser sovina com a conservação da própria boca, quando ele não punha em questão a necessidade de pintar a casa e reformar o que quer que fosse, toda vez que Bryan, seu autonomeado cuidador de gatos, quebra-galhos e mordomo, lhe dizia que tinha chegado a hora de fazer aquilo outra vez? Schmidt deixaria que o dentista de Gil arrumasse seus dentes e ainda daria um jeito de cruzar o oceano a qualquer momento que Alice o chamasse, e ficaria em Paris por quanto tempo quisesse, se conseguisse persuadi-la a aceitá-lo de volta. Não que Schmidt esperasse fazer aquelas viagens e torrar seu dinheiro daquele jeito por muito tempo. O prazo de dez anos que dera para Gil era cem por cento sincero. Albert, sua irmãzinha e quaisquer outros irmãos e irmãs que viessem ainda ganhariam o legado que ele prometera para Carrie e Jason, e ainda sobraria bastante para Alice, se ela...

O funcionário do banheiro, um cavalheiro sorridente de pele acobreada — nada de errado com os dentes daquele homem! — encheu a pia com água quente. Schmidt pediu que deixasse a água mais quente, lavou as mãos e o rosto devagar, enxugou-os numa boa toalha de linho que lhe foi oferecida numa bandeja de prata e pingou uma gota de Visine em cada olho. Ardeu, mas o efeito foi satisfatório. Uma moeda de dois euros depositada na mesma bandeja de prata, discretamente estendida para ele outra vez, suscitou um sorriso mais largo, com uma porção de dentes. Mais duas tentativas de sorrir para si mesmo no espelho e Schmidt estava pronto para entrar em campo. Telefonar para Alice? De jeito nenhum. Ia esperar que ela desse o primeiro passo. Serviam chá e bebidas no saguão do hotel. Achou uma poltrona no canto, hesitou entre um bourbon e um chocolate quente e escolheu este último. Os sanduíches pareciam bons. E eram mesmo. Vorazmente faminto — tinha comido só um iogurte no avião, recusando o resto do desjejum —, ele continuou renovando seus pedidos, até que um calor benigno espalhou-se por seu corpo. Enfim, começou a se sentir calmo.

Mais de uma hora depois, quando voltou ao apartamento, Alice de fato telefonou. Schmidt tinha desfeito a mala e restabelecido a ordem entre as fotografias, na escrivaninha da sala e no gaveteiro do quarto: Mary, Charlotte durante seu último ano em Brearley, Carrie durante o primeiro ano em que viveram juntos, Carrie e o pequeno Albert, e Alice, esta última foto supostamente esquecida por ela, do contrário teria pedido que Schmidt a devolvesse. Aos dez anos de idade, Alice estava de pé, na praia, em Deauville, sem camisa, com um calção pequeno de menino, por trás dela o mar liso.

Bem, seu homem-abutre, disse ela, está cansado demais para jantar esta noite?

Não, sim, quero dizer, sim, eu gostaria de jantar esta noite. Onde? Quando?

Oito horas? Você disse que seu apartamento fica na Place du Palais Bourbon. Tem um bom restaurante no lado direito da Rue de Bourgogne, no último quarteirão, entre a Rue de Grenelle e a Rue Varenne. Fica no número cinquenta e alguma coisa. Deixe que eu mesmo faço a reserva e encontro você lá.

Era um desses restaurantes sem vestíbulo: a pessoa entrava direto da rua e passava por uma cortina de veludo vermelho que escondia a primeira das duas salas onde os clientes se sentavam. Empurrando a cortina para o lado e saudando Schmidt, estava um jovem de terno, gerente ou proprietário, que também segurou sua capa de chuva e entregou-a para uma jovem, chamada de algum lugar nos fundos. Quando Schmidt disse que ia encontrar-se com a madame Verplanck, o jovem se mostrou só sorrisos e levou Schmidt para uma mesa na primeira sala, de onde ele podia ver as pessoas entrarem. O restaurante estava agradavelmente cheio; o volume baixo da conversa dos franceses também era agradável. Eram dez para as oito. Isso também era bom. Ele queria chegar primeiro. Como o jovem lhe garantiu que podia preparar um martíni seco, Schmidt pediu um e não ficou decepcionado. Depois a viu entrar pela porta. Usava um sobretudo marrom leve que envolvia sua figura. O tempo e as dores recentes — Popov! — tinham riscado linhas novas e bonitas nos cantos da boca e feito os olhos recuarem mais para o fundo das órbitas. Havia mais cinza em seu cabelo, mais do que ele imaginava provável para cabelos louro-escuro. Schmidt achou-a parecida com Michèle Morgan e estava mais linda do que treze anos antes, pura e simplesmente a mulher mais adorável que ele jamais tinha visto. Schmidt levantou-se e alcançou-a antes que o jovem a ajudasse a tirar o casaco. Um aroma a envolvia, uma mistura de perfumes que ele não conhecia, o corpo de Alice estava aquecido em razão de uma longa caminhada — Schmidt tinha certeza de que ela havia caminhado, ele veria seu táxi, se algum carro tivesse parado na frente do restaurante — e do ar fresco da noite. Aquilo deixou Schmidt alvoroçado. Não tinha cometido um erro: ele a amava. Alice tirou suas compridas luvas vermelho-escuras de camurça e estendeu a mão para ele, a palma virada para baixo, a mão ligeiramente fletida no punho. Schmidt sabia que era um sinal de que ela esperava que a mão fosse beijada, mas Schmidt temia fazer aquilo de modo desajeitado, como um americano. Em vez disso, segurou sua mão — uma esplêndida mão grande, de dedos compridos, que haviam percorrido cada centímetro do corpo de Schmidt — e apertou-a.

Ele esperou até que a taça de champanhe de Alice fosse servida e que ela tomasse um gole para lhe contar o que havia acontecido com Charlotte. A certa altura, talvez quando contou sobre suas visitas a Sunset Hill, Alice pôs a mão sobre a mão dele e deixou-a ali, até ele terminar.

Então agora você já sabe, disse ele. Você tinha de saber. Não é uma ferida que possa ser curada, mas aprendi a viver com ela. É um fato. É muito estranho, eu mesmo não teria acreditado, mas agora que estou com você, tenho ainda mais certeza do que nunca, mais do que quando estávamos nos braços um do outro, mais certeza de que amo você. Supondo que a palavra "amor" seja o termo correto para a experiência de grande felicidade devida à presença da outra pessoa e a espantosa necessidade, semelhante à necessidade de trazer ar para os pulmões, de fazer a outra pessoa feliz, protegê-la, cercá-la por uma cadeia de montanhas de bondade. Isso também é um fato. Há ainda outro fato, que é a minha idade. Vou fazer setenta e oito anos no mês que vem. Tenho excelente saúde, isso não é novidade nenhuma, nunca perdi um dia de trabalho. No entanto alguma coisa me diz que só tenho dez anos de vida. Na verdade, essa é a hipótese mais favorável, supondo que durante esses dez anos minha condição física, meu vigor e minha energia possam continuar estáveis. Sinto que isso vai acontecer. E depois? Não se pode prever. Tendo a achar que os piores desfechos são os mais prováveis. Considerando esses fatos, se eu fosse seu pai ou seu irmão...

Meu pai morreu, interrompeu Alice, e a namorada dele também. Não tenho irmão.

Lamento muito, insistiu Schmidt, mas se seu pai estivesse vivo e você pedisse o conselho dele, certamente diria que não sou um cavalo em que você deve apostar. Portanto permita que eu complete alguns detalhes do que estou propondo e apresente minhas razões, e por que acredito que estou pelo menos habilitado a defender minha causa.

Ah, Schmidtie. Suspirou Alice. Quantas palavras.

Sim, estou envergonhado de me estender desse jeito, mas, por favor, me escute até o fim. Faz muito tempo desde que estivemos juntos pela última vez, há tanta coisa para dizer, e essa é a questão mais importante da minha vida.

Schmidtie, disse ela, se eu tenho de ficar ouvindo, vou ouvir, mas peça outra taça de champanhe.

Certo, disse ele.

Ficaram em silêncio enquanto esperavam as bebidas e Schmidt, sem pensar, tomou uma liberdade extraordinária. Segurou a mão de Alice, acariciou-a e depois levou-a até os lábios.

Assim que ela tomou um gole, ele prosseguiu. Estava com pressa de dizer tudo de uma vez; não conseguia se conter.

Você lembra que propus casamento. Essa proposta continua de pé. Você faria de mim o mais feliz dos homens se aceitasse. Nossa vida juntos teria uma estrutura simples e clara. Mas não precisa ser um casamento. Viva comigo, nos termos e nas condições que você quiser. Em pecado! Onde você quiser. Bridgehampton e Nova York, esse é meu lar; sei como viver lá. Sei que você vai gostar da casa em Bridgehampton. Mas posso passar a maior parte do ano aqui em Paris. Ou em qualquer lugar.

Herdei do meu pai sua linda casa em Antibes, sussurrou Alice.

Muito bem, nunca fui a Antibes, mas sempre quis conhecer a Côte d'Azur. Só mais algumas palavras sobre você e mim. Adoro sexo com você. Ainda posso fazer sexo. Não consigo imaginar que eu tenha ficado melhor, mas quem sabe? Inventaram umas pilulazinhas auxiliares para os mais velhos, que na época não existiam. Não experimentei, mas me disseram que são boas, e estou disposto a usá-las. Agora, por que eu me atrevo a falar com você desse jeito? Primeiro, porque amo você. Segundo, porque você pareceu gostar de mim. Terceiro, porque estou muito solitário e sei que minha vida seria transformada, seria alegre, se eu vivesse com você. Quarto, porque imagino que você, a menos que tenha outra pessoa — e se tiver, por favor, me diga, que vou parar aqui mesmo —, esteja solitária também. Viver comigo também pode ser um avanço para você.

Alice suspirou outra vez: Não tenho ninguém. E sou solitária. Meu filho, Tommy, é toda a minha família. É professor de matemática na Universidade de Melbourne e mora com uma psicóloga que tem quase um metro e oitenta. Ela está ensinando Tommy a surfar. Fui visitá-los em agosto passado. Não foi muito bom.

Isso é muito duro, disse ele. Alice, sei que vamos nos dar bem juntos, fazendo amor, fazendo companhia um ao outro, cuidando para que nenhum de nós se sinta solitário, excluído da vida. Você arriscaria? Daria para mim essa segunda chance?

Dei a você uma primeira chance, disse ela, e veja o que aconteceu.

Mas, Alice, você me deu aquela chance sem estabelecer as regras, deixando todos os termos em aberto. Pensei que, na época, também não havia mais ninguém. Fiz papel de tolo pensando que era assim, tagarelando sobre casamento e tudo o mais. Se eu soubesse de Serge, não teria me comportado daquela maneira. Tenho certeza disso.

Ele sabia que sua resposta era pouco sincera. Era impossível saber se ele estaria disposto a compartilhar Alice. O que Schmidt queria de fato dizer era que, se soubesse, a primeira tarde dos dois juntos provavelmente teria terminado quando se levantaram da mesa do almoço. Ele não achava que fosse competir com Serge por Alice.

Eu sei, disse ela. Foi bobagem da minha parte. Talvez uma maldade. Eu queria que você pensasse que eu era melhor do que era na verdade. Sempre quis explicar para você, mas na hora agá não conseguia. Então agi errado. Agi mal. Mas, Schmidt, você me mostrou outro lado de você mesmo, um lado vil e raivoso. Como eu ia saber se você era capaz de mantê-lo sob controle? Que você seria capaz de olhar para mim, me tocar, fazer amor comigo, viver comigo, sem pensar: Esta é a garota do Serge! Ou seja lá que termos você usaria.

Só existe a minha garantia. Compreendo que pode não ser o bastante. Existe o fato de que passei por muita coisa, desde a última vez. Pode parecer besteira, mas é a verdade: eu cresci. Agora, sou diferente. Sou capaz de me conter diante das coisas, em vez de mandar tudo pelos ares. Uma reação detestável, eu sei.

Entendo, disse Alice.

Acho que não convenci você. Tenho uma ideia: por que não me põe à prova? Satisfação garantida ou seu dinheiro de volta. Alice, me dê essa chance. Saia comigo — vamos para Veneza, para Viena, para Barcelona. Por favor, Alice!

Você é tão infantil, Schmidtie! Sou uma funcionária com responsabilidades. Mesmo que estivesse disposta a dizer que quero isso, não poderia viajar com você assim, numa viagem experimental de lua de mel.

Então venha me visitar em Bridgehampton! Uma visita boa e demorada. Ou uma parte em Nova York e outra parte em Bridgehampton. No Natal!

Ela ficou muito séria. Acho que vou lhe dar essa chance. Não no Natal, mas eu poderia ir a Bridgehampton no Ano-Novo. E talvez possa ficar uma semana.

Ela riu. Se você se responsabilizar pelos danos. Porém há duas condições: você me deixar em paz, me deixar pensar até lá, sem me pressionar, e concordar que eu posso mudar de ideia.

Quer dizer que pode não ir?

Sim, é o que quero dizer. Mas aviso você, de um jeito ou de outro.

Eles comeram quase em silêncio. Quando terminaram, ela disse: Vou pedir que chamem um táxi. É tarde demais para andarmos na rua. Alice deixou que ele segurasse sua mão. Quando chegaram à Rue St. Honoré, na frente do edifício onde ela morava, Alice lhe ofereceu uma face e depois a outra, para ele beijar. Como ela não estava se virando para apertar o botão que abria a porta, ele a tomou em seus braços e beijou-a nos lábios, com insistência, até ela abrir a boca e sua língua encontrar a dele. Foi um beijo longo, a boca de Alice se entregou a Schmidt e seu corpo se apertou ao dele.

Eu queria tanto isso, disse ela, sufocada, é a única razão pela qual eu talvez lhe dê uma segunda chance. Mas é uma razão ruim.

Alice, respondeu Schmidt, é a melhor das razões. Por favor, me deixe subir com você.

Não, respondeu, não esta noite. Espere que eu vá visitá-lo em *la St. Sylvestre*, na véspera do Ano-Novo. Se eu resolver ir de fato. Ah, Schmidtie, por favor, vá embora!

25.

Quinta-feira, 1º de janeiro de 2009, nove horas da manhã. O termômetro do lado de fora da casa de Schmidt, na varanda da frente, marcava oito graus negativos. Ia esquentar mais tarde; mas não muito. A previsão de que a temperatura ia subir para três graus negativos ainda parecia uma boa aposta. Schmidt pegou o jornal no início da entrada para carros e levou para dentro da cozinha. Sy e Pi estavam sentados perto de seus pratos, com ar alerta e ansioso, Pi como sempre em silêncio, Sy fazendo comentários guturais que Schmidt sabia como traduzir — Depressa, seu burro, a gente está com fome, e outros sentimentos do mesmo teor.

Bom dia, gatos, respondeu Schmidt, e feliz Ano-Novo! Não tirem a camisa. Já está vindo.

Ele se referia à sua porção diária de meia latinha de comida para gatos e, além disso, em deferência ao pacto entre o Gato que andava sozinho e a Mulher,* uma tigela de leite para cada um, com uma colherzinha do iogurte suíço predileto de Schmidt.

* Referência ao conto "The Cat that Walked by Himself" [O gato que andava sozinho], de Rudyard Kipling. (N. T.)

Por causa do feriado, Sonia não viria. Não tinha importância; ele adorava a ideia de preparar sozinho o café da manhã para Alice e para si, com os croissants que ele havia comprado no dia anterior, no Sesame, como *plat de résistance*. Schmidt achou que não era preciso aquecer os croissants e serviu-os numa bandeja, tirou da geladeira a manteiga e, do armário, um mel local, feito numa fazenda em Water Mill, e, como um quitute especial, geleia amarga de laranja, que obviamente não era local. O passo seguinte era fazer o café na máquina de expresso e esquentar o leite. Schmidt tomava café puro, mas talvez Alice preferisse café *au lait*, portanto era melhor estar preparado. A verdade era que Schmidt não se lembrava de ter alguma vez tomado o café da manhã com Alice. Todos os seus preparativos eram um tiro no escuro. Mas se por acaso ela quisesse ovos estrelados com a gema dura, com um pouco de toucinho, não ficaria decepcionada. Schmidt estava pronto para mostrar seus talentos como cozinheiro de pratos rápidos. Daria a ele um prazer maravilhoso levar a bandeja para ela, no primeiro andar, mas Alice fizera questão de dizer, quando acordou, que queria o café da manhã na cozinha, exatamente da maneira como ele fazia todos os dias.

Embora tivessem ido para a cama já bem tarde — depois da festa de Mike Mansour, houve muitos beijos e brindes ao Ano-Novo, em sua casa —, Alice acordou cedo por causa da mudança de fuso horário e, quando começou a tremer, Schmidt também acordou. Então ele lembrou: ao contrário da exigência de Alice de que ela dormiria na cama de Schmidt, mas os dois apenas se abraçariam — uma restrição pela qual ele, temeroso de ser posto à prova, se sentiu grato —, na verdade acabaram fazendo amor. Alice deixou claro que queria. Foram para a cama nus; Schmidt estava deitado de barriga para cima, à deriva no vago espaço que separa o sono da vigília, quando sentiu as nádegas de Alice em sua coxa. Ela estava se esfregando nele, quente e úmida e, Schmidt não teve dúvidas, aberta. Como reagir, sem assustá-la? Sem fazê-la pensar que Schmidt tinha esquecido que só era permitido abraçar? O refrão de uma canção de Frank Sinatra emergiu de qualquer que fosse o lugar onde estavam guardadas as lembranças de sessenta anos antes. *Easy does it, easy does it every time.* Ele começou a corresponder ao ritmo da pressão de Alice, mas muito suavemente, mantendo-se, assim ele julgava, no largo âmbito do abraço, exultante ao descobrir que os movimentos de Alice e sua respiração se aceleravam e o fluxo da umidade confirmavam que ela estava pronta. Mas e ele, estava? Achou que sim. Um discreto movimento de sua mão direita confirmou. E então ele sentiu, percebeu que ela vinha! Doçura, disse ele, você quer? A pergunta era justa; Schmidt havia aprendido que o primeiro e rápido clímax de Alice era, na maioria das vezes, apenas um prelúdio. Ela se virou e puxou-o para perto de si, até que Schmidt ficou encaixado entre suas pernas. Na mesma hora, ela ergueu os joelhos. Uma felicidade quase insuportável, pensou Schmidt, prazer intenso, profundo, que era um regresso ao lar.

Os gatos tinham lambido seus pratos e tigelas até deixá-los limpos e agora, como uma dupla de artistas de vaudeville, estavam sentados na frente da porta que dava para o jardim. Perfeitamente, disse Schmidt, às suas ordens, mas lembrem que está frio. Se não gostarem, voltem depressa. A portinhola para gato está aberta. Ele segurou a porta de tela enquanto os dois farejavam e avaliavam a situação. Não tenham pressa, disse Schmidt, eu gosto de congelar. Então, saíram. Schmidt observou-os, Sy mancando de leve e Pi, mais à frente. Artrite, foi o que o veterinário lhe disse. Ele é um gato idoso. Essa era a verdade: com sorte, poderia viver mais uns cinco anos, metade do tempo que Schmidt imaginava restar para si. Sozinho, deixado para trás, Pi ficaria desolado. Se acontecesse de Alice gostar de gatos — Não, seu idiota, Schmidt se censurou, a questão é: se acontecer de ela gostar de você —, tudo bem, se Alice gostar dele, e também gostar de gatos, Pi talvez ajudasse a criar um filhotinho de siamês ou de abissínio, e o criasse com tanto cuidado quanto Sy tivera com ele. Tudo dependia de Alice.

A água na chaleira elétrica estava fervendo; o leite estava quente; ele estava pronto para defender sua causa, na esperança de obter a vitória na questão capital de sua vida. Ouviu os passos de Alice na escada dos fundos, sem tapete, que dava direto na cozinha. Que ela pudesse descer a escada, como se a casa fosse dela, que estivesse descalça, o deixava encantado. Será que tinha adquirido um fetiche por pés? Mais uma vez, notou com grande emoção a cor vermelha brilhante que ela usava para pintar as unhas dos dedos dos pés. O olhar de Schmidt subiu para captar o penhoar verde-acinzentado, a camisola branca bordada com pequeninas flores vermelhas e verdes, o cabelo solto, os lábios, o corpo, que pouco antes estivera agarrado ao seu.

Bonne année, mon Schmidtie.

Ela pôs os braços em redor do pescoço de Schmidt e beijou-o nos olhos e depois nos lábios. Um beijo longo e delicado, diferente dos beijos que antes haviam dominado a boca de Schmidt, sondando algo profundo, dentro dele.

Que lindo café da manhã!

Sim, ela gostava de mel e de geleia também, e não tomava leite.

Depois de beber sua xícara de café, ela disse: Quero fazer uma declaração. Vou ficar com você em definitivo. Mas está pronto para aceitar meus termos? Não vou casar com você. Não agora, talvez nunca, mas talvez depois de um tempo. Não vou deixar Paris até ser obrigada a me aposentar. Isso vai demorar mais de um ano. Se permitirem que eu continue a trabalhar como uma espécie de consultora, provavelmente vou querer. Não vai ser por muito tempo. Será melhor para nós se eu continuar trabalhando. Minhas conversas serão mais interessantes. Mas vou ficar com você quanto tempo você quiser e o trabalho permitir. Aqui, se você preferir. Mas eu ficaria muito feliz se você passasse bastante tempo comigo em Paris. E mais uma coisa: serei fiel a você, Schmidtie, porque amo você. O que você acha? Negócio fechado? Nesses termos, você me aceita?

Seria aquilo a modalidade moderna dos votos de casamento?

Aceito, respondeu Schmidt, aceito, eu vou.

ESTA OBRA FOI COMPOSTA PELO GRUPO DE CRIAÇÃO EM ELECTRA E
IMPRESSA PELA PROL EDITORA GRÁFICA EM OFSETE SOBRE PAPEL PÓLEN SOFT
DA SUZANO PAPEL E CELULOSE PARA A EDITORA SCHWARCZ
EM JANEIRO DE 2014